ハヤカワ文庫SF
〈SF1933〉

リヴァイアサン

—クジラと蒸気機関—

スコット・ウエスターフェルド
小林美幸訳

JN276144

早川書房

7287

日本語版翻訳権独占
早　川　書　房

©2013 Hayakawa Publishing, Inc.

LEVIATHAN
by
Scott Westerfeld
Copyright © 2009 by
Scott Westerfeld
Translated by
Miyuki Kobayashi
First published by
SIMON PULSE
an imprint of SIMON & SCHUSTER
CHILDREN'S PUBLISHING DIVISION
Published 2013 in Japan by
HAYAKAWA PUBLISHING, INC.
This book is published in Japan by
arrangement with
JILL GRINBERG LITERARY MANAGEMENT, LLC.
through JAPAN UNI AGENCY, INC., TOKYO.

本文イラスト／Keith Thompson

時間と労力を惜しまない
丁寧な仕事の大切さを知っている、
ＮＹＣの制作チームへ

RUSSIA
ロシア
ANY
プラハ
AUSTRIA-HUNGARY
ウィーン
オーストリア=ハンガリー
BLACK SEA
黒海
SERBIA
セルビア
コンスタンティノープル
OTTOMAN EMPIRE
オスマン帝国
A

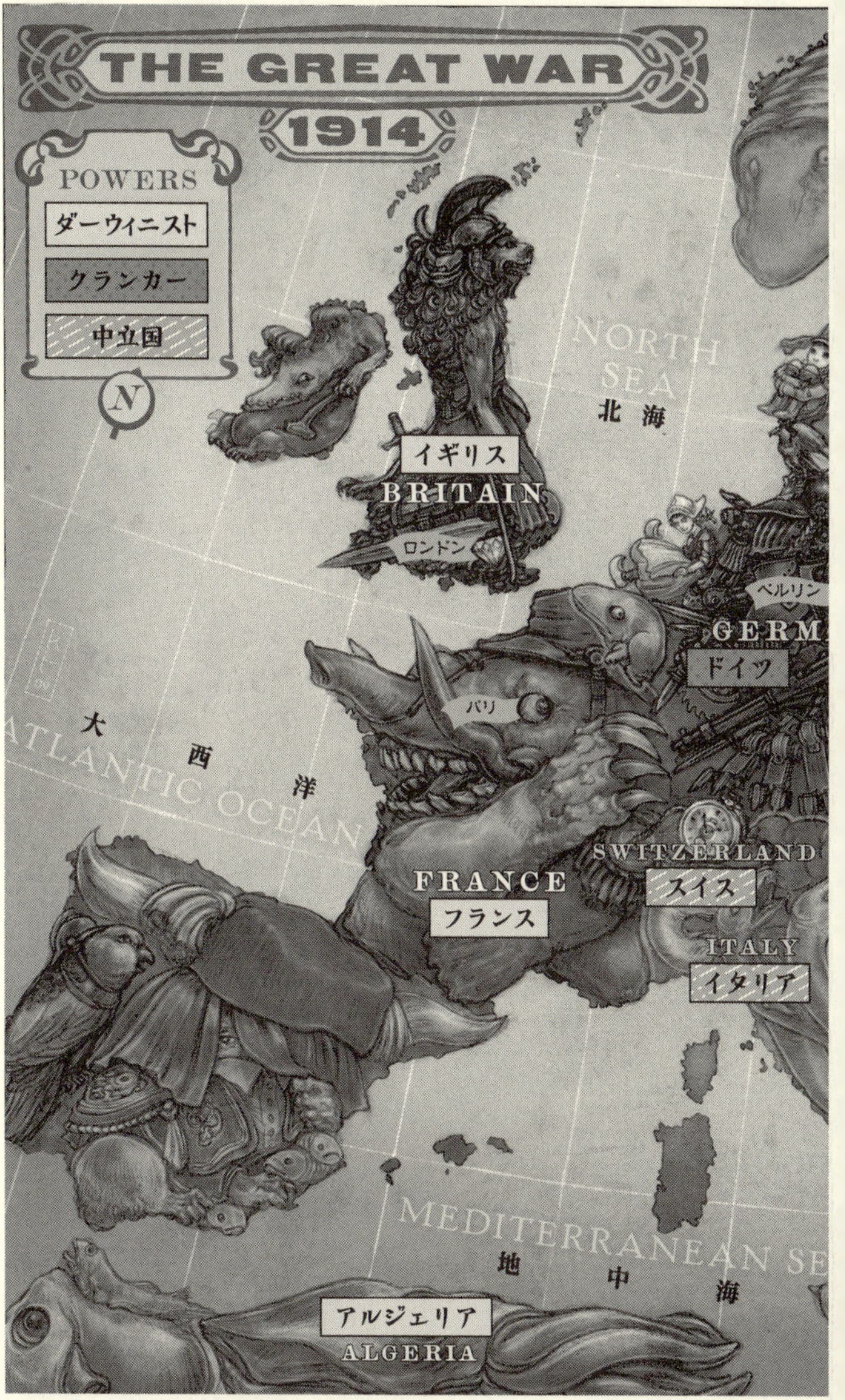
THE GREAT WAR
1914
POWERS
ダーウィニスト
クランカー
中立国
N
NORTH SEA
北海
イギリス
BRITAIN
ロンドン
ベルリン
GERM
ドイツ
パリ
大西洋
ATLANTIC OCEAN
SWITZERLAND
スイス
FRANCE
フランス
ITALY
イタリア
MEDITERRANEAN SE
地中海
アルジェリア
ALGERIA

リヴァイアサン

―クジラと蒸気機関―

おもな登場人物

アレクサンダー・フォン・ホーエンベルク（アレック）
　…………………オーストリア＝ハンガリー帝国の大公夫妻の息子
ヴォルガー……………………………フェンシング指南役。御猟場伯爵
オットー・クロップ…………………メカニック師範
バウアー伍長
ホフマン機関長 }……………………兵士

デリン（ディラン）・シャープ……スコットランド生まれの少女
ジャスパー・シャープ………………デリンの兄。英国海軍の航空兵
ニューカーク…………………………士官候補生
リグビー………………………………リヴァイアサンの掌帆長
ホッブズ………………………………リヴァイアサンの艦長
ノラ・バーロウ博士…………………科学者

1

月の光を浴びて、オーストリア軍の戦馬がきらめいた。馬上の兵士たちは勇ましく剣を掲げている。彼らの背後では二列横隊を組んだディーゼル駆動ウォーカーが大砲の発射準備を整え、騎兵部隊の頭上の向こうに狙いを定めている。ツェッペリン型飛行船が一隻、戦場の中央にある緩衝地帯を偵察している。金属製の外殻を輝かせながら。

フランス軍とイギリス軍の歩兵隊は防塁――ペーパーナイフとインク壺と一列に並べた万年筆――の陰に身を潜めていた。オーストリア＝ハンガリー帝国の戦力を相手に、勝ち目がないことは承知のうえだった。だが、彼らの背後にはダーウィニストが造った怪物が横並びにそそり立ち、退却しようものならむさぼり喰ってやろうと、にらみをきかせているのだ。

戦闘の火蓋が切られようとしたまさにそのとき、アレクサンダー公子は扉の外に人の気配を感じた……。

まずい――アレックは慌ててベッドに向かって一歩踏み出すと、その場でじっと耳を澄ま

した——窓の外では、穏やかな風に樹々がそよいでいる。けれど、それさえなければ静かな夜だ。いずれにせよ父上と母上はサラエヴォご訪問中だし、召使たちはぼくの眠りを妨げるような真似はしないはずだ。

アレックは机に戻って、騎兵部隊を前進させた。大詰めを迎えようとする対戦に、思わず頬がゆるむ。オーストリア軍のウォーカーは砲撃を終え、いよいよブリキの騎兵部隊が、哀れなほど無勢なフランス軍にとどめを刺すときがきた。彼は父親の書斎から拝借した帝国軍の戦術書を参考にしながら、一晩中かかってこの布陣を配置したのだ。

父上と母上はおふたりで軍事演習の視察に行かれたのだから、ぼくだって少しくらい楽しんでもいいはずだ。一緒に連れて行ってほしいと、あれほど頼んだのに。隊列を組んだ兵士が大股で行進する様子をこの目で見たかったし、戦闘ウォーカー部隊の地響きをブーツの底から感じたかった。

ぼくの同行に反対されたのは、もちろん、母上だ。勉強の方が〝パレード〟よりも、ずっと大切だとおっしゃって。母上は軍事演習のことを〝パレード〟などとお呼びになる。母上はわかっておられない。軍事演習は、時代遅れの年寄りの家庭教師たちや教本よりも、ずっとためになるはずだ。いつか近いうちに、ぼくもあんな戦闘ウォーカーを操縦するかもしれないのだから。

なにしろ、戦争が起ころうとしているのだ。誰もがそう言っている。

最後尾の騎兵部隊がフランス軍の防御線を突破したところで、廊下からまた、かすかな物音が聞こえた。ジャラジャラという、鍵束のような音だ。

アレックは振り返って、寝室の両開き扉の下の隙間に目を凝らした。銀色の月明かりの中で、いくつかの影が動いていた。語気鋭くささやきあう声も聞こえた。

何者かが、この扉の向こうにいる。

裸足のまま音をたてずに、冷たい大理石の床を素早く横切ってベッドに潜りこんだ。その途端に、きしみを上げて扉が開いた。アレックは薄目を開けて様子をうかがった——いったい、誰だろう？　ぼくの様子を見に来る召使だなんて。

月の光が寝室に広がって、机の上に並べられたブリキの兵隊を照らし出した。すると、何者かが室内に忍びこんできた。優美な身のこなしで、物音ひとつたてない。その人影は立ち止まって、少しのあいだアレックを見つめると、そっと衣装棚に近づいた。木材がこすれる音が聞こえた。どうやら、ひきだしが開けられたらしい。

心臓が早鐘を打ちはじめた――ぼくから盗みを働こうとする召使など、いるはずがない！　それとも、この侵入者がただの泥棒よりたちの悪い奴だったら？――父親の忠告が耳にこだました。

おまえは生まれながらにして、敵に囲まれているのだ。

ベッドのわきには呼び鈴のひもが垂れ下がっているけれど、両親の部屋には誰もいない。父上も、護衛官も、サラエヴォにおられる。いちばん近くに控えている衛兵は、戦利品が飾られた長い廊下の端。ここから五十メートルも先だ。

アレックは片方の手を枕の下に滑りこませ、指先で狩猟ナイフの冷たい鋼《はがね》を確かめた。横たわったまま息をひそめ、ナイフの柄《つか》を握りしめると、父親のもうひとつの決まり文句を、何度も自分に言い聞かせた。

奇襲攻撃は、兵力よりはるかに効果がある。

そのとき、またべつの人影が入ってきた。ドスンドスンというブーツの音と、ジャラジャラという操縦服の金具が触れあう鍵束に似た音。どっしりした足取りで、まっすぐアレックのベッドに向かってくる。

「若君！　お目覚めください！」

アレックはナイフから手を放して、安堵の息をついた。なんのことはない、声の主は、メカニック師範のオットー・クロップ老人だった。

最初に侵入した人影は衣装棚を漁《あさ》りはじめると、服を引っぱり出した。

「若君は、最初からずっとお目覚めだ」ヴォルガー御猟場伯爵の低い声だ。「ひとつ忠告させていただいてよろしいですか、若君？　眠ったふりをなさるのなら、息は止めない方が賢明ですな」

アレックは起き上がって、顔をしかめた。このフェンシング指南役は、ごまかしを見抜くすべを腹立たしいほど心得ている。

「いったい、なんの真似だ？」

「参りましょう、若君。わたくしたちがお供いたします」オットーが口ごもりながら言った。その目は大理石の床に向けられている。「大公殿下のご命令です」

「父上の？　もう戻られたのか？」

「ご指示を残されたのです」ヴォルガー伯はフェンシング訓練のときと同じ嫌味な口調でそう言うと、アレックのズボンと操縦服をベッドの上に投げてよこした。

アレックは、まじまじとふたりを見つめた。半ば腹を立て、半ば困惑していた。

「子供時代のモーツァルトと同じです」オットーが小さな声で言った。「大公殿下が話しておられたでしょう」

アレックは眉をひそめて、父親が気に入っている、偉大な作曲家の教育にまつわる逸話を思い出した。モーツァルトの家庭教師は真夜中に眠っている彼を起こして、なんの心構えもないときに不意打ちで音楽の訓練を受けさせたと伝えられていた。実のところアレックは、ずいぶん理不尽なことをしたものだと思っていた。

　ともあれ、アレックはズボンに手を伸ばした。「ぼくにフーガの作曲でもさせるつもりか？」

「愉快なお考えですな」ヴォルガー伯が言った。「ですが、お急ぎください」

「厩舎の裏に、ウォーカーを待機させておるのです」オットーは心配そうな面持ちを、なんとか笑顔に変えようとしていた。「若君に舵《かじ》を取っていただきます」

「ウォーカーだって？」アレックは大きく目を見開いた。操縦訓練のためならば、喜んでベッドから出られる。すぐさま服を着替えた。

「そうです、はじめての夜間訓練です！」オットーがそう言いながら、ブーツを手渡してくれた。

　アレックはブーツを履いて立ち上がり、大理石の床に足音を響かせながら鏡台に歩み寄ると、お気に入りのパイロット・グローブを取り出した。

「お静かに」ヴォルガー伯は立ち止まって寝室の扉を細く開けると、隙間から廊下を覗いた。

「こっそり抜け出すのです、若君！」オットーがささやいた。「おもしろいですぞ、この訓練は！　子供時代《ヤング》のモーツァルトとまったく同じです！」

　三人は、数々の戦利品が飾られた廊下を、忍び足で進んだ。クロップ師はどうしてもずしり、と足音をたててしまったが、ヴォルガーは物音ひとつたてずに、滑るように移動した。アレックの先祖たち、つまり、六百年にわたってオーストリアを統治してきた一族の肖像画が廊下の壁に並んで、無表情にこちらを見下ろしている。父親が猟で仕留めた雄鹿の枝角が、月明かりの森のような、もつれた影を落としている。足音のひとつひとつが、静かな城内ではことさら大きく響き渡った。そして、アレックの胸の内では疑問が渦巻いていた。

危険ではないのだろうか？　夜にウォーカーを操縦するなんて。それに、どうしてフェンシング指南役がついて来るのだろう？　ヴォルガー伯は魂のない機械よりも、剣と馬を好んでいるし、オットー老人のような平民には我慢ならないはずなのに。クロップ師は家名ではなく、操縦技術を認められて登用された平民の出だ。

「ヴォルガー……」アレックは口を開いた。

「黙って！」御猟場伯爵が吐き捨てるように言った。

激しい怒りがこみ上げ、思わず言い返しそうになった――そのせいで、城を抜け出すなどという馬鹿馬鹿しいお遊びが台なしになったとしても、かまうものか。

いつもこうだ。召使にとっては〝公子様〟であっても、ヴォルガーたち貴族は絶対に、ぼくに自分の立場を忘れさせてくれない。母上が平民出身というだけの理由で、ぼくには領地も称号も継承する資格がない。父上は五千万の民を持つ帝国の皇位継承者かもしれない。けれど、ぼくにはなんの継承権もないのだ。

ヴォルガー自身は、一介の御猟場伯爵にすぎない――彼の名のついた農地もなく、小さな森があるだけだ――ところがそのヴォルガーですら、女官の息子であるぼくに対しては優越感を抱くことができる。

それでも、アレックはなんとか沈黙を守った。広く暗い宴会用の調理場を密かに通り抜けながら、怒りを鎮めようとした。長年侮辱を受け続けてきたアレックは、口をつぐむすべを身につけていた。それに、今からウォーカーを操縦できると思えば、無礼な態度を我慢するのもたやすかった。

いつの日かきっと、この遺恨を晴らしてみせる。父上は約束してくださった。どうにかして婚姻時の誓約をくつがえし、ぼくを皇族の一員にすると。

たとえそれが、皇帝への反逆を意味しようとも。

2

厩舎に着くころには、アレックの意識は暗がりの中で転ばないようにすることだけに向けられていた。月は半円にも満たず、領内の狩猟森林が黒い海のように、谷間の向こう側にまで広がっていた。さすがにこの時刻ではプラハの灯りもすべて消され、街の影だけがおぼろげに浮かんでいる。

ウォーカーを見たアレックの口から、小さな叫び声が漏れた。

それは厩舎の屋根よりも高くそびえ立っていた——二本の鋼鉄の脚が、調馬場の土中深くに沈みこんでいる。まるで、ダーウィニストの怪物が暗闇に潜んでいるみたいだ。

これは訓練機なんかじゃない……本物の戦闘ウォーカー、サイクロプス型ストームウォーカーだ。腹部に大砲を一基搭載し、頭部からはシュパンダウ機関銃二挺を角のように生やしている。燻製小屋ほどもある大型機だ。

ぼくは今まで、非武装小型機《ランナバウト》と訓練用の四脚コルヴェット機しか操縦したことがない。もうすぐ十六歳の誕生日を迎えるというのに、母上がいつも、戦闘ウォーカーを操縦するのは早すぎると反対なさるからだ。

「ぼくがあれを操縦するのか?」自分の声がかすれているのがわかった。「ぼくの旧式のランナバウトは、あの膝の高さにも届かないぞ!」

オットー・クロップのグローブをはめた手が、アレックの肩を力強く叩いた。「ご心配召されるな、ヤング・モーツァルト。わたくしがそばにおります」

ヴォルガー伯がウォーカーに向かって声をかけると、エンジンが低い音をたてて起動し、アレックの足元で地面が揺れた。ストームウォーカーを覆っているカモフラージュ・ネットについた濡れ落ち葉に反射して月の光が震え、厩舎から怯えた馬たちのかすかなざわめきが聞こえた。

腹部ハッチが勢いよく開き、鎖ばしごが転がり出て垂れ下がった。ヴォルガー伯はその揺れを抑えると、いちばん下の踏み桟にブーツを履いた片脚を置いて、しっかりと支えた。

「若君、よろしければ」

アレックはウォーカーを見上げた。この怪物を操縦して、暗闇を進む様子を想像してみた。樹々を、建物を、運悪く行く手に存在するあらゆるものを踏み潰しながら進むのだ。

オットー・クロップが身体を寄せて言った。「お父上の大公殿下は難しい課題をお与えになったのです、わたくしと若君に。大公殿下は、若君が近衛部隊のすべての戦闘ウォーカーを操縦できるようになることをお望みです。たとえ真夜中であっても」

なるほどそういうことか。父上はいつもおっしゃっている。戦争が差し迫っている今、一族の者全員が備えなければならない、と。それに、母上がご不在のあいだに訓練をはじめるというのも、つじつまが合っている。ぼくがウォーカーを衝突させるようなことが起きても、母上が帰国されるまでには、どんなにひどいあざも癒えているだろう。

にもかかわらず、アレックはまだ躊躇《ちゅうちょ》していた。低いうなりを上げるウォーカーの腹部ハッチは、彼にかぶりつこうと身をかがめる巨大な肉食動物のあごのように見えた。

「もちろん、無理強いはできませんがね、殿下」ヴォルガーが言った。おもしろがっているような口調だった。「お父上に、若君はおじけづいておできにならなかったと、ご説明すればすむことですから」

「おじけづいてなどいない」アレックは鎖ばしごをつかんで、身体を引き上げた。はしごの踏み桟はのこぎり歯状になっていて、登り進む彼のグローブをしっかりと捉えてくれた。ウォーカーの腹部に並んだ侵入防止スパイクを越え薄暗い胃袋に潜りこむと、ケロシン燃料と汗の臭いが鼻腔を満たし、エンジンの規則的な振動が骨に響いた。

「ようこそ、若君」声がした。ふたりの男が砲手室で待ち構えていた。ぴかぴかの鋼鉄製のヘルメットをかぶっている――そうだ、思い出した。ストームウォーカーの定員は五名だったな。三人乗りの小型機とはわけが違う。そんなことを考えていて、もう少しで答礼を忘れるところだった。

ヴォルガー伯がすぐ後ろに迫っていたので、アレックはそのまま登り続けて司令室に入った。操縦席に座り、安全ベルトを締めると、クロップとヴォルガーもそれに続いた。

アレックは両手を操縦桿《かん》に置いた――戦闘ウォーカーのとてつもないパワーが、ぼくの指の中で震えている。こんな小さな二本のレバーで巨大な鋼鉄の脚を操縦できるなんて、なんだか不思議な気がする。

「シャッター全開」クロップが覗視窓《ししまど》をいっぱいに開いた。ひんやりとした夜の空気がストームウォーカーの機内に流れこみ、月明かりが何十個もあるスイッチやレバーに降り注いだ。

一カ月前にアレックが操縦した四脚コルヴェット機は、操縦桿と燃料計とコンパスしか必要としなかった。ところが今、彼の目の前には数えきれないほどの計器が並び、その針を神経質な動物のひげのように震わせている。

こんなにたくさん、なんのためにあるのだろう？

アレックは操縦装置から目を離し、覗視窓の外を見た。地面との距離に不安を覚えた。馬小屋の二階から飛び降りようとして、下をのぞいたような気分だった。

わずか二十メートル前方に、森のはじまりが不気味に広がっている。クロップたちは、本気でこの戦闘ウォーカーをぼくに操縦させるつもりなのだろうか、樹々が密生し、根が絡みあう森の中を……深夜に？

「御意に、若君」ヴォルガー伯が言った。すでに退屈しているという声だ。

アレックはあごを引いた――この男をこれ以上おもしろがらせてたまるものか。慎重に操縦桿を前に倒すと、ダイムラー社製の巨大なエンジンの音が変わった。鋼鉄の歯車が嚙みあって、回転をはじめたのだ。

ストームウォーカーはかがんだ体勢からゆっくりと起き上がった。地面がさらに遠ざかり、ついには、梢《こずえ》の向こうにぼんやりと揺らめくプラハまでを一望できるまでになった。

左側の操縦桿を手前に引き、右側を押し倒した。ウォーカーは人間には絶対に不可能な大股でのっそりと一歩踏み出し、その反動でアレックは操縦席の背に押しつけられた。

ウォーカーの足がやわらかい地面に着地すると、右のペダルがわずかに動いて、アレックのブーツの底を持ち上げた。今度は両方の操縦桿を回して、片脚から反対側の脚へと重心を移動させる。機内が強風にあおられるツリー・ハウスのように揺れ、巨大な歩幅に合わせて前後に傾く。下方のエンジンからシューッという合唱が響き、気圧ジョイントがウォーカーの重量に抵抗するたびに計器類の針が躍った。

「よろしい……上出来です」機長席のオットーがつぶやいた。「ですが、膝の圧力に気をつけて」

操縦装置に目を走らせてはみたが、クロップ師の言葉の意味がよくわからなかった――膝の圧力だって？　すべての計器の針を絶えず確認するなんて、できるわけがないだろう？　そんなことをしていたら、このわけのわからない装置ごと、樹に衝突してしまう。

「よくなっています」二、三歩進んだところで、オットーが言った。アレックは無言でうなずいた。まだ転倒していないことが、たまらなく嬉しかった。

すでに森は目前に迫り、全開の覗視窓はもつれあう黒い影で埋めつくされている。きらきらと輝くいちばん手前の枝が通り過ぎざまに覗視窓に打ちつけ、アレックに冷たい夜露を浴びせかけた。

「夜間走行灯を点けなくていいのか？」アレックが訊ねた。

クロップは首を振った。「お忘れですか、若君？　われわれは隠密行動の訓練をしておるのです」

「実に不快な移動手段だな」ヴォルガーがぶつぶつと文句を言った。アレックはふたたび、どうしてこの男がここにいるのだろうと不思議に思った。このあとで、フェンシングの訓練をするのだろうか？　いったい父上は、ぼくをどんな戦闘モーツァルトに仕立て上げるおつもりなのだろう？

歯車がきしむ鋭い音が司令室に響いた。左のペダルがアレックの足をぐいと押し上げ、ウォーカー全体が嫌な感じで前に傾いた。

「足を取られましたぞ、若君！」オットーが言った。その両手はすでに、操縦桿を奪い取ろうと構えていた。

「わかっている！」アレックは操縦桿をひねった。すると、踏み出しかけていたウォーカーの右脚が急に下ろされ、膝関節から空気が漏れて、機関車の汽笛のような音が鳴った。ストームウォーカーは少しのあいだ酔っ払ったようにぐらついて、危うく倒れそうになった。が、しばらくすると、大重量の機体は苔と土の中で安定を取り戻した。ウォーカーは片脚を後ろに伸ばし、フェンシング選手が突き《ファント》をしたような体勢で平衡を保っている。

アレックは両方の操縦桿を押し倒した。ウォーカーの左脚が何やら絡みついている物体を引っぱり、右脚は前方に踏ん張った。ダイムラーエンジンがうなり、金属の関節がきしむ。

ようやく、樹の根が地面から引き抜かれる小気味良い音とともに、機内を振動が駆け抜けた。ストームウォーカーは傾いていた上体を起こし、ほんの一瞬、片脚立ちの鶏のように直立すると、ふたたび前へと進みだした。

アレックは震える両手で、さらに二、三歩ウォーカーを前進させた。

「お見事です、若君！」オットーがパチンとひとつ拍手した。

「ありがとう、クロップ」アレックはかすれた声で応えた。顔に汗が伝うのがわかった。彼の両手は操縦桿を固く握りしめていたが、ウォーカーは柔軟な歩調を回復していた。

次第にアレックは自分が操縦していることを忘れ、ウォーカーの歩みを自分自身のもののように感じはじめた。機内の揺れも身体に馴染み、歯車や気圧装置の律動も小型機と大差なく思えた。こちらの方がもっと騒々しいというだけの違いだ。操縦装置で細かく振れるたくさんの針に規則性があることにも気づきはじめた。いくつかは脚を踏み出すと瞬時に赤い部分を指し示し、直立するにしたがって徐々に黒い部分に戻る――なるほど、膝の圧力か。

それでも、ウォーカーの絶対的なパワーには不安を覚えたままだった。エンジンからの熱が司令室に伝わり、夜の風が吹きこんで、冷たい指のように頬を撫でた。アレックは想像を巡らせた――戦場で操縦するのは、どんな感じだろうか？　銃弾や砲弾の破片を防ぐために、覗視窓は半開のはずだ。

ようやく目前の松の枝が開けた。クロップが言った。「ここで曲がってください、若君。足もとが良くなります」

「ここは母上の乗馬コースじゃないか？　ここに跡などつけたら、母上がお怒りになるぞ！」ゾフィー妃の馬の一頭でもウォーカーの足跡につまずいて転ぼうものなら、クロップ師もアレックも、父君でさえ、大目玉を頂戴して何日間も許してもらえないはずだ。

だがアレックはこれを機に少しだけ休憩をとろうと、エンジンを減速させ、ストームウォーカーを小道に停止させた。操縦服の内側は汗でびっしょりだった。

「ご不快なことばかりでしょうが、殿下」ヴォルガーが言った。「ですが、今夜中に距離を稼ぐためにはやむを得ません」

アレックはオットー・クロップに顔を向けて、眉をひそめた。「距離を稼ぐ？　だってこれは、ただの訓練だろう？　目的地などないはずだぞ？」

クロップは何も答えずに、伯爵を見上げていた。アレックは操縦桿から両手を放し、くるりと座席を回して後ろを向いた。

「ヴォルガー、どういうことだ？」

御猟場伯爵は黙ってアレックを見下ろした。不意に気づいた——ぼくは、ひとりきりだ。城から離れた、暗がりの中で。

頭の中で、父親の忠告が何度もこだました——一部の貴族は、平民の血が混じったおまえの存在が、帝国を脅かすと信じこんでいる。いつの日か、侮蔑がもっとひどい事態に転ずるかもしれない……。

それにしたって、この男たちが裏切り者のはずはない。ヴォルガーはフェンシングの訓練中に幾度となく、ぼくの喉元に剣を突きつけているし、それにメカニックの師範が？　ありえない。

「ぼくたちはどこに向かっているのだ、オットー？　説明しろ。すぐに」

「どうかわれわれとご一緒に、殿下」オットー・クロップが穏やかな声で言った。

「可能なかぎり、プラハから離れなくてはなりません」ヴォルガーが言った。「お父上のご命令です」

「だって、父上はまだ……」アレックは歯噛みして自分を呪った――なんて馬鹿なことをしたんだ。深夜の操縦訓練などというつくり話にそそのかされて、森の中に連れこまれるなんて。まるで、キャンディにつられる子供じゃないか。城の者たちは全員眠っているし、父上も母上も遠くサラエヴォにおられるのに。

ストームウォーカーを転倒させまいと奮闘した両腕はまだ疲れていたし、安全ベルトで操縦席に固定されていてはナイフも抜けない。アレックは目を閉じた――そもそも肝心のナイフを寝室に置いてきてしまった、枕の下に。

「大公殿下はご指示を残されたのです」ヴォルガー伯が言った。

「嘘だ！」

「それならば良かったのですが、若君」ヴォルガーは身につけている乗馬服の懐に手を入れた。

絶望する間もなく、アレックはパニックに襲われた。急いで見慣れない装置に手を伸ばし、救難警笛のひもを探した――まだ城から遠く離れたわけじゃない。きっと誰かが、ストームウォーカーの悲鳴を耳にするはずだ。

オットーが即座に跳びかかって、アレックの両腕をつかんだ。ヴォルガーは素早く懐から平らな小瓶を取り出し、開口部をアレックの顔にあてがった。

甘ったるい臭いが司令室に広がって、頭がくらくらした。アレックは息を吸うまいと、自分より体格の良い男たちに抵抗し、手探りで警笛のひもを見つけて引っぱった。

だがクロップ師はすでに操縦装置を両手で操って、ストームウォーカーの気圧を逃していた。救難警笛は情けなく消え入るような泣き声を漏らしただけだった。火からはずされたやかんのような音だ。

アレックはまだ暴れていた。何分間も息を止めていたつもりだったが、とうとう肺に背《そむ》かれてしまった。あえぎながら息を吸いこむと、薬品の鋭い臭いで頭がいっぱいになった……。

まばゆい光の欠片が次々と計器に降り注ぎ、肩から重力が取り除かれたような気がした。自分を押さえこむ男たちの手からも、座席の安全ベルトからも自由になって、宙に浮かんでいるような感じだ――重力からも解放されて。

「父上に首を斬られるぞ」アレックはどうにかしわがれた声を発した。

「お気の毒ですが、殿下」ヴォルガーが言った。「ご両親はおふたりともお亡くなりになりました。さきほど、サラエヴォで暗殺されたのです」

アレックはその馬鹿馬鹿しい宣告を笑い飛ばそうとした。けれど、足元の世界が斜めにねじ曲がり、暗闇と静寂に押し潰されてしまった。

3

「起きろ、この馬鹿野郎！」

デリン・シャープは片目を開いた……その目に飛びこんできたのは、飛行獣《エア・ビースト》の周囲を流れて行く何本もの細い線だった。島を取り囲む川のような線——気流図だ。航空学の教本から頭を上げようとして、開いたままのページが顔に貼りついていることに気がついた。

「一晩中起きてたな！」兄のジャスパーの声が、またもや耳をつんざいた。「少しは寝ろって言ったじゃないか！」

デリンはそっと頰からページをはがすと、顔をしかめた——よだれのシミで、気流図が台なしだ。教本に頭をのっけて眠ったんだから、その分おまけに航空学を脳みそに詰めこめたかな？

「見てのとおり、ちょっとは寝たよ、ジャスパー。いびきをかいてただろ」

「ああ、だけどちゃんとベッドで寝てないだろ」ジャスパーはまだ暗い小さな貸部屋を歩きまわって、真新しい航空兵の制服を拾い集めた。「あと一時間だけ勉強するって言ったんだぞ、おまえは。なのに、最後のろうそくを燃えかすにしちまって！」

デリンは目をこすりながら、狭苦しくて気の滅入るような部屋を見わたした——四六時中じめじめして、階下の家畜小屋から馬の糞尿の臭いが漂ってくる。だけどうまくいけば、ベッドの中だろうがなかろうが、この部屋で眠るのもゆうべが最後だ。「べつにいいだろ。軍にはちゃんとろうそくがあるんだから」

「ああ、おまえが合格すればな」

デリンは鼻を鳴らした。勉強していたのは、どうしても眠れなかったからだ。ついに海軍航空隊の士官候補生試験を受けるのだという興奮が半分、誰かに変装を見抜かれてしまうのではないかという恐れが半分。

「その心配はいらねぇよ、ジャスパー。俺は受かるさ」

彼女の兄はゆっくりとうなずいたものの、ほんの一瞬、意味深な表情を浮かべた。

「まあな、おまえは六分儀(注1)と気象学が得意かもしれないし、艦隊の空獣《エア・ビースト》なら、どんなやつだって描けるかもしれない。だけど、もうひとつ、俺が今まで話さなかった試験があるんだよ。本で学んだ知識じゃなくて――いわゆる〝飛行センス〟が問われるやつがな」

「飛行センス？　からかってんのか？」

「闇に包まれた軍の秘密なのさ」ジャスパーは妹に顔を近づけると、声をひそめてささやいた。「たった今、俺は、除隊になる危険を冒してやったんだぜ。一般市民に機密を漏洩《ろうえい》しちまったよ」

「汚ねぇぞ、ジャスパー・シャープ！」

「これ以上は言えないな」ジャスパーはボタンをかけたままのシャツを頭からかぶった。えりぐりから現われた顔は、にんまりと微笑んでいた。

　デリンは眉をしかめた――ジャスパーの奴、ふざけてるだけなんだろうか？　それでなくてもじゅうぶん不安だっていうのに。

　ジャスパーは航空兵のスカーフを巻いた。「着替えろよ。どんな感じか確認しておこう。おまえの服装が怪しまれたら、これまでの勉強も水の泡だからな」

　デリンはむっつりした顔で、借り着の山に視線を落とした――今までの勉強と父さんが生きてたころに教えてくれたすべてをもって臨めば、士官候補生試験は楽勝のはずだ。だけど、俺の頭の中にどれだけの知識があろうと、そんなことは関係ない。まずは、英国海軍航空隊の科学者たちを欺《あざむ》いて、俺の名前はデリンじゃなくて、ディランだって信じさせなくちゃだめなんだ。

ジャスパーのお古を仕立て直してシルエットを変えておいたし、俺は身長だってかなり高い。士官候補生になる年頃の、たいていの少年よりも上背がある。だけど、背の高さや体格がすべてってわけじゃないんだよな。この一カ月、ロンドンの街角や鏡の前で練習を積んで、つくづくわかった。

少年たちには特有の何かがある……肩で風を切って歩くようなところが。

着替えをすませると、デリンは暗い窓に映る姿を見つめた。いつもの自分が見つめ返した――女で十五歳。細心の注意を払って仕立て直した服なのに、奇妙なやせっぽちにしか見えない。少年どころか、カラスを脅かすために古着を着せられたかかしみたいだ。

「どうだ？」デリンはようやく口を開いた。「ディランで通用するか？」

ジャスパーはデリンの全身をじっくりと眺めたが、何も言わなかった。

「十六歳にしちゃ、かなり背が高い方だよな？」彼女はすがるように言った。

やっとジャスパーがうなずいた。「ああ、いけそうだな。おまえ、本当に運がよかったな、おっぱいがぺちゃんこで」

デリンはあんぐりと口を開けると、両手で胸を隠した。「おまえなんか、能なしのくず野郎だ！」

ジャスパーは声を上げて笑いながら、妹の背中を思いきり叩いた。「その調子だ。そのうち、おまえも海軍の奴らみたいな悪態がつけるようにしてやるよ」

ロンドンの乗合獣車《オムニバス》はスコットランドのそれよりもずっと立派だった。しかも、速かった。ふたりを乗せてワームウッド・スクラブズの飛行場に向かう車両は、雄牛二頭分の肩幅があるカバに似た生き物に引かれていた。巨大で怪力のこの人造獣《ビースト》がスクラブズ近くにまで乗客を運んできたのは、そろそろ夜も明けようかという時刻だった。

デリンは窓の外に目を凝らして、梢の動きや風に吹き飛ばされるごみくずから、今日の天気を予測しようとしていた――地平線が赤い。『気象学入門』には、〝船乗りは夜明けの赤い空を悪天候の前兆とみなす〟って書いてあった。だけど、父さんはいつも、そんなもんはくだらない迷信だって言ってたよな。犬が草を食ってるのを見たら、そんときこそ、天変地異を覚悟しろって。

実際のところ、雨が降っても問題はなかった。今日の試験は屋内で行なわれるはずだった。海軍航空隊が若い士官候補生に求めるのは、本で学んだ知識、つまり、航行術と航空力学なのだ。それでも、空を眺めている方が、ほかの乗客の視線を気にするよりも気が楽だった。

ジャスパーと獣車に乗りこんでから、デリンはずっと、肌のむずがゆさを覚えつつ不安を募らせていた――他人の目には、俺はどう見えてるんだろう？　少年の服装をして髪を刈りこんだ娘だって見抜かれちまってるんだろうか？　ほんとに、航空試験場に向かう入隊志願者だと思われてるんだろうか？　それとも、兄貴の古着を着てふざけている、頭のいかれた娘に見えるんだろうか？

乗合獣車《オムニバス》の終点のひとつ前の停留所は、スクラブズにある有名な刑務所だった。乗客の大半はここで降りる。獄中の家族や恋人への弁当や差し入れを持った女たちだ。鉄格子のはまった窓を見て、デリンは胃が痛くなった——このたくらみが失敗したら、ジャスパーはどんな目にあわされるんだろう？　除隊だけですむだろうか？　まさか、刑務所送りになったりしないよな？

そもそも不公平なんだ。女に生まれるなんて！　航空学なら、父さんにさんざん教えこまれたジャスパーよりも、俺の方がずっとよく知ってる。それに、高いところだって、兄貴よりよっぽど得意なのに。

何より最悪なのは、科学者たちが俺を入隊させてくれなかったら、あのろくでもない貸部屋でもう一晩過ごして、明日にはスコットランドに戻らなきゃいけないってことだ。

母さんも、叔母さんたちも、この無謀な計画が失敗すると固く信じて、スカートとコルセットに俺を押し戻そうと待ち構えている。そうなったら、空を飛ぶ夢とも、勉強とも、悪態ともお別れだ！　おまけに、父さんが俺に遺してくれたちょっとばかりのお金も、今回のロンドンへの旅費で使い果たしちまった。

デリンは獣車の前方に乗っている三人の少年をにらみつけた——試験場が近づくにつれて、突っつきあったり神経質に笑ったりして、やたらと楽しそうだ。いちばん背の高い奴でも、俺の肩に届かないように見える。あの三人が俺より強いはずはない。それに、俺ほど利口だとも、勇敢だとも思えない。なのにどうして、あいつらは英国軍に入隊を許されて、俺はだめなんだよ？

デリン・シャープは歯を食いしばって、自分に言い聞かせた――この変装を見破るなんて、誰にもできやしない。

そんなに難しいことじゃないさ、少年なんていう単純な人種になりきるくらい。


飛行場で列をなす志願者たちは、かなわない相手には見えなかった。ほとんどが十六歳になったばかりという感じで、おそらく、富と立身出世を目指せと家族に送りこまれたのだろう。彼らに混じって年かさの少年も何人かいた。こちらはたぶん、海兵隊からの転属を希望する士官候補生だ。

志願者たちの不安そうな顔を見ながら、デリンは熱気球に乗せてくれた亡き父親に感謝した――父さんのおかげで、俺は上空から地面を見下ろすなんてことは、何度も経験してるもんな。

とはいえ、とても平静ではいられなかった。思わずジャスパーの手を握ってしまいそうになって、気がついた。そんなことをしたら、どう見られるかわかったものではない。

「いいか、ディラン」受付に向かいながら、ジャスパーが小さな声で言った。「俺が言ったことを忘れるんじゃないぞ」

デリンは鼻を鳴らした。昨晩ジャスパーは、本物の少年なら、どうやって自分の爪を確認するか実演してくれた――てのひらを上に向けて、指を折り曲げて見る。それに対して、女の子は手の甲を上にして、指を広げる。

「わかったよ、ジャスパー。だけどさ、もし爪を確認しろって言われたら、そのときには、もうバレてるってことじゃないか？」

ジャスパーは笑わなかった。「とにかく目立たないようにしろ、いいな？」

デリンはそれ以上何も言わずに、白い格納テントまで、兄のあとをついていった。テントの外には長いテーブルが置かれ、三人の士官が向こう側に座って、志願者から紹介状を受け取っている。

「やぁ、シャープ操舵手！」その中のひとりが言った。航空隊大尉の軍服を着ているが、頭にはつばが巻き上がった山高帽《ボーラーハット》がのっている。軍事科学者がかぶる帽子だ。

ジャスパーは素早く敬礼した。「クック大尉、ご紹介いたします。いとこのディランです」

クック大尉に片手を差し出されて、デリンは一瞬、大英帝国を誇りに思う気持ちで胸がいっぱいになった。科学者を見るといつもそうだ——俺の目の前にいるこの人は、あらゆる生態系を解明して、思いのままに操作できるんだ。

デリンは大尉の手をできるだけ強く握った。「お目にかかれて光栄です」

「いつも変わらぬ喜びだよ、元気な同志《シャープ》に会うのはね」科学者はそう言うと、自分の冗談をおもしろがってクックックッと笑った。「君のいとこは、君の航空学と気象学の知識をずいぶんとほめていたよ」

デリンは咳払いをして、何週間も練習を重ねた穏やかな低い声で応えた。「わたしのち――つまり、叔父が――気球飛行についてのすべてを教えてくれたんです」

「なるほど、そうか。勇敢な人だった」クック大尉は首を振った。「彼が今ここで、生物航空機の成功を見られないのは、実に悲しいことだ」

「はい、きっと気に入ったはずです」父さんは熱気球で上空に昇っただけだったけど、軍で使ってる水素獣《ハイドロゲン・ビースト》はケタ違いだもんな。

ジャスパーにこづかれて、デリンは紹介状のことを思い出した。慌てて上着から引っぱり出し、クック航空隊大尉に提出した。大尉は入念に調べるふりをしていたが、どうにも馬鹿げた話だった。なぜならこの紹介状は、ジャスパーに頼まれた大尉本人が書いてくれたものなのだ。とはいえ、科学者といえども、英国海軍のしきたりには従わなければならない。

「すべて整っているようだな」大尉は紹介状から上げた視線をデリンの借り着に移し、そこで目にしたものに一瞬、困惑の表情を浮かべた。

デリンは大尉にまじまじと見つめられて、硬直した――何かまずいことをやっちまったんだろうか？　髪型か？　声か？　握手の仕方がおかしかったんだろうか？

「少しばかり、やせすぎかな？」ようやく科学者は口を開いた。

「はい、そう思います」

クック大尉は顔をほころばせた。「まあ、君のいとこも太らせないといけなかったからな。ミスター・シャープ、列に並びたまえ！」

4

太陽が木立の上にゆっくりと昇りはじめたちょうどそのとき、本物の軍人が到着した。狼《オオカミ》と虎をかけ合わせた人造獣《ビースト》二頭に引かせた全地形対応輸送車で広場を横切り、志願者の列の前にぴたりと停止させる。人造獣の筋肉は車両につながれた革帯の下で盛り上がり、一頭が巨大な飼い猫のように身震いすると、四方八方に汗が飛び散った。

デリンは視界の隅で、近くにいる少年たちが凍りつくのを認めた。それとほぼ同時に、輸送車の運転手が人造獣に鞭《むち》を一振りして、うなり声を上げさせた。たちまち少年たちの列に、気弱なざわめきが広がった。

航空隊大佐の軍服に身を包んだ男が、無蓋車両の中で立ち上がった。片方の脇に乗馬鞭をはさんでいる。「諸君、ワームウッド・スクラブズにようこそ。諸君のうちに、自然哲学が生んだ人造獣を恐れる者などおるまいな？」

誰ひとりとして答えなかった。もちろん、人造獣はロンドンのいたるところにいる。だが、この半狼半虎ほどすさまじい迫力をもつものはいない。目の前の人造獣は筋骨隆々として鋭い爪を持ち、瞳には狡猾な知性が潜んでいた。

デリンは視線を正面に向けていたが、半狼半虎を間近で観察したくてしかたなかった――軍の人造獣なんて、これまで動物園でしか見たことないもんな。

「ふざけんじゃねえよ！《バーキング・スパイダーズ》」となりにいた少年がつぶやいた。「あの二頭を放されたらたまんねぇな」短い金髪が宙に向かってまっすぐ突き出している。

デリンは彼に教えてやりたかったが、ぐっと我慢した――オオカミ類ってのはいちばん従順な人造獣なんだぜ。なにしろイヌ科の動物だし、犬と同じくらい簡単に調教できる。空《エア・》獣《ビースト》の方が、よっぽど扱いにくい種族から造られてるんだぞ。

前に出て恐怖心を認める者がひとりもいないのを確認して、大佐が言った。「素晴らしい。ならば、もっと近くに寄っても大丈夫だな」

運転手の鞭がふたたびしなると、車両がゴロゴロと音をたてながら、でこぼこした地面を進んだ。列に近い方の半狼半虎が、志願者の目と鼻の先を通過する。牙をむいてうなる人造獣《ビースト》に、デリンとは反対側の端に並んでいた三人の少年は耐えられなかった。彼らは列から抜けると、開かれたままのスクラブズの門に向かって、悲鳴を上げながら走り去った。

デリンは半狼半虎が前を通り過ぎるあいだも、真正面に視線を据えていた。それでも、二頭の臭い――濡れた犬と生肉の――を少し嗅いだだけで、背筋が寒くなった。

「悪くないぞ。上出来だ」大佐が言った。「喜ばしいことだな。くだらない迷信に屈する者は、諸君のうちの少数派らしい」

デリンは鼻を鳴らした。一部の人々――技術革新に反対する猿人《モンキー・ラッダイト》(注2)と呼ばれる――はダーウ

ィニストの人造獣を道徳的見地から恐れていた。彼らは、自然界の生物の異種配合は科学というより、神への冒瀆だと考えている。遺伝子組み換えは、この五十年間、大英帝国を支えてきた基幹だというのに。

デリンは一瞬、うすら笑いを浮かべた——ジャスパーが警告してた秘密の試験って、この半狼半虎のことかよ？　だとしたら、完全に余計なお世話ってやつだぜ。

「だがな、諸君の強靭な精神力も、今日ばかりはもたないかもしれんぞ」大佐が言った。「試験をはじめる前に、諸君が高度に対する資質を持ちあわせているか確認したい。操舵手はいるか？」

「回れ右！」航空兵のひとりが叫んだ。

いささかもたもたしたすり足ではあったが、少年たちの列は向きを変えて、格納テントに対面した。デリンはジャスパーがまだその場所に残って、科学者たちといっしょに片側で待機していることに気づいた。彼らは一様に、悪だくみを隠しているような、にやついた笑みを浮かべている。

そのとき、格納庫の垂れ幕が両脇に開かれた。デリンはあんぐりと口を開けた……。

中にいたのは、一匹の空獣《エア・ビースト》——ハクスリー(注3)高空偵察獣だった。十数名の地上作業員が、その触手をつかんでいる。彼らが注意深くテントの外に運び出すあいだ、ハクスリーは朝日の赤い光を受けて透明なガス嚢《のう》をきらめかせながら、とくとくと脈打って全身を震わせていた。

「メデューサ《クラゲ》だ」デリンのとなりの少年があえぎながら言った。

デリンはうなずいた。ハクスリーは初めて造られた水素呼吸獣《ハイドロゲン・ブリーザー》だ。ゴンドラやエンジンや展望デッキを備えた、最近の巨大な生体飛行船とは、かなり違う。

ハクスリーはメデューサ――つまりクラゲと、そのほかの有毒な海洋生物――の遺伝子から造られている。実際、基になった生物と同じくらい危険な乗り物だ。ちょっと風向きが悪くなっただけで錯乱し、芋虫に突進する鳥のように、地面に向かって急降下したりする。ハクスリーの魚のような内臓はたいていの墜落を無事にしのげるが、乗っている人間の方はそうもいかない。

空獣《エア・ビースト》からぶら下がっているハーネスに気づいたデリンは、いっそう目を丸くした。

これがジャスパーがほのめかしていた〝飛行センス〟のテストってやつか？　兄貴の野郎、ただの冗談だと思わせておいて。あのろくでなし！

「幸運な諸君に、今朝はこいつに乗っていただく」大佐が少年たちの背後から言った。「長い時間ではない。千フィート（約三百メートル）ばかり上昇して、戻ってくるだけだ……十分間、空中に浮かんでからだがな。誓って言うが、諸君は今まで見たことのないロンドンを目にするだろう！」

デリンは口元に笑みが広がるのを感じた――やっとまた、高い場所から世の中を見るチャンスが来たんだ。父さんの熱気球に乗ってたころみたいに。

「気が進まないという者は」大佐が話を締めくくった。「残念だが、ここでお別れだ」

「脱落希望の肝っ玉の小さい奴はいるか？」操舵手が列の末尾から叫んだ。「だったら今すぐ出て行け！　さもないと、こいつで空高く飛んでもらうぞ！」

少しばかり沈黙が続いたあと、さらに十数名の少年が列を離れた。今度は悲鳴を上げて走り去る者はおらず、身を寄せあってこそこそと門に向かうだけだ。まっ青なおびえきった顔でちらりと振り返って、脈動しながら浮かんでいる怪物を見やる者もいる。デリンは志願者の半数近くが脱落したことに気づいて、誇らしく思った。

「よろしい、では」大佐が列の前に歩み出た。「モンキー・ラッダイトが退散したところで、一番手を志願する者はいるか？」

ためらうことなく、ジャスパーに目立つなと釘をさされたことも忘れ、さっきまで腹のあたりにあった嫌な感覚も消え去って、デリン・シャープは一歩前に進み出た。

「お願いします。わたしにやらせてください」

操縦者が着用するハーネスはデリンをしっかりと支え、クラゲの身体の下でゆるやかに揺れていた。革の安全ベルトが両脇の下と胴回りに締められて、弓なりに曲がった座席に固定された。デリンはその上に、横鞍で騎乗するように腰かけていた。操舵手が安全ベルトを締めるときに、秘密に気づかれるのではないかとひやりとしたが、これぱかりはジャスパーが正しかった。つまり、デリンには少女だとばれてしまうほどのふくらみはなかったのだ。

「上に昇るだけのことさ、ぼうず」操舵手が穏やかな口調で告げた。「いい眺めを楽しんで、俺たちが引き下ろすのを待ってろ。とにかく、この人造獣《ビースティー》を驚かせるような真似だけはするなよ」

「了解しました」デリンは唾をのみこんだ。

「もしもパニックになったり、何かおかしいと思ったら、こいつを投げるんだぞ」操舵手はぐるぐると巻かれた黄色い布をデリンの手に押しつけると、片方の端を彼女の手首に結びつけた。「そうすれば、俺たちが安全かつ迅速に巻き降ろしてやるからな」

デリンはその布をしっかりと握った。「ご心配なく。パニックにはなりません」

「みんなそう言うんだよ」操舵手は笑って、デリンのもう片方の手に一本の紐を押しつけた。それはハクスリーの触手部分に装着された一組の水袋につながっていた。「だが万一、おまえがとんでもなくおかしなことをしちまったら、ハクスリーは急降下するかもしれん。もしも地面に急接近しそうになったら、まずはこいつを引っぱれ」

「水が排出されて、空獣が軽くなる」デリンはうなずいた。父さんの熱気球の砂袋とおんなじだ。

「よく知ってるな、ぼうず。だがな、いくら利口でも、飛行センスの代わりにはならない。つまり軍で言うところの、取り乱すなってことだ。わかったか？」

「了解です」離陸するのが待ちきれなかった。父さんの事故のあとの、空を飛べなかった年月がふと思い出されて、胸がしめつけられた。

操舵手は後ろに下がって、号笛で短い信号を吹いた。最後の音が高く響くと、地上作業員が一斉にハクスリーの触手を放した。

空獣が浮き上がった途端に、安全ベルトが身体に食いこんだ。まるで、巨大な網にすくい上げられたみたいだった。しばらくすると上昇する感覚がなくなって、地面の方が落ちていくように感じはじめた……。

地上では少年たちの列が、驚きと尊敬の念を隠そうともせずに、こちらを見上げていた。ジャスパーは馬鹿みたいににやついている。科学者たちでさえ、心を奪われたような顔をしている。デリンは最高の気分だった――みんなの注目を浴びて、空高く昇っていく。なんだか、空中ブランコ乗りになったみたいだ。演説のひとつもぶちかましたいくらいだぜ。

〝やぁ、腰抜け諸君。君たちにはできないだろうけど、俺は飛べるんだ！　生まれついての飛行家なのさ。お気づきじゃないかもしれないから、教えてやるぜ。それから最後にこれも言っとくけど、俺は女なんだよ。おまえら、そろいもそろって大まぬけだなっ！〟

四名の航空兵が巻き上げ機《ウィンチ》に就いて、素早く綱を繰り出していた。すぐに、こちらを向いたたくさんの顔が遠くにかすみ、もっと大きな幾何学模様が視界に現われた。飛行場の上方には、クリケット場のすり減った楕円形。スクラブズを取り囲む道路と鉄道の網目。刑務所の棟は、巨大な又鍬《ピッチフォーク》の歯のように並んで南を指している。

デリンは上に目をやって、ハクスリーを確認した。朝日に輝き、透明な体の中を虹色の蔦《ツタ》のように走る動脈と静脈が脈打っている。その触手はデリンのまわりでそよ風を受けて漂いながら、花粉や昆虫を捕らえては、上部にある胃袋に引きこんでいた。

水素呼吸獣《ハイドロゲン・ブリーザー》といっても、もちろん実際に水素を吸いこむわけではない。自らのガス嚢の中に水素を吐き出すのだ。胃袋のバクテリアが食べた物を純粋な元素に分解する——酸素、炭素、そしてもっとも重要な、空気より軽い水素に。

おぞましいことなのかもしれないな。昆虫の死骸から発生した気体で宙に浮かんでいるなんて。じゃなきゃ、恐ろしいことなのかもしれない。俺が落っこちないようにしてくれてんのは、何本かの革ベルトだけだ。これがどうにかなっちまったら、悲惨な死に向かって四分の一マイル（約四百メートル）を真っ逆さまだな。それでもやっぱり、最高にいい気分だ。大空を飛ぶ鷲になったような気がする。

ロンドン中心部のくすんだ輪郭が東側に見えてきた。曲がりくねってキラキラと光る蛇のようなテムズ川が、街をふたつに区切っている。すぐに、ハイド・パークとケンジントン・ガーデンズの緑の広がりが確認できた。まるで、生きている地図を見下ろしているみたいだ。乗合獣車《オムニバス》が小さな虫のようにのろのろと走り、帆船が帆に風をはらませてジグザグに進んでいる。

ところが、ちょうどセント・ポール大聖堂の尖塔が視界に入ってきたところで、ハーネスに振動が走った。

デリンは顔をしかめた——もう十分間経っちまったのかよ？

下界を確認した。だが、地面につながった綱はたるんで垂れ下がっているし、地上作業員はまだウィンチを回していない。

またも急激な振動がきた。近くにあった触手の何本かが、はさみでしごかれたリボンのようにくるくると巻き上がるのが目に入った。ゆっくりと撚りあわさって一本の縄になっていく。

ハクスリーが神経を尖らせてる。

こいつ、いったい何におびえてるんだ？　デリンは座席を左右に振ると、ロンドンの荘厳な風景を無視して、あたりを見まわした。

あった。あれだ。北の方角に、不気味な黒い塊。巻き立つ雲の波が空に広がっている。その先端はひたひたとこちらに忍び寄り、北側の郊外を雨で黒く染めていた。

両腕のうぶ毛が逆立つのが、自分でもわかった。

スクラブズに視線を落とした――地上にいる豆粒みたいな航空兵たちにも、この嵐雲は見えてるんだろうか？　ハクスリーを引き下ろしはじめるだろうか？　だけど、試験場はまだ、朝日を浴びて輝いている。みんながいる下界からは、真上にあるピクニック日和のうららかに晴れた空しか見えてないはずだ。

手を振ってみた――こっちのことはちゃんと見えてるんだろうか？　だけど見えてたとしても、俺がはしゃいでいるとしか思わないだろう。

「ちくしょうっ！」悪態をついて、手首に結びつけられた黄色い布を眺めた――本物の上空斥候ならば、手旗信号を携帯しているはずだ。そうじゃなくても、綱を走って下りられる伝《メッ》言トカゲ《セージ・リザード》は連れている。なのに、俺は救助信号しか渡されなかった。

デリン・シャープはパニックになんかなってない！

少なくとも、デリンはそう思っていた……。

向こうの空の暗がりを見つめながら考えた――あれはただの、小さい夜の塊かもしれない。朝日が追い払い損ねたやつだ。それとも、俺が飛行センスをまったく持ちあわせてなくて、高さのせいで頭がいかれちまったんだとしたら？

目を閉じてから深く息を吸いこんで、十まで数えた。

ふたたび目を開くと、雲はまだそこにあった――近づいている。

ハクスリーがまた震えた。デリンは雷の気配を感じた――近づいてくるスコールは間違いなく本物だ。やっぱり『気象学入門』は正しかったんだ。〝船乗りは夜明けの赤い空を悪天候の前兆とみなす〟だったよな。

デリンはもう一度、黄色い布を見つめた――下にいる士官たちは、この布が広げられたのを確認すれば、俺がパニックに陥ったと思うだろう。そうなったらあとで、恐れをなしたわけじゃなくて、悪天候になると冷静に観測しただけなんだって弁明しなくちゃならない。正しい判断をしたと、ほめてくれる可能性もある。

だけど、もしスコールが進路を変えたら？　あるいは、スクラブズに到達する前に勢力を失って、ただの霧雨になっちまったら？

デリンは歯をくいしばって、考えを巡らした――上空に昇ってから、どれくらい経っただろう？　そろそろ十分間が終わるよな？　それとも、だだっ広くて冷えこむ上空にいて、時間の感覚が狂っちまったんだろうか？

デリンの視線は、ひと巻きの黄色い布と接近する嵐雲のあいだを忙しくさまよった。男なら、どうするだろうか、と思い悩みながら。

5

アレクサンダー公子は目を覚ました。胸の悪くなるような甘さに、舌が覆われていた。そのひどい味は、ほかの感覚までねじ伏せていた――見ることも聞くことも、考えることすらできない。砂糖を加えた塩水に、脳を浸《ひた》されているような気分だ。

それでも少しずつ頭がはっきりしてきた――ケロシン燃料の臭い。樹々の枝が次々と部屋の外を打ちつける音。ぼくのまわりで、目まいがするくらい世界が揺れている。なんだかとげとげしくて金属的な場所だ。

それから、アレックは記憶を取り戻しはじめた――深夜の操縦訓練、指南役たちの裏切り、そして最後の仕上げにぼくを気絶させた、甘ったるい臭いの薬品。ぼくはまだストームウォーカーの中にいる。ますます家から遠ざかっている。すべては本当に起こったのだ……誘拐されてしまった。

少なくとも、まだ生きてはいる。彼らは身代金を要求するつもりなのだろう。屈辱的だ。だがそれでも、死ぬよりはましだ。

誘拐犯たちがたいしてアレックを恐れていないことは明らかだった。縛り上げられていなかったし、激しく揺れる金属の床と彼のあいだに、毛布を敷く気遣いまでされていた。

目を開くと、光の射す場所が忙しく移動していた。換気口の格子の影が揺れているらしい。砲弾ラックが整然と壁に並んでいる。空気圧のシューッという音が、前にもまして大きく聞こえた。アレックはストームウォーカーの腹部――砲手室にいた。

「殿下？」おどおどした声に呼びかけられた。

アレックは毛布から起き上がり、暗がりに目を凝らした。乗組員の片方が砲弾ラックを背にしてまっすぐに座り、目を見開いて不動の姿勢を取っていた。裏切り者かどうかはさておき、この男はおそらく、今まで公子とふたりきりになった経験がないのだろう。二十歳を大きく過ぎているようには見えなかった。

「ここはどのあたりだ？」父親に教えられた、冷ややかな命令口調を意識して訊ねた。

「わたしには……正確なところはわかりかねます、殿下」

アレックは顔をしかめた。けれど、男の言葉はもっともだった。この場所からは、五七ミリ砲の照準器越しにしか、外の様子を見ることができない。「ならば、どこに向かっている？」

乗組員はごくりと喉を鳴らし、上階の司令室につながるハッチに手を伸ばした。「ヴォルガー伯爵をお呼びします」

「やめろ」鋭い口調で命令すると、男は凍りついた。

アレクサンダーは苦笑いを浮かべた――なにはともあれ、このウォーカーの中にも、ぼくの身分を覚えている者がいたということか。

「名前は？」

男は敬礼した。「バウアー伍長であります」

「よし、バウアー」今度は穏やかに冷静な口調で言った。「ぼくを解放しろ。ウォーカーが歩いているあいだに、腹部ハッチから飛び降りる。おまえもあとに続いて、ぼくが城に戻る手助けをしろ。褒美《ほうび》を出すよう父上に言ってやる。英雄になれるぞ。裏切り者になる代わりにな」

「殿下のお父上は……」男は下を向いた。「まことにお気の毒です」

遠いところから響く長いこだまのように、ヴォルガー伯の言葉がアレックの脳裏によみがえった。薬品を吸いこんだ直後に告げられた言葉だ――あのとき確か、父上と母上が亡くなったと……。

「やめろ」アレックはもう一度繰り返した。だが、先ほどの命令口調は消え失せていた。急に、ストームウォーカー腹部の金属製の空間が、押し潰されそうなほど狭く感じられた。かぼそい声になってしまったのが、自分でもよくわかった。まるで子供の声だ。「頼む、逃がしてくれ」

だが男は目をそらし、困惑した表情を浮かべながら腕を上に伸ばすと、油まみれのレンチでハッチを叩いた。

「お父上はサラエヴォに発たれる前に、準備をなさったのです」ヴォルガー伯が言った。

「最悪の事態に備えて」

アレックは答えなかった。ストームウォーカーの機長席に座り、覗視窓の外に目をやって、シデの若木の梢が通り過ぎていくのを眺めていた。アレックのそばでは、オットー・クロップがウォーカーを操縦している。安定した、完璧な操縦桿さばきだ。

夜が明けはじめ、地平線が鮮血のような赤い色に染まっていった。彼らはまだ森の奥深くの細い馬車道を西に向かって進んでいた。

「大公殿下は聡明なお方でした」クロップが言った。「セルビアと密接な関係になるのは危険だと、承知しておられました」

「しかし、大公は危険を恐れて義務を放棄なさるようなお方ではなかった」ヴォルガー伯が言った。

「義務？」アレックはズキズキする頭を抱えた。口の中にまだ、薬品の味が残っていた。

「でも母上は……。父上は絶対に、母上を危険にさらすような真似はなさらない」

ヴォルガー伯はため息を漏らした。「ゾフィー妃殿下が国事にご出席できる機会があると、お父上は常々お喜びになりました」

アレックは目を閉じた――公式行事で母上が父上の隣に立つことを許されないと、父上はいつも、大変悲しまれた。それもまた、皇族ではない女性を愛したことに対する、不当な罰だった。

ふたりが死んだなんて、考えるだけでも馬鹿馬鹿しい。「ぼくをおとなしくさせるための小細工だろう。おまえたち、嘘をついているな！」

誰ひとりとして答えなかった。ダイムラーエンジンがうなる音と、樹々の枝がカモフラージュ・ネットをこする音が、機内に反響した。ヴォルガーは何かを考えこむような顔をして、黙って立っている。天井から垂れ下がった吊り革が、ウォーカーの歩調に合わせて揺れる。おかしなことに、アレックの意識の一部は彼の意志とは関係なく、操縦装置を操るクロップの両手に集中して師範の熟練の技に驚嘆していた。

「セルビア人が父上を殺すなんて、ありえない」アレックが力ない声で言った。

「わたしには別の心当たりがあります」ヴォルガーがきっぱりと言った。「列強間の戦争を望む輩《やから》です。ですが、今、われわれに推理をしている時間はありません、アレクサンダー。われわれの最優先任務は、あなたを隠れ家にお連れすることなのです」

アレックはもう一度、ウォーカーの覗視窓から外を眺めた。ヴォルガーは、ぼくをアレクサンダーと呼び捨てにした。なんの称号もつけず、まるでぼくが平民であるかのように。なのにどういうわけか、そんな侮辱を受けても、もうなんとも思わない。

「暗殺者の襲撃が、午前中に二回ありました」ヴォルガーが言った。「いずれもあなたとほとんど年齢の変わらない、セルビア人の男子学生です。一人目は爆弾で。二人目がピストルで。両方とも失敗に終わりました。その後、昨晩は、お父上を主賓とした晩餐会が催され、お父上の勇気をたたえて皆が乾杯しました。ところが、夜のうちに、ご両親は毒薬で命を落とされたのです」

アレックは、横たわり身体を寄せあって死んでいるふたりの姿を思い描いた。すると、胸のなかの虚無感がますます広がった——それにしても、その話はまったく筋が通ってないじゃないか。暗殺者はぼくを狙うはずだ。半分は皇族で、半分は女官の息子のぼくを。父上ではない。父上の血筋は正統なものだ。

「ふたりが死んだのなら、なぜぼくを気にする者がいるんだ？　ぼくはもう、何者でもないのに」

「違う考え方をする者たちもおります」ヴォルガー伯は機長席の傍らに身をかがめ、アレックのそばにある覗視窓から外の様子をうかがいながら、声を落としてささやいた。「フランツ・ヨーゼフ皇帝陛下は御年八十三歳です。やがて皇帝が亡くなれば、あなたに目を向ける輩も出てくるでしょう。今は不穏な時代です」

「皇帝は母上を誰より嫌っていた」アレックはふたたび目を閉じた。機外の赤く染まった森はあまりにも荒涼としていて、それ以上見ていられなかった。でこぼこな地面のせいで、司令室が激しく揺れた。まるで地球が太陽の周囲を回る軌道でぐらついているようだった。

「とにかく、家に帰りたい」

「安全だと確信できるまで、それはなりません、若君」オットー・クロップが言った。「われわれはお父上と約束したのです」

「約束なんてどうだっていいじゃないか、もし本当に父上が——」

「静かに！」ヴォルガーが怒鳴った。

アレクサンダーは驚いてヴォルガーを見上げた。文句を言おうと口を開いたが、御猟場伯爵の手に肩をぐっとつかまれた。

「エンジンを切れ！」

クロップ師はストームウォーカーの機体をよじって急停止させ、ダイムラーエンジンの轟音が低くなるまで回転速度を落とした。それまで聞こえていた空気圧のシューッという音が静まった。

アレックは突然の静寂に耳鳴りを覚えた。ウォーカーの振動の余韻で、まだ身体が震えている。覗視窓から見える樹々の葉は微動だにせず、そよとの風もない。鳥の鳴き声も聞こえず、まるで、この森全体がウォーカーの突然の停止が生み出した静けさに驚いているようだ。

ヴォルガーは目を閉じていた。

そのとき、アレックは感じた。ストームウォーカーの鋼鉄の機体に、かすかな振動が伝わった――何かとても大きくて重たいものが動き回っている。何かが大地を揺さぶっている。

ヴォルガー伯は身体を起こして、頭上のハッチを開いた。夜明けの光が司令室に降り注ぐ。

ヴォルガーは上半身を機外に引き上げた。

ふたたび振動が来た。アレックは覗視窓越しに、森に揺れが走り、それに続く波紋のように樹々の葉が震えるのを確認した。みぞおちのあたりがざわざわした――父上に怒った顔でにらまれたときのようだ。

「殿下」ヴォルガーに声をかけられた。「よろしければ、いらしてくださいますか」

アレックは機長席の上に立って体勢を整え、ハッチの向こうに身体を持ち上げた。

機外に出たアレックは、半分ほど昇った朝日に目を細めた。周囲の空は濃いオレンジ色に染まっている。ストームウォーカーはシデの若木からわずかに頭を出して立っている。何時間も覗視窓から外を見続けていた彼の目に、地平線は広大に映った。

ヴォルガーが今まで進んできた方向を指さした。「あなたの敵があちらに、アレクサンダー公子」

アレックは朝日に向かって目を凝らした。数キロ先に戦闘ウォーカーが見えた。樹々の二倍ほどの高さがある。巨大な六本の脚の動きはゆっくりとしているが、男たちが蟻《あり》のように砲列甲板を慌ただしく動きまわり、信号旗を掲げたり、砲塔に就いたりしている。側面には大きな文字で機名が記されている――S・M・S(注4)・ベオウルフ(注5)。

アレックが見守るなか、巨大な脚が林床に踏みこんだ。しばらくすると、次の振動が周囲の樹々に波及し、ストームウォーカーの鋼鉄の機体を駆けのぼった。さらに次の脚が踏み下ろされると、遠くの梢が激しく揺れ動き、ベオウルフの巨大な一歩に倒されて、姿を消した。

軽甲板では、ドイツ皇帝《カイザー》の陸上部隊であることを示す赤と黒の軍旗が、風を受けてひるがえっている。

「ドイツ軍のドレッドノート級(注6)地上戦艦だ」アレックが小さな声で言った。「だが、ここはまだオーストリア＝ハンガリー帝国の領内だろう?」

「その通りです」ヴォルガーが言った。「ですが、混乱と戦争を望む輩は皆、われわれを追っているのです、殿下。それとも、まだ、わたしをお疑いですか？」

だが、あれが救出部隊だったら？　アレックは考えた。ぼくを誘拐したこいつらは、やはり嘘をついていたのかもしれない。父上と母上はまだ生きておられる。大規模なぼくの捜索がはじまって、ドイツ海軍の陸上部隊も協力しているんだ！　そうでなければどうして、あんな巨大な怪物がオーストリア領土に入れるんだ？

そのとき、ベオウルフが方向転換し、朝日を背にしてゆっくりと横を向いた……。

アレックは片手を頭上に挙げて大きく振った。「ここだ！　こっちに来い！」

「奴らはとうにわれわれに気づいていますよ、殿下」ヴォルガー伯が静かに告げた。

アレックが手を振り続けていると、一度目の一斉射撃がはじまった。まばゆい閃光が、ドレッドノートの側面に沿って波紋のように広がった。砲口から噴き出た煙が膨らみ、靄《もや》のようなヴェールとなって艦体を包む。ややあって音が続いた——雷鳴が轟いたかと思うと、四方八方ですさまじい爆発が起こった。あたり一帯の梢が激しく揺れ動き、強烈な衝撃がストームウォーカーを襲い、木の葉の雲が空に舞い上がった。

ヴォルガーは即座にアレックを司令室に引き戻した。エンジンが息を吹き返して、うなりを上げている。

「砲撃準備！」クロップ師が下にいる男たちに叫んだ。

ふと我に返ると、アレックは機長席に腰を下ろしていた。ウォーカーが動きはじめたところだった。アレックはてこずりながらも安全ベルトを締めようとしたが、恐ろしい考えに心を捉えられて、指が凍りついてしまった。

彼らがぼくを殺そうとしているということは……ぜんぶ本当なんだ。

ヴォルガー伯がアレックのそばに身をかがめ、エンジンや砲撃音に負けない大声で言った。

「奴らの無作法をむしろ心強く思うんだな、アレック。これこそが、あなたがまだ皇位継承争いの脅威だという証拠だ！」

6

二度目の一斉射撃はさらに近くに着弾した。小石や木っ端の雨が音をたてて覗視窓に打ちつけ、格子の隙間を通り抜けた小さな破片が機内に飛び散った。

アレックは口の中の土埃《つちぼこり》を吐き出した。

「シャッター半開！」クロップ師はそう叫んだあとで、舌打ちをした。ふたりの乗組員は下の砲手室にいるし、ヴォルガーはふたたびハッチから上半身を出して、天井から両脚をぶら下げている。

クロップは申し訳なさそうに、アレックに目線を送った。「お願いできますか、殿下」

「もちろんだ、クロップ師」アレックは安全ベルトをはずして、機長席から立ち上がった。

機内は大きく揺れ動き、足場を保つためには頭上の吊り革をしっかりとつかまなければならなかった。

覗視窓のクランクを回そうとしたが、びくともしない。両手でハンドルを握って、いっそう力を込めると、ようやく巨大な装甲シャッターが数センチ閉じた。

次の一斉射撃が足元の大地を揺さぶり、ウォーカーは前方によろめいた。ヴォルガー伯の乗馬ブーツが大きく振れて、アレックの後頭部を蹴った。

「まだ、敵から見えてるぞ！」ヴォルガーが上から怒鳴った。「高すぎる！」

クロップ師は操縦桿をひねって、ストームウォーカーを低くしゃがませた。シデの樹々が揺れた。アレックは少しのあいだ、ウォーカーのぎこちない歩き方のせいで、ふたたびヴォルガーのブーツが覗視窓に迫り、操縦装置を動かすクロップの両手を驚愕のまなざしで見守った――ウォーカーがこんなふうに、しゃがんだ姿勢のまますり足で歩くのを見るのは初めてだ。

そしてもちろん、サイクロプス型ストームウォーカーが隠れなければいけない状況など、今まで想像したこともなかった。だが、ドレッドノート級が相手では、このウォーカーはおもちゃも同然だ。

うなったりいきんだりしながら、アレックはどうにか右舷の覗視窓を半分まで閉じて、今度は反対のクランクに手を伸ばした。

「若君、アンテナを！」クロップが叫んだ。

「ああ、わかっている！」ストームウォーカーの無線アンテナは樹々の上まで伸びて、大公の旗を風になびかせていた。ところがアレックは、どうやってそれを下ろせばいいのかわからなかった。司令室を見まわしながら、操縦訓練のときにもっと乗組員の動きに注意を払っておけばよかったと後悔した。

ようやく無線機のそばにある巻き上げ機を見つけて駆け寄ると、宙にぶら下がったヴォルガーのブーツが、彼の肩にもう一発食らわした。アレックは輪留めをはずした。途端に、巻き上げ機が荒々しく回転し、彼の耳から数センチのところで、アンテナが望遠鏡の筒のように順々にはまりこんで収まった。

機長席に戻ろうとしたが、そこで、左舷の覗視窓がまだ開いていることに気がついた。アレックは揺れて傾く司令室を横切って、力いっぱいクランクを回しはじめた。

ヴォルガーは突然の土と小石の雨に備えて頭上のハッチを閉じながら、司令室に飛び降りた。「敵の視界からはずれたぞ」

次の一斉射撃が遠くで轟き、それに続いて前方の樹々のあいだでさらなる爆発が明滅した。さまざまな破片がストームウォーカーに打ちつけたが、覗視窓の格子はすでにきっちりと閉まっていた。通過してくるのは、粉砕された林床の細かい埃《ほこり》だけだ。

アレックは一瞬の満足感を覚えた——少しは役に立てた。

彼にとっては、これが初めての実戦だった。わずか数時間前には、ブリキの兵隊で遊んでいたというのに。耳をつんざく爆発音とエンジンの金属音が、どういうわけか、胸の空洞を埋めてくれた。

ストームウォーカーは深い森をかき分けるようにして進んでいた。伐採された道を行けば、当然のことながら、ベオウルフの監視塔から丸見えになってしまう。

心臓が激しく鼓動していた。アレックはふたたび機長席に滑りこむと、操縦桿を握るクロップ師の両手を見守った。これまでの長時間に及ぶ操縦訓練が、急にくだらないものに思われた――ランナバウトに費やした時間なんて、ごっこ遊びをしていたようなものだ。これが本物の戦闘なんだ。

ヴォルガーが座席のあいだで身をかがめ、前方の様子をうかがった。その顔は土埃と汗で黒ずんでいた。片方の目の上の傷から血が流れ、閉めきった司令室の薄闇の中で、鮮やかな赤い色に輝いている。「もっと小型の陸上戦艦《ランドシップ》にしろと言ったつもりだがな、クロップ師」

クロップは大声で笑いながらも懸命に操縦を続け、ストームウォーカーを、地面をはうように進ませていた。「余分な装備はありがたくないかね、ヴォルガー？　ランナバウトだったら、さっきの一斉射撃で両脚を吹っ飛ばされてたさ」

ふたたび、轟音が森に響いた。だが爆発はかなり後方で、右にそれていた。追っ手は今のところ、こちらを見失っている。

「太陽はベオウルフの背後から昇っていた。ということは、ぼくたちは西に向かっているんだな。左に曲がった方がいい。南側の松やモミの樹は、このあたりのシデよりもずっと背が高い」

「よく覚えておいでですな、若君」クロップ師はそう言って、進路を修正した。

アレックはクロップの肩をぽんと叩いた。「ストームウォーカーを選んだおまえの判断は正しいよ、クロップ。でなければ、ぼくたちはとっくに死んでいたはずだ」

「べつのマシンを選んでいれば、スイスまであと半分の地点に到達していたはずだがね」ヴォルガーが言った。アレックが理解しそこねたフェンシングの教訓だか何かを指摘するような口ぶりだ。「この半分の大きさのランナバウトか馬にしていれば、そもそも奴らがわれわれを発見することもなかっただろうに」

アレックはにらみつけるように御猟場伯爵を見上げた。だが、口を開く前に、機内通話装置が割りこんだ。

「装塡完了、準備整いました」

アレックは司令室の床に視線を落とした。「あのふたりは、ここにいた方がずっと役に立ったな。ドレッドノート級相手にこんな豆鉄砲じゃ、彼らにできることはたいしてないだろう」

「確かに、殿下」クロップが答えた。「ですが、ベオウルフは護衛機を出動させるはずです。樹高より低いところを移動する、小型のすばしっこいやつです。意外と早く、そいつの気配を感じるかもしれませんよ」

「そうか、その通りだな」アレックは納得して口を閉ざした。戦闘の興奮は薄れはじめ、両手が震えていた。

ぼくがやったことといえば、いくつかのクランクを回しただけだ。ほかの者たちが重要なことのすべてに対処した。ハッチからぶら下がっていたヴォルガーのブーツに蹴られてできたあざが、まだズキズキする。あんなに必死に頑張ったのに、結局、ぼくは足手まといになっただけだった。

アレックは機長席の背もたれに身体を預けた。撃たれるかもしれないという、命にかかわる極度の恐怖が消え去って、ふたたび虚無感が押し寄せてきた……。

　血を流しているのがヴォルガーではなく、ぼくだったらよかったのに。何度打ち消しても頭に浮かんでくる事実から気をそらしてくれるものならば、なんでもいい。

「射程圏を出た」クロップが言った。「砲撃は来ない、三十数えるあいだはな」

「奴ら、追跡に切り替えたな」ヴォルガーが言った。「じきに奴らの護衛機がこちらを発見する。遅かれ早かれ、ベオウルフは次の一斉射撃のために方向転換するはずだ」

　アレックは何か言おうと、考えを巡らした。だが、気づいてみれば、パニックに陥っていて言葉が出てこなかった。涙で視界がぼやけた。今の攻撃で、最後の疑念も吹き飛ばされてしまった。

　ほんとうに、父上は亡くなったんだ。母上も。ふたりとも永遠に逝ってしまった。

　アレクサンダー・フォン・ホーエンベルク公子は、今や孤児なのだ。生まれ育った家には二度と帰れないかもしれない。ふたつの帝国の軍隊が、ぼくを追っている。こちらには、ウォーカー一機と四人の家臣しかいないというのに。

　ヴォルガーとクロップは黙りこんだ。振り返ったアレックは、ふたりの顔に自分の絶望感が映っていることに気づいた。機長席の肘掛けを握りしめて、どうにか呼吸を続けようとした。

　父上ならば、こんなときになんと言うべきかご存知のはずだ。簡潔で力強いお話をされて家臣の奮闘をねぎらい、これからも頑張るようにと励まされるだろう――けれど、アレックにはじっと森を見つめることしかできなかった。まばたきをして涙をこらえるので精一杯だった。

このまま何も言わなければ、虚無感にのみこまれてしまう……。

エンジンのきしみを切り裂いて、前方の木立から連続射撃の音が響いた。ウォーカーは新たな敵に向きを変え、ヴォルガー伯は即座に身体を起こした。

「騎馬偵察隊だな！」クロップ師が言った。「ベオウルフには厩《うまや》がある」

銃弾の雨がストームウォーカーの装甲シャッターを叩いた。先ほどの土埃と小石の飛沫より、ずっと大きな音だ。アレックは金属の弾丸が装甲板を破って、自分に命中する様子を想像した。ふたたび心臓の鼓動が速くなった。

やりきれない虚無感が少しだけ軽くなった……。

ドーンという大きな衝撃に、ストームウォーカーはその場でぐらついた。もうもうと立ち上る煙が覗視窓から入りこみ、むせ返るような悪臭が司令室に広がった。アレックは一瞬、ウォーカーが被弾したのかと思った。だがそのとき、離れた場所から爆発音が返ってきた。樹々が折れる音と、すさまじい馬のいななきがそれに続く。

「ぼくたちの弾だ！」アレックはつぶやいた。階下のふたりがストームウォーカーの大砲を発射したのだ。

残響がやむと、ヴォルガーに呼びかけられた。「シュパンダウ機関銃の装塡方法を知っているか、アレック？」

アレクサンダー公子には、そんな知識はまったくなかった。それでも、彼の両手はすでに安全ベルトをはずしはじめていた。

7

嵐が襲ってきたのは、まさに彼らがデリンを巻き戻しはじめたときだった。

地上作業員たちはだんだんと暗くなる空に気づき、飛行場を走りまわって、スパイクを追加して格納テントをしっかりと固定したり、志願者たちを雨宿りができる場所に移動させたりしていた。四人の男たちが安全かつ迅速にデリンを引き下ろそうと、高空偵察獣のウィンチを懸命に回し、十数名の地上作業員が、空獣《エア・ビースト》の高度が十分に下がったら触手をつかもうと待機している。

ところが、デリンがまだ五百フィート（約百五十メートル）上空にいるうちに、豪雨の第一波が到達してしまった。ハクスリーの傘の下にいても、横殴りの冷たい雨がぶらぶらと宙に揺れる脚を打った。いっそうきつく絡みあう空獣《エア・ビースト》の触手を見て、デリンは思った——ハクスリーはこの叩きつけるような雨に、あとどれくらい耐えられるんだろう？　こいつ、このままじゃ、水素を吹き出して地面に体当たりしちまうぞ。

「落ち着けよ、ビースティ」デリンはなだめるように言った。「今、下ろしてくれてっからな」

強烈な突風がハクスリーの気球を襲い、満帆の状態に膨らませた。デリンは嵐の真っただ中に放りこまれた。一瞬のうちに、身につけていた少年の扮装が、凍りつくような雨でびしょ濡れになった。

そのとき、不意に綱がぴんと張りつめて、糸の足りない凧のように、空獣を地面の方に引っぱった。ハクスリーは建ち並ぶ家や裏庭に向かって急降下し、刑務所の高い塀をわずかに越えるあたりにまで高度を落とした。デリンの真下では、人々が雨に濡れた街路を小走りに急いでいる。彼らは肩をすぼめ、頭上の怪物には気づいていない。

またも突風に襲われた。ハクスリーはさらに下へと吹き流され、デリンの肉眼でも、地上を行き交う傘の骨を確認できるほど下降してしまった。

「おい、ビースティ。こりゃあまずいぜ」

すると、ハクスリーはふたたび身体を膨らませて浮力を取り戻し、建物の屋根の数十フィート上空を水平に飛びはじめた。風に煽《あお》られて今一度、綱が張りつめたが、しばらくすると緩んだ――どうやら地上作業員は、綱の長さに余裕を持たせようとしてるな。もうちょっと上昇させるつもりなんだろう。漁師が糸にかかった獲物に逃げられないようにするのとおんなじだ。

だが、余分な綱が繰り出されたことによって、さらに重量が加わってしまった。それでなくても、デリンとハクスリーは雨に濡れて重たくなっていた。水袋《バラスト》を排水させることもできたが、一度使ってしまえば、空獣がパニックになった場合に落下速度を遅くするすべがなくなる。

綱は今や、刑務所の屋根をこすり、鋭い音をたてて屋根板や雨どいを叩いていた。すぐそばには、煙を吐き出している何本もの煙突。そのうちの一本に綱が当たるのを見て、デリンは思わず目をむいた……。

だから、地上作業員はどんどん綱を繰り出してるのか。俺たちを刑務所から遠ざけるために。煙突からの火の粉がハクスリーの気球にまで漂ってきたら、水素に引火して、この高空偵察獣は巨大な火の玉となって爆発するだろう。雨がどうこうなんて騒ぎじゃない。

またしても綱が引っぱられ、ハクスリーに衝撃が走った。おびえた空獣は触手をきつく巻きつけ、ふたたび急降下した。

デリンはバラストのひもを握りしめて、歯を食いしばった——俺自身は風にもまれて着陸しても、助かる見込みがある。だけど、この下に並んでる板ぶきの屋根と裏庭の柵は、空獣をズタズタに切り裂いちまうだろう。そして、そのすべては、チャンスがあったのにもかかわらず地上作業員に警告しなかった、ディラン・シャープの責任だってことになる。

飛行センスってやつだよな——。

「よしっ、ビースティ」デリンは上を向いて呼びかけた。「俺はおまえをこんな目に遭わせちまったかもしれない。けど、助けてもやるよ。だからいいか、今はパニックになってる場合じゃねぇぞ！」

空獣からはなんの合意も得られなかったが、デリンはとにかくバラストのひもを引っぱった。即座に袋の口が開いて、嵐の中に水を吐き出した。

ゆっくりと空獣が上昇をはじめた。

地上作業員は歓声を上げると、がむしゃらにウィンチを回して、空獣を風に乗せようとした。大佐が陣頭指揮をとって、全地形対応輸送車の荷台から大声で指示を出している。雨の中の半狼半虎は、なんだかみすぼらしく見えた。まるで、蛇口の下に立っている二匹の飼い猫のようだ。

さらに何度かウィンチが回されて、ハクスリーは試験場の上空に浮き上がった。これだけ離れれば、煙を吐き出す刑務所の煙突を心配する必要はない。

ところがそこで、風向きが変わった。空獣はふたたび大きく膨らんで、スクラブズの反対側の端へと、半円を描きながら吹き寄せられてしまった。

ハクスリーが風に負けないくらいの甲高い音を上げた――父さんの熱気球も、水素漏れを起こすときにこんな感じの恐ろしい音を出した……。

「だめだ、ビースティ！　もうちょっとで助かるから！」

だが、ハクスリーはあまりに何度も風雨に振りまわされ、限界を迎えていた。気球は縮こまり、触手はガラガラヘビのようにきつくとぐろを巻いている。

デリン・シャープは空中に漏れ出した水素の臭いを嗅ぎとった――例の苦扁桃《くへんとう》臭だ。降下している……。

それでも風はデリンとハクスリーを運び続け、わけも理屈もなく方向を変えては、後ろにデリンを引き連れた空獣を、くしゃくしゃに丸めた紙のようにもてあそんだ。

俺たちはもう、空気よりも重たくなってるはずだ。それにしても、こんだけ強い風だと、ちょっと糸でもつければ、山高帽だって凧みたいに飛ばせるだろうな。

綱のもう一方の端では、地上作業員がなすすべもなく上空を見守っていた。航空隊大佐は、旋回する綱が頭上をかすめるたびに、ひょいとかがんで避けている。もしも彼らがデリンをさらに下降させようとウィンチを回せば、空獣をまっすぐ地面に引き落とすことになるだろう。

ジャスパーが飛行場を横切って、こちらに向かって走ってきた。両手を丸めて口元に当て、何やら叫んでいる……。

兄の声は聞こえたが、風がその言葉をかき消した。

デリンの両脚は今や地上からわずか数ヤード（二、三メートル）の高さに垂れ下がり、馬の背に乗っているように宙を駆けていた。彼女は雨に濡れて重たくなった上着を脱ぎ捨てた。

またもや刑務所が近くに迫ってきたが、ハクスリーは疾走を続けていた――このスピードであの塀に激突すれば、俺も空獣も血みどろのシミになっちまう。

デリンは慌てて装具を手で探り、なんとかハーネスをはずそうとした。泥だらけの草の上に落下したほうが、塀に激突するよりも助かる可能性が高い。それに、俺の体重がなくなれば、ハクスリーはそのぶん上昇するだろう。

だがもちろん、あのクソったれの操舵手は、わざわざ俺にハーネスのはずし方を教えちゃ

くれなかった。革の安全ベルトは雨でふやけて、アヒルのケツみたいにがっちり締まってる。どう考えたって、軍は志願者を信用してねぇな。パニックになって安全ベルトからもがき出て、落下して命を落とすかもしれないとでも思ってるんだろう。

そのとき、デリンは頭上の結び目に気づいた――空獣と地面をつないでる綱か！

自分とウィンチのあいだに伸びる綱に目を走らせた……今、出てんのは三百フィート（約九十メートル）ぐらいだ。こんだけ長くて雨水が染みこんだ麻なら、やせっぽちの小娘とびしょ濡れの服よりも、よっぽど重たいに違いない。

ハクスリーを自由にしてやれれば、俺を乗せたまま安全な高さに上昇するだけの水素は、まだじゅうぶん残っているはずだ。

ところが、またしても地面が迫ってきた。濡れて光る草と水たまりが、両足のすぐ下を目にも止まらぬ速さで過ぎていく。正面には、刑務所の塀。デリンは片手を伸ばして、頭上の結び目に触れた――なんとなく見覚えがあるぞ……。

間違いない。こいつは、逆もやい結びだ！　ジャスパーが教えてくれたじゃないか。航空隊の整備兵は船乗りとおんなじロープの結び方を使うんだって。これなら、父さんの熱気球で嫌っていうほど結んだことがある！

濡れそぼった綱を解こうと必死に頑張っていると、左右のブーツが骨がきしむほどの勢いで地面に打ちつけられ、そのままずぶずぶの草原の上を引きずられた。

だが、ほんとうに危険なのは足元ではなく、迫りくる刑務所の塀だった。デリンとハクスリーはあと数秒で、雨に濡れて輝く石の壁に激突しようとしていた。

ようやくデリンの指が、綱の端を押し出して緩めた。結び目がほどけると、綱は生き物のようにくねって、デリンの指にすり傷を負わせながら、鋼鉄の輪から抜け落ちていった。

三百フィートの濡れた麻の重量がなくなると、空獣は急浮上し、数ヤードの余裕をもって刑務所の塀を飛び越えた。

煙を吐く煙突が足元を通過するときに、デリンは息をのんだ。ふと思いついたのだ――雨水が煙突の口からその下の石炭の炎にまで流れ落ちて蒸気が噴き出し、火の粉が昇ってきて、俺の頭上にいる不機嫌な水素の塊に引火したら……。

だが幸い、風が火の粉を吹き飛ばしてくれた。やがて、ハクスリーは最南端の獄舎を飛び越えた。

上昇を続けるデリンの耳に、声がかれるほどの喝采が地上から届いた。

地上作業員が勝ち誇ったように腕を振り上げていた。ジャスパーは満面に笑みを浮かべ、丸めた両手を顔にあてて叫んでいる。どうやら、よくやったとほめているらしい――なんだよ、俺が兄貴の指示通りにやったと言わんばかりじゃねぇか！

「今のは俺様の、お見事なひらめきなんだからな、ジャスパー・シャープ」デリンは綱で擦りむいた指をなめながら、ぶつくさと文句を言った。

もちろん、彼女はまだ嵐の真っただ中にいたし、気難しいハクスリーにつながれて、ロンドン上空をいっしょに漂っていた。しかもその街には、着陸可能な場所がほんの数ヵ所しかないのだ。

それにしても、どうやってこの空獣を着陸させればいいんだろう？　俺には水素を放出させる手立てはないし、また空獣がおびえるようなことになっても、バラストはもう空っぽだ。

だいたい、今までハクスリーで漂流して、無事に生還した人なんているんだろうか？

それでも……何はともあれ、俺は飛んでるんだ。もしも生きて戻れたら、科学者たちだって、俺がこのテストに合格したって認めるしかないよな。

男だろうとなかろうと、デリン・シャープはとにかく、飛行センスってやつを証明したんだ。

8

嵐は不思議なほど静かだった。

デリンは父親の熱気球に乗っていたころの感覚を思い出していた。綱から解き放たれたハクスリーは、風とまったく同じ速度で飛んでいる。空気が静止し、眼下の大地が巨大なろくろの上で回っているように感じた。

デリンのまわりでは、今も黒い雲が湧き上がり、時折思いついたように、ハクスリーを回転させた。それよりたちが悪いのは、遠くでちらつく閃光だった。水素呼吸獣《ハイドロゲン・ブリーザー》を炎上させる確実な方法が、ひとつある。雷を落とせばいい。デリンは下を過ぎていくロンドンを見て気を紛らした――マッチ箱みたいな家並み、曲がりくねった街路、大煙突を封印された工場。

ダーウィンが魔法をかける前のロンドンがどんなだったか、父さんが話してくれたっけな……石炭の煙のとばりが街全体を覆ってて、おまけに霧もすごく深かったから、真っ昼間でも街灯がともされていた。蒸気時代の最悪のころには、大量の煤《すす》と灰が田園地帯の近くまで汚染してたもんだから、蝶が擬態のために羽に黒い斑点を持つようになったんだって。

だけど、俺が生まれる前に、強力な石炭火力エンジンは人造獣に取って代わられた。筋肉と生命力が、ボイラーと歯車のあとを継いだってわけだ。このごろじゃあ、煙突の煙ってていえば工場のじゃなくて、オーブンの煙だけだし、その霞《かすみ》程度の煙だって、この嵐が大気からきれいに片付けちまったな。

デリンのいる上空からは、どちらを向いても人造獣を見つけることができた。バッキンガム宮殿の上空では、駆逐鷹の一群が螺旋を描きながら巡回していた。宮殿に接近を図る航空機があっても、彼らが携えている網がその翼を切り落とすだろう。通信アジサシが悪天候にもひるまずに、ロンドン市を飛び交っている。道路はカバや馬の改良種などの役畜《えきちく》でいっぱいだ。象の改良種《エレファンティン》が一頭、雨の中で煉瓦《れんが》を満載したそりを引いている。嵐はもう少しでデリンとハクスリーの命を奪うところだったが、街の動きにはほとんど影響を及ぼしていなかった。

スケッチ帳があればいいのに。絡みあった道路や、人造獣や、建物を上空から描きたい。俺が絵を描きはじめたのは、父さんの熱気球の中だったもんな。空を飛ぶ素晴らしさを記録したかったんだ。

徐々に雲がちぎれて、ハクスリーは光の柱を通過した。デリンは暖かい陽射しの中で伸びをしてから、ずぶ濡れの冷たい服を絞った。

眼下の家並みが小さくなり、ごったがえす傘の先が、濡れた街路ににじんで区別がつかなくなった。身体が乾くにつれて、ハクスリーはますます上昇していった。

デリンは顔をしかめた——熱気球を降下させるには、てっぺんから熱い空気を排出すればいい。だけど、ハクスリーは初期の高空偵察獣で、常時係留されるように造られている。

どうすりゃいいんだ、下りてくれってビースティを説得してみるか？

「おい！」大声で呼びかけた。「そこのおまえ！」

いちばん近くの触手が少しだけ丸まったが、それだけだった。

「ビースティ！　おまえに言ってんだよ！」

無反応。

デリンはハクスリーをにらみつけた——一時間前は、あんなに簡単に縮み上がったくせに。あのものすごい嵐のあとじゃ、いらついた小娘に怒鳴られたって、どうってことないんだろうな。

「おまえなんか、ばかでかい、膨れあがったろくでなしだ！」デリンはそう叫ぶと、脚を振ってハーネスを揺り動かした。「それに、おまえの相手はもう飽きた！　俺！　を！　下ろせっ！」

丸まっていた触手がまっすぐになった。日なたで伸びをする猫みたいだ。

「上等じゃねぇか。おまえの欠点に、礼儀知らずってのを足しといてやるからな」

次の陽だまりを横切るときに、ハクスリーはかすかなため息のような音を漏らしながら、気球を広げて身体を乾かした。

これでまた、さらに高度が上がっていくのがわかった。

デリンは前方の青空に目をやって、思わずうめき声を上げた——もう、サリー州の農地まで見わたせちまう。あそこを越えると、イギリス海峡だぞ。

長かったこの二年間、俺はずっと、もう一度空を飛びたいと、それだけを願ってきた。父さんが生きてたころみたいに……そして今、俺は孤立無援の状態で上空にいる。男の真似をした罰《ばち》があたったのかもしれないな。母さんはいつも、やめろって言ってたっけ。

風は絶え間なく吹きつけて、空獣《エア・ビースト》をフランスの方向に押し進めている。

どうやら、長い一日になりそうだ。


最初に気づいたのはハクスリーだった。

デリンの尻の下でハーネスががくんと揺れた。馬車が深いくぼみの上を通ったような感じだった。うたた寝から揺り起こされて、デリンはハクスリーを見上げた。

「飽きたのか？」

空獣は発光しているように見えた。太陽の光がまっすぐに通り抜けて、皮膚を虹色に輝かせているせいだ。正午だった。つまり、デリンは六時間以上も空を漂っているわけだ。前方のさほど離れていないところで、イギリス海峡がきらめいていた。その向こうには、雲ひとつない青空。ロンドンの灰色の雲は、はるか後方になってしまった。

デリンはしかめっ面をしてから、伸びをした。

「まったく、きれいに晴れやがって」そう言った声は、かすれていた。唇が乾燥し、とんでもなく尻が痛かった。

そのとき、デリンは自分のまわりにある触手が丸まっていることに気づいた。

「今度はなんだよ?」デリンはうめき声を漏らした——そうはいっても、空獣を降下させてくれるんなら、鳥の群れの攻撃だって、大歓迎だ。地面にぶち当たる方が、こうやって吊り下げられたまま干からびて死ぬより、まだましだもんな。

水平線を見わたしても、何も見えなかった。にもかかわらず、ハーネスの革帯が震えはじめ、空中で低くうなるエンジンの音も聞こえてきた。

デリンは目を丸くした。

巨大な飛行獣《エア・ビースト》が、背後の灰色の雲から姿を現わそうとしていた。銀色の上甲板が太陽の光を反射して、きらめいている。

とてつもなく巨大な物体だ。セント・ポール大聖堂よりも大きく、デリンが前の週にテムズ川で見たドレッドノート級外洋戦艦オリオンよりも長い。つややかな円筒形の艦体はツェッペリン型飛行船に似ているが、その側面は繊毛の動きに合わせて振動し、周囲では共生関係にあるこうもりや鳥たちが飛び交っている。

ハクスリーは恨めしそうに口笛のような音を上げた。

「だめだ、ビースティ。イライラすんなよ!」デリンは優しく声をかけた。「助けにきてくれたんだぞ!」

少なくとも、デリンはそう確信していた。とはいえ、これほど大きなものが救出にきてくれるとは予期していなかった。

飛行獣はさらに接近を続け、今や、腹部から吊られたゴンドラが見える距離にまで来ている。艦橋《ブリッジ》の窓の下に記された縦一フィート（約三十センチメートル）ほどの文字が、徐々にはっきりと読み取れるようになった……**リヴァイアサン**。

デリンは思わず息をのんだ。「それも、とんでもなく有名な、お仲間がな」

リヴァイアサンは、ドイツ皇帝《カイザー》のツェッペリンに対抗するべく造られた、巨大水素呼吸《ハイドロゲン・ブリー》獣《ザー》の第一号だ。その後、より大きな人造獣も開発されたが、インドまで往復して、いまいましいドイツ軍の飛行船の記録を完全に打ち破った艦は、未だにリヴァイアサンしかいない。

リヴァイアサンの艦体は鯨の遺伝子から造られた。だが、そのほかにさまざまな種族が構造内で複雑に絡まり、数えきれないほどの生物がストップウォッチの歯車のように組みあわされていた。艦の周囲では、さまざまな人造鳥がそれぞれ群れをなして飛んでいる——偵察鳥、戦闘鳥、食料を集める捕食鳥。伝言トカゲなどの人造獣が被膜の上を駆けまわっているのが、デリンからもよく見えた。

気象学の手引書に書いてあったな。この巨大水素呼吸獣《ハイドロゲン・ブリーザー》は、ダーウィンが例の有名な発見をした、南米の小さな島々をモデルに造られたんだ。リヴァイアサンは単体の人造獣じゃない。絶え間なく変化しながら均衡を保つ、巨大な生態系なんだ。

推力エンジンの音が変化して、リヴァイアサンの鼻先が少し引き上げられた。鯨の全身がそれに従って上昇し、脇腹の繊毛が風にそよぐ草原のように波打つ。無数の繊毛は小さなオールの役割を担っていて、後ろ向きに漕いでリヴァイアサンを減速させると、ほぼ停止の状態にした。

巨大な飛行獣はゆったりとデリンの頭上を泳いで、空を隠した。腹部は一面、灰色のまだら模様だった。夜襲に備えた迷彩だ。

巨艦の影がつくりだした突然の冷気のなかで、デリンはうっとりと頭上を眺めた——ほんとにこの強大な素晴らしい生き物が、俺ひとりを救助するためにわざわざ来てくれたんだ。

またもハクスリーが身震いした。太陽はどこに行ったのだろうと不思議がっているらしい。

「落ち着けよ、ビースティ。おまえのいとこの兄ちゃんじゃねぇか」

上方から呼びかける声がした。何かが動いた。

一本のロープが急に視界に入ったかと思うと、ほどけながら通り過ぎた。また一本。それから、あと十数本。気がつくと、ゆらゆら揺れるロープが逆さまに生えた森に取り囲まれていた。

デリンは手を伸ばして、そのうちの一本をつかもうとした。ところが空獣の気球の横幅が邪魔になって、届かない。今度はハーネスをブランコのように漕いで、近づこうとした。

その動きに反応したハクスリーは、触手を縮こめて急降下した。がくんと身体を落とされて、デリンの背中にひやりとしたものが走った。

「おい、今さら下りるっていうのかよ？　まったく、しょうもねぇ奴だな、おまえ」

ふたたび飛行獣のエンジン音が変わり、垂れ下がったロープがまたも目の前に現われた。

それでもまだ、デリンの手は届かない。ところがそのとき、頭上のエンジンがきしみを上げ

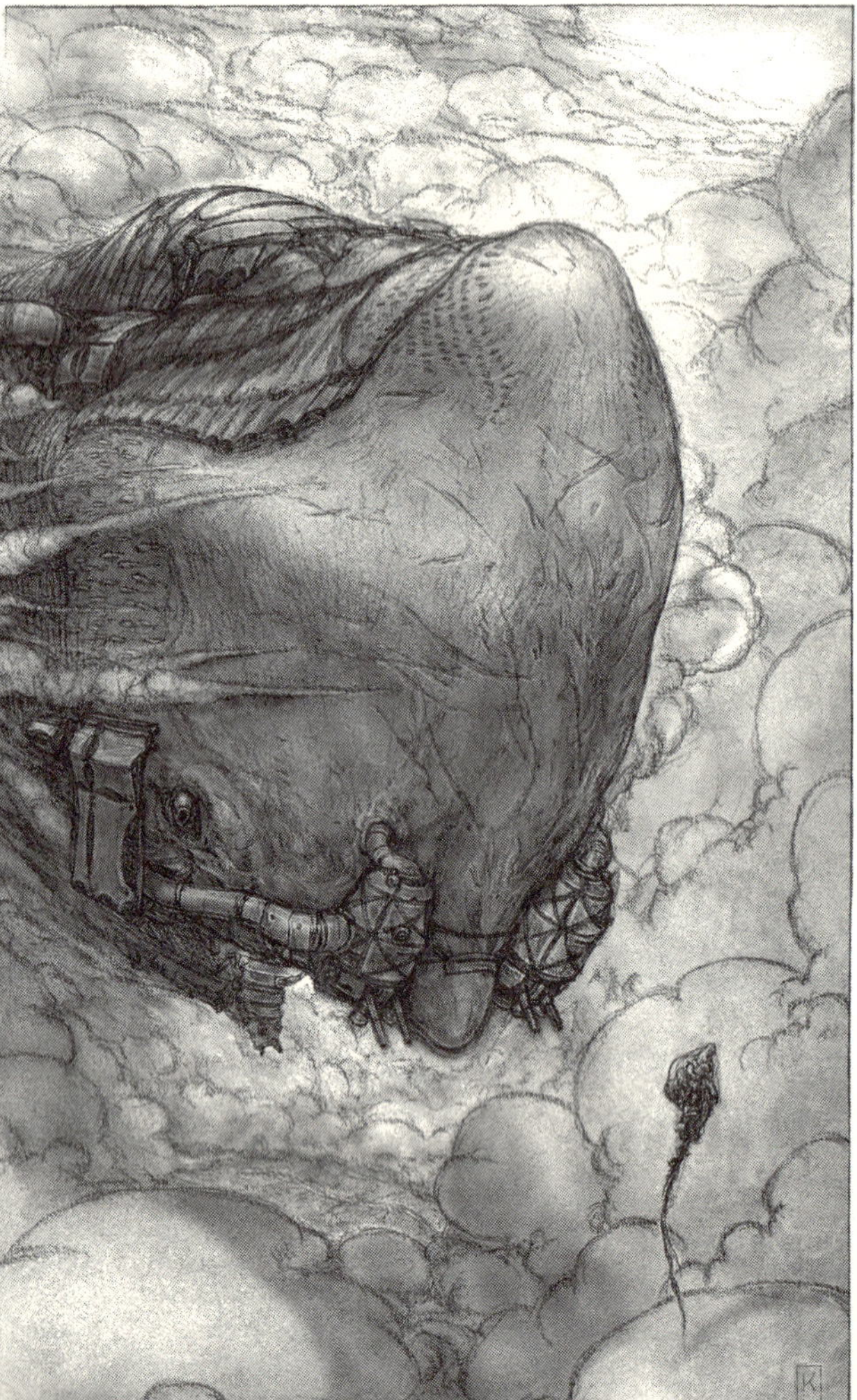

ながら一定のパターンを刻みはじめた。オン――オフ、オン――オフ……。すると、エンジン音のリズムに合わせて、徐々にロープが揺れだした。

リヴァイアサンの操縦士は、どうやらなかなか頭が切れるらしい。

ロープの森がエンジンの波動に合わせて、近くへ近くへと寄って来た。デリンは片方の手を精いっぱい伸ばした……。

どうにか指の先でロープをつかんで引き寄せると、ハーネスの上部にある輪に結びつけた。だがそこで、デリンは眉を寄せた。

俺をゴンドラに引き上げるつもりなんだろうか？　そんなことをしたら、ハクスリーが逆さまにひっくり返っちまうんじゃないか？

だが、ロープはたるんだままだった。しばらくすると、そこを伝って伝言トカゲが降りてきた。水かきのある小さい手が、まるで細い枝を渡るように、しっかりとロープを握りしめている。鮮やかな緑色の肌は、飛行獣の影の中で光を放っているように見える。

トカゲが気取った口調で話しはじめた。こんなちっぽけな身体から、太くて低い声が出てくるのは、なんだか奇妙な感じだった。

「ミスター・シャープ、だったね？」トカゲがしわがれた笑い声を漏らした。

デリンは度肝を抜かれて、思わず返事をしそうになった。だがもちろん、伝言トカゲは頭上にいる士官の誰かが吹きこんだ言葉を繰り返しているだけだった。

「こちらはリヴァイアサンだ。遅くなってすまなかった。悪天候やら何やらあってね」トカゲは人間が咳払いをするような音を出した。デリンは、ひょっとしたらトカゲが小さな拳《こぶし》を口元にあてがうんじゃないかと期待した。ついに到着したというわけだ。われわれは君を背面《ドーサル》から収容する。むろん、標準手順でな」

トカゲが一息ついた。デリンは考えていた――〝ドーサル〟ってなんだろう？

「あぁ、そうだった。君はまだ新兵だそうだな。ご苦労だった。初飛行で遭難するとはな」

まったく、たまんねぇぜ。水素ガスと昆虫の内臓が詰まった気球に大英帝国の半分を横断させられたと思ったら、今度は、トカゲごときに生意気な口をきかれるなんてさ！

「君は標準手順を知らないだろう。でもまあ、非常に簡単だ。実にね。われわれは君の下に潜りこみ、それから上昇して、背面《ドーサル》のウィンチを使って君を収容する。質問はあるかね？」

伝言トカゲは待ち受けるようにデリンを見上げながら、小さな黒い目をぱちぱちさせた。

「質問はありません。準備万端です」男らしい声を使うのを忘れなかった。〝ドーサル〟の意味を知らないと伝えるつもりはなかった。

伝言トカゲは微動だにせず、もう一度まばたきをしただけだった。

「つまり……標準手順ですね？」デリンは言い足した。

トカゲはもうしばらく待っていたが、デリンがそれ以上何も言わないでいると、ロープを駆けのぼって帰っていった。今から向こう側にいる誰かに、彼女の言葉を伝えるのだ。

一分ほどすると、周囲のロープがすべて引き上げられた。いっぽう、デリンがハーネスに結びつけたロープだけは繰り出されて、さらに大きくたるんだ。視界に入りきらないほどの大きな弧を描いて垂れ下がったロープは、四分の一マイル（約四百メートル）はあるようだった。そのとき、アイドリング状態だった飛行獣のエンジンが、ふたたび息を吹き返した。

巨大な影が風に逆らって後退すると、リヴァイアサンの鼻先から不意に太陽が顔を出し、デリンは目がくらみそうになった。それから、飛行獣は下降をはじめた。奔流のような音を上げて水素を排出しながら徐々に高度を下げ、ついには艦橋《ブリッジ》の窓から見ている士官たちとデリンが完全に並行になった。その距離は二十ヤード（約十八メートル）ほどしかなかった。

士官のひとりが微笑んで、きりりとした敬礼を送ってくれた。もちろん、デリンも返礼した。

リヴァイアサンはさらに下降を続け、巨大な片目と同じ高さになったハクスリーは、かすかに哀れな声を漏らした。

「これ以上、面倒をかけないでくれよ」デリンはつぶやいた。

デリンはリヴァイアサンをつぶさに観察した――飛行獣の艦体には巨大なハーネスが巻かれ、ゴンドラをしっかりと固定している。たくさんの帯索が、網の目のように張り巡らされたロープに接続されている。まるで、帆船の索具みたいだ。六本脚の奇妙な人造獣が乗組員といっしょにロープを登って、飛行獣の被膜を嗅ぎまわっている。

あれはきっと、水素探知獣だ。何かで読んだことがある。被膜の水素漏れを探す人造獣だと解説されていた。

リヴァイアサンの巨大な銀色の艦体が真下に滑りこんできた。デリンは自分のロープの反対側の端が、飛行獣の背に置かれたウィンチに接続されていることに気がついた。

なるほど、〝背面《ドーサル》〟っていうのは軍用語で〝背中側〟ってことか。

ウィンチは小型でアルミニウム製だった。可能な限り軽量に作られているのだ。飛行獣にあるものはすべてがそうだ。ふたりの乗組員がウィンチを巻き上げ、たるんだロープを素早く収納している。まもなくデリンと緊張気味のハクスリーは、リヴァイアサンの銀色の背中へと下降しはじめた。

数分後には、五、六人の乗組員がハクスリーの触手をつかんで上甲板に引き下ろしてくれた。気づいたときには、デリンはハーネスから解放され、感覚のなくなった両脚で、水素をはらんだリヴァイアサンの柔らかい被膜の上でよろめいていた。

「ようこそ、ミスター・シャープ」監督していた若い士官が言った。

まっすぐに立とうとしたが、脊椎に痛みが走った。ジャスパーのブーツの中でつま先をもぞもぞさせて、両足のしびれを消し去ろうとした。

「ありがとうございます」デリンはなんとか挨拶した。

「大丈夫か？」士官が訊ねた。

「はい。いささか、ええと、背面《ドーサル》区域がしびれております」

士官は声を上げて笑った。「長いフライトだったたな？」

「はい。少しばかり」デリンはおずおずと敬礼を返した。

何はともあれ、士官は笑顔だった。乗組員たちもみんな、かなりの上機嫌でハクスリーを点検していた。入隊志願者を上空で救助する要請を受けることなど、めったにないのだろう。

操舵手の制服を着た男が、デリンの背中を叩いた。「君のハクスリーは、あれほどの嵐にあったのに、良好な状態だ。君は人造獣の扱いを心得ているようだな、ミスター・シャープ」

「ありがとうございます」ウィンチについていた男たちがハクスリーをロープでつないで、リヴァイアサンの伴流に乗せて引いていった。

「初日の半分を上空で過ごした士官候補生は、そうはいないよ」

「わたしは士官候補生ではありません。まだ試験を受けておりませんので」デリンはあこがれのまなざしで上甲板を見まわしながら、切に願った――スクラブズに戻されちまう前に、艦内を探検させてくれないかな。あと何分かすれば、また歩けるようになるはずだし……。

操舵手は大声で笑った。「航空学の問題をちょこっと解くぐらい、ハクスリーで自由飛行したあとじゃ、たいしたことはないだろう。それに、紛争が起きかけているこの時期、軍にも元気のいい若者がもう少し必要になるだろうからな」

デリンは眉間にしわを寄せた。「紛争、ですか？」

士官がうなずいた。「ああ、そうだ。君はまだ聞いてないだろうが。昨晩、オーストリアの大公とその妃《きさき》が暗殺された。ヨーロッパ大陸にひと騒動起こるかもしれない」

デリンは目をぱちぱちさせた。「申し訳ありません。どういうことでしょうか？」

士官は肩をすくめた。「それが大英帝国とどういう関係があるのか、わたし自身はよく知らない。だが、われわれは警戒態勢を取らされている。君の救出を終えたので、当艦は今からフランスに直行する。クランカーが争いをはじめる場合に備えてな」そう言ってから、彼は笑顔を見せた。「二、三日われわれに同行してもらいたい。問題はないか？」

　デリンは目を輝かせた。感覚が戻った両脚に、飛行獣の被膜の内側にあるエンジンの轟きが伝わってきた。リヴァイアサンの背中から見わたすと、銀色の横腹は緩やかに傾斜してかすみ、空は全方位に果てしなく広がっていた。
　二、三日。士官殿はそう言った。つまり、この完璧な空に、あと百時間いられるんだ……。
　デリンはふたたび敬礼した。こみ上げる笑みを押し殺しながら。

「はいっ。まったく問題ありません」

9

アレックはモールス信号の打電音で目を覚ました。

ほんの少し身体を動かすと床がきしみ、鼻いっぱいに湿った臭いが入りこんだ。腐りかけた壁のあちこちから射しこむ陽光の中で埃が渦を巻いている。起き上がってまばたきをしながら、服を覆っている干し草を眺めた。

アレック公子は生まれて初めて納屋《なや》で眠ったのだった。もっとも、彼はこの二週間で幾多の新しい経験を重ねていた。

クロップ、バウアー、ホフマン機関長が、すぐそばでいびきをかいていた。ストームウォーカーは薄明かりの納屋の中で身をかがめ、頭部が屋根裏の干し草置き場とほぼ平行の位置にきている。昨夜遅くに、アレックの操縦で、この納屋に入れたのだ。暗闇のなか、機体を半分の高さにしてすり足で前進し、ぎりぎりのところに潜りこんだ。なかなか難しい操縦だった。

モールス信号の音がふたたび、ウォーカーの開いた覗視窓越しにカタカタと響いた。

もちろんヴォルガー伯だった。この男は眠ることが大嫌いなのだ。

干し草置き場とウォーカー頭部との間隔は、剣一本分もない。飛び越えるのは簡単だった。アレックは静かに着地した。音をたてずに素足で鋼鉄の装甲板に降り立つと、慎重に少しずつ移動して、覗視窓から機内をのぞいた。ヴォルガーは背中をこちらに向けて機長席に座り、無線のイヤホンを耳に押し当てている。

ゆっくりと、そっと、アレックは片方の足を覗視窓の隅に下ろした……。

「お気をつけください、殿下、落ちませんように」

アレックはため息をついた──どうにかして、このフェンシング指南役に忍び寄ることはできないものだろうか？　それから覗視窓をすり抜けて、操縦席に身を沈めた。

「おまえは眠らないのか、伯爵？」

「あの騒々しさの中では」ヴォルガーは干し草置き場をにらみつけた。

「いびきのことか？」アレックは顔をしかめた。男たちや機械が立てる物音に囲まれて眠るのには慣れたが、どういうわけか、モールス信号の長点と短点のツー・トンという小さな音には起こされてしまう。追われる身となってからの二週間は、アレックの感覚を様変わりさせていた。

「ぼくたちについて何かあったか？」

ヴォルガーは肩をすくめた。「また暗号が変わりました。ですが、これまで以上に通信が頻繁になっています。おそらく軍が臨戦態勢を整えているのでしょう」

「ぼくのことを忘れたのかもしれない」城を出てから最初の数日間は、あちこちの高台をドレッドノート級地上戦艦が歩きまわり、各艦の軽甲板には監視兵が群がっていた。だが、このところアレックたち逃亡者が見かけるのは、ときおり頭上を低空飛行する戦闘機だけだった。

「あなたが忘れられたわけではありません、殿下」ヴォルガーは断言した。「奴らにとっては、今はセルビアを攻める方が簡単だというだけです」

「セルビアは運が悪かったな」アレックがしんみりと言った。

「運など関係ありません」ヴォルガーは低い声で応えた。「帝国は何年も前からずっと、セルビアとの戦争を望んでいました。あとはただの口実ですよ」

「口実だと？」殺された両親の顔を思い浮かべて、怒りがこみ上げた。だが、ヴォルガーの推論に反論することはできなかった。なにしろ、アレックを追っている何機ものドレッドノート級戦艦はドイツ軍とオーストリア軍のものだった。彼の家族は古くからの友人たちによって破壊されたのだ。不運なセルビア人学生の組織の仕業ではない。

「父上はいつも、平和を唱えておられたのに」

「そして、もう唱えることはできない。よくできた筋書きではありませんか？」

アレックは首を振った。「おまえにはあきれるな、ヴォルガー。この事件の背後にいる奴らに感心しているんじゃないかと思うときがあるよ」

「奴らの計画には、ある種の洗練があります――和平に尽力する人間を暗殺して戦争をはじめる、というね。ですが、奴らはひとつ、非常に愚かな間違いを犯しました」ヴォルガーは振り返って、アレックと目を合わせた。「あなたを生かしていることです」

「ぼくの存在など、もはや問題ではないさ」

ヴォルガーが無線機のスイッチを切ると、司令室は静寂に包まれた。納屋の垂木から鳥の羽ばたきが聞こえてくる。

「あなたは人々が考えているよりも、はるかに重要な存在なのですよ、アレクサンダー」

「どう重要なんだ？　両親はいないし、正式な称号もないのに」アレックは視線を下ろして自分の姿を眺めた。盗んだ農民の服を着て、干し草だらけだ。「この二週間、まともに風呂だって入ってない」

「たしかに」ヴォルガーは鼻を鳴らして臭いを嗅いだ。「ですが、お父上は来たるべき戦争に備えて、入念な計画を立てておられたのです」

「どういうことだ？」

「スイスに到着したら、ご説明しましょう」ヴォルガーは無線のスイッチを入れ直した。「ですがそれも、明日、燃料と部品を買えなければ、実現しません。彼らを起こしてきなさい」

アレックは不快感をあらわにした。「ぼくに命令したのか、伯爵？」

「よろしければ、彼らを起こしていただけますか、殿下」

「わかっているぞ、伯爵。おまえはわざと無礼な態度をとっているな。くだらない秘密から、ぼくの気をそらそうとしているんだろう。だが、そんなことをしても、余計に気に障るだけだ」

ヴォルガーは声をたてて笑った。「そんなつもりはありません。ですが、まだ秘密を明かすことはできません。しかるべき時まで待つと、お父上とお約束したのです」

アレックは両手の拳を握りしめた——こんなふうに扱われるのは、もううんざりだ。ヴォルガーはいつも決まって、ぎりぎりまで計画を教えてくれない。確かに父上と母上が亡くなった日には、ぼくはまだ子供だったかもしれない。でも、今はもう違う。

この二週間でアレックは、火のおこし方や、エンジンのグロープラグを交換する方法や、六分儀と星の位置から夜間でもスイスへの進路を判断する方法を習得していた。ストームウォーカーを橋の下や納屋の中に潜りこませることもできたし、シュパンダウ機関銃を分解して清掃することもたやすくできた。自分の服を洗濯するのと同じくらいに——それもまた、アレックが学んだことのひとつだ。ホフマンは簡単な調理まで教えてくれた。干し肉を柔らかくなるまで茹でて、野菜を加える。その野菜も、気の毒な農夫の畑を踏み荒らして進む合間に、自分たちで集めた。

だが、何より大きかったのは、アレックが絶望感をしまいこむすべを身につけたことだった。彼は逃避行の初日を最後に泣かなかった。ただの一度も。彼の苦悩は、胸の奥の小さな片隅に閉じこめられた。今では、やりきれない虚無感に襲われるのは、ほかの者たちが眠っているあいだに、ひとりで見張り番をするときだけだった。

そしてそのときでさえ、アレックは涙を押しとどめる技を練習していた。

「ぼくはもう、子供じゃない」

「存じております」ヴォルガーの声が和らいだ。「ですが、お父上はわたしに依頼されたのです。待つようにとね、アレック。そして、わたしはお父上のお望みを尊重するつもりです。午後から彼らを起こしてきなさい。それから、朝食のあとで、フェンシングの訓練をします。彼らの操縦に備えて、反射神経を鍛えておいた方がいいでしょう」

アレックは少しのあいだヴォルガーを見つめていたが、しまいにはうなずいた。

その手に剣を持つ必要を感じたのだった。

「構えて。よろしいかな」

アレックはサーベルを掲げて〝構え〟の体勢をとった。ヴォルガーがゆっくりとその周囲を歩きながら、入念に姿勢を調べた。ゆうに一分間はかけているように感じられた。

「後ろの足に、もっと体重をのせて」ようやくヴォルガーが口を開いた。「ですが、それ以外はまあまあでしょう」

アレックは言われた通りに体重を移動した。すでに筋肉が痙攣しはじめていた。ウォーカーの司令室で過ごした長い日々のせいで、フォームが崩れてしまっている。つらい訓練になりそうだ。

もちろん、苦痛はヴォルガー伯のいつも通りの狙いだった。十歳でフェンシングを習いはじめたとき、アレックは、剣術はきっとものすごく楽しいものだろうと期待をふくらませていた。ところが、最初のころの訓練は、今のような姿勢でただただ何時間も立ち続けること

だった。伸ばした腕が震えはじめるたびに、ヴォルガーが嘲《あざけ》ったものだ。

十五歳になった今は、とにかく剣を交えることだけは許されている。

ヴォルガーも構えの体勢をとった。

「最初はゆっくりやろう。わたしが指示する防御姿勢を取りなさい」ヴォルガーはそう告げると攻撃を開始して、剣を突き出すたびに防御動作の名称を大声で叫んだ。「ティエルス……もう一度、ティエルス。次はプリム。今のはひどいぞ、アレック。刀身を下ろしすぎだ！ティエルスを二回。さあ、戻って。次は、カルト。まったく見苦しい。もう一度……」

伯爵の攻撃は続いた。だが、そのかけ声は次第に少なくなり、アレック自身に防御姿勢の判断を任せるようになった。剣が閃《ひらめ》き、ふたりのすり足が、納屋を貫く光の矢の中に埃を舞い上げる。

農民の姿でフェンシングをするのは奇妙な気分だった。水とタオルを差し出すために待機している召使たちもいない。足元ではねずみが走りまわり、上からは巨大なストームウォーカーが鋼鉄の戦神のようにふたりを見守っている。ヴォルガー伯は数分おきに停止を命じて、ウォーカーを見上げた。まるで、平然と沈黙を守るウォーカーを見習って、アレックのお粗末な技術を我慢しようとしているようだった。

それから、ヴォルガーはため息をついて言うのだった。「もう一度……」

アレックは戦うにつれて、自分の集中力が研ぎ澄まされていくのを感じた。城内のフェンシング場と違って、ここには壁を覆う鏡もない。クロップとほかのふたりはウォーカーのエンジン点検に忙しくて、こちらを見ている暇もない。気を散らすものは何もない。剣が交わる澄んだ音と、すり足の音が聞こえるだけだ。

手合わせがさらに激しさを増したところで、アレックはふと気づいた——ぼくたちはマスクを着けていない。いつも防具なしで戦いたいとせがんでいたのに、父上も母上も絶対に許してくれなかったな。

「なぜセルビアを？」唐突に、ヴォルガーが訊ねた。

アレックは構えを下ろした。「なんと言った？」

ヴォルガーはアレックの不十分な受け流し《パリー》を押しやって、剣先で軽く手首を突いた。

「なんの真似だ？」アレックは大声を上げて、手をさすった。競技用サーベルの刃は鈍いが、それでも身体を突けばあざができる。

「相手が下ろすまで、防御姿勢を崩してはなりません、殿下。戦闘中には絶対に」

「だって、おまえが訊いたから……」アレックはそこまで言いかけたが、ため息をつくと、ふたたびサーベルを掲げた。「わかった。続けよう」

伯爵はいきなりの乱打で試合を再開し、アレックを後退させた。フェンシングのルールでは、少しでも対戦相手の剣に接触したら、攻撃はそこで終了すると定められている。にもかかわらず、ヴォルガーは受け流し《パリー》をまったく無視して、力ずくで優勢に立った。

「なぜ、セルビアを？」伯爵はアレックを納屋の奥の壁へと追いつめながら、先ほどの言葉を繰り返した。

「セルビアはロシアと同盟関係にあるからだ！」

「確かに」ヴォルガーは不意に攻撃を止めると、踵《きびす》を返して歩いていった。「スラブ民族の古くからの同盟です」

アレックはまばたきをした。両目に汗が流れこみ、心臓が激しく鼓動している。

ヴォルガーは納屋の中央で体勢を整えた。「構えて」

アレックは用心深く近づいて、剣を掲げた。

今回もヴォルガーが攻撃をしかけた。優先ルールは無視したままだ――これはフェンシングじゃない。これはむしろ……剣闘だ。

アレックは神経を集中させた。意識はサーベルの先にまで伸びていた。ストームウォーカーを操縦するときのように、鋼全体が彼の身体の一部になった。

「では、ロシアと最も親密な同盟関係にあるのは？」少しも息を切らさずに、ヴォルガーが質問した。

「英国」アレックが答えた。

「そういうわけでもない」ヴォルガーの刀身がアレックの防御の内側に滑りこんで、彼の右腕を強打した。

「痛っ！」アレックは防御体勢を崩して、打たれた箇所をさすった。「いいかげんにしろ、ヴォルガー！　おまえが教えているのはフェンシングか？　それとも外交関係か？」

ヴォルガーは笑みを浮かべた。「あなたには、その両方の教育が必要なのです。わざわざ言うまでもないでしょう」

「だって、去年、英国海軍司令部がロシア軍と会談したじゃないか！　父上は、そのせいでドイツ軍が焦って暴走したと言っておられた」

「あれは同盟ではありませんよ、アレック。今のところは」ヴォルガーは剣を掲げた。「では、ロシアと同盟関係にあるのは？」

「フランス、だと思う」アレックは喉をごくりとさせた。「協定を結んでいるだろう？」

「その通り」ヴォルガーは少し間を置いて、剣の先で何かを宙に描いていた。それから、顔をしかめた。「剣を構えて、アレック。二度と警告しないぞ。あなたの敵もしてくれないはずです」

アレックはため息をついて、防御の体勢をとった。サーベルを強く握りすぎていることに気づいて、どうにか手の力を抜いた。そして思った――ヴォルガーはこんな邪魔立てが、ためになると考えているのだろうか？

「わたしの目に集中して」ヴォルガーが言った。「剣先ではなく」

「目といえば、ぼくたちはマスクを着けていないな」

「戦場にマスクはありません」

「戦場では剣闘だって多くはないぞ！　最近はな」

その言葉を聞いて、ヴォルガーは片方の眉を吊り上げた。アレックは一瞬の勝利を味わった――そっちが気に障ることばかり言うのならば、こっちだって言ってやる。

アレックはヴォルガーの突きをかわして、今度こそ反撃に出た。彼のサーベルの先端が、間一髪のところでヴォルガーの腕をはずした。

アレックは後退して、防御体勢をとった。

「ではおさらいだ」依然としてサーベルを閃かせながら、ヴォルガーが言った。「オーストリアはセルビアに報復する。そのあとに、何が起こる？」

「セルビアを守るために、ロシアがオーストリアに宣戦布告する」

そう答えながらも、どういうわけかアレックの意識はサーベルの動きに集中したままだった。マスクがないと、不思議なほど鮮明に見えた——そういえば、陸軍士官学校出のドイツ軍将校たちに会ったことがあったな。あの学校では防具をつけると臆病者とみなされるために、彼らの顔には傷痕が走り、まるで冷酷な笑みを浮かべているように見えたものだ。

「それから？」ヴォルガーが言った。

「ドイツはロシアに宣戦布告して、クランカーの名誉を守る」

ヴォルガーがアレックの膝を一突きした。攻撃が禁じられている部位だ。「それから？」

「フランスはロシアとの協定を守って、ドイツに宣戦布告する」

「それから？」

「知るものかっ」アレックは大声で怒鳴ると、ヴォルガーのサーベルを思いきり叩いた。ところが気づいてみれば、完全に無防備な姿勢になっていた。これでは隙だらけだ。急いで向きを変えて、構え直した。「英国はなんとかして参戦の手立てを考える。ダーウィニスト対クランカーだ」

ヴォルガーは前方に腕を突き出した。彼の刀身が回転してアレックのサーベルに蛇のように巻きつき、その手から引き抜いた。アレックのサーベルは閃光を放ちながら、高く舞って納屋を横切り、ブスッと音をたてて腐りかけた壁に突き刺さった。

御猟場伯爵は前に出ると、アレックの喉にサーベルの剣先を向けた。

「そして、今日の訓練から、われわれはどんな結論を導きだせますかな、殿下?」

アレックはヴォルガーをにらみつけた。「ぼくたちが結論づけられるのはな、ヴォルガー伯爵、フェンシングの最中に政治を論ずるのは、馬鹿げているということだ」

ヴォルガーは微笑んだ。「たいていの人間にとってはそうでしょうね、おそらく。ですが、選択の余地を持たずに生まれる者もいます。国家間の勢力争いは、あなたの生まれ持っての権利であり宿命なのですよ、アレック。あなたの行動のすべてが、政治に影響するのです」

アレックはヴォルガーのサーベルを脇に押しのけた。さっきまで手にしていたサーベルがなくなると、急激にしびれと疲れを感じた。わかりきったことに反論する気力もなかった。

ぼくの誕生がオーストリア＝ハンガリー帝国の王位を揺るがし、今度は、ぼくの両親の死がヨーロッパの微妙な均衡をぐらつかせているのだ。

「つまり、この戦争はぼくの責任だ」アレックは苦々しげに言った。

「それは違いますよ、アレック。クランカーとダーウィニストの列強は、遅かれ早かれ、戦いの道に進んでいたはずです。ですがおそらく、あなたにはまだ、お立場を築く手だてが残されています」

「どうやって？」

御猟場伯爵はそのとき、奇妙な振る舞いをした。ヴォルガーは自分のサーベルの刃をつかむと、柄頭《つかがしら》を向けてアレックに手渡した。まるで、勝者に捧げるように。

「今にわかります、アレック。今にね」

10

アレックはゆっくりと操縦桿を横に動かした。ストームウォーカーの右足が動く手応えがあった。

「その調子！」オットー・クロップが言った。「ここはゆっくりと」

アレックがふたたび慎重に装置を動かすと、ウォーカーはもう少し移動した——まったくもどかしい。こういう窮屈な場所で操縦するのは。ほんのわずかでもウォーカーの肩がぶつかったら、腐った納屋全体が崩れ落ちてくるだろう。だがとりあえず、いろいろな計器の針やレバーの意味は、だいぶわかってきた。あともう少し、膝の圧力が上がると助かるんだが。

次の一押しで、アレックはウォーカーを狙い通りの位置に向けた。覗視窓が納屋の壁のぎざぎざの割れ目とぴたりと重なった。夕方の陽の光が司令室に射しこみ、彼らの目の前に農地が広がった。遠くの方で、十二脚のコンバイン収穫機が騒々しい音を上げて進んでいた。十数人の農夫と四脚トラックがあとについて、梱包された穀物を拾い集めている。

ヴォルガー伯がアレックの肩に片手を置いた。「彼らが見えなくなるまで待つんだ」

「ああ、わかっている」アレックは言った。さきほどのあざはまだうずいていたし、今日のところはヴォルガーの忠告はもうたくさんだった。

コンバインはのろのろと農地を横切って、ようやく低い丘の向こうに姿を消した。数人の農夫がだらだらとそのあとを追い、地平線の上で小さな点になった。アレックはすぐに遠くにいる彼らを見失ったが、とにかく待ち続けた。

やっとバウアーの声が、機内通話装置の雑音に乗って届いた。「今、最後の一名がいなくなりました」

バウアー伍長は特級射手ならではの超人的な視力を持っている。二週間前までは、ゆくゆくは戦闘ウォーカーの指揮官になろうという前途有望な若者だった。ホフマン機関長はハプスブルク家近衛師団で最も優秀なエンジニアだった。だが今では、このふたりもただの逃亡者にすぎない。

アレックは徐々に、家臣たちが自分のために投げ打ったすべてを理解しはじめていた。それは階級であり、家族であり、将来だった。万一捕らえられたら、四人は脱走兵として絞首刑になるだろう。アレクサンダー公子自身は、言うまでもなく、もっとひっそりと姿を消すはずだ。帝国の平和のため、という名目で。戦時中の国家が最も必要としないものは、不安定な王位継承問題なのだ。

アレックはストームウォーカーを納屋の出入り口に向かってそろそろと移動させた。クロップが教えてくれたすり足を使った。そうすれば、ウォーカーの巨大な足跡だけでなく、何者かがここに隠れていたという形跡まで消せるはずだ。

「初走行の準備はよろしいですか、若君？」クロップが訊ねた。

アレックはうなずいて、指をほぐした。緊張していた。それでも、久しぶりに深夜ではなく、陽の光の中で操縦するのは嬉しかった。

それに実のところ、転倒を恐れる気持ちも少し薄れていた。もちろん五人とも、あざや打ち身だらけになるだろう。だがいざとなれば、クロップ師がウォーカーの体勢を立て直してくれるはずだ。

エンジンの鼓動が速くなり、排気と埃と干し草の臭いが入り交じった。アレックはゆっくりとウォーカーを前進させた。木材をきしませながら納屋の扉を押して通り抜け、新鮮な空気の中に出る。

「うまくやりましたな、若君！」クロップが言った。

答えている暇はなかった。彼らは今、人目につく場所にいるのだ。アレックはストームウォーカーを直立させ、エンジンの回転速度を最大にした。そのまま前進させ、一歩ごとに鋼鉄の脚をより遠くに伸ばす。やがて、ある瞬間から歩行が走行に変わった。両の脚が同時に宙を駆け、着地するたびに、その衝撃で司令室が激しく振動する。

ライ麦が踏みしだかれる音が聞こえた。ストームウォーカーの足跡は、航空機からならば簡単に発見できるだろう。だが、夜のあいだにコンバイン収穫機が戻ってきて、巨大な足跡を消してくれるはずだ。

アレックはしっかりと目的地を見据えていた。隠れみのになる樹々に覆われた川床だ。

今のスピードはアレックがはじめて経験する最高速度だった。馬よりも、ベルリン行きの急行列車よりも速かった。十メートルの歩幅で踏み出すたびに、永遠の一瞬を飛び越えるような気がした。とてつもない巨体からは想像できないような優美な足運びだ。雷のような速度で走行するのは、夜のあいだに森の中をはうようにして進み続けた日々のあとでは、なおさら楽しく感じた。

ところが、川床に近づくにつれて、心配になってきた。ウォーカーの速度を上げすぎただろうか？　どうやって停止させればいいのだろう？

操縦桿を少しだけそっと戻した——すると突然、何もかもがおかしくなってしまった。右足の着地が早すぎた……ウォーカーは前にのめりはじめた。

左脚を下ろさせたが、ウォーカーは勢いを抑えきれずに前のめりになってしまった。そうなると、次の一歩を踏み出さざるを得なくなり、酔っ払いのようにふらつきながら突進して、止まれなくなってしまった。

「若君——」オットーが口を開いた。

「代わってくれ！」アレックは叫んだ。

クロップは操縦桿を握ると、ウォーカーを横にひねって片脚を外に伸ばさせ、機体全体を後方にのけぞらせた。操縦席が回転し、頭上の吊り革につかまって立っていたヴォルガーは激しく振りまわされた。だが、クロップはどうにか装置にはりついて操縦に集中している。

ストームウォーカーは前方に滑りながら、片脚を大きく広げ、前に出した足で土やライ麦を地面から引きはがした。土埃《つちぼこり》が司令室に吹きこむ。アレックは視界の隅で、こちらに迫ってくる川床をとらえた。

徐々にスピードが落ちると、残っていたわずかな勢いが機体を垂直に押し上げた……。まもなく、ストームウォーカーは二本の脚で直立した。木立に隠れ、巨大な両足は小川に浸かっている。

アレックは覗視窓の外に目を向けた。土埃と引きちぎられたライ麦が渦を巻いている。少し経つと、両手が震えはじめた。

「お見事でした、若君！」クロップがアレックの背中をぽんと叩いた。

「ぼくは転びかけたじゃないか！」

「その通りです！」クロップは大声で笑った。「初めて走行するときは、誰でも転倒するんです」

「誰でもどうするだと？」

「誰でも転倒します。ですが、あなたは正しい判断をして、大事に至る前に、わたくしに操縦を委ねられました」

ヴォルガーは上着についたライ麦の茎を払い落とした。「今日の訓練では謙虚さを学ぶことの方が、むしろ厄介な課題だったようですな。われわれは本物の平民に見えるよう、気を配らねばならないのですから」

「謙虚さだと？」アレックは固く拳を握った。「おまえは、ぼくが転倒するのを知っていたというのか？」

「もちろんです」クロップが言った。「申し上げた通り、誰でも最初は転ぶんです。ですが、あなたは大事に至る前に、操縦桿をわたくしにお預けになった。それもまた、訓練なのです！」

アレックは顔をしかめた――クロップは満面の笑みをこちらに向けている。まるで、ぼくが六脚小型艇での宙返りを習得したとでもいうみたいだ。笑うべきなのか、クロップを叱るべきなのか、なんだかもうよくわからない。

結局アレックは、咳をして肺から埃を吐き出してから、操縦に戻った。ストームウォーカーは正常に反応した。どうやら最大の問題は、彼のプライドが傷ついたことらしい。

「わたくしの期待を上回る出来でしたよ」クロップが言った。「とりわけこの、上部が重すぎる不安定な状態では」

「上部が重すぎるだと？」アレックは訊ねた。

「つまり、それは」クロップは、ばつが悪そうにヴォルガーに視線を送った。「そんなつもりでは……」

ヴォルガー伯はため息をついた。「話していいぞ、クロップ。殿下に離れ業のような操縦を覚えていただくのなら、例の物をお見せしておいた方がいいだろう」

クロップはうなずいた。その顔には、いたずらっぽい笑みが浮かんでいた。彼は機長席から立ち上がると、床にある小さな制御盤のそばに膝をついた。「手を貸していただけませんか、若君？」

いささか好奇心をかき立てられたアレックは、クロップのそばにひざまずいて、ふたりでつまみねじを緩めはじめた。不意に制御盤が飛び出して、アレックは目をぱちぱちさせた──金属線や歯車の代わりに、その空間には、鈍い輝きを放つ美しい長方形の金属が積まれていた。ひとつひとつにハプスブルク家の紋章が刻印されている。

「これは……？」

「金塊です」クロップは嬉しそうに答えた。「一ダースあります。全部で、約四分の一トンですな！」

「どうしてこんな」アレックはかろうじてつぶやいた。

「お父上の個人資産です」ヴォルガー伯が告げた。「あなたへの遺産の一部として、われわれに託されたのです。われわれは金には困りませんよ」

「そうだろうな」アレックは座りこんだ。「つまり、これがおまえの小さな秘密か、伯爵？　認めるよ。確かに驚いた」

「これは単なる付け足しです」ヴォルガーが片手を振ると、クロップは制御盤を元に戻しはじめた。「本当の秘密はスイスにあります」

「四分の一トンの金塊が付け足しだって？」アレックはヴォルガーを見上げた。「おまえ、本気か？」

ヴォルガー伯はいかにもという顔をしてみせた。「わたしはいつも本気ですよ。さて、参りましょうか？」

アレックは立ち上がって、操縦席に戻った――それにしても、御猟場伯爵が用意しているべつの秘密とは、いったいどんなものだろう？

ふたたびウォーカーを発進させ、川床を下った。向かうのはリエンツ。機械製造をしているいちばん近い街だ。ウォーカーはケロシン燃料と部品を切実に必要としている。そして一ダースの金塊があれば、いざとなれば街全体を買えるはずだ。だが問題なのは、彼らの正体を隠さねばならないことだった。サイクロプス型ストームウォーカーは、間違いなく人目を引く移動手段だ。

アレックは林の中の川岸に沿って、ひたすらウォーカーを前進させた。午後の光もだいぶ薄れてきたので、密かに街の近くまで到達できるはずだ。明日になったら、そこから街まで歩けばいい。

考えてみると不思議だ。朝になったら、ぼくは二週間ぶりに、ここにいる四人の家臣以外の人間と接する。平民だらけの街に行くのだ。自分たちに混じって公子が歩いているとは、誰も思わないだろう。

アレックはもう一度咳をしてから、農民の変装をした埃まみれの自分の姿を見下ろした——ヴォルガーの言う通りだ。今のぼくは、小作人に負けず劣らず不潔で汚ならしい。誰もぼくが特別な存在だとは思わないだろう。金塊という莫大な財産を持った少年にも、絶対に見えないはずだ。

となりにいるクロップはアレックと同じくらいむさ苦しかったが、それでもなお、嬉しそうな笑みを浮かべていた。

11

ミスター・リグビーに駄目だと言われてはいたが、デリン・シャープは下を見た。千フィート（約三百メートル）下方で、海がうねっていた。大きな波が水面を転がり、風が月明かりに照らされた白い水しぶきを波頭から吹き飛ばしている。ところが上空の、暗闇の中でリヴァイアサンの脇腹にしがみついているこの場所では、風はそよとも動かなかった。気流図と同じように、無風の層が巨大な飛行獣を包みこんでいるのだ。

無風だろうとなかろうと、海の様子を見てしまったら、索具を握る手にいっそう力が入った――落ちたらとんでもなく冷たいんだろうな。それに、この二週間、ミスター・リグビーから何回も忠告されてる。ある程度以上の速度で落下すると、海面は石と同じくらい固いんだって。

小さな繊毛の律動がさざ波のようにロープに伝わって、指をくすぐった。デリンは片手をロープから放すと、飛行獣《エア・ビースト》の温もりに手のひらを押し当てた――被膜はぴんと張って健康そうだ。水素漏れの臭いもしない。

「休憩か、ミスター・シャープ？」リグビーの声だ。「まだ半分しか登ってないんだぞ」

「聴いているだけです」年かさの士官たちは被膜の音で飛行獣のすべてを判断できるのだそうだ。リヴァイアサンの皮膚には、エンジンがうなる音や、底荷《バラスト》トカゲが艦内をはい回る音が反響していた。デリンの周囲にいる乗組員の声まで響いてくる。

「だらけてるってことだな」リグビー掌帆長(注7)ががなりたてた。「これは戦闘訓練なんだぞ！　さっさと登れ、ミスター・シャープ！」

「はいっ！」そう答えておいたが、実際にはさして急ぐ必要もなかった。ほかの五名の士官候補生は、まだデリンに遅れをとっていた――だらけてるってのは、あいつらのことだよ。あいつらは二、三フィート登っちゃあ止まって、段索《ラットライン》に安全ハーネスを留め直してるけど、俺は先輩の艤装兵とおんなじように、ハーネスを留めずに登ってるもんな。飛行獣の底面から吊り下げられる場合は、そうもいかないけどさ。

腹《ヴェントラル》面から、だったな――デリンは自分で訂正した――背面《ドーサル》の反対だ。空軍兵は普通の言葉を使いたがらない。壁は〝バルクヘッズ〟だし、食堂は〝メス〟だし、段索は〝ラットライン〟だ。軍では〝左〟と〝右〟まで、べつの言葉で言うけど、それはちょっとやりすぎってやつだな。

デリンはブーツのかかとをラットラインに引っかけると、ふたたび身体を持ち上げた。餌袋がずしりと肩にのしかかり、汗が背中を流れ落ちた。彼女の腕はほかの士官候補生ほど強くなかったが、その分、脚を使って登るすべを習得していた。確かに休憩はしたかもしれないが、それもほんのちょっとのあいだだった。

伝言トカゲがデリンのわきを走り過ぎた。吸盤のついた足が、タフィ・キャンディに貼りついた指のように被膜を引っぱっている。トカゲは立ち止まって下っ端の士官候補生に大声で命令をがなりたてることもなく、飛行獣の背骨に向かってまっしぐらに駆け上がった。全艦が戦闘警戒態勢に入っていた。移動を急ぐ乗組員のせいでラットラインが大きく揺れ、夜の空には人造鳥が飛び交っている。

デリンは遠く暗い海に浮かぶ明かりを発見した。H・M・S(注8)・ゴルゴン(注9)。従獣クラーケン(注10)を供とする英国海軍の船で、今夜の教練の標的を曳航していた。

ミスター・リグビーも気がついたらしく、大声で怒鳴った。「おまえたち、止まるなよ。この軟弱者！　こうもりたちが朝飯を待ってるぞ！」

デリンは歯をくいしばり、手を伸ばして次のロープを――〝ラットライン〟だろうが、軟弱者！――つかんで力いっぱい引っぱった。

士官候補生試験は、確かに楽勝だった。

軍の規則では、試験は地上で受けるものと定められていたが、デリンはリヴァイアサンの臨時士官候補生になりたい一心で、なりふり構わず頼みこんだ。彼女の乗船から三日目に、とうとう士官たちも根負けして、特例を認めてくれた。パリの鐘楼がいくつも窓を通り過ぎるなか、デリンは数問の六分儀を使った計測や、十数枚連なった信号旗の解読や、地図の判読を次から次へとこなしていった。いずれも何年も前に、父親から教えこまれていた。渋い顔をしていた掌帆長のミスター・リグビーでさえ、かすかに賞賛の表情を浮かべたほどの出来だった。

だが、試験の日を最後に、デリンのうぬぼれは少々しぼんでいた。実際に現場に立ってみて、飛行獣のことを何もわかっていないと気づいたのだ。とにかく、今のところはまだまだだった。

掌帆長は毎日、リヴァイアサンの若い士官候補生を士官室に集めて、講習会を開いた。そのほとんどは飛行技術についてだった。つまり、航行術、燃料消費、天気予測。それから、さまざまなロープの結び方や号笛の音色を際限なく教えこまれた。あまりに何度も飛行獣の解剖図を描いたので、デリンはグラスゴーの路地と同じくらいに、飛行獣の内部構造に詳しくなった。運がいい日は、戦史の講義だった。ネルソン提督の戦闘や、ダーウィンの系譜を継ぐフィッシャーの遺伝子学理論、水上艦や地上部隊に対する飛行獣の戦術。皇帝《カイザー》の命を持たない飛行船や飛行機を相手にどう闘うべきか、卓上で模擬戦を繰り広げる日もあった。

けれど、デリンがいちばん好きな講義は、科学者が解説してくれる自然哲学だった。いかにしてダーウィン老は、顕微鏡下で微小な遺伝子を取り出して絡みあわせ、原型種から新しい種《しゅ》を作る方法を突き止めたのか。いかにして進化が、デリン自身の遺伝子の複製を彼女の身体の全細胞に押しこんだのか。いかにして数多くの異なる人造生物が、リヴァイアサンを構築しているのか――顕微鏡でしか見えない腹中の水素排出バクテリアから、ハーネスを装着した巨大な鯨に至るまで。いかにして飛行獣内の生物が、自然界の生き物と同様に、乱雑で騒々しい均衡の中で生きる努力を続けているのか。

　掌帆長の講習会は、デリンが頭に詰めこまなければならない物事のほんの一部にすぎなかった。ほかの飛行獣とすれ違うたびに、士官候補生は遠くでひるがえる旗が紡ぐメッセージを解読するために、先を争って信号甲板に向かった。一分間に六語を間違えずに読みとらないと、リヴァイアサンの胃区画での長時間任務が待っていた。一時間ごとに、リヴァイアサンの高度確認の演習を行なった。空気銃を発砲して海からの反響時間を計測するか、燐《リン》光藻を入れた光輝く瓶《びん》を落として砕け散るまでの時間を測るのだ。デリンは、百フィート（約三十メートル）から二マイル（約三・二キロ）の距離であれば、物体が落下するまでの秒数を瞬時に算出できるようになっていた。

　けれど、何より戸惑ったのは、そのすべてを男としてこなすことだった。

　ジャスパーは正しかった。確かに、デリンの胸は厄介な問題にはならなかった。水は重い。だから飛行獣内での風呂といえば、布切れとバケツでさっと済ますだけだった。それに、艦内トイレ（軍用語だと〝ヘッズ〟）は、リヴァイアサンの薄暗い胃腸管にあった。その流れが排泄物を運んで、バラスト水（注11）と水素に変えるのだ。そんなわけで、女である身体を隠すのは簡単だった。大変なのは、頭の中を切り替えなければいけないことだった。

　デリンはずっと、男まさりな気性を自認していた。ジャスパーの横暴と、父親の熱気球の指導で鍛えられてきたはずだった。ところが、ほかの士官候補生とのつきあいは、単に殴りあいの喧嘩をしたり、絆を深めたりするだけではなく……犬の群れに混ざるようなものだった。彼らは、士官候補生用食堂《メス》のいちばんいい席を争ってもみくちゃの大騒ぎをした。彼らは、信号の解読や航行術の点数や、その日誰が士官からほめられたかをめぐって、お互いを野次《やじ》りあった。彼らは、誰がいちばん遠くまで唾を飛ばせるか、誰がいちばん早くラム酒を飲み干すか、はたまた誰がいちばん大音量のゲップをするか、とにかく、果てしなく競いあった。

とんでもなく疲れた――男でいるのは。

けれど、そのすべてが悪いというわけではなかった。航空兵の制服は、女の子の服のどれよりも、はるかに快適だった。ブーツは信号演習や消火訓練に駆けつけるときにドタドタとご機嫌な音をたてたし、上着には一ダースものポケットがついていて、そのなかには号笛や索具ナイフを収納するための専用の仕切りまであった。それに、ナイフ投げや悪態や、殴られても痛がらないといった役立つ技術を絶えず訓練するのも、苦にはならなかった。

だけど、男ってやつは、なんでまたこんなことを一生続けるんだろう？

デリンは痛む両肩から餌袋を下ろした。今回は誰よりも早く飛行獣の背中に着いたので、束の間の休憩を取ることができた。

「またたらけてるのか、ミスター・シャープ？」声が聞こえた。

振り返ると、リヴァイアサンの膨らんだ脇腹をよじ登ってくるニューカーク士官候補生の姿が見えた。彼のゴム底靴がキュキュッと鳴る音も聞こえた。上方のこのあたりには波打つ

繊毛は生えておらず、ウィンチや大砲を搭載するために外皮が非常に固く造られているのだ。

デリンはすかさず言い返した。「おまえが追いつくのを待ってただけだよ、ミスター・ニューカーク」

仲間の少年たちを〝ミスター〟と呼ぶのは、妙な感じがした。ニューカークはいまだにニキビ面で、ネクタイも満足に結べない。けれど、士官候補生は正式な士官と同じように振る舞うよう指導されている。

脊梁部に到着すると、ニューカークは餌袋を放り出してにんまりと笑ってみせた。「ミスター・リグビーはまだずっと下にいるぜ」

「ああ、もう俺たちを怠け者とは呼べないな」

ふたりはしばらくのあいだそこに立ち止まって、息を切らしながら、周囲の光景を楽しんだ。

飛行獣の上甲板は活気にあふれていた。ラットラインでは懐中電灯とツチボタルが点滅している。遠くの足音を伝えて被膜が震えている。デリンは目を閉じて、この飛行獣の一体性を感じ取ろうとした——たくさんの種が絡みあって、ひとつの巨大な生命体を築いているんだ。

「ここはすげぇよな、まったく」ニューカークがささやいた。

デリンはうなずいた。この二週間、彼女は可能なかぎり、艦外任務を志願していた。飛行獣の背中にいると、本当に空を飛んでいるのだと実感できた——風が顔に吹きつけ、全方位に空が広がる——父親の熱気球で浮遊したのと同じくらい、かけがえのない時間だった。

当直艤装兵の分隊が走り過ぎた。二匹の水素探知獣がリードを引っぱって、被膜の水素漏れを探している。一匹が通り過ぎざまに、ニューカークの手を嗅ぐと、彼は素っ頓狂な声を上げた。

艤装兵が声を上げて笑い、デリンもそれに加わった。

「衛生兵を呼んでやろうか、ミスター・ニューカーク?」

「大丈夫だ」彼はムッとして答えると、いぶかしげに自分の手を眺めた。モンキー・ラッダイトの母親を持つニューカークは、遺伝子組み換えに対する嫌悪感を受け継いでいる。その彼がどうして、リヴァイアサンのような常軌《ビースティ》を逸した怪物での任務を志願したのかは、まったくの謎だった。

「俺はあの六本脚の人造獣が嫌いなだけだよ」

「あいつらは怖がるようなもんじゃないぜ、ミスター・ニューカーク」

「そんなこと知るかよ、ミスター・シャープ」彼はぶつくさ言いながら、餌袋を担いだ。

「行くぜ。もうリグビーがすぐそばまで来てるぞ」

デリンはうめき声を漏らした。あと一分休めば、筋肉の痛みもほぐれるはずだった。だが、彼女はたった今、ニューカークを笑いものにした。つまり、これでまた、果てしない競争がはじまったわけだ。デリンは餌袋を担ぐと、彼に続いて艦首に向かった。

まったくとんでもない重労働だよ、男になるっていうのは。

12

デリンとニューカークが艦首に近づくにつれて、こうもりたちはますます騒然となった。彼らが反響定位のために発する甲高い音が、トタン屋根の上に雹《ひょう》が降るようにやかましい。ほかの士官候補生も、すぐ後ろまできていた。ミスター・リグビーがそのまんなかで彼らを急き立てている。こうもりの給餌は矢弾攻撃に合わせて、的確なタイミングで実施しなければならないからだ。

突然、甲高い鳴き声を上げるけたたましい一群が、暗がりから飛び立った――駆逐鷹だ。主《あるじ》が出ていった薄暗い巣の中では、航空機捕獲網がかすかな光を放っている。ニューカークは驚いて声を上げ、足をもつれさせて、飛行獣《エア・ビースト》の横腹の傾斜を転げ落ちた。だがゴム底靴で被膜をきしませながら、なんとか踏みとどまったようだ。

デリンは餌袋を放り出して、彼を追いかけた。

「くそったれ！」ニューカークがわめいた。ネクタイがいつもよりさらにゆがんでいる。

「あの性悪の鳥《バーキング・スパイダーズ》たちめ、襲ってきやがった！」

「そんなことしてねぇって」デリンは彼に手を差し伸べてやった。

「足元がおぼつかないか？」ミスター・リグビーが脊梁部から声をかけてきた。「少し明かりがあったほうが良さそうだな」

リグビーは号笛を取り出して、いくつかの音階を吹いた。高く、低く。信号音が被膜を震わせると、足元のツチボタルが目を覚ました。飛行獣の被膜のすぐ下をはっている彼らは、淡い緑色の光を放つ。その明かりは、乗組員が足元を確認するには十分だが、敵の航空機が飛行中のリヴァイアサンを発見できるほどではない。

とはいえ、本来、戦闘訓練は暗闇の中で行なわれるものとされている。ただ歩くだけなのに、ツチボタルの世話になるのは、少々ばつが悪かった。

ニューカークは下を向いて、軽く身震いした。「このビースティも嫌いだ」

「おまえはどんなビースティも嫌いじゃねぇか」デリンが言った。

「あぁ、だけど、もぞもぞはい回るやつは最悪だ」

デリンとニューカークは元の場所まで登り着いたものの、ほかの士官候補生に遅れをとってしまった。だが、艦首はもう目の前だ。こうもりたちは磁石についた鉄くずのようにその場所を覆いつくしている。彼らの甲高い鳴き声が四方八方から聞こえてくる。

「こいつらは腹が減ってるようだぞ、諸君」ミスター・リグビーが警告した。「噛みつかれないようにしろよ！」

ニューカークが心配そうな表情を浮かべたので、デリンは肘で突っついた。「おまえ、馬鹿か。矢弾こうもりは昆虫と果物しか食わねぇよ」

「あぁ、それと、金属のスパイクだろ」彼はつぶやいた。「それが、とんでもなく不自然だっていうんだよ」

「彼らはそのように造られた、というだけの話だ、ニューカーク」ミスター・リグビーが大声で言った。人間の細胞の遺伝子組み換えは禁じられているが、士官候補生たちはいつも、掌帆長の耳は人造じゃないかと噂していた。リグビーの地獄耳は、風速三十メートルの強風の中でも不平不満のつぶやきを聞き取ることができるほどなのだ。

餌袋を目にしたこうもりたちはますます騒がしくなり、半球状に傾斜した艦首のまわりで、有利な位置につこうと競りあっている。士官候補生は一斉に各自の命綱を留めると、飛行獣の盛り上がった頭部に散らばって餌袋を構えた。

「はじめるぞ、諸君」ミスター・リグビーが叫んだ。「思いっきりばらまけ！」

デリンは餌袋の口を開いて片手を突っこみ、干しいちじくをつかんだ。一粒一粒の中央には、小さな金属製の矢じりがしこまれている。宙に向かって放り投げると、こうもりの波が起こった。餌を奪いあって、翼をはためかせている。

「この鳥は嫌いなんだよ」ニューカークがつぶやいた。

「こうもりは鳥じゃないぞ、馬鹿」デリンが言った。

「だったら、なんだよ？」

デリンはうめき声を上げた。「こうもりは哺乳類だ。馬と同じさ。じゃなきゃ、おまえや俺みたいに」

「空飛ぶ哺乳類かよ！」ニューカークは首を振った。「科学者たちは次は何をしでかすつもりだ？」

デリンはあきれた顔をして、もうひとつかみ餌をまいた——ニューカークには、自然哲学の講義中ずっと眠り続けるっていう癖があるからな。

そりゃあ俺だって、とんでもなく不思議だって思ってる。こうもりが恐ろしい金属の矢じりを食うなんてさ。しかも、そんなもんを食っても、こうもりたちはまったく平気みたいだ。

「全部に行き渡るようにしろよ！」ミスター・リグビーが怒鳴った。

「あぁ、これって、ガキのころに、あひるに餌をやったのとおんなじだ」デリンはつぶやいた。「小さいやつは、ひと欠片のパンも食えなかったな」

デリンはさらに力を込めて投げてやったが、いちじくがどこに落ちても、かならずいじめっ子たちが割りこんだ。最も卑しい者が生き残れるという法則は、科学者が自分たちの創造物から排除できなかったもののひとつだった。

「もういいだろう！」ようやくミスター・リグビーが叫んだ。「食い過ぎのこうもりは役に立たないからな！」彼は士官候補生たちに向き直った。「それから、おまえたち厄介者に、ちょっとしたお楽しみを用意してやった。背面で待機することに異議のある者は？」

士官候補生は歓声を上げた。ふだんなら彼らは、戦闘訓練の邪魔にならないように、ここからはい下りてゴンドラに戻らなければならない。上甲板から矢弾攻撃を見学できるなんて、願ってもないことだった。

H・M・S・ゴルゴンは、すでに射程圏内に入っていた。後ろには、攻撃目標となる経年劣化したスクーナー船を引いている。標的に照明は搭載されていなかったが、暗い海に映える白い帆がはためいていた。ゴルゴンはスクーナー船を切り離すと、一マイルほど離れた位置まで退避し、信号弾を発射して準備が整ったことを知らせた。

「どいてくれ、諸君」士官候補生の背後から声がした。バスク博士だった。リヴァイアサンの船医であり、主任科学者だ。その手に圧縮空気銃を握っている。水素呼吸獣の艦内で、唯一許された着装武器だ。バスク博士がこうもりの群れの中をずかずかと進むと、黒い翼が彼のブーツを避けるように飛び去った。

「こっちだ！」デリンはニューカークの腕をつかむと、もっとよく見える場所を目指して、小走りに飛行獣の脇腹の傾斜を下りた。

「落ちないようにしろよ、諸君」ミスター・リグビーが注意した。

デリンは彼を無視して、ずっと向こうにあるラットラインに急いだ。士官候補生の面倒をみるのは確かに掌帆長の役目なのだが、リグビーは自分を彼らの母親だとでも思っているようだった。

伝言トカゲがデリンのわきを走り抜けて、主任科学者のところに出頭した。

「攻撃を開始して結構です、バスク博士」トカゲが艦長の声で告げた。

バスクはうなずいた──誰もが伝言トカゲに向かってするように。実際、そんなことをしても無意味なのだが──それから、空気銃を上に向けた。

デリンは片方の腕をラットラインに引っかけた。「耳をふさげ、ミスター・ニューカーク」

「アイアイサー！」

空気銃が鋭い音を発し――デリンのそばの被膜が震えた――驚いたこうもりたちが空に舞い上がった。まるで、巨大な黒いシーツが風に吹かれて波打っているようだった。激しく渦を巻いている。きらきら光る目と翼の嵐だ。ニューカークはデリンのとなりで縮こまり、リヴァイアサンの脇腹にさらにぴったりと身を寄せた。

「馬鹿だな」デリンが言った。「あいつらはまだスパイクを発射する段階じゃないって」

「そうかよ、だといいけどな！」

ほどなくしてメインゴンドラの下にあるサーチライトが灯され、光の筋が暗闇を貫いた。こうもりたちが光の中に突進すると、蛾と蚊の遺伝子をかけあわせた人造虫が、コンパスさながらの正確さで彼らを誘導した。

サーチライトは、ぱたぱたと舞うこうもりたちの小さな体で埋めつくされ、まるで、埃が舞う一筋の陽光のように見えた。そのとき、光線が左右に揺れはじめた。こうもりの大群は空を横切って、忠実にそのあとを追った。光線の振れ幅いっぱいに広がって、波間に揺れる標的にどんどん近づいていく。

サーチライトは完璧な間合いで、こうもりの大群をスクーナー船の真上に導いた……。

……そこで突然、光線が、鮮血のような赤い色に変わった。

こうもりたちの悲鳴が聞こえた。その声はエンジン音やリヴァイアサン乗組員の鬨《とき》の声を越えて、デリンの耳にまで届いた。矢弾こうもりは赤い色をひどく恐れる——おびえた彼らは恐怖のあまり、やにわに脱糞した。

スパイクを落下させると、こうもりの大群は散らばって、さっきより小さい一ダースほどの雲となり、リヴァイアサンにある自分たちの巣に戻りはじめた。それと同時に、サーチライトが下を向いて標的を照らし出した。

矢弾はまだ降っていた。幾千もの矢弾が、真紅のスポットライトを浴びて金属の雨粒のように輝き、スクーナー船の帆をずたずたに切り裂いた。デリンのいる上空からも、甲板の木材が粉々に割れ、前支索《ステイ》と横静索《シュラウド》を切り刻まれてマストが傾くのが見てとれた。

「いいぞっ！」ニューカークが叫んだ。「ちょっとばかしあんな攻撃をしてやれば、ドイツ軍も思い知るってもんさ！」

デリンは顔をしかめた。一瞬、あの船に乗組員がいたらと想像したのだ。心が浮き立つような光景ではなかった。甲鉄艦ですら甲板砲や信号旗を失うだろうし、地上の軍隊ならばスパイクの雨に徹底的に痛めつけられるはずだ。

「それがおまえが入隊した理由なのか？」デリンは訊ねた。「ドイツ人が人造獣より嫌いだから？」

「いや。航空隊に行けっていったのは、おふくろだ」

「だけど、おまえのおふくろさんはモンキー・ラッダイトだろう？」

「あぁ、遺伝子組み換えは神をも恐れぬ所業だと思ってるさ。だけど、どっかから、戦時中にいちばん安全な場所は空中だって聞いてきたんだよ」ニューカークは切り刻まれた船を指さした。「あっちよりは危険じゃないだろ」

「そりゃそうだな」デリンはかすかなうなりを伝える飛行獣の被膜を軽く叩いた。「おい、見ろよ……ここからが山場だぞ！」

ゴルゴンが従獣クラーケンに仕事をさせようとしていた。

二条のスポットライトがゴルゴンから伸びて、チカチカと信号色を変えながら水面を横切り、従獣を召喚した。スクーナー船に到達した光はまばゆい白にその色を変え、リヴァイアサンのこうもりたちが与えた損傷を照らしだした。帆はほとんど残っておらず、索具は嚙み潰された靴紐がもつれ合っているように見えた。甲板はさまざまな破片ときらきら輝くスパイクで覆われている。

「すげえ！」ニューカークが叫んだ。「見ろよ、俺たちがやっ……」

その声も、水面から従獣の一本目の触手が現われたところでしぼんでしまった。

巨大な触手が空を斬り、それと同じ長さの海水の膜が雨のように広がった。英国海軍クラーケンもハクスリー博士が開発した人造獣だと、デリンは何かで読んだことがあった。タコとダイオウイカの遺伝子から造られたのだ。触手はスポットライトの中でとぐろをほどくと、巨大な鞭のようにゆっくりとしなった。

そのままじっくり時間をかけて、触手はスクーナー船に巻きついた。吸盤が船体にぴたりと吸いつき、そこにもう一本の触手が加わった。すると、二本はそれぞれ船体の端と端をつかんで、まっぷたつにへし折った。木材が引き裂かれる恐ろしい音が黒い海水に反響して、デリンの耳にまで届いた。

さらに何本もの触手が海面から伸び上がり、船体を抱えこむ。最後にクラーケンの頭部が浮上して姿を現わし、巨大な片目でちらりとリヴァイアサンを見上げてから、スクーナー船を海中に引きこんだ。

一瞬にして、すべてが消え失せた。波の上に残っているのは船の破片だけだ。ゴルゴンが礼砲を撃った。

「ふーん」ニューカークが言った。「とどめを刺したのは海軍ってことかよ、ちくしょう」

「あのスクーナー船に人が乗ってたとしても、クラーケンにおびえることはなかったさ」デリンは言った。「殺されるのも二度目なら、たいして苦しくもないだろ」

「あぁ。ぶっ壊したのは俺たちだもんな。まったくすげえよな、俺たちゃ！」

第一陣のこうもりたちはすでに巣に向かっていた。ということは、そろそろ士官候補生は下に降りて、追加の餌を取ってこなければならない。デリンは疲れた筋肉をほぐした――足を滑らせて、下にいるクラーケンに巻きこまれるのはごめんだ。あのビースティは朝食のスクーナー船においしい乗組員が入ってなかったから、きっと腹を立ててるはずだ。自分の身体を捧げてまでクラーケンのご機嫌を取りたくはねぇからな。

実のところ、矢弾攻撃を見学したデリンはまだ動揺していた――ニューカークは戦闘に加わりたくて、うずうずしているかもしれない。だけど、俺は空を飛ぶために入隊したんだ。千フィート下にいる気の毒な奴らを切り刻むためじゃない。

いくらなんでも、ドイツ軍とお仲間のオーストリア軍は、どこぞの貴族が暗殺されたくらいで戦争を起こすほど間抜けじゃないだろう。クランカーってのは、ニューカークのおふくろさんみたいなもんだ。遺伝子組み換え種を恐れて、自分たちの機械装置を崇拝している。あいつらはあんな歩行機械とうるさい航空機の集団で、ロシアとフランスと英国からなるダーウィニスト勢力に対抗できると思ってるんだろうか？

デリン・シャープは首を振った。戦争がはじまるなんて話は、まったくのたわごとだ。クランカーの列強が戦いを望むなんて、そんなのありえない。

デリンは木っ端微塵になったスクーナー船の破片に背を向けると、ニューカークのあとを追って、小刻みに震えるリヴァイアサンの横腹をはい下りた。

13

リエンツの町を歩いているうちに、アレックは身の毛がよだつような気分に襲われた。似たような市場は以前にも見たことがあった。今と同じように、喧騒と肉の解体と調理の匂いにあふれていた。開放型ウォーカーや馬車の中から見るぶんには、愉快だったかもしれない。だが、こんな場所を自分の足で歩き回るのは生まれて初めてだった。

蒸気荷車が熱い湯気をもくもくと吐き出しながら、低い音を立てて街路を通過した。運んでいるのは山ほどの石炭や、籠の中で声をそろえてけたたましく鳴いている鶏や、あふれんばかりの農産物。玉石の道にこぼれ落ちたじゃがいもや玉ねぎに足を取られてアレックは何度も滑った。男たちが肩に担いでいる長い棒の先で生肉の塊がぶらぶらと揺れ、運搬用のラバたちは積荷の薪や小枝でアレックを突っついた。

だが、何より最悪なのは人々だった。ウォーカーの狭い機内で長時間過ごしてきたアレックは、不潔な体臭にはすでに慣れていた。だが、ここリエンツの土曜市に集まった数百人の平民は四方八方からぶつかってきたし、彼の足を踏んでも詫びの言葉をつぶやくことすらしなかった。

どこの露店でも、人々は大声で値段に文句をつけていた。まるで、どんな取り引きをするにも言い争う義務があると思っているようだ。口論に参加しない者たちはその周りに立って、取るに足らない事柄を話し合っている。夏の暑さ、苺《いちご》の収穫高、誰かの豚の健康状態……。アレックは思った――彼らがくだらないことばかりしゃべり続けているのも、まあ無理はない。平民には重要なことなど起こらないからな。それどころか、この純然たるくだらなさは、むしろ圧倒的だ。

「彼らはいつもこんな感じなのか？」ヴォルガーに訊いてみた。

「どんな感じですか、アレック？」

「会話の内容が実にくだらない」ひとりの老婆がアレックにぶつかって、小声で悪態をついた。「おまけに、無礼だ」

ヴォルガーは声を出して笑った。「夕食の中身よりも高尚なことを考えている者は、まずおりませんな」

アレックは、足元ではためく一枚の新聞紙に目を留めた。馬車の車輪に踏まれて、半ば泥の中に埋まっている。「それにしたって、ぼくの両親に何があったかは知っているはずだ。戦争が起ころうとしていることも。こうは思わないか？　彼らは本心ではとても不安だけれど、気にしないふりをしているだけだと」

「わたしが思うに、殿下、彼らの多くは字が読めません」

アレックは顔をしかめた――父上はいつも、カソリックの学校に資金援助をなさっていた。

それに、すべての民は地位に関係なく選挙権を与えられるべきだという考えを支持しておられたのに。だが、群衆のむだ話を聞くかぎり、平民たちが国事を理解しているとは思えない。

「着きました。ここです」クロップが告げた。

機械部品の店は市場が開かれている広場の隅にある、頑丈そうな石造りの建物だった。開け っ放しの扉の中は涼しく、ありがたいことに静かで薄暗かった。

「何かね？」暗がりの中から声がした。目が慣れてきたアレックは、歯車やばねで雑然とした作業台から、こちらを見上げている男に気づいた。大型の機械が壁面に並んでいた――車軸やピストン、一体のエンジンが暗い影の中で場所を占めている。

「いくつか部品が入用でね」クロップが言った。

男はアレックたちの頭のてっぺんからつま先まで視線を走らせ、彼らが数日前に農家の物干しロープから盗んだ服をじろじろと眺めた。三人とも、昨日の土埃とライ麦のくずにまみれている。

店主はやりかけの仕事に視線を戻した。「ここには農業機械向きのもんはねえよ。クルーゲの店をあたってみるんだな」

「ここのでじゅうぶんさ」クロップはそう言うと前に出て、作業台の上に現金の入った袋を放り投げた。木製の台の上で、ガシャッと鈍い音がした。袋の腹は硬貨で膨らんでいる。

店主はあからさまに驚いた顔をしてから、うなずいてみせた。

クロップはさまざまな歯車や、グロープラグや、電気部品の名前を挙げはじめた。いずれも、この二週間の旅で摩耗しだしたストームウォーカーの部品だった。店主は合間合間にクロップを遮って質問をしたが、決して金の袋から目を離さなかった。

ふたりの会話を聞いているうちに、アレックはクロップ師のアクセントがいつもと違うことに気づいた——普段のクロップはゆっくりと明瞭な抑揚で話すのに、今は平民のように母音を引き伸ばしていて、曖昧で聞き取りにくい。たぶんクロップは、平民の真似をしているのだろう。いや。もしかしたら、これがクロップの本来の話し方なのかもしれない。おそらく、貴族の前では話し方を変えているのだ。

なんだか嘘みたいだ。三年間も訓練を受けていながら、自分の師範の本当のアクセントを聞いたことがなかったなんて。

クロップが必要なものをすべて伝え終えると、店主はゆっくりとうなずいた。それから、ちらりとアレックを見やった。「それと、ぼうずにも何かやんなきゃな?」

店主は部品や金属片の山からおもちゃを取り出した。六脚ウォーカー。メフィスト級の八百トン地上フリゲート艦の模型だ。ぜんまいを巻いて模型の後部から鍵を引き抜くと、おもちゃのウォーカーは歩きはじめ、歯車やねじくぎを強引に押しのけながら前進した。

店主が上目遣いでこちらを見た。どうだと言わんばかりの顔だ。

二週間前だったら、アレックはその装置に夢中になったはずだった。けれど今の彼には、小刻みに震えて動くおもちゃなど子供じみて映った。それに、こんな平民からぼうず呼ばわりされるのは我慢ならなかった。

アレックはちっぽけなウォーカーに向かって、鼻を鳴らした。「操舵室が全然違う。メフィストのつもりなら、位置が後ろすぎる」

店主はゆっくりとうなずくと、笑みを浮かべてふんぞり返った。「ほぉ、まあずいぶんとご立派な物言いだな？　次はこの俺に機械いじりを教えてくれるってか」

とっさにアレックは腰に手をやった。普段なら、そこには剣が下がっている。店主の目は彼の動きを追っていた。

少しのあいだ、店内が静まり返った。

ヴォルガーが前に出て金の袋をさっと拾い上げ、そこから金貨を一枚取り出して、作業台の上に叩きつけた。

「おまえはわれわれに会わなかった」ヴォルガーの声は鋼鉄の刃のように鋭かった。

店主はなんの反応も示さぬまま、ひたすらアレックを見つめている。まるで、彼の顔を覚えこもうとしているようだ。アレックも店主をにらみ返した。片手を目に見えない剣にあてがったままで、今にも飛びかからんばかりだ。ところが突然、クロップがアレックを引きずるようにして扉に向かい、街路に連れ出した。

埃と陽の光に目をチクチクさせながら、アレックはようやく自分がしでかしたことに気づいた――ぼくのアクセント、ぼくの態度……。あの店主は、ぼくが何者か勘づいたのだ。

「昨日の、謙虚さの訓練が不十分だったようですな」人ごみをかき分けながら、ヴォルガーが吐き出すように言った。三人は小川に向かって急いでいた。小川の先に、ウォーカーを隠してあるのだ。

「わたくしの不手際です、若君」クロップが言った。「お話をなさらないよう、ご忠告申し上げるべきでした」

「あの男は、ぼくが最初の一言を口にしたときから気づいていたんだな？　ぼくは愚かだ」

「三人揃って愚か者です」ヴォルガーは一枚の銀貨を肉屋に放り投げると、立ち止まらずに、二連なりのソーセージをひったくった。「当然のことながら、奴らは整備士組合《ギルド》に警告していたはずだ。われわれを見たら通報しろと！」ヴォルガーは語気を荒らげた。「にもかかわらず、最初に見つけた店に、なんのためらいもなくあなたをお連れしてしまった。少しばかりの埃が隠れみのになるだろうと、安易に考えて」

アレックはくちびるを噛んだ。大公は息子の写真を撮ることを許さなかった。似顔絵さえ禁じていた。今になってやっと、アレックはその理由を悟った――父上は、ぼくが身を隠さねばならない事態まで想定しておられたのだ。それなのに、ぼくは自分から正体を明かしてしまった。クロップが話し方を変えるのだって、聞いていたのに。どうして、口をつぐんでいられなかったのだろう？

市場の端に到着したところで、クロップがふたりを引き止めた。その鼻は宙に向けられていた。「ケロシン燃料の臭いがします。ともかく、燃料だけは必要です。それとエンジンオイルが。それがなければ、われわれはあと何キロも進めません」

「では、手っ取り早く片づけよう」ヴォルガーが言った。「わたしがあの男にやった口止め料は、有害無益だったかもしれない」彼はアレックの手に硬貨を一枚押しこむと、向こうを指さした。「いざこざを起こさずに新聞を買えるか試してきなさい、殿下。すでに新しい皇位後継者が選ばれたかどうか、知っておく必要があります。ヨーロッパがどれだけ戦争に近づいているのかも」

「ですが、このあたりからは離れないでください、若君」クロップがつけ加えた。

ふたりの男は積み上げられた燃料缶へと向かい、アレックは市場の喧騒にひとり取り残された。彼は人ごみをかき分けながら前に進んだ。乱暴にぶつかられても、歯を食いしばってこらえた。

新聞は長い台の上に並べられていた。重しに石を置かれ、そよ風に吹かれて四隅が揺れている。アレックは順々に目をやった――どれを選ぶべきだろうか？　父上はいつも、写真のない新聞だけが読む価値があるとおっしゃっていた。

見出しのひとつに目が留まった。

〝ヨーロッパの団結力、セルビアのプロパガンダと対決す〟

全紙ともそんな論調だ。サラエヴォでの事件以降、全世界がオーストリア゠ハンガリーを支持していると、自信たっぷりに書き立てている。でも、はたしてそれは真実だろうか？　このオーストリアの小さな町の人々ですら、ぼくの両親が暗殺されたことをさほど気にかけていないようだ。

「どれにするんだ？」台の向こう側から声がした。

アレックは手のひらの硬貨を見つめた。現金を持つのは、これが生まれて初めてだった。触ったことがあるのは、父親が収集していたローマ時代の銀貨だけだ。今、彼の手にあるのは金貨で、片面にハプスブルク家の紋章が、反対側にはアレックの大伯父の肖像が刻まれている——フランツ・ヨーゼフ一世皇帝。アレックが皇位を継承することは絶対にないと定めた人物だ。

「これで何部買える?」なるべく平民らしく聞こえるように訊ねた。

新聞売りの男は硬貨をつまみ上げて、しげしげと眺めた。それからそれをポケットに滑り落とすと、知恵足らずに話しかけるように微笑んでみせた。「好きなだけ持ってきな」

思わず、まともに答えろと言いそうになったが、喉元まで出かかった言葉をのみこんだ。口を開いて高貴な人物だと気づかれるよりも、馬鹿者のふりをする方が賢明だった。

怒りをこらえて、一紙一部ずつ両腕に抱えた。競走馬と貴婦人の邸宅で開かれたサロンの写真だらけの新聞まであったが、たぶん、ホフマンとバウアーが喜ぶだろう。

最後に一度だけ新聞売りの男をにらみつけたアレックは、恐ろしい事実に気づいて愕然とした。彼はフランス語、英語、ハンガリー語を流暢に話したし、ラテン語とギリシャ語も家庭教師たちが常々感心するほど堪能だった。にもかかわらず、アレクサンダー・フォン・ホーエンベルク公子はまったくといっていいほど人民の日常語を話せなかった。新聞ひとつ満足に買えないくらいに。

14

三人は川床に沿ってとぼとぼと歩いていた。一歩進むたびに缶の中のケロシン燃料がはね返り、立ち上るガスがアレックの肺を焼いた。各自がふたつずつ、重たい燃料缶を運んでいる。すでにこの地点で、ストームウォーカーまでの帰り道が、今朝町まで歩いたときよりもずっと長い距離に感じられた。

そのうえ、アレックの不用意な言動のせいで、三人は必要な物の大部分を手に入れられずに町を後にしたのだ。

「交換部品なしで、あとどのくらいもちこたえられるんだ、クロップ？」アレックが訊ねた。

「何者かがわれわれに砲弾を落とすまで、ですな、若君」

「何かが壊れるまで、ということだな」ヴォルガーが言った。

クロップは肩をすくめた。「サイクロプス型ストームウォーカーは軍隊の一部となるべく作られています。前線には、補給列車も給油機も修理隊もありません」

「馬にするべきだったな」ヴォルガーが文句を言った。

アレックは荷物を握り直した。ケロシン燃料の臭いが、首からぶら下げた燻製ソーセージの匂いと混じりあった。ポケットには新聞と新鮮な果物が詰めこまれている。全財産を持ち歩く放浪者になったような気分だ。

「そうだ、クロップ師。あのウォーカーは本来は戦闘用なのだから、ぼくたちは必要な物を奪い取ればいいじゃないか？」

「そうやって、軍隊を呼び寄せるおつもりか？」ヴォルガーが訊ねた。

「彼らはもう、ぼくたちの居場所を知ってるさ。ぼくのせいで――」

「黙って！」ヴォルガーがささやいた。

アレックは立ち止まった……。燃料缶からのパシャパシャという音以外、何も聞こえなかった。目を閉じた。意識の片隅で、低い雷鳴のような音が響いた。ひづめの音だ。

「隠れろ！」ヴォルガーが言った。

三人は即座に、小川の土手の深い茂みに飛びこんだ。アレックは地べたにはいつくばった。心臓が早鐘を打っている。

ひづめの音が近づくにしたがって、猟犬たちが吠える声がそれに加わった。

アレックは思わず息をのんだ――隠れても無駄だ。猟犬はぼくたちの匂いを知らないとはいえ、ソーセージとケロシン燃料が注意を引いてしまう。

ヴォルガーが銃を抜いた。「アレック、あなたがいちばん足が速い。ストームウォーカーまで全力で走るんだ。クロップとわたしが、ここで食い止める」

「だが、この音からして、騎兵が十人はいるぞ！」

「ウォーカーに敵《かな》う数ではありません。さあ早く、殿下！」

アレックはうなずくと、ソーセージを投げ捨てて、浅瀬に駆けこんだ。濡れた石で足が滑ったが、小川を渡れば猟犬たちは追跡できないはずだ。しかも、対岸の土手は平坦で茂みもない。

走っているうちにも、騎兵と猟犬の気配はますます近づいてきた。銃声が一発鳴り響き、叫び声と馬のいななきが聞こえた。

さらに銃声が轟いた――ライフル銃の発射音だ。クロップとヴォルガーは人数だけでなく、武器の数でも劣っている。だが、騎兵隊がぼくを追わずに、あの場所に留まって戦っていることだけは確かだ。結局のところ、一般兵卒は、ぼくが何者であるのかを知らされていないのだろう。農民の服を着た少年など、たぶん気にもとめないはずだ。

アレックは走り続けた。振り返らず、弾丸に肌を貫かれる光景を頭から追い払った。

小川の流れは農場に入っていった。両側には背の高い草むら。ようやく、ウォーカーを隠してある雑木林が見えた――あと五百メートル。頭を下げて、いっそう速く走った。自分のブーツと小川の土手の石に意識を集中させた。

林へと急ぐアレックの耳に、不吉な音が届いた――近づくひづめの音。一頭だ。思いきってちらりと振り返ると、小川の対岸を猛スピードで追ってくる騎兵が見えた。片方の腕に、カービン銃（注12）の負革《おいかわ》を巻きつけている。

発砲するつもりだ……。

身をひるがえして、土手を駆けのぼった。農場のライ麦は胸まである。隠れるには十分な高さだ。

銃声が一発鳴り響いた。アレックの右側一メートルのところで、間欠泉のように泥が噴き上がった。

アレックはライ麦畑に飛びこむと、四つんばいになって急いで小川から離れた。

ふたたび、カービン銃の鋭い発射音がして、銃弾が耳元をかすめた。もっと奥まで走って行きたいという衝動に駆られた。だが、背の高い草が動けば、騎兵に気づかれてしまう。アレックはあえぎながら、その場に凍りついた。

「わざと外してやったんだぞ！」大きな声が聞こえた。

アレックは身を伏せて、呼吸を整えようとしていた。

「よく聞け。おまえは、まだ子供だ」声が話し続けた。「ほかのふたりが何をしたにせよ、おまえのことは隊長も大目に見てくれるはずだ」

馬が水をはね散らして小川に入る音が聞こえた。急いでいる様子はない。

アレックは茎を揺らさないように注意しながら、ライ麦畑の奥へとはい進んだ。心臓が激しく鼓動し、両目に汗が流れこむ——こんな実戦は生まれて初めてだ。金属に覆われたストームウォーカーの機外で闘うなんて。ヴォルガーはぼくが町に武器を持ちこむことを許さなかったから、手元にはナイフの一本もない。

はじめての一騎打ち。しかも、ぼくは丸腰だ。

「出てこい、小僧。手間をとらせるな。さもないと、この手でおまえをぶちのめすぞ！」

アレックは動きを止めた。自身の唯一の強みに気づいたのだ――この若い兵士は、自分が追っているのが何者なのかを知らない。そこらのごろつきだろうとたかをくくって、ぼくが十歳のときから戦闘訓練を受けている貴族だとは思っていない。

反撃されるなどとは、予想だにしていないはずだ。

騎兵はすでにライ麦畑の中を進んでいた。馬の脇腹が背の高い茎をかき分ける音が聞こえる。騎乗用ヘルメットのおおげさで派手な羽飾りが視界の端から昇ってきたので、アレックはさらに低く身を伏せた。おそらく騎兵は鐙《あぶみ》に立ち上がって、麦の穂の下までのぞこうとしているのだろう。

ぼくは馬の左側にいる。騎兵が剣を下げている方だ。カービン銃には劣るが、それでも、ないよりはましだ。

「世話をやかせるな、小僧。出てこい！」

アレックは騎兵のヘルメットの羽飾りを見守った――あの大げさな羽根の曲線は、騎兵が顔を向ける逆側に来るんだ。あんなふうに鐙に立っていては、さぞや足元もぐらついているにちがいない。

はい寄って距離を縮め、姿勢を低くして機をうかがう……。

「いいか、小僧。おまえが何を盗んだかは知らんが、撃たれるほどの価値はないんだぞ！」

アレックはじりじりと馬に近づいた。ようやく、騎兵の頭が反対側を向いた。アレックは地面から立ち上がって、二、三歩駆け寄ると、騎兵に飛びかかって左腕をつかみ、力いっぱい引っぱった。騎兵が怒声を発したそのとき、カービン銃が空に向かって垂直に火を噴いた。暴発音に驚いた馬はライ麦畑を突進し、勢いよく引っぱられたアレックの両足が宙に浮いた。アレックは片手で騎兵の腕にしがみつき、もう片方の手で、鞘の中でがたがた揺れる剣をつかもうとした。

騎兵は身体をよじり、鐙に踏ん張って体勢を整えようとした。アレックの顔面に騎兵の肘鉄が入った。ハンマーで殴られたような衝撃だ。口の中に血の味が広がったが、痛みを無視して、剣を奪うことに集中する。

「小僧、殺してやる！」騎兵は一方の手で手綱をひねり、反対の手で銃の台尻をアレックの頭に振り下ろそうとした。

とうとう、アレックの手が剣の柄《つか》をしっかりと握りしめた。騎兵の腕を放して地面に飛び下りると、シュッと音がして、鋼鉄の刃が引き抜かれた。アレックは暴れ続ける馬のそばに着地して片足でくるりと向きを変え、剣の平らな面で馬の尻を叩いた。

馬が後ろ脚で跳ね上がった。騎兵は悲鳴を上げて、ついには鞍から転げ落ちた。カービン銃が手から逃れて背の高いライ麦の中に飛んで行き、彼自身はドスンという重い音とともに落馬した。

アレックはライ麦を斬り払いながら前に進み、倒れている騎兵のそばに立つと、サーベルの先を男の喉元に向けた。

「降伏しろ」

男は何も言わなかった。

目は半開きで、顔面は蒼白だった。アレックよりわずかに年上のようだ。まだあごひげが薄く、広げた両腕も細い。顔に浮かべている表情はとても安らかで……。

アレックは一歩退いた。「怪我をしたのか？」

なにやら大きくて温かいものが、背後からそっとアレックを突っついた――馬だった。急に、おとなしくなっていた。首のうしろに鼻を押しつけられて、アレックの背筋に冷たい戦慄が走った。

男は反応を示さなかった。

遠くで、銃声が鳴った――ヴォルガーとクロップが、ぼくの助けを待っているんだ。急げ。

アレックは倒れたままの騎兵に背を向けると、鞍にまたがった。手綱が絡んでもつれあい、彼に乗られた馬は動揺している。

かがみこんで、馬の耳にささやいた。「だいじょうぶだ。万事うまくいくさ」

かかとで脇腹を突いてやると、馬は身震いしてから動き出した。さきほどまでの騎手をライ麦の茂みに残して。

ストームウォーカーのエンジンは、すでにうなりを上げていた。

アレックが巨大な鋼鉄の脚のあいだに入るよう急き立てても、馬は尻込みせずに従った。

ウォーカーのそばで調教されたに違いない――やはり、オーストリア軍の馬か。

ぼくはたった今、オーストリア軍の兵士を殺したんだ。

アレックはその考えを振り払うと、不安定に揺れる鎖ばしごをつかみ、一声叫んで一蹴りし、馬を放ってやった。

バウアーがハッチで待っていた。「銃声を聞いて、起動しておきました」

「よくやった」アレックは言った。「大砲の装填も頼む。ヴォルガーとクロップは、一キロ先の地点で、騎兵隊を阻止している」

「ただちに取りかかります」バウアーは片手を差し出し、アレックを機内に引き上げた。

ウォーカーの腹部を急いで通り抜け司令室へと登るあいだにも、さらなる銃声が遠くから聞こえた。対戦が終わっていないことだけは確かだった。

「何かお手伝いできることは？」ホフマンが訊ねた。ハッチから半身をのぞかせ、ひげの伸びた顔に心配そうな表情を浮かべている。

アレックは操縦装置に目を向けた――ひとりきりで操縦するのは初めてだ。いつもならクロップ師がとなりに座っているのに。それでも今から、ぼくは戦闘に踏みこむのだ。

「おまえは操縦経験はあるのか？」

ホフマンは首を振った。「わたしはただの機関兵ですから」

「そうか。だったら、おまえはバウアーを手伝って大砲に就くほうがいいだろう。それから、ふたりともしっかり安全ベルトをしておけ」

ホフマンは微笑んで敬礼した。「殿下なら、きっと大丈夫です」

アレックはうなずいた。操縦席に向き直ると、背後でハッチが閉まった。両手をほぐしながら、いつもクロップに言われていることを思い返した。

一度にひとつずつ。

操縦桿を前に押した……。ウォーカーが頭を上げ、バルブがシューッと音を立てた。巨大な足が前に踏み出し、水しぶきを上げて小川に着地した。さらに一歩——少しでも早く、ウォーカーの速度を上げなくては。

だが、出力計の針はいずれも緑色の領域で振れている。エンジンがまだ、十分に温まっていない。

ストームウォーカーはわずか数歩で小川の土手を登り、平地に立った。燃料噴射装置を全開にすると、エンジンがうなりを上げた。

出力計が上がりはじめた。

アレックはウォーカーを前進させながら、徐々に歩幅を大きくした。畑の畝《うね》が眼下を飛ぶように過ぎていき、ライ麦が踏みしだかれる音がエンジン音に重なって聞こえはじめた。ウォーカーが走行に入った瞬間がわかった。足音と足音の合間に、機体が空中に浮かぶのだ。

機体が宙を駆けるたびに、前方の騎兵隊を確認することができた——ライ麦畑いっぱいに散らばっている。捜索隊形だ。

思わず口元がゆるんだ——クロップとヴォルガーも、背の高い茂みに逃げこんだな。だから、これだけ長くもちこたえられたのだろう。

一方、騎兵隊は向きを変えて、新たな脅威と対峙しようとしていた。

機内通話機がパチパチッと鳴った。「発射準備完了」

「騎兵隊の頭上を狙え、バウアー。彼らはオーストリア人だ。それに、クロップとヴォルガーがこの畑のどこかにいる」

「では、威嚇射撃ですね」

カービン銃の発射音がいくつか響いたかと思うと、アレックのすぐそばで金属に銃弾が当たる音がした。覗視窓が全開になっている。だが、閉めに行ける者はいない。

ぼくが命を絶ってしまったあの若い騎兵は、わざと弾をはずしてくれた。だが、彼らは本気でぼくを殺すつもりだ。

アレックはウォーカーの歩幅を変え、地面を蹴る足を外側に押し出すようにした。すると、ウォーカーは左右にくねくねと曲がりながら進んだ。蛇行走法、クロップはそう呼んでいた。草地をはう蛇のような走行法だ。

とはいえ、ウォーカーのくねり方は、蛇ほど優雅とは言い難かった。

アレックの下で大砲が鳴り響いた。すると、騎兵隊のすぐ後ろで、土埃と煙の柱が噴き上がった。石を投げこまれた池のように、ライ麦畑に円い波紋が広がり、馬が二頭、騎手を放り出して横倒しになった。

直後に土埃と衝撃の波が覗視窓を越えてアレックを襲い、彼の両手は操縦桿から滑り落ち

た。ウォーカーは片側に傾き、小川に向かって反転した。アレックがふたたび握りしめた操縦桿を思いきりひねると、ストームウォーカーはぐらつきながらもどうにか直立した。

　騎兵隊は集結して隊形を整え、退却しようとしている。だが、まだ躊躇《ちゅうちょ》しているみたいだ。ウォーカーが制御不能かもしれないと思っているのだろう。こんなふうによろめいているから、泥酔した鶏が威嚇している程度にしか見えないのかもしれない。機体がぐらついていても、バウアーは大砲を再装塡できるだろうか？

　またも銃声がして、アレックの耳のあたりで何か鋭い音が駆け巡った。銃弾が一発、鋼鉄の壁に当たって、司令室の中を跳ね回っていた――立ち止まって待っていても意味がない。たやすい標的になるだけだ……ならば！

　アレックは操縦装置に低く身を伏せ、騎兵隊に向かって突進した。

　騎兵たちは一瞬ためらったものの、すぐにくるりと背を向けて、小川の方向に全速力で退却した。鋼鉄相手に生身の身体で戦うのを諦《あきら》めたのだ。

「殿下！　クロップ師が！」バウアーの声が機内通話装置から聞こえた。「われわれの正面に立っています！」

　アレックは両方の操縦桿を引き戻した――一昨日やったのとまったく同じように――すると今度も、ウォーカーの右足が地面に食いこみ、機体が傾きはじめた。

　だが今度は、どうすればいいか心得ていた。アレックはウォーカーの機体を横にひねり、鋼鉄の脚の片方を外に押し出した。覗視窓一面にもうもうと土埃が湧き上がり、負荷に耐える歯車の音と、ライ麦が引き抜かれ踏みしだかれる音が、耳をつんざく。

機体がバランスを取り戻したのがわかった。横滑りしたことで、突進の勢いが消失したのだ。

ウォーカーが安定すると、司令室の下にある腹部ハッチが開く音が聞こえた。怒鳴り声と、鎖ばしごが下ろされる金属音——あれはクロップの声だろうか？ ヴォルガーだろうか？

司令室のハッチから下を覗きたいのをこらえて、アレックは操縦席にとどまった。目の前の土埃が静まると、遠くで何かが動いていることに気づいた——ヘルメットと拍車の反射光だ。空に向けて機関銃を撃ったほうがいいだろう。とにかく、このまま騎兵隊を退却させなければ。

「若君！」

アレックは操縦席に着いたまま振り返った。「クロップ！ 無事だったか！」

「まったくもって」クロップは司令室に身体を引き上げた。服が裂けて、血だらけだ。

「撃たれたのか？」

「わたくしではありません。ヴォルガーが」クロップはあえぎながら、機長席に座りこんだ。

「肩を……下でホフマンが看ています。ですが若君、すぐに出発しませんと。奴らの援軍が来るはずです」

アレックはうなずいた。「どっちに行けばいい？」

「まずは、小川に戻ります。ケロシン燃料を残してきましたから」

「なるほど。そうだったな」覗視窓の土埃は収まりつつあった。アレックはふたたび、震える両手を操縦桿に置いた。本音を言えばクロップに操縦を代わってほしかった。だが、老師範はまだ息を切らして、顔を真っ赤にしている。

「ご心配召されるな、アレック。あなたはうまくやっておられた」

アレックはごくりとのどを鳴らすと、やっとの思いで両手を動かし、ストームウォーカーに最初の一歩を踏み出させた。「危うく、また転ぶところだった」

「たしかに、危うくでしたな」クロップは大声で笑った。「初めて走行に挑むときには誰でも転ぶ。そう申し上げたことを覚えておいでですか？」

アレックは顔をしかめながら、小川の土手に巨大な足の片方を着地させた。「忘れることなどできないさ」

「ですが、誰もが、二度目の走行でも転ぶんですよ、若君！」クロップは笑っているうちに咳きこんでしまい、唾を吐いて咳払いをした。「どうやら、若君は例外だったようですな。若君がこれほどの操縦桿のモーツァルトでいらして、われわれは幸運でした」

アレックは視線を正面に向けたまま、何も答えなかった。誇らしい気分にはなれなかった。ぼくは、息絶えてライ麦畑に横たわっている騎兵を置き去りにしてきたのだ。あの男は帝国に仕える兵士だった。彼が自分を取り巻く政治を理解していたはずがない。リエンツの平民とまったく同じだ。

それにもかかわらず、あの兵士は命を落としてしまった。

自分がふたりの人間に分裂してしまったような気がする。ひとりで見張り番をしたときに感じた、あの気持ちと同じだ。片方のぼくは、胸の中の隠れた小さな場所に、絶望感を無理やり押しこめようとしている……。

アレックはまばたきをして目に入ろうとする汗を防ぐと、小川の土手に残してきた貴重なケロシン燃料の缶を探した。バウアーが騎兵隊の監視を続けていることを、そして大砲が再装塡されたことを願いながら。

15

朝の高度計測演習が終わったばかりで、士官候補生は全員、朝食を食べながら雑談していた。話題になっているのは、信号演習の点数や、勤務当番表や、いったい戦争はいつはじまるのか、といったことだ。

デリンはとっくに卵料理とじゃがいもを食べ終えて、今は、伝言トカゲ用の管がリヴァイアサンの壁や窓に巻きついている様子をスケッチするのに忙しかった。伝言トカゲたちは仕事を待つあいだ、いつも管の出入口から顔をのぞかせていて、その姿はまるで巣穴の中のきつねのようだった。

突然、それまでうっとりと窓の外を眺めていた、チンダルが叫んだ。「見ろよっ！」

士官候補生はそろって弾かれたように立ち上がり、食堂《メス》の左舷側に駆け寄った。遠く、農地と村々とのパッチワークの向こうに、偉大なるシティ・オブ・ロンドン(注13)が途々に姿を現わしていた。彼らは口々に眼下の光景について叫びあった。テムズ川に係留されている装甲艦、複雑に絡みあって街を網羅している鉄道線路、街の中心に続く道路を渋滞させている強大な役畜たち。

ただひとり椅子に座ったままのデリンは、この隙を利用して、フィッツロイのじゃがいもにフォークを突き刺した。

「おまえら間抜けはロンドンを見たことがないのかよ？」もぐもぐと口を動かしながら、デリンが訊ねた。

「こんな上空からはな」ニューカークが言った。「軍は絶対に、巨大飛行獣に都市部上空の航行許可を出さないからさ」

「モンキー・ラッダイトを怖がらせちゃ、気の毒だからな？」チンダルがニューカークの肩に一発食らわせた。

ニューカークは相手にしなかった。「見ろ！　あれは、セント・ポール大聖堂だよな？」

「見たよ」デリンが言った。今度は、チンダルのベーコンを一切れ失敬していた。「そのあたりはハクスリーで飛んだからな。そりゃあ、おもしろい話だぜ」

「たわ言はやめろ、ミスター・シャープ！」フィッツロイが言った。「その話はもうたくさんだ」

デリンはフィッツロイの背面区域《ドーサル》に、じゃがいものかけらを弾き飛ばした。その少年は海軍大佐の息子というだけの理由で、いつも偉そうな態度を取っていた。発射物が命中したことに気づいたフィッツロイは、窓からの眺めに背を向けて顔をしかめた。「おまえを助けてやったのは俺たちだぞ、忘れたのか？」

「へっ、おまえらみたいな、くそったれがか？　おまえをウィンチで見た覚えはないけどな、ミスター・フィッツロイ」

「そうかもな」フィッツロイはにやりと笑って、窓に後戻りした。「だがな、俺たちは見てたんだ。この窓の前をおまえが浮かんで行くのをな。ハクスリーと、その下でぶらぶらしてるおまえは、ちゃちな飾り物のセットみたいだったぜ」

ほかの士官候補生が大声で笑い、デリンはすぐさま椅子から立ち上がった。「もう一度言ったらどうだ、ミスター・フィッツロイ」

フィッツロイは背を向けると、涼しい顔をして窓の外を眺めた。「おまえの方こそ、目上の人間を尊敬することを学んだらどうだ、ミスター・シャープ」

「目上だって？」デリンは拳を固めた。「誰がおまえみたいな、ろくでなしを尊敬するかよ」

「諸君！」通路からミスター・リグビーの声が聞こえた。「気をつけ！　早くしろ」

デリンはほかの士官候補生と一緒に、素早く気をつけの姿勢をとった。だが、その目はフィッツロイをにらみつけたままだった――あいつは俺より強い。だけど、士官候補生に割り当てられてる狭くて寝台しかない二部屋でなら、仕返しの方法は山ほどあるんだからな。

ところが、ミスター・リグビーに続いてホッブズ艦長とバスク博士までがメスに入ってきたのを目にして、デリンの怒りは消え失せてしまった。リヴァイアサンの最高責任者が、ましてや艦の主任科学者が下っ端の士官候補生に直接言葉をかけるなど、めったにないことだった。デリンはニューカークと不安げに視線を交わした。

「休め」艦長は号令を出してから、笑顔を浮かべた。「わたしは諸君に、戦争を知らせにきたわけではない。少なくとも、今日のところはな」

士官候補生の一部には、落胆の表情を見せる者もいた。

一週間前に、とうとうオーストリア＝ハンガリー帝国がセルビアに対して宣戦を布告した。オーストリア側は、侵略をもって殺害された大公の報復をすると誓っていた。その数日後には、ドイツがロシアに対して宣戦布告した。それはつまり、次はフランスが参戦するだろうということだった。ダーウィニストとクランカーの列強間の戦争は、悪質なデマのように広がっている。英国もそう長くは無関係のままでいられないはずだった。

「諸君は気づいているかもしれんが、われわれはロンドン上空にいる」艦長は話を続けた。「めったにない訪問だ。しかもまだ、これからが肝心だ。われわれはリージェンツ・パークに停泊する。王立ロンドン動物園の近くに」

デリンは目を丸くした――ロンドン上空を航行するだけでも、じゅうぶん危険なのに。公園に着陸するなんて、間違いなく大騒ぎになる。モンキー・ラッダイトにかぎったことじゃない。ダーウィン老だって、千フィートもある飛行獣がそんな場所に着陸するのは簡単じゃないと心配するはずだ。

艦長は窓際まで歩いて、外を見下ろした。「リージェンツ・パークの幅は、せいぜい半マイル（約八百メートル）。本艦全長の二倍強というところだ。難しい任務だが、危険は承知の上だ。われわれはそこで、重要な客人を迎える。動物園関係者をおひとかた、コンスタンティノープルにお連れするのだ」

デリンは一瞬、自分の耳を疑った——コンスタンティノープルはオスマン帝国にある。まさにヨーロッパの反対側だ。しかも、オスマン人はクランカーだ。いったいどうして、リヴァイアサンはこんな時期にそんなところに行くんだろう?

リヴァイアサンはこの一カ月を戦争準備のために費やしていた。毎晩の戦闘訓練、毎日の矢弾こうもりと駆逐鷹の召集。北海上空で、ドイツ軍のドレッドノート級戦艦の視界領域内を航行したことすらあった。生身の飛行獣は歯車とエンジンの巨大な寄せ集めなど恐れないと証明する、それだけのために。

なのに今度は、コンスタンティノープルまで遊山旅行をするっていうのかよ?

バスク博士が口を開いた。「われわれの乗客は非常に高名な科学者だ。重要な外交任務に就いておられる。われわれはまた、繊細で壊れやすい荷物を積みこむ。これは、細心の注意をもって取り扱わねばならない」

艦長が咳払いをした。「ミスター・リグビーとわたしは、重量に関する難しい決断を迫られている」

デリンはゆっくりと息を吸いこんだ——重量……つまり、その話をするためだったんだ。リヴァイアサンは軍事用語で言うところの、〝静的揚力〟を利用している。周囲の空気と同じ密度でいるという意味だ。このバランスを保つのは非常に厄介な仕事だ。上甲板に雨水が溜まったら、バラストタンクから水分を排出しなければならない。太陽に照りつけられて飛行獣が膨張したら、水素を排出しなければならない。また、乗客や余分な荷物を載せる場合には、その分何かほかのものを降ろさねばならない……通常は、役に立たないものを。

そして、新入りの士官候補生ほど役に立たないものはないのだ。

「わたしは諸君の信号演習と航行術の点数を再度検討する」艦長の話は続いていた。「ミスター・リグビーは、諸君の中の誰がいちばん熱心に講義を聞いていたかを評価する。それからもちろん、今回の着陸の際にへまをやれば、それもすべて減点になるぞ。では諸君、健闘を祈る」

艦長は向きを変えると、大股でメスをあとにした。主任科学者もそれに続いた。士官候補生たちはしばらくのあいだ黙りこんだ。突然の通達をにわかには受け入れられなかった。彼等のうちの何人かが、あと二、三時間のうちに、リヴァイアサンから永遠に去ることになるかもしれないのだ。

「いいか、おまえたち」ミスター・リグビーがまくしたてた。「艦長のお話は聞いたな。われわれは急ごしらえの飛行場に着陸する。であるからして、きびきび動くんだぞ! スクラブズから地上作業員が一班、派遣されている。だが、その中に着陸の専門家はいない。加えて、われわれの乗客には、地上での手助けが必要となる。ミスター・フィッツロイとミスター・シャープ、ふたりはハクスリーの扱いが最高点だったな。では、おまえたちが先に着陸しろ……」

掌帆長が指令を出すあいだに、デリンはほかの士官候補生の表情を観察した――フィッツロイが冷ややかにこっちをにらみつけている。あのろくでなしが何を考えているのかは、わざわざ想像しなくたってわかる。俺はリヴァイアサンに搭乗してから一カ月が経ったばかりだ。しかも、俺がこの艦にいるのは、ものすごい偶然のおかげにすぎない。密航者とたいして変わらない。フィッツロイに言わせりゃ、そういうことなんだろう。

デリンはまっすぐにフィッツロイをにらみ返した――艦長は搭乗時間の長さは問題にしてなかった。航行技術が重要だって思ってる。つまり、最高の乗組員を残したいんだ。

そして、それこそが俺じゃないか。男だろうがなかろうが関係ないさ。

これまでリヴァイアサンで続けてきたあらゆる競争が、今こそ役に立つはずだ。父さんが仕込んでくれたおかげで、ロープ結びと六分儀にかけては、ずっとほかの士官候補生を打ち負かしてきた。それにミスター・リグビーだって、ここんところ俺もちょっとは行儀が良くなってきたと思ってるはずだし、しかもたった今、ハクスリーの成績をほめてくれたじゃないか。

着陸が成功すれば、心配する必要はまったくないはずだ。

リージェンツ・パークがデリンの眼下に広がっていた。園内の草木は、八月の雨のおかげで青々と茂っている。

地上作業班が園内を走り回って、最後まで残っていた数名の民間人を着陸帯の外へ誘導していた。警官隊の細い線が着陸帯のきわを囲んで、何百人という見物人を押しとどめている。

リヴァイアサンの影が樹々に覆いかぶさり、エンジンのブーンという低い音が空気を震わせた。

デリンは速い速度で降下していた――着地目標は二本の小道が交わる地点。その場所で、地元の警察署長が指示を待っているのだ。デリンの肩の上では、一匹の伝言トカゲが吸盤のついた足で、緊張した猫が爪を立てるように彼女の制服を引っぱっている。

「もうすぐだぞ、ビースティ」デリンはなだめるように声をかけた――パニックに陥った伝言トカゲと着地したくはないもんな。艦長からの着陸命令を、誰も理解できないくらい支離滅裂に伝えちまうはずだ。

デリン自身も多少は緊張していた。リヴァイアサンの乗組員となってから、六回ほどハクスリーに乗った。彼女は士官候補生の中でいちばん体重が軽く、いつも空獣をいちばん高く上昇させることができた。とはいえ、いずれもUボート偵察任務だったので、ハクスリーは飛行獣につながれていた。今回は、入隊志願者だったときに漂流して以来、初めての自由飛行だった。

なにはともあれ、今のところ、教本通りの順調な降下だった。空獣は余分に装着したバラストのおかげで高速で降下し、デリンの装具につけられた滑空翼に導かれている。

それにしても、こんなに手間ひまをかけなきゃなんないほど重要な人物って、いったい何者なんだろう？　リヴァイアサンはこの公園に着陸するために、大勢のピクニック客を追い払って、大惨事の危険を冒している。それにたぶん、ロンドン中のモンキー・ラッダイトをちびりそうなほどおびえさせているはずだ。そのすべてが、どっかの科学者をちょっとばかり速くコンスタンティノープルに送り届けるためだっていうのかよ？

そいつは科学者といっても、よっぽどのお偉いさんにちがいないな。

急激に地面が近づいてきたので、バラストを放水した。たちまち降下速度が落ち、飛び散ったバラスト水が陽の光を浴びてきらめきながら、滝のように流れ落ちた。伝言トカゲが今までよりも少し強くしがみついてきた。

「心配するな、ビースティ。万事順調さ」

ミスター・リグビーからは、馬鹿なことをせずに、とにかく迅速に着陸しろと命じられていた。デリンは、上空から彼女たちを監視して、ストップウォッチで降下時間を計測しながら、誰を乗組員からはずすべきか思案しているリグビーの姿を思い描いた。

父さんの熱気球に乗れなくなってから二年も我慢してきたっていうのに、この快感を切り上げろだなんて、そりゃないよな。ミスター・リグビーだって、俺は空を飛ぶために生まれてきたんだって気づいてるはずだ。

横風が吹いて、ハクスリーの降下を乱した。デリンはハクスリーを軌道に戻しながら、恐ろしい事実に気づいて愕然とした――もしも俺が運の悪い士官候補生に選ばれちまったら、これが最後の空中飛行になるんだろうか？　戦争になりそうだから、べつの飛行獣には配属されるだろう。もしかすると、ジャスパーが乗ってるミノタウルスかもしれない。

だけど、リヴァイアサンはもう俺の一部みたいなもんなんだ。自分の本当の家だって思えるのは、父さんの事故以来、ここが初めてだ。リヴァイアサンじゃ、誰も俺のスカート姿を見たことがないし、おしとやかにしろだの膝を曲げておじぎをしろだのって言われない。こんな場所、初めてなんだ。どっかの科学者を送り届けなきゃいけないなんて理由で、俺の居場所を取られてたまるか！

地上作業員がハクスリーの影に沿って走り寄り、触手をつかもうとしていた。デリンは滑空翼を後ろに倒して降下速度を落とし、空獣を彼らの手に委ねた。引っぱられて停止するときに、ガクンという衝撃が走って、伝言トカゲが耳障りな声でわめきはじめた。「ウィンスロップ警察署長か？」

「もうちょっと我慢してくれ！」デリンが頼みこむと、トカゲは舌打ちをした――俺たち士官候補生が小競りあいをしているときに、ミスター・リグビーがやるのとそっくりだ。べらしゃべりだすのは勘弁してくれよ。伝言トカゲは神経過敏になると、それまで小耳にはさんだ会話の断片をまくし立てる習性があるからな。どんな気まずいことを復唱されちまうか、わかったもんじゃない。

地上作業員がハクスリーを持つ手に力を込めて、素早く引き下ろしてくれた。

デリンは自分でハーネスをはずし、警察署長に敬礼した。「シャープ士官候補生と艦長の伝言トカゲであります」

「なかなかうまい着陸だったたな」

「ありがとうございます」デリンは答えながら、この警察署長に、今の褒め言葉をミスター

・リグビーにも伝えてほしいと頼むにはどうしたらいいだろうかと考えた。ところが署長は、デリンの肩からすでに伝言トカゲを引き寄せていた。ビースティは着陸ロープや風速についてまくし立てはじめ、一ダースの通信兵よりもてきぱきと指示を出した。

警察署長はトカゲが伝えたことの半分も理解していない様子だったが、すぐにフィッツロイが助けに来るはずだった。デリンは彼のハクスリーがさほど離れていない場所に着陸しようとしているのに気づいて、胸がすっとした——今の勝負は俺の勝ちだな。

まもなく、飛行獣の影がデリンたちのいる場所まで伸びてきた。四方八方で作業員たちが慌ただしく動きはじめた。

ぐずぐずしている暇はない。ここはフィッツロイが任されている。俺の任務は、科学者の荷物の搬入準備をすることなんだ。

デリンはもう一度、警察署長に敬礼すると、頭上に迫っている飛行獣を見上げた。それから、動物園に向かって走りだした。

16

王立ロンドン動物園は、セキセイインコを詰めた袋に火をつけたような大騒ぎだった。デリンは入場門のところで横滑りしながら停止して、鳴き声と吠え声と叫び声の大喧騒に呆然と立ちすくんだ。

右側では、猿の群れが檻《おり》の格子にしがみついて、空に向かって吠えていた。その先にあるネットの囲いの中は、興奮した鳥たちの激しい羽ばたきや鳴き声の猛吹雪が巻き起こっている。幅広な堀の向こう側では、一頭の巨大なエレファンティンがいらいらした様子で地面を踏みつけている。その震動はデリンのブーツにまで伝わってきた。

「とんでもねぇことになってんな」デリンは小声で毒づいた。

このロンドン動物園には、五週間前にグラスゴーからの列車を降りたその足で、ジャスパーに連れてきてもらった。だけど、あのときにはこんな馬鹿騒ぎはしてなかったのに。

間違いない。こいつらはリヴァイアサンのせいで動揺してるんだ。

普通の動物にとって、飛行獣《エア・ビースト》の臭いはどんなもんなんだろう？　巨大な肉食獣が自分たちを食いつくしにきたとでも思ってるんだろうか？　それとも、長いこと行方不明だった進化論上のいとこが現われたって感じなのかな？　でなきゃ、飛行獣ってのは人造生物の集合体だから、こいつらは島がまるごとひとつ、頭の上に浮かんでるとでも思ってるのかな？

「あなたがわたしの航空兵かしら？」声が聞こえた。

振り返ると、ひとりの女性が立っていた。長い外套に身を包み、片方の手に旅行鞄《かばん》を下げている。

「失礼ですが？」

「航空兵と会うことになっているのよ。あなたは制服姿のようだから。それともただ、猿にピーナッツを投げにきたのかしら？」

デリンは目をぱちぱちさせた。そこでやっと、女性が黒い山高帽をかぶっていることに気がついた。

「あ……あ、あなたが、その科学者？」

女性はいかにもという顔をしてみせた。「おっしゃる通りよ。わたしの知人はバーロウ博士と呼ぶけれど」

デリンは顔を赤らめて、軽く会釈した。「ディラン・シャープ士官候補生です。どうぞ、なんなりとお申しつけください」

「では、あなたがわたしの航空兵なのね。よかった」博士は旅行鞄を差し出した。「これ、お願いしていいかしら。すぐに旅のお供を連れてくるわ」

デリンは鞄を受け取って、ふたたびお辞儀をした。「もちろんです。大変ご無礼いたしました。つまりその……誰も、あなたが女性だと教えてくれなかったもので」

バーロウ博士は声を上げて笑った。「気にしなくていいわ。ときどき、こういうことが起こるのよ」

そう言うと博士は背を向けて、守衛詰所の扉の中に姿を消した。取り残されたデリンは重たい旅行鞄を下げながら、幻を見たのだろうかと考えていた——女の科学者なんて、今まで聞いたこともないぞ。ついでに言えば、女の外交官もだ。外交問題に関わる女性ってのは、スパイだけだと思ってたのにな。

ところが、バーロウ博士にはスパイの雰囲気など微塵《みじん》もなかった。その手の仕事に就くには、いささか派手すぎる印象だった。

「ほら、気をつけてね」博士の声が守衛詰所から響いた。

扉から現われたのは、白衣を着たふたりの若い科学者で、長い箱を両側から持ち運んでいた。彼らはデリンに自己紹介もせず、少しずつ慎重に歩を進めることだけにひたすら集中していた。箱の中に火薬と高級な陶器が詰められている、とでもいうような運び方だ。箱の隙間からは、荷造り用の藁が突き出している。

なるほど、だからリヴァイアサンはロンドンのどまんなかに着陸したんだ。この謎の荷物は繊細すぎて、馬車にくくりつけるわけにいかないんだな。

前に出て手を貸そうとしたが、箱から熱が放射されていることに気づいて、ためらった。

「中に何か生き物がいるんですか？」デリンは訊ねた。

「軍事機密だ」ふたりのうち、若い方の科学者が言った。

デリンがそれに応じる前に、バーロウ博士が守衛詰所から飛び出してきた。見たこともない、かなり奇妙な人造獣が博士を引っぱっている。

その生き物は滑らかな黄褐色の毛並みで、犬のように見えた。鼻が長く、腰から尻にかけて虎のような縞模様がある。リードをぐいぐい引っぱり思いきり身体を伸ばして、デリンが差し出した手を嗅いだ。頭をなでてやると力強い後ろ脚で反り返って、その場で一度軽く跳ねた。

この動物には、カンガルーの遺伝子もちょっとばかり組みこまれてるんだろうか？

「タッツァはあなたが気に入ったようね」バーロウ博士が言った。「不思議だわ。いつもは

か？」

「つまりその、水素探知獣には見えませんし。虎の遺伝子を配合した護衛犬なんでしょう

「ため？」バーロウ博士は眉を寄せた。「どういう意味かしら、ミスター・シャープ？」

「彼はとても……積極的ですね。それにしてもいったい、なんのための？」

用心深いのに」

「まあ、なんてことを！」博士は笑いながら答えた。「タッツァは人造獣でも、何かのための動物でもありません。わたしが彼なしでは旅をしたくないってことを除けばね」

デリンは手を引っこめて、一歩退いた。「このビースティが自然界のものだっておっしゃるんですか？」

「彼は健康そのものの、フクロオオカミよ」バーロウ博士は手を伸ばして、ぴょんぴょん飛び跳ねている動物の耳と耳のあいだを掻いてやった。「一般的には、タスマニアン・タイガーという名称で知られているわ。わたしたちはネコ科の動物にたとえられるのは腹立たしいと思っているけれど。そうよね、タッツァ？」

フクロオオカミは長い顎をワニと同じくらいぱっくり開いて、あくびをした。

バーロウ博士は冗談を言ってるに決まってる。この生き物はどう見たって、自然界のものとは思えないもんな。しかも、こいつをペット《ヽヽヽ》として連れて行くだって？　タッツァの体重はゆうに、気の毒な士官候補生ひとり分はありそうじゃないか。

けれど、それを指摘するのは非外交的に思われたので、デリンは咳払いをしてから、こう

言った。「もう飛行場に行ったほうがよろしいでしょう。まもなく、飛行獣が着陸します」

バーロウ博士は、守衛詰所の扉のそばに置いてあるスチーマー・トランク(注14)を指し示した。覆いをかけられた鳥かごが、その上に鎮座している。「お願いできるかしら、ミスター・シャープ」

「はい、もちろん」デリンはため息をついた。旅行鞄を片方の脇に抱えこみ、その手で鳥かごを持ち上げた。トランクの重さはデリンと同じくらいあったが（これでもうひとり、士官候補生が消えた）、それでもどうにか片方の端を持ち上げて、引きずった。四人は――それと、フクロオオカミのタッツァは――公園に向かった。ふたりの科学者はかたつむりのようにのろのろと箱を運んでいる。

飛行獣へと歩を進めながら、デリンは聞こえないように文句を言った――そりゃあ、極秘任務を受けた有名な科学者のためにリヴァイアサンの俺の場所を譲れっていうなら、しょうがないさ。だけど、タッツァなんて名前の、わけのわからない《バーキング・スパイダーズ》ビースティが俺の代わりに搭乗するなんてことになったら、それこそ完全に世の中いかれてるぜ。

バーロウ博士が舌打ちをした。「あなたの飛行獣はご機嫌斜めのようね」

リヴァイアサンはまだ、五十フィート（約十五メートル）ほど上空にいた。艦長は最大限の注意を払って下降を試みているのだろう。脇腹の繊毛が波打ち、人造鳥の群れが公園中を乱れ飛んでいる。飛行獣の震えに耐えられなくなって、巣穴から出てきたのだ。

偉大なリヴァイアサンが何をそんなに怖がっているんだろう？　デリンは初日にして彼女の軍歴に終止符を打とうとした例のスコールを思い出して、空を見上げた。だが、空には雲ひとつなかった。となるとおそらくは、即席の飛行場を取り囲んでる見物人のせいだろう。彼らの色鮮やかな日傘が、陽の光を浴びてくるくると回っている。

「わたしの荷物のためには、静かで安定した航行でないと困るわ、ミスター・シャープ」

「いったん離陸してしまえば落ち着きますよ」ある日の航行技術の講義で、ミスター・リグビーはワイングラスをふちまでいっぱいに満たしてみせた。リヴァイアサンが急旋回をしたときですら、一滴もこぼれなかった。「単に、地上の気流が乱れているせいですから」

バーロウ博士がうなずいた。「ロンドンのまんなかでは、なおさらだわね」

「はい。街路が風をかき混ぜますし、飛行獣は慣れない飛行場への着陸に神経過敏になっています」デリンはそれだけを淡々と告げ、誰のせいでこんな事態になっているのかには触れないでおいた。「飛行獣の脇腹にある細かい草みたいなやつが見えますか？　繊毛というんですが、わたしにはあれが震えているように見えます」

「繊毛が何かは知っているわ、ミスター・シャープ。実を言うと、わたし、あの特別な種の遺伝子を配合したのよ」

デリンは目をぱちくりさせた――俺って大馬鹿だ。リヴァイアサンの創造主の一員に、気流の講釈をしちまった！

フクロオオカミはここでも嬉しそうに後ろ脚で飛び跳ねながら、大きな茶色の目で周囲のすべての動きを捉えていた。飛行獣の真下には、それぞれ装甲車と運搬車両を引いた二頭のエレファンティンが待機している。警官隊がやっきになって、壮観な光景に集まった群衆を押し戻している。

公園には係留塔がないため、リヴァイアサンからは何本ものロープが四方八方に伸びていた。デリンは顔をしかめた。ロープにしがみついている男たちの一部が、軍服を着ていないことに気づいたのだ。警官が何人かと、おまけに、公園での試合中に駆り出されたクリケット選手の一団までいる。

「フィッツロイの野郎、血迷ったか」デリンはつぶやいた。

「何か問題かしら？ ミスター・シャープ」バーロウ博士が訊ねた。

「ロープをつかんでいる男たちです。急に突風が襲ってきても、彼らはどうするべきか知りません。手を放さないと――それもすぐに――でないと、空中に引き上げられて……」

「いずれはそこで、ロープから手が離れる」

「はい。強力な突風が一吹きすれば、リヴァイアサンはあっという間に百フィート（約三十メートル）上昇します」それこそが、地上作業員が最初に教えこまれることだった――ロープにしがみつくな、と。頭上の樹々のさざめきを耳にして、デリンの背筋に冷たいものが走った。

「わたしたちにできることはあるかしら、ミスター・シャープ？」

デリンは眉を寄せて考えを巡らせた――飛行獣の幹部たちは、何が起きているか気づいているんだろうか？ 訓練を受けていない一般人の大部分は船尾の裏側にいるから、艦橋《ブリッジ》から

は見えないはずだ。「そうですね……艦長にこの状況を伝えることができれば。あとは艦長が判断されるはずです。着陸を急ぐとか、突風が吹いた場合にはロープを切るとか」

　デリンは着陸帯を見わたして、フィッツロイか、あるいはほかの責任者の姿を探した。だが、公園は大混乱で、警察署長も見当たらない。

「もしかすると、クレメンタインが助けてくれるかもしれないわ」バーロウ博士が言った。

「どなたですか、それは?」

　バーロウ博士はタッツァのリードをデリンに預け、鳥かごに手を伸ばした。それから、麻の覆《おお》いを開いて中に手を入れると、一羽の鳥を取り出した。全身灰色で、尾の部分の一房だけが鮮やかな赤い色をしている。

「オハヨウゴザイマス、バーロウ博士」甲高い声で、その鳥が言った。

「おはようございます、いい子ね」博士が答えた。それから、ゆっくりと、明瞭な声で言った。「ホッブズ艦長、こちらバーロウ博士です。ミスター・シャープから伝言を預かりました——訓練を受けていない一般人が多数名、ロープに就いているようです」博士はデリンに目をやって、肩をすくめた。「それから……お目にかかるのを楽しみにしておりますわ。以上」

　博士はその鳥をいったん胸に抱き寄せてから、飛行獣に向かって押し出した。

　鳥が飛び去ったあとで、デリンは小声で訊ねた。「あれはなんですか?」

「伝言オウムよ。コンゴ・アフリカン・グレイという種類を基にしたの。この旅のために、特別に訓練したのよ。航空兵の軍服やゴンドラの符合《マーク》の違いも見分けられるわ。正式な軍用トカゲと同じようにね」

「訓練とおっしゃいましたね？」デリンは眉を寄せた。「ですが、今回のコンスタンティノープルの任務は急遽《きゅうきょ》決まったことだと思っておりました」

「その通りよ。予測していたよりも、かなり速く、物事が動いているから」バーロウ博士は謎の箱の上に片方の手を置いた。「とにかく、わたしたちは何年もかけて、この任務を計画してきたの」

デリンは謎の箱に今一度、用心深いまなざしを向けてから、空を見上げた。オウムはロープや曳索のあいだをパタパタとすり抜けて、艦橋《ブリッジ》の開かれた窓の中にまっすぐ入っていった。

「すごいですね。空飛ぶ伝言トカゲみたいだ！」

「同じ遺伝子をたくさん共有しているのよ。なにしろ、鳥類は古代のトカゲと共通の祖先を持つと信じる学者もいるくらい……」そこで、バーロウ博士の声が途切れた。リヴァイアサンのタンクがバラスト水のしぶきを噴出したのだ。

飛行獣が少し高度を上げた。ロープをつかんでいた男たちは飛行獣との綱引きに負けて、地面を引きずられている。

「ちくしょうっ！」デリンは声を荒らげた。「上昇してどうすんだよ？」

「あら、まぁ！」バーロウ博士が下を向いて言った。「さっきのがクレメンタインだったらいいのだけれど」

デリンは博士の目線を追って、鳥かごを見た。さきほどとはべつの灰色のくちばしが突き出して、網目をかじっている。「二羽いるんですか？」

博士はうなずいた。「ウィンストンは間違って伝えてしまうことが多くて。それなのに、わたしには二羽の見分けがつかないの。そこが悩みの種なのよ」

デリンは口をつぐんだまま、地上作業員の頭上に降り注ぐバラスト水を見守った。太陽を浴びて美しく輝いている。だがデリンは、あのバラスト水がどこから来ているのか知っていた……リヴァイアサンの胃腸部の流れそのもの。つまり、糞尿やら何やらだ。

地上作業員に混じっていた一般人は、何かおかしいと思ったのだろう。クリケットの白いユニフォームを着た男たちの一団がロープを放し、頭を手で覆いながら、悪臭のするにわか雨から退散した。彼らの重量がロープを離れたために、飛行獣は浮き上がった。だがそこで、デリンは気づいた――上甲板で水素探知獣が興奮してる。艦長は同時にガスも排出したんだ。

リヴァイアサンは空中で静止した。

またもバラスト水が噴出した。さっきよりも大量だ。今まで何度となく頭上から汚水を浴びている正規の地上作業員は踏みとどまった。だが、訓練を受けていない素人たちは、すぐに全員がロープを放り出した。

「とても知恵が回るのね、あなたの艦長」バーロウ博士が言った。

「物事をきれいに片づけるには、多少の汚れがいちばん！」デリンははしゃいで言ってしまってから、慌ててつけ加えた。「強いて言うなら、ってことです」

バーロウ博士は声を上げて笑った。「その通りね。あなたとの旅は楽しくなりそうだわ、ミスター・シャープ」

「ありがとうございます」デリンは女性科学者の山のような荷物に、ちらりと目をやった。「今のお言葉は、掌帆長に言っていただいたほうがよろしいかと。ご存知の通り、リヴァイアサンはちょっとばかり重量超過なものですから」

「そうするわ」博士はそう言って、リードを受け取った。「わたしたち専用のかわいい客室《キャビン》・係《ボーイ》が欲しいものね、タッツァ？」

「あの、わたしはそういうつもりで……」デリンはくどくどと説明しはじめた――士官候補生は実質的には軍人であって、もちろん、キャビン・ボーイなどではなく……。

ところが、バーロウ博士はフクロオオカミをお供に、ふたりの科学者と謎の箱を従えて、とっくに飛行獣へと向かっていた。

デリンはため息をついた――とりあえず、リヴァイアサンの乗船権は確保できたんだ。それに、さっきのロープの大失態で、ろくでなしのフィッツロイにやっと天罰がくだるはずだ。一日分の働きとしちゃ悪くないよな。

もちろん、じっくり考えなきゃなんない新しい心配ごとも増えちまった。

バーロウ博士は女だから、ほかの乗組員にはばれなかった、ちょっとおかしなことに気づくかもしれない。しかも、博士は切れ者だ。あの山高帽の下には、科学がぎっしり詰まっている。俺の小さな秘密に気づく奴がいるとすれば、それはあの女性科学者だろうな。

「上等じゃねぇか」デリンはそうつぶやくと、重たいトランクを持ち上げて、飛行獣へと急いだ。

17

その地上フリゲート艦は遠くの高台に立っていた。旗甲板に掲げられた信号機が、風を受けてはためいている。

「あれは厄介ですな」双眼鏡を下ろしながら、クロップが言った。「千トンの、ヴォータン（注15）級だ。最新の実験モデルです。高速で動ける小ささでありながら、われわれを木っ端微塵にするだけの大きさはある」

アレックはクロップから受け取った双眼鏡をのぞいた。

ヘラクレスという名のその艦は、彼らが見てきたいちばん大きな地上戦艦というわけではなかった。だが、八本の長い脚――蜘蛛のような配置の――を持つ姿は、かなり機敏な動きをするように見えた。しかも大型の煙突が並んでいることから、搭載エンジンの強力さが推測される。

「こんなスイスとの国境付近で何をしてるんだ?」アレックが訊ねた。「開戦区域じゃないだろう?」

「われわれを待ち伏せしていると考える向きもあるでしょうな」ヴォルガー伯が言った。

「あの見張り台が見えますか?」クロップがフリゲート艦の砲列甲板から伸びている、背の高いマストを指さした。頂上に取りつけられた台の上に、小さな人影がふたつ立っている。

「あの監視塔は標準装備ではありません」

「しかも、監視兵はこちらを向いています――オーストリア側を」バウアーが言った。ストームウォーカーの司令室は混みあっていた。彼ら三人は家族の肖像画のように、アレックを取り囲んでいる。「敵国の侵略を防ぐために、ここに配備されたとは思えません」

「そうだな、ぼくたちを亡命させないためだろう」アレックは双眼鏡を下ろした。「スイスに向かっていると気づかれてしまったんだな。ぼくのせいだ」

ヴォルガー伯が肩をすくめた。「そもそも、われわれが向かう場所など、ほかにないでしょう?」

確かにヴォルガーの言う通りだった。日々戦争が拡大する状況下で、スイスは唯一、中立の立場を守る国――亡命者や逃亡者が身を隠す最後の地だった。

そうはいっても、地上フリゲート艦に向かって突進するのが得策とは思えなかった。アレックたちは一カ月以上かけて、行きつ戻りつしながらオーストリアを横断してきた。毎晩数時間ずつ、森の中をはうようにして抜けてきたのだ。追跡され、銃撃され、飛行機の急降下爆撃を受けたことすらあった。その間ずっと、農耕機や廃材置き場から部品や燃料を漁り、ぎりぎりのところでストームウォーカーを前進させ続けた。そしてやっと安全圏に通ずる道にたどり着いたと思ったら、そこには巨大な鋼鉄の蜘蛛が立ちはだかっていたのだ。

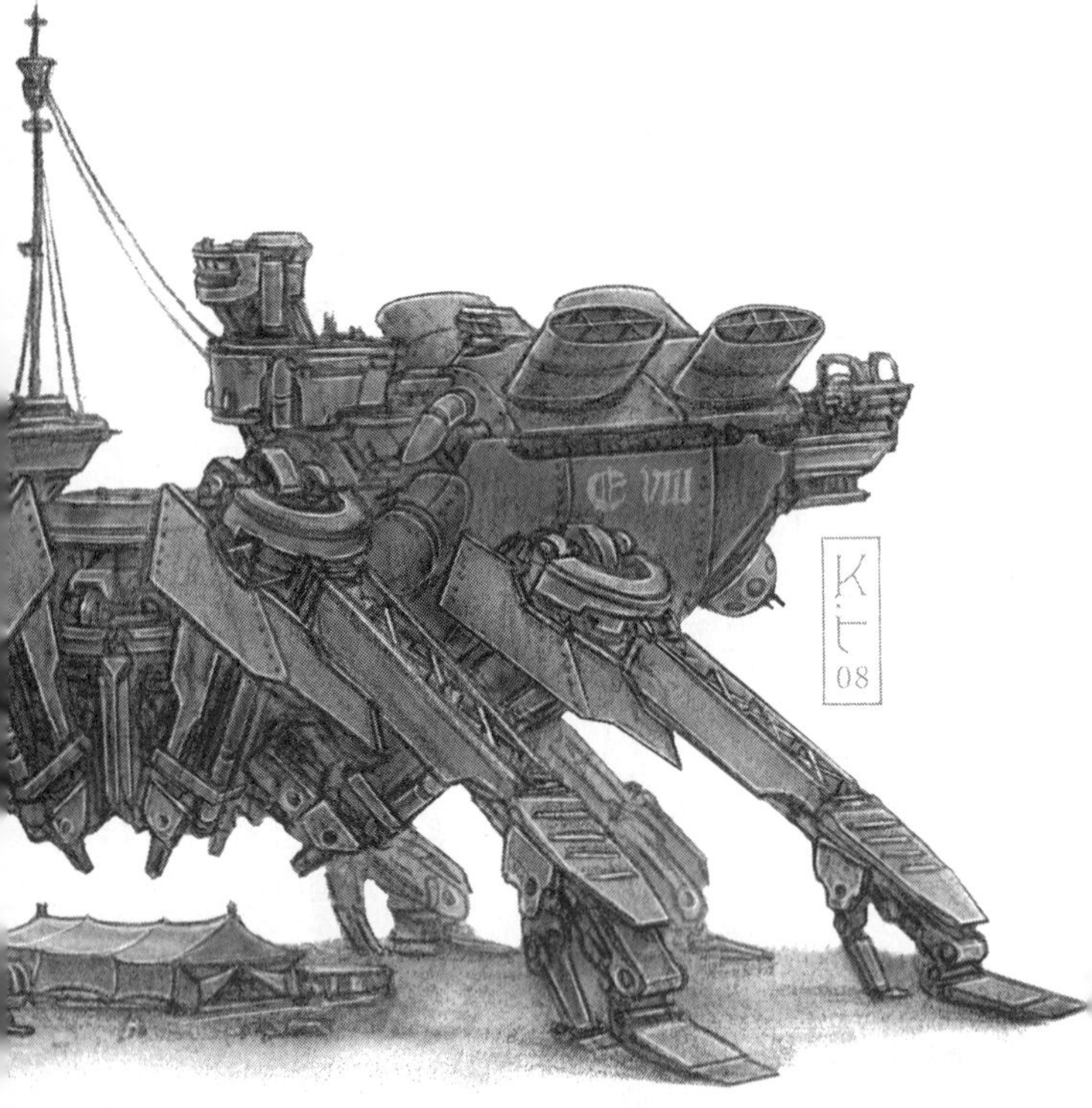

S.M.S.

ヘラクレスがしばらくどこにも行かないことは、疑いの余地がない。エンジンの下には司令室のテントが張られ、補給物資の運搬や交替要員の移送のために、貨物用の六脚ウォーカーが待機している。

「ここから国境までは、どのくらいの距離だ?」アレックが訊ねた。

「見えております」バウアーがフリゲート艦の向こうを指さした。「あのあたりの山はスイス領内です」

クロップは首を振った。「火星の方が近いくらいです。引き返してほかの山道を行けば、最低でも一週間はかかりますから」

「それは無理だ」アレックはケロシン計を軽く叩いた。針は半分あたりを指して震えていた。もって二、三日というところだろう。

アレックがリエンツで愚かな振る舞いをしてからというもの、燃料を手に入れるのは至難の業だった。騎兵隊が馬車道を徹底的に捜索していたし、上空からは、飛行船が巡視していた。すべては、アレックの甘やかされた子供のような言動のせいだった。

いずれにせよ、あのときのヴォルガーの言葉には紛れもない真実が含まれていた。アレクサンダー・フォン・ホーエンベルク公子は忘れ去られていないのだ。

「迂回はできない」アレックは決断した。「ならば、正面から突破しよう」

クロップが首を振った。「あの艦は、正尾追撃ができるように設計されています、若君。大砲が前部砲塔にあるので、横を向かなくとも、われわれを砲撃できるのです」

「ぼくは、あいつと戦うとは言ってない」クロップとヴォルガーが、まじまじと彼を見つめた。アレックはどうしてこのふたりはこんなに頭が固いのだろうと思いながら、ため息をついた。「こういう事態になる以前に、ウォーカーで夜間移動した者はいるか？」

クロップが肩をすくめた。「危険すぎます。バルカン戦争では、ウォーカー戦は常に白昼に行なわれました」

「その通りだ。だが、ぼくたちは闇に紛れてオーストリアを横断したんだぞ。つまり、練習を試みる者すらいない技術を身につけたんだ」

「若君は夜間歩行を習得されました」クロップは言った。「しかし、わたくしの老眼ではどうにもできません」

「馬鹿を言うな、クロップ。まだまだ、おまえのほうがはるかに優れた操縦士だ」

クロップは首を振った。「日中ならば、そうかもしれません。ですが、暗がりの中を走行するのであれば、操縦桿を握るべきは若君です」

アレックは顔をしかめた。この一カ月間、クロップ老人が彼に操縦を任せるのは、練習のためだと思っていた。自分がメカニックの老師匠を超えたと言われても、どうにも納得できなかった。「本気か？」

「まったくもって」クロップはそう言って、アレックの背中を叩いた。「いかがですか、伯爵？　ここにおられるヤング・モーツァルトには、夜間歩行の練習をじゅうぶん積んでいただいた。そろそろ成果を測るころでしょう！」

彼らは日没直後にエンジンを始動させた。最後の陽射しがまだ、雪に覆われた遠くの山頂で真珠のように輝いていた。だが、長い影が山裾から広がって、行く手を徐々に闇に沈めている。

アレックの手が操縦桿に伸びた……。

突然、フリゲート艦に搭載された一組のサーチライトが点灯して、闇を貫いた。二本の光が広大な暗闇のあちこちを照らす。まるで、眩《まぶ》しいナイフが夜を切り刻んでいるようだ。

アレックは操縦桿から手を下ろした。「気づかれたぞ」

「それはありません、若君」クロップが言った。「確かに彼らは、われわれが夜間に行動することに気づいているはずです。ですが、サーチライト二本で国境全体を見張るのは不可能です」

アレックはためらった。ドイツ軍の秘密兵器の噂は後を絶たなかった――盗聴器や、電波を利用して霧や暗闇を透視する機械といったものだ。「彼らがサーチライト以上のものを持っていたらどうする?」

「そのときは、即興演奏と参りましょう」クロップは笑ってみせた。

アレックは注意深くサーチライトを観察した――谷間を横切る光の道筋に、規則性はなさそうだ。隠れ通せるかどうかは、それこそ運次第だろうが、運だけで切り抜けられるとも思えない。この計画はすべてぼくが言い出したことだ。つまり、失敗したらそれはすべて、ぼくひとりの責任なのだ。

アレックはその考えを振り払い、父親が好きだった詩人ゲーテの言葉を思い返した――〝人生における危険は無限にあるが、安全はその中にある〟。

本当の危機は、ここオーストリアに潜んでいるのだ、危険を避けようとしたところで、遅かれ早かれ発見されてしまうだろう。アレックはふたたび、操縦桿に両手を置いた。「用意はいいか?」

「ご随意に、アレック」ヴォルガー伯は天井のハッチに身体を引き上げ、両足を操縦席の背もたれに置いた。まもなく、彼のブーツの爪先がアレックの肩を叩いた。左右同時に――前進の合図だった。

アレックは操縦桿を握りしめて、最初の一歩を踏み出した。

ヴォルガーのブーツに左肩を軽く踏まれ、アレックはウォーカーを左方向に進ませた。操り人形のように指図されるのは不愉快だったが、上にいる伯爵の視界の方が確かだった。

「ここはゆっくりと」ウォーカーが前傾しはじめると、クロップに声をかけられた。彼らが進む道は急勾配の下り坂で、そのままヘラクレスが守りを固める長く狭い谷間に続いていた。

「歩幅を狭く」

アレックはうなずいた。ウォーカーが斜面を少し滑り、操縦桿を持つ手に力が入った。

「後部アンカーを下ろせ、ホフマン」クロップが機内通話装置に向かって指示を出した。

背後でジャラジャラと鎖がほどける音がして、後ろから引っぱられるような負荷がかかった。アンカーが樹々の根や下生えを切り裂きながら、子供のおもちゃのように引きずられているせいだった。

「わずらわしいでしょうが」クロップが言った。「ですが、こうすれば、転倒しても転がり落ちることはありません」

「ぼくは転ばない」アレックは操縦桿を握りしめた。エンジン出力を四分の一に抑えているために、巨大な両脚の動きはのろのろと重たかった——これではシロップの中を歩いているみたいだ。

月は昇りはじめたばかりで、アレックが覗視窓の向こうに確認できるのは、重なった枝がつくる闇だけだった。ヴォルガーのブーツは何の前触れもなく右に左にと指示を出し、ウォーカーは樹々の根や下生えに足を取られた。まるで、目隠しに素足の状態で、ネズミ取り器だらけの部屋の中を誘導されているようなものだ。

ようやく谷底にたどり着くと、クロップはアンカーを巻き上げさせた。相変わらずアレックには、開いた覗視窓に打ちつける枝と、操縦装置にまき散らされる木の葉しか見えていない。池の水面下を泳ぐ魚のように、ウォーカーが頭上の梢《こずえ》を揺らしているのではないかという懸念が頭をよぎった。

アレックの心は不安でざわつきはじめた——風の強い夜を選ぶべきだったのかもしれない。それより、どうして暴風雨を待たなかったんだろう？　あるいは、新月の暗い夜にするべきだったろうか？

不意にブーツの底で鋼鉄の床を打ち鳴らして、ヴォルガーが司令室に飛び下りてきた。

「伏せろ！」

アレックは操縦装置に手を伸ばしたが、クロップの手の方が速かった。シューッという音が司令室に広がり、ウォーカーは木立の中で身をかがめた。

直後に、目も眩《くら》むような光が彼らをかすめて通り過ぎた。

サーチライトはしばらく近くをさまよっていたが、前方の森に移動し、樹々のあいだをうろうろと照らし続けた。

「進め。今のうちだ」ヴォルガーが言った。「奴らはほかを探している」

「残念ですが、もうちょっとかかりそうですな」クロップが言った。その目は計器類に向けられている。

「まだエンジンの回転が足りない」アレックが説明した。「膝の圧力を取り戻すのに、時間がかかるんだ」彼は後ろにもたれて指をほぐした。束の間の休憩はありがたかった。いっそフリゲート艦に発見されて追われればいいのに、とまで思いはじめていた。四分の一の速度で暗闇をはうように進むよりも、全力疾走のほうが楽なのだ。

腹部ハッチが開いて、ホフマンの頭が現われた。

「お邪魔して申し訳ありません。ですが、あの音にお気づきですか？」

彼らは少しのあいだ、揃って耳を澄ました。低くうなるエンジン音に混じって、何かが勢い良く流れる音が聞こえた。

「川か?」アレックが訊ねた。

ホフマンはにんまりと笑った。「うるさいやつです。どうやら、われわれよりもうるさいです」

「あつらえ向きだな」アレックはまっすぐに座り直した。「スピードを半分まで上げよう、クロップ師」

クロップはもうしばらく耳を澄まし、それからうなずいた。

まもなく、ストームウォーカーは水しぶきを上げながら、川を下りはじめた。エンジン音が奔流の音と溶け合った。月はすでに高く昇り、目の前の進路はちらちらと光っている。ヴォルガーはふたたび上に登ってサーチライトの監視を担当したが、とりあえず今のところは、アレックの肩の上に立っていない。

川から飛び散る水は氷のように冷たかった。八月初旬だというのに、上方の山々ではまだ雪解けが続いているにちがいない。アレックは考えた――いったいどのくらいアルプスに潜伏することになるのだろう。ヴォルガーの謎の準備の中に、暖炉のある山小屋も含まれているといいのだが。

上り坂にさしかかった。彼らは地上フリゲート艦が監視に立つ高台に近づいていた。アレックがエンジン速度を四分の一まで戻すと、ストームウォーカーはふたたび、腹立たしいほどのろのろした足運びになった。聞こえるのは、夜行性の鳥たちの鳴き声と、巨大な鋼鉄の足が蹴散らす水の音、そして、川のせせらぎだけだ。

そのとき、ブーツの片方がアレックの椅子の背をドンと蹴飛ばした。

「ヴォルガー！　おまえ何を――」

頭上の暗闇に何かが閃《ひらめ》いて、アレックは身をすくめた。ウォーカーを踏み出した足を宙に浮かせたままの状態で停止させ、闇の中をのぞきこむ。

「エンジンを切るべきか？」声をひそめて訊ねた。

「なりません！」クロップが言った。「奴らに発見されたら、動力が必要になります」

ヴォルガーがハッチから素早く顔を下ろした。「ドイツ軍だ！　百メートル前方に、歩兵。われわれには気づいていない。少なくとも、今のところはな」

アレックは小さく舌打ちをして、操縦装置の上で両手をほぐした――どちらが最悪だろうか？　発見されるのと、ここで凍えているのと。このままでは、鷹の急襲を待っているうさぎのようなものだ。

彼は覗視窓に身をかがめて、目の上に手をかざした。金属らしきものが暗闇で閃き、それに続いて叫び声が聞こえた。

「たった今……」アレックが口を開いた。

月明かりの中で、水しぶきが白く光った。歩兵の一隊が雄叫びを上げながら、川を横切っている。そのうちのひとりが土手に膝をついて、ライフル銃を構えた。

「……気づかれた」アレックが言い終えると同時に、発射音が響いた。銃弾がウォーカーのどこかに当たったらしく、金属音がした。

「発射準備！」クロップが機内通話装置に命じた。

「やめろ！」そう言いながらも、アレックの両手は操縦装置の上を忙しく動いていた。

「アレックの言う通りだ」ヴォルガー伯が言った。「こいつらのライフルの音はフリゲート艦の注意を引きつけるかもしれない。だが、大砲を撃てば、われわれの正確な位置を教えてやることになる。このまま、かわして進むんだ」

足元でエンジンがうなりを上げ、アレックは操縦桿を前に押し倒した。ストームウォーカーは巨大な脚を伸ばし、水しぶきを上げて浅瀬に踏みこんだ。

彼らはドイツ兵をボウリングのピンのように追い散らしながら、川を駆け上がった。通り過ぎざまに数発の銃弾がウォーカーの頭部をかすめたが、アレックはあえて覗視窓を閉じろとは命令しなかった。視界のほうが、安全よりも重要だ。もはや転倒も、失敗もできない。そんなことをすれば、ぼくたち全員が捕らえられてしまう。

月が樹々を明るく照らし、行く手の川は輝いていた。ストームウォーカーの速度を上げながら、アレックの顔にゆっくりと笑みが広がった——フリゲート艦の奴ら、できるものなら、捕まえてみるがいい。

ぼくと同じように夜間歩行ができる者など、どこにもいないはずだ。

18

照明弾が先だった。

鋭い音を響かせて空を横切ると、発火した燐《リン》が冷ややかな青い光を暗闇にふりまいた。ストームウォーカーの足元から上がる氷のように冷たい水しぶきが、空中に散りばめられたダイアモンドのようにきらめく。

さらなる照明弾が打ち上げられ、ついには十数個の太陽が燃えているように、夜空が明るくなった。

大量の照明弾――結局のところ、秘密兵器でもなんでもなかった。

「森に入れ!」クロップが叫んだ。

アレックが操縦桿を強くひねると、ウォーカーはわずか一歩で川の土手を登った。さすがに森の中の方が暗かった。照明弾が頭上を飛んで行くたびに、影が動いて躍った。

ところがそれだけで、ライフルの発射音も、砲撃の衝撃音もしない。

「どうなってるんだ、伯爵?」クロップが大声で訊ねた。

「ヘラクレスは方向転換中だ」ヴォルガーが上から告げた。「動きが遅いようだな」

「完璧だ！」クロップが言った。「あいつのエンジンを冷やしてやったぞ」

「だが、どうして発砲しないんだ？」アレックはストームウォーカーの向きを変えて、岩肌がむきだしになった場所を迂回させた。

「いい質問です、若君。おそらく、奴らはあなたを生かしたまま、身柄を拘束するつもりなのでしょう」

アレックは驚いたような顔をしてみせた。「なるほど、それは心強いね」

足元はますます急勾配になり、ウォーカーのエンジンが苦しそうな音を上げた。斜面が急になるにつれて、樹々の間隔が広がってきた。おかげで歩行は楽になったが、照明弾の神経に障る明るさの中では、あまりに無防備に感じた。

「茂みが多いのはどっちだ？」クロップが上に呼びかけた。

ヴォルガーが司令室に下りてきた。「そんなことはどうでもいい」

「なぜだ？」クロップが怒鳴った。

「フリゲート艦は当座の問題じゃない」ヴォルガーはアレックのとなりにかがみこんだ。

「向きを変えろ。敵はあっちだ」それから腹部ハッチに向かって叫んだ。「大砲を装塡しろ！」

アレックはすぐさまウォーカーを反転させた。遮るものの少ない斜面からは、高台に立つヘラクレスがよく見えた。エンジンが温まりはじめたらしく、八本の脚をゆっくりと動かしている。すでに砲塔も回転していた。だがそこで、アレックは彼らが砲撃してこなかった理由に気がついた。

背後から、ウォーカーが半ダースほど、斜面を登ってこちらに迫っていた。今まで見たことのない機種だった。四脚の小型機。ギャロップで走る姿はさながら鋼鉄の馬だった。ひとり乗りで、乗員の下半身は機内に、頭と肩はケンタウロスのように機外に出ている。機体正面にひとつあるヘッドライトが、蛍のように樹々のあいだで躍っている。

その小型機の唯一の武器は、機体後部に搭載された小型の迫撃砲だった。アレックが観察していると、一機が雲のように煙を湧き上がらせて、燦然《さんぜん》と輝く空に照明弾をさらに一発打ち上げた。

「新型の偵察機か」クロップがつぶやいた。

「しかも、われわれのような者を追跡するにはうってつけだ」ヴォルガーが言った。

アレックは顔をしかめた。「だが、あの迫撃砲はぼくたちをかすりもしないぞ！」

「その必要がないのです」クロップが言った。「われわれを見失わずにいるだけでいい。遅かれ早かれフリゲート艦が動くでしょうから」

「ならば、どうする？」アレックの手は操縦桿を固く握りしめていた。「戦うか？　あいつのエンジンが完全に温まらないうちに」

クロップは少しのあいだ考えを巡らせた。「いいえ。進みましょう。若君なら、奴らの予測よりも速く、国境に着けるかもしれません」

アレックはウォーカーをぐるりと回転させ、ふたたび斜面を登りはじめた。ヴォルガーが

シュパンダウ機関銃の準備をする音が聞こえた。偵察ウォーカーを操縦する兵士は、下半身しか装甲に守られていない。機関銃を何発か発砲すれば、至近距離であとを追おうとは思わないだろう。

突然、赤い閃光がストームウォーカーの機内に広がった。息ができないほどの煙の波も押し寄せてきた。目を細めて煙霧の向こうを確認すると、炎を上げる照明弾が地面すれすれに飛んでいった。

アレックは口元に拳を当てて咳きこんだ。「ぼくたちに向けて照明弾を撃っているのか？ 奴ら、気は確かか？」

「いささか救いようがありませんな」クロップが言った。「ですが、覗視窓は閉めましょう」

アレックはうなずいた。燃えさかる燐《リン》が司令室を跳ね回ったらと思うとゾッとした。覗視窓を開けておく必要性はあまり感じなかった。先ほどから、機外は真昼のように明るい。

だが、ひとつおかしなことがあった。空を照らしているのは冷ややかな青い光だが、たった今ストームウォーカーをはずした照明弾は鮮やかな赤い炎を上げていた。

覗視窓が閉じられたところで、次の照明弾がロケットのように飛び去った——今度も赤だ——間一髪のところで、ストームウォーカーには当たらなかった。

ヴォルガーが機関銃で応戦をはじめると、司令室に激しい銃声とさらなる煙があふれた。薬莢が派手な音を立てて鉄の床に落ち、ウォーカーの揺れに合わせて足元を前後に転がった。

　またも赤い照明弾が、煙と火花を吐き出しながら風を切って通り過ぎた。アレックは刺されたような目の痛みを覚えた。涙で視界がかすんだ。

「オットー、代われ！」

　クロップが操縦桿を引き継ぐと、アレックは手探りで水筒をみつけた。中身を一気に顔にかけて、両目から煙を洗い流す。

　大きな金属音がして、司令室が激しく震動した。

「ぶつかったのか？」アレックはまばたきして水滴を弾き飛ばしながら訊ねた。

　クロップは首を振った。「まさか。これだけ明るければ大丈夫です！」

　アレックは眉を寄せて、下から聞こえるウォーカーのうなりに耳を澄ました。ウォーカーはしっかりした足取りで斜面を進んでいる。計器類の針もすべて、正常範囲で振れている。ただひとつを除けば──背面の排気装置の温度が、急激に上がっている。

　アレックは立ち上がって、天井のハッチを開けた。

「アレック！」ヴォルガーが機関銃からこちらに顔を向けて叫んだ。「なんてことをっ！」

「何かおかしいぞ」アレックはハッチの外に乗り出した。

　新鮮な空気が顔に吹きつけ、消音装置を通さないエンジンの轟音が耳をつんざく。アレックは頭を低くして、森を見わたした。

　樹々と下生え以外、何もない。偵察機はどこに行ったんだろう？

　そのとき、遠くに一機が見えた。全速力で退避している。

「いったい……？」そう言いかけたとき、赤みを帯びた光がストームウォーカー背面の排気口のあたりで揺らめいているのに気づいた。アレックはもう少し身体を引き上げて、光の正体を確認した。

機関室の囲壁に、燐《リン》の塊が貼りついていた。シューッと音を立てながら燃え盛り、煙を噴き出している。アレックは視線を上げて、明るい空へと立ち上る赤い火柱を確認した。

「ぼくを生け捕りにするにしてはやりすぎだな」アレックはハッチを抜けて司令室に戻った。

ヴォルガー伯が彼をにらみつけた。「よくぞお戻りにな——」

「クロップ！」アレックは叫んだ。「蛇行走法だ！」

メカニック師範は一瞬ためらったものの、ストームウォーカーを樹々のあいだを縫うように走らせはじめた。

「もっと勢いよく曲がれ！　さっきの照明弾は命中していたんだ。泥の塊みたいに装甲板に貼りついて、煙を噴き上げている！」ほかの者たちは呆然と彼を見ていた。アレックは声を荒らげた。「偵察隊が全速力で退却しているんだぞ！」

ようやくクロップが、話がのみこめたという顔になった。彼はウォーカーを大股で左に数歩進ませると、すぐに右に切り返した。

これこそが、フリゲート艦がいまだに発砲してこない本当の理由だった。砲撃手は標的に目印がつけられ、偵察機が撤収するのを待っていたのだ。そして今や、ストームウォーカーは爆撃の危機にさらされている。

アレックは背面排気装置の計器を確認した――まだ熱い。さっきの赤い煙の柱は、まだ梢の上に噴き出しているに違いない。

クロップに向かって言った。「はがす方法はあるか？」

「燐《リン》をですか？　水は効きませんし、何かを被せて消火しようとしても、そいつを溶かしちまうだけでしょう。燃えつきるまで待つよりほかにありません」

「どのくらいだ？」ヴォルガーが訊ねた。

「三十分ってとこでしょう」クロップが答えた。「奴らにとってはじゅうぶんな時間か――

――」

遠くから轟音が響いた。

アレックは大声で警告した。だが、クロップはすでに操縦桿をひねって、ウォーカーを急反転させていた。機体は若木の茂みに突進した。アレックは鉄の床を転がる薬莢に足を滑らせて、慌てて吊り革をつかんだ。

そのとき、すさまじい爆音がストームウォーカーを貫き、アレックは骨まで揺さぶられるような衝撃を受けた。途端に世界が横倒しになり、気づけば両脚が宙に浮いて、吊り革にぶらさがっていた。

クロップの両手は何があっても操縦桿を離れなかった。おかげでウォーカーはよろめきながらも、なんとか直立した。すんでのところで、ブナの樹に衝突するところだった。よく茂った枝が機体を叩き、半開の覗視窓から木の葉を炸裂させた。

「次の一斉射撃までどのくらいだ？」ヴォルガーの声は冷静だった。

「およそ四十秒」クロップが答えた。

「あの燐《リン》をはがさないと！」アレックが叫んだ。「何か、あいつをたたき切るものはないか！」

ヴォルガーが首を振った。「危険すぎます、殿下」

アレックはヒステリックに笑い出しそうになるのをどうにかこらえて、操縦用具の保管庫を乱暴に開いた。「危険だと？　ヴォルガー。むざむざ木っ端微塵にされるよりもか？」

「ならば、わたしがやります」ヴォルガーが言った。

アレックは今まで見たこともない剣に手を伸ばし、保管庫から取り出した――年代ものの騎兵用サーベル。フェンシングで使う剣よりも、かなり重い。うってつけだ。

「ぼくは十歳のときからウォーカーに登っているんだぞ、ヴォルガー」そう言いながら、鞘《さや》をベルトに突きさした。

ヴォルガーがアレックの肩に手を置いた。「その剣は二世紀前のものです！　お父上が――」

「それがなんだ？　偵察機が戻ってくる場合に備えて、機関銃を再装塡しておけ」

返事を待たずに、アレックは身体を引き上げて外に出た。

ウォーカーの上に立つと、枝に顔をはたかれた。足元の機体は暴れ馬のように激しく揺れている。クロップが全力を注いで蛇行走行をしているからだ。機関室の囲壁は高熱を帯び、パイロット・グローブをはめていても、指が焼けつきそうだった。

目印用の燐《リン》はストームウォーカーの排気筒のあたりに貼りついて、シューっと音を上げながら炎を噴き出し、機体のスピードにあおられてますます燃えさかっていた。赤い煙がたなびいて、まばゆい上空へと広がっていく。

アレックはサーベルを引き抜いて片手でしっかりと握り、反対の手に鞘を持った。それから、サーベルを高々と掲げると、力いっぱい振り下ろした。

燐《リン》の塊は彼の一撃を受けてぱっくりと割れたが、かえってますます明るく燃え上がった。火のついた薪を火かき棒で突っついたようなものだった。

アレックがふたたびサーベルを掲げると、刃の上を炎が走った――金属に炎がまとわりついている！　思わず息をのんだ。このいまいましい物質が人間の皮膚についたら、どうなるのだろう。

樹々のあいだで光がちらついた。アレックは顔を上げて、遠くにいるフリゲート艦に視線を走らせた。大砲から煙が上がっている。即座に膝をつき、しっかりと機体にしがみつくと、光より少し遅れて大砲の音が轟いた。

それに続いて砲弾が落下した。衝撃波で耳が遠くなり、顔に泥が飛び散り、足元のウォーカーが持ち上がった。

ストームウォーカーの巨大な足がふたたび地面を踏みしめる気配があった。機体は生まれ

たばかりの仔馬のようにぐらついている。アレックは目を開き、即座に頭を下げた。きわどいところで、木の枝がウォーカーの頭部を鞭のように強打した。

耳鳴り以外は何も聞こえず、粉塵と煙にやられて、刺すように目が痛かった。だが、アレックは気づいていた――クロップがウォーカーの制御を取り戻して、体勢を立て直そうとしている。

そろそろ、ヘラクレスがこちらを射程圏内に収めるだろう。発砲のたびに、砲弾の落下地点が近づくはずだ。

アレックはふたたび前かがみになってサーベルを掲げると、猛烈な煙と火花を噴き上げている、ねばつく燐《リン》をたたき切った。刃からこぼれた燃えさしが身体に降りかかり、熱い石炭のように革の操縦服にまで引火した。髪が焼け焦げる臭いもした。

退却中の偵察機隊が最後にもう一度、ストームウォーカーに向かって照明弾を一斉射撃した。アレックは近くに落ちた弾を無視して、ひたすら炎を切り刻んだ。

ようやく大きな燐《リン》の塊がはがれたものの、棒についた蜂蜜のようにサーベルに絡みついてしまった。風に向かって前後に刃を振り回したが、炎の勢いが増すばかりだ。

くそっ、もう間に合わない。ヘラクレスの大砲はあと数秒で再装塡を終えるだろう。残る手立ては、ひとつだけだ。

アレックは中腰になって、片方の腕を排気筒に巻きつけた。

「お許しください、父上」小さな声で詫びてから、あらん限りの力で、由緒あるサーベルを森の奥に投げこんだ。

それから、ストームウォーカーの装甲板に貼りついている、最後に残ったいくつかの炎の欠片を蹴り落とし、開いたままのハッチまではい戻った。

「クロップ！」アレックは下に向かって叫んだ。「直進しろ。全速力だ！」

機内に入る前に、アレックはほんの一瞬振り返った。由緒あるサーベルはまだ、樹々のあいだで炎を放ち、赤い煙を噴き上げている。ヘラクレスの砲撃手は、ぼくたちがひるんで停止したか、先ほどの一斉射撃を受けて転倒したと思うはずだ。うまくいけば、敵が偵察隊を戻して確認させるのは、サーベルの周辺をあと二、三回砲撃してからになるだろう。

そしてそのときには、ストームウォーカーはすでに数キロメートル先にいるというわけだ。

興奮が収まるにつれて、体中がずきずきと痛みはじめた。両手と両膝は傷と火傷だらけだし、革の操縦服からは焦げた肉のような臭いがする。ヴォルガーが家宝やわけのわからない秘密だけでなく、何か火傷に効くものも準備してあれば良いのだが……。

ハッチから降りてきたアレックの焦げた髪とくすぶり続ける操縦服を見て、ヴォルガーが目をむいた。

「お怪我は？」

「大丈夫だ」アレックはぐったりと機長席に座りこんだ。「とにかく前進しろ」

覗視窓から、高くそびえる山々が見える。もう国境も、そう遠くはない。前方の空には照明弾もない。まもなく、慣れ親しんだ暗闇に戻るはずだ。

ヘラクレスの大砲が、またしても轟いた。だが、砲弾ははるか後方に落下し、ストームウォーカーの走りを乱すことはなかった——ドイツ軍はまだ、父上の剣を攻撃しているな。

アレックの顔に笑みが浮かんだ——敵の秘密兵器も、もはやこれまでだ。

まぶたが閉じるに任せた。一ヵ月に及ぶ逃避行を終えて、やっと休むことができる。ストームウォーカーが隠れ家に到着すれば、ぼくの人生もふたたび意味を持ちはじめるかもしれない。

今しばらくは、平穏に過ごさせてくれ。

19

「あなたの蜂を見たいわ、ミスター・シャープ」

デリンはうんざりした気分でスケッチ帳から顔を上げると、鉛筆を脇に置いた――こっちは、今日最後の見張り番を終えたばっかりなんだぜ。四時間ずっと神経を尖らせて、ドイツ軍の航空機を監視してたんだ。それにしても、バーロウ博士はいつ眠ってるんだろう？　今だって外套と山高帽の颯爽《さっそう》とした姿で、やたらと元気だ。タッツァまで博士のとなりで飛び跳ねてやがる。こいつは飛行獣《エア・ビースト》の探検をするときには、いつだってご機嫌なんだよな。

「わたしの蜂、ですか？」

「面倒がらないでちょうだい、ミスター・シャープ。もちろん、リヴァイアサンの蜂の巣のことよ。あなたはいつも、ひげを剃りながら絵を描くのかしら？」

デリンはマグカップの中のかみそりにちらりと目をやって、顔の半分がまだ泡で覆われているのを思い出した。わざわざ個室の扉を開けたままにして、通りかかった誰かにひげをそっている姿を見せるつもりだったのだが、数分で飽きて、鏡の前でポーズを取るのをやめてしまったのだ。『航空学入門』に載っている気温逆転現象の図解を模写する方が、ひげをそるふりをするよりよっぽどおもしろかった。

デリンはタオルで顔を拭った。「これが士官候補生の生活ってもんです。常に勉強……それからもちろん、科学者のお客様のご案内も」

「もちろんそうね」バーロウ博士はにこやかに言った。搭乗してからの二日間、博士は文字通り飛行獣を隅から隅まで視察していた。ニューカークとデリンを引き連れて各階を巡り、上甲板にも登り、鯨の内臓部にあるハクスリーの係留所まで見て回った。仕事をさぼる抜け道はまったくなかった。なにしろ、残った士官候補生はたったの二名。バーロウ博士のペットのフクロオオカミと、博士の大量の衣類と、機械室に安置された謎の荷物の重量のせいだった。

仲間が減ったのは残念だった。彼らがいれば、高度を計測したり、矢弾こうもりに餌をやったりする仕事を分担できるはずだった。唯一ありがたかったのは——ろくでなしのフィッツロイが消えたほかに——デリンとニューカークに、それぞれ個室が与えられたことだった。とはいえ、バーロウ博士の科学者としての研究項目のなかには、プライバシーの問題は含まれていないらしい。

「おいで、タッツァ」デリンは小さな声で呼びかけると、リードを取って、素早く通路に出た。

デリンはバーロウ博士を案内して艦尾の階段を登り、ゴンドラの最上階に出た。艤装兵と縫帆員たちはここで眠るのだが、彼らがどう対応しているのか彼女には見当もつかなかった。

飛行獣の胃腸管周辺は、腐ったたまねぎや牛のおならのような臭いが充満しているのだ。

休憩中の当直員が、通路の両側に沿って吊られたハンモックに横たわって揺れていた。暖を取るために、水素探知獣を抱きかかえて丸くなっている者もいる。飛行獣は高度八千フィート（約二千五百メートル）を航行していた。一日中リヴァイアサンを追い回していたドイツ軍の飛行機も、おそらくこの高さにまではついて来られないはずだ。ただし、あたりの空気はとんでもなく冷たかった。

バーロウ博士やフクロオオカミがそばを通り過ぎても、艤装兵は見向きもしなかった。飛行獣の上層部から、女性乗客に騒ぎ立てる者があれば、出頭を命じるとの通達がなされていたのだ。実際のところ、海軍の迷信をとやかく言っている場合ではなかった。昨日はドイツがフランスに宣戦布告して、今日はベルギーに侵入した。深夜までに皇帝《カイザー》がいっさいの侵犯から手を引かなければ、明日には英国が参戦するだろうと噂されている。

そして、ドイツが撤収するだろうとは、誰も考えていなかった。

胃腸管のハッチまで来ると、デリンはタッツァを両腕で抱えてはしごを登った。飛行獣とゴンドラの寒くて狭い隙間では、腹部のカモフラージュ細胞が、雪に覆われ月に照らされた下界の山頂の色を映して、鈍い銀色に輝いていた。眼下にはスイス・アルプスが聳《そび》えている。オスマン帝国への道程の三分の一まで来たな、デリンはそう思った。

タッツァはデリンの腕からハッチの上に跳び出すと、さまざまなものが入り混じった臭いを好奇心旺盛に嗅ぎ回った——胃腸管の汚水の臭い、漏れ出した水素の苦扁桃臭、飛行獣の皮膚の潮の香り。

デリンはタッツァに続いて胃腸内に入り、膝をついてバーロウ博士に手を貸した。ふたりはしばし温かい暗がりの中で立ち止まり、ツチボタルのほのかな緑色の明かりに目が慣れるのを待った。

「この場をお借りして、お煙草を吸われないようご注意申し上げます、博士」

「とてもおもしろくってよ、ミスター・シャープ」

デリンはにんまり笑って、タッツァの頭をかいてやった。リヴァイアサン全艦で、火気は禁じられていた。マッチや小火器は厳重に管理され、空軍兵のブーツには静電気による火花を防止するゴム底が貼られている。だが規則では、乗客に対しては乗組員が必要と判断したときにその都度、喫煙に関する決まりを伝えると、定められていた。

その乗客がやけに着飾った科学者で、わかりきったことを注意されて気を悪くしたとしても、それが俺の任務なんだからしょうがないさ。

前を行くタッツァは、身を伏せるようにしておずおずと歩いた。鯨の体内に入ると、いつも少し神経過敏になるらしい。彼らが歩いている通路はアルミニウム製だが、胃腸管の壁には血が通っていた——温かく、脈動しながら消化を続け、ツチボタルの光で輝いている。頭上に見える水素嚢は、ぴんと張り詰めて透明だった。飛行獣全体が、高空の薄い空気の中で膨張しているのだ。

艦首に近づくにしたがって、ブーンという音がますます大きくなった。何百万もの小さな

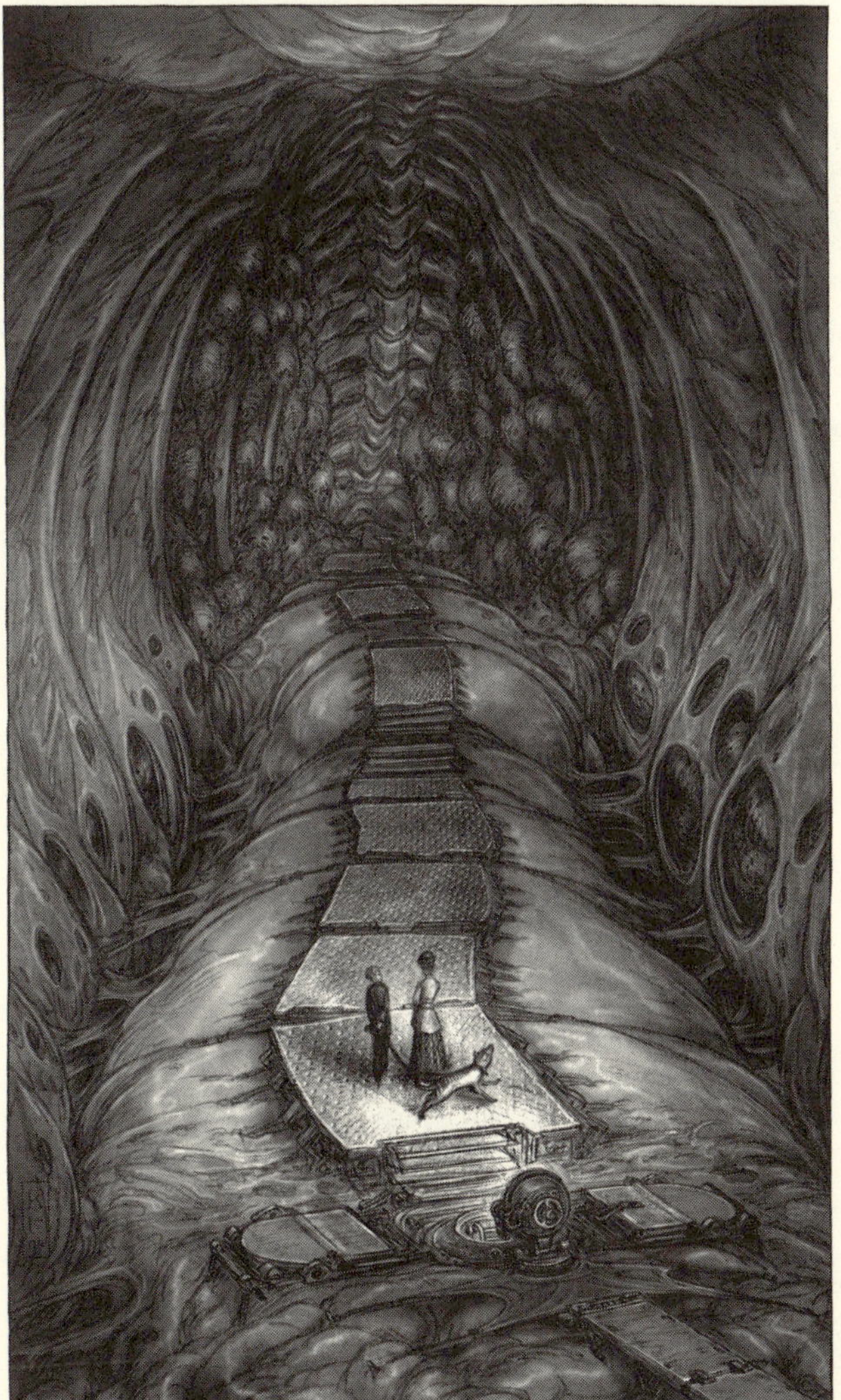

羽が空気を攪拌《かくはん》して、その日フランスのあちこちで集めた蜜を乾かしていた。さらに進むと、騒然たる蜂の大群がびっしりと壁を覆っていた。小さな丸みを帯びた身体が羽音を鳴らしながらデリンの頭のまわりを飛び回り、顔や手に軽く当たっては跳ね返った。タッツァは低い声を漏らして、デリンの両脚に身体を押しつけた。

タッツァが緊張するのも無理ないよな。俺だって、はじめてこの蜜蜂の巣を見たときには、こいつらのことを駆逐艦や矢弾こうもりみたいな武器だと思ったくらいだ。だけど、リヴァイアサンの蜜蜂は針すら持ってない。艦の主任科学者の決まり文句じゃないけど、簡単に言っちゃえば、この蜂は自然界から燃料を抽出する手段なんだ。

夏場には、飛行獣が上空を通過する草原は花で埋めつくされる。それぞれの花はごくわずかな蜜を含んでいる。蜂たちはその蜜を集めて、蜂蜜に変える。すると、飛行獣の体内のバクテリアが蜂蜜を平らげて、水素のおならにするのだ。科学者たちの典型的な手法だ――進化が絶妙なバランスを構築したシステムを利用できるのに、わざわざ新たなものを作っても意味がない。

一匹の蜂がデリンの顔の真ん前で、興味津々といった様子で空中停止した。体は細かい毛に覆われていて黄色く、ドーサル部分は礼装用のブーツのように黒く輝き、羽は動きが速すぎてよく見えない。デリンは目を細めて、あとでスケッチするためにその姿形を記憶した。

「やあ、ちっこいビースティ」

「なんですって？　ミスター・シャープ」

りますか？」デリンは好奇心旺盛な蜂を手で追い払って、振り返った。「特にご覧になりたいものはあ

バーロウ博士は葬儀に参列する科学者のように、山高帽の下に黒いヴェールをたくしこんで被っていた。「わたしの祖父が遺伝子配合して、この蜂を造ったの。だから、祖父の作品を味わってみたかったのよ」

博士のおじいさん？　バーロウ博士は見た目よりずっと若いってことか。

「驚いたようね、ミスター・シャープ。この蜂蜜は食べられるんでしょう？」

「はい。ミスター・リグビーはわれわれ士官候補生全員に味見をさせます」フィッツロイは大げさに顔を歪めてみせたし、ニューカークは今にも吐きそうだった。だが、その味は天然の蜂蜜に負けないくらい、実においしいのだ。

デリンは索具ナイフを取り出すと、いくつもの六角形が結合した大きな蜂の巣に手を伸ばし、刃の上に少量の蜂蜜をすくい取ってバーロウ博士に差し出した。博士は指先にその蜂蜜をつけて、ヴェールの向こうの唇のあいだに運んだ。

「ふーん。蜂蜜そっくりね」

「ほとんどは水分です。風味づけに、炭素が少々」

バーロウ博士はうなずいた。「とても的確な分析よ、ミスター・シャープ。だけどあなた、難しい顔をしているわね」

「申し訳ありません。ですが、博士のお祖父様はダーウィニストだったとおっしゃいました

よね？　つまり、創始者のおひとりということですか」

バーロウ博士は笑みを浮かべた。「その通りよ。しかも祖父は蜂に魅了されていたと言ってもいいわね。特に、蜂がいかに猫とツメクサに関係しているかに」

「猫、ですか？」

「ええ、それと、ツメクサね。祖父はアカツメクサの花が町の近くではたくさん生えているのに、野生ではあまり生存していないことに気づいたの」バーロウ博士はもう一度味見をしようとして、ナイフに指をこすりつけた。「英国ではほとんどの猫は町で暮らしているわよね？　そして、猫はねずみを食べる。その同じねずみがね、ミスター・シャープ、蜂蜜を狙って蜂の巣を襲うのよ。けれど、アカツメクサは受粉してくれる蜂がいなければ繁殖できない。ここまではわかるかしら？」

デリンは正直に首をかしげた。「あの、よくわかりません」

「ところが、とても簡単なことなのよ。町の近くにはたくさんの猫がいて、ねずみは少ない。だから、蜂も多い。結果的に、アカツメクサも多くなるというわけ。祖父は、そういう相互関係に着目するのが得意だったのよ。あら、また難しい顔ね、ミスター・シャープ」

「つまりその……かなり、風変わりなお方だったようですね」

「そう考える人たちもいるわね」バーロウ博士はくすくすと笑った。「けれど、風変わりな人間というのは、時として誰も気づかないことを発見するものなのよ。あなたは、ずいぶんしっかりとかみそりを研いだのね」

デリンは思わず息をのんだ。「かみそり、ですか？」

女性科学者は手を伸ばして、デリンの顎をつかんだ。「あなたのお顔、両側とも同じようにつるつるだわ。でも、わたしはさっき、ひげそりの途中でお邪魔したのよね？」

バーロウ博士が答えを待つあいだ、デリンの頭の中では、蜂の大群の羽音が鳴り響いていた。足元の通路が傾いたような気がした――ひげそりで小細工をしようなんて、なんて間抜けだったんだ。いつもこうやって嘘がばれちゃうんだ。物事を馬鹿みたいにややこしくするせいで。

「お……おっしゃっていることの意味がわかりませんが」

「あなた、何歳なの？ミスター・シャープ」

デリンは目をぱちぱちさせた。ひとことも返せなかった。

「そんなにつるつるの顔じゃあ、十六歳ではないわね。十四歳かしら？それとも、もっと若いの？」

かすかな希望が、デリンの胸にじわじわと湧いてきた――博士は俺のもうひとつの秘密を言い当てたってことか？ここは真実を話した方が良さそうだ。「十五歳になったばかりです」

バーロウ博士はデリンの顎から手を放すと、肩をすくめてみせた。「まあ、あなたが初めてってわけじゃないんでしょうね。少し年齢が足りないのに、入隊する少年は。あなたの秘密は内緒にしておくわ」博士は索具ナイフを返した。「わかるわね。祖父の発見の本質はこういうことよ。ひとつの要素を取り除いたら――猫でも、ねずみでも、蜂でも、花でも――すべての相互関係が崩壊してしまう。大公とその夫人が暗殺されて、ヨーロッパ全土が戦争に突入する。たったひとつのピースが失われただけで、パズル全体が大きな悪影響を受けることもあるのよ。自然界でも、政治においても、この飛行獣の腸内でもね。あなたはいい乗組員のようね、ミスター・シャープ。わたし、あなたを失いたくないわ」

デリンはゆっくりとうなずいた。博士の言葉のすべてを心に刻もうとしていた。「まったく同感です、博士」

「それはそうと……」バーロウ博士の口元にかすかに笑みが浮かんだ。「あなたの小さな秘密を知って、気持ちが楽になったわ。わたしも自分の秘密を打ち明けてしまおうかしら」

その言葉の意味を考えるより先に、デリンは蜜蜂の巣の騒音に混じって遠くから響いてくる金属音に気づいた。

「あの音が聞こえますか、博士?」

「非常警報ね?」バーロウ博士は悲しそうにうなずいた。「残念だけれど。とうとう英国とドイツが開戦したようね」

20

警報は三連符で鳴っていた――空襲警報だ。

「すぐに行かないと」デリンは慌てて言った。「ひとりでお部屋まで戻れますか？」

「そんな場合じゃないわ、ミスター・シャープ。わたしはあの箱を守らなければ」

「でも――ですが……警戒態勢なんです。機械室には入れません！」

バーロウ博士はデリンの手からタッツァのリードを取り上げた。「あの箱はあなたがたの規則より、ずっと重要なのよ」

「ですが、乗客は規則で――」

「だったら、士官候補生も規則で十六歳以上と定められているわ」バーロウ博士は片手を振って言った。「あなたは、戦闘配置だか何だかに就かなければいけないんでしょう？」

デリンはむっとしてうなったものの、いい加減面倒くさくなってあきらめると、その場から立ち去った――俺が言うべきことはちゃんと言ったんだから、あとは好きにすればいいさ。あの女科学者はその気になったら、飛行獣の窓から身を乗り出しかねないタイプだもんな。

メイン・ゴンドラに向かって走るデリンの足元で、アルミニウム製の通路が揺れた。乗組員全員が先を争って持ち場に急ぎ、艦内の通路を埋めつくしている。デリンは腸内作業服に身を包んだ一団の脇をすり抜けて、胃腸部ハッチまで来ると、一気に半分まで下りて、艦外の様子をうかがった。

ゴンドラと飛行獣の隙間には氷のように冷たい風が吹き、耳慣れない音が轟いていた。推力エンジンのブーンという音ではない。クランカーの技術工学による怒号のような爆音だ。一瞬、遠くで翼のある物体が月に照らし出された——尾翼に鉄十字の紋章が記されている。

ってことは、ドイツ軍の飛行機もこの高度まで飛べたんだ！

デリンはハッチの残り半分を飛び降りた。乱暴に着地したせいで、上下の歯がガチンと鳴った。士官候補生の戦闘配置はこうもりがいる上甲板だ。つまり、凍えないための飛行服が必要だった。デリンの飛行服は自室にあったが、艤装兵はいつも自分たちの大部屋に予備をかけてある。デリンはひしめきあう乗組員と水素探知獣たちをかいくぐって、飛行服を見つけ出した。ポケットにグローブが突っこんであったが、ゴーグルを探す暇はない。バーロウ博士が強情を張ったおかげで、すでにかなりの遅れを取っている。

つなぎのボタンを首まで留めた途端に、デリンは一瞬のめまいを覚えた——バーロウ博士に秘密を見破られそうになったショックも覚めやらぬうちに、いきなり緊迫した戦闘態勢に突入するなんて。とりあえず、博士は誰にも言わないって約束してくれた。それに、博士はすべてを知ったわけじゃない……今のところはまだ。だけど、あの鋭い観察力があれば、そのうちきっと気づいちまうだろう。

深いため息をつくと、頭を振ってはっきりさせた。今は俺の秘密の心配をしている場合じゃない。とうとうここまで、戦争が来たんだ。

デリンは命綱をぐいっと引っぱって強度を確かめてから、索具ハッチに向かった。

少なく見積もっても半ダースの航空機がリヴァイアサンを追っていた。正確な数はわからない。駆逐鷹とその飛行機捕獲網を避けて、じゅうぶんな距離を置いて飛んでいるからだ。

デリンは上甲板まであと半分のあたりを、凍えるような風に吹かれながら急いで登っていた。ラットラインには乗組員や人造獣が群がり、彼らの体重が加わったロープは強く被膜に押しつけられている。

推力エンジンの音が変わったと思ったら、世界が傾きはじめた。飛行獣が横転し、気づいたときにはデリンはリヴァイアサンの下側に戻って、二本の腕でラットラインにぶら下がっていた。周囲の乗組員はハーネスに吊られて揺れていたが、彼女の安全クリップは使われないまま腰のベルトから垂れている。

「くそっ！」デリンは痛む両手を見上げた——やっぱり、ミスター・リグビーの言う通りだ。戦闘中は安全クリップを留めておけって言われてたんだっけ。

デリンは大きく脚を振って、片脚をロープに引っかけ、片手を自由に動かせるようにした。ところが、飛行獣はさらに傾いてひっくり返った。頭上にいた一匹の伝言トカゲがロープをつかみきれなくなって、デリンの脇を転がり落ちていった。さまざまな人の声色《こわいろ》が入り交じった気味の悪い声で、わけのわからない言葉を叫びながら。

デリンは哀れなビースティから目をそらした。それから手探りで安全クリップを見つけてロープに固定すると、両手を放してハーネスで吊り下がり、焼けつくように痛む手と腕の筋肉を休ませた。

空中では轟音が鳴り響いていた。

半マイル（約八百メートル）先から、クランカー軍の戦闘機が一機、こちらに突進してきた。両翼のエンジンが雷のような音を上げ、煙の尾を二本噴き出している。幅の広いこうもりのような翼を広げて旋回しながら、舷側《げんそく》に接近してくる……。機関銃が火を噴いて、リヴァイアサンの横腹を掃射した。

乗組員と人造獣は、慌てふためいて弾道から逃れた。デリンの目の前で水素探知獣が撃たれ、苦しみもだえてラットラインを転がり、やみくもに四肢を振り回しながら海に落下した。リヴァイアサンの皮膚の下で、引き裂かれたツチボタルが鮮やかな緑色の閃光を放っている。

戦闘機は進路を変えず、すさまじい勢いでまっすぐにこちらに向かってきた。デリンはロープからハーネスのクリップをはずし、できるかぎりの速さで滑り降りた。銃弾が頭のすぐ上の被膜をさざ波のように揺らした。まるで、水の中に次々と石を投げこんだようだ。飛行獣の痛みに共振して、デリンの手の中のロープが急に張り詰めた。

弾を撃ちつくした戦闘機が、やっと舷側から離れた。ところが、暗闇の中で突如としてまばゆい炎が燃え上がった。敵の砲手が発炎筒を着火させたのだ。砲手に高く掲げられたその装置は、火花と煙を噴き上げている。戦闘機はぐるりと回って、ふたたびリヴァイアサンに向かってきた。

デリンはロープをしっかりと握りしめたが、登るべき場所が見当たらなかった。水素の苦扁桃臭が肺に充満した。飛行獣全体が、いつ爆発してもおかしくない状態だった。

だがそのとき、一条の光が視界を横切った。飛行機捕獲網を携えた駆逐鷹の群れが、サーチライトが描く光の弧を追って飛びはじめた。一羽一羽のハーネスからはきらきらと輝く細縄が垂れ下がり、蜘蛛の糸で編まれたような一枚の網につながっている。

駆逐鷹はぐるりと旋回すると編隊を整え、戦闘機の進路を塞《ふさ》ぐかたちで、燃えるように輝くレースを広げた……。

戻ってきた戦闘機がそのまんなかに突っこみ、捕獲網が糸から人造蜘蛛の酸を噴射しながら、機体に巻きついた。酸は瞬く間に翼や支柱や人体を溶かした。機体はばらばらになり、左右の翼が空中で鋏《はさみ》のように重なった。

クランカー軍の乗組員と、飛行獣の命取りとなる発炎筒と、おびただしい数の金属部品が、真下にそびえる雪を頂いた峰に落下していく。

飛行獣の舷側からがらがら声の歓声が上がり、戦闘機が墜落すると拳が突き上げられた。艤装兵はただちに被膜の補修にとりかかった。だが、ぐったりしたり痛みにうめいたりして、ハーネスに吊られたまま動かない者も何人かいた。

デリンは衛生兵ではないし、とっくに上甲板に就いていなければならなかった。けれど、負傷した乗組員をあとに残して再び登りはじめるまでには、多少の時間が必要だった。

クランカー軍の航空機がまだほかにいるんだ――デリンは自分に言い聞かせた――とにかく、矢弾こうもりに餌をやらなくては。


上甲板は、乗組員と銃器と水素漏れの臭いで気がふれたようになっている探知獣でいっぱいだった。

デリンは混雑した背面《ドーサル》の中央部を避けて、片隅の柔らかい被膜の上を走った――さんざん脇腹に銃弾を浴びたあとだ。ひ弱な士官候補生がひとりぐらい乗ったところで、飛行獣も気づかないだろう。

リヴァイアサン乗組員は反撃をはじめていた。脊梁部とエンジンポッドからは空気砲が発射され、サーチライトが暗闇の中に駆逐鷹を誘導している。だが、戦艦がなにより必要としていたのは、さらなる矢弾こうもりを空中に放つことだった。

デリンが艦首に到着したときには、ニューカークとリグビーはすでに配置について、ものすごい勢いで手のひらいっぱいに餌を握ってはまき散らしていた。艤装兵も数名加わって、士官候補生が減った穴埋めをしている。

リグビー掌帆長ににらみつけられて、デリンは吐き出すように言った。「例の科学者のお世話をしておりました！」

「そんなこったろうと思ってたよ」リグビーはデリンに餌袋を投げてよこした。「不意をつ

かれちまったな？　クランカーの野郎がここまで高く飛べるとは知らなかったぜ！」

デリンは大急ぎで穀粒と矢弾をすくい取った。すでに、ほとんどのこうもりは艦を飛び立って、大騒ぎをしている。

「伏せろ！」誰かが叫んだ。「一機来るぞ！」

戦闘機がうなりを上げて、艦首に突進してきた。デリンはとっさにその場に身を伏せたが、運悪く足元に落ちていた矢弾にぶち当たってしまった。そのとき、リヴァイアサン最強の空気砲が発射された。猛烈な衝撃波が頭上を飛んでいく感覚があった。驚いたこうもりの群れが、衝撃波の伴流を舞う。

デリンはちらりと目線を上げた。空気砲は命中していた。戦闘機は激しく震え、一度だけエンジンが咳きこむような音を立てた。それから、空中で機体をよじると、制御不能に陥ってきりもみ降下をはじめた。まるで、巨大な手にぐしゃりと潰された紙切れのようだ。

飛行獣の上甲板で勝鬨《かちどき》があがった。だが、ミスター・リグビーは一息ついて歓声をあげることもせず、よろよろと立ち上がるとニューカークに駆け寄って、自分の命綱と彼の綱をつなぎあわせた。

「来い、シャープ！」リグビーは大声で言った。「命綱を結合しろ！　前に行くぞ」

デリンは跳び上がってふたりを追いかけ、自分の命綱をニューカークのものとつないだ。

掌帆長は先頭に立って脊梁部を離れると、艦首の下り斜面へと向かった。数百匹のこうもりが巣穴のなかでさぼっているのが常なのだが、今夜のリヴァイアサンはすべてのこうもりを参戦させる必要があった。

艦首の被膜は横腹に比べて堅固にできている。暴風雨前線やスコールを押し分けて前進するための設計だ。硬い表皮はブーツが滑るし、重たい餌袋のせいでバランスも取りづらかった。デリンは思わず息をのんだ。ここ飛行獣の頭部では、ロープもラットラインも少なく、そのうえ間隔も空いている。

前に行くにつれて、斜面はますます急になった。まもなくデリンは、飛行獣の両目に渡された遮眼帯――リヴァイアサンの目に注意をそらすものや銃弾が入らないように防いでいる――までずっと見下ろせる位置に到着した。

またべつの戦闘機が三人の下方でうなりを上げながら、左舷のエンジンポッドに向かって機関銃を連射させた。冷たい空気の中を、歯車がきしむ音が響き渡った。すると、サーチライトの光線が二本現われて、戦闘機を追いかけはじめた。光の中では、たくさんの黒い影が羽ばたいている……。

デリンは慄然として目を見張った――サーチライト操作員が光線の色を赤に変えそこねている。赤い色がこうもりに矢弾を放出させる合図なのに……。

二本の光はこうもりの群れをクランカー軍の戦闘機の進路に突撃させていた。こうもり自体にはなんの威力もないが、彼らの内臓にある鋼鉄のスパイクは戦闘機を寸断するには十分だった。哀れな小動物の悲痛な叫び声が、破壊されたエンジンと引き裂かれた翼が上げる音に重なった。

墜落する戦闘機を見守っていると、足が滑った。足元が傾いている。

「急降下だ！」ミスター・リグビーが怒鳴った。「つかまれっ、なんでもいい！」

前方に見えていた、雪を頂いた山脈が斜めになった。胃がねじれそうだ。飛行獣がこんな速度で降下するなんて、今までなかった！　デリンはぴたりと身を伏せて、何かつかまるものを手で探った。餌袋が滑り落ち、夜の空にいちじくと矢弾がばらまかれた。

デリンはまだ滑っていた……いや、落ちていた。

そのとき、命綱が急に引っぱられて、落下が止まった。見上げると、ニューカークとリグビーが巣穴の中にいた。ふたりの頭の周囲で、こうもりたちがぐるぐると飛んでいる。

デリンは命綱を登って、温かい巣穴に入った。こうもりの糞と古い矢弾だらけだったが、とにかく、つかまる場所だけはたくさんあった。

「ご一緒できて嬉しいよ、ミスター・シャープ」ニューカークが馬鹿みたいににやつきながら言った。「なんか、最高だよな？」

デリンは顔をしかめた。「おまえ、いつからそんなに勇ましくなったんだよ？」

ニューカークが答える前に、彼らの足元でふたたび世界が回転した。

「エンジンをやられたな」ミスター・リグビーが言った。

デリンは目を閉じて、飛行獣の鼓動に耳を澄ました――弱ってるみたいだ……。

リヴァイアサンは乱気流の中を、不自然な角度で飛んでいた。

クランカー軍の戦闘機は依然として、暗闇の中で轟音を上げている――音から判断すると、二機——だが、リヴァイアサンのサーチライトの光線の中に、こうもりはほとんどいない。彼らは散り散りになって、夜の空を意味もなく飛び回っていた。銃撃と仲間が敵機に激突したことにおびえて、立ち直れないでいるのだ。

「もっとこうもりを飛ばさないとだめだ！」ミスター・リグビーは自分のベルトから素早くロープをほどき、デリンとニューカークをつないでいたロープを五十フィート（約十五メートル）の長さのものと付け替えた。

「この下に大きな巣穴がある。シャープ、降りていって、もう少しあいつらをかき集められるか試してこい」リグビーは自分の餌袋をデリンの両手に押しつけた。「ビースティを外に追い出す前に、しっかり食わせるんだぞ」

「わたしはどうするんです？」ニューカークが文句を言った。どうやら、戦闘が性に合っているらしい。逆にデリンは、そのすべてに飛行機酔いを感じるだけだった。

「おまえには、あとでもっと長いロープをつけてやる」リグビーはまだ、自分のロープを調節していた。「最後まで残った大事な士官候補生を失うのは嫌だからな」

デリンは巣穴の上部まで、ロープを滑り降りた。迫り来る山の尾根のことは、努めて無視した——水素が漏れすぎちまって、飛行獣がもう浮かんでられないんだとしたら？

そんな考えを頭から振り払って、飛行獣の被膜の暗い裂け目へと慎重に降りていった。クランカー製エンジンのうなりが次第に近くなるのは聞こえていたが、自分の手足から目を離すような真似はできなかった。

あと数ヤード……。

背後で機関銃が火を噴いた。デリンはリヴァイアサンにぴたりと身体を押しつけ、目を閉じてささやいた。「心配するなって、ビースティ。あんな奴ら、俺がやっつけてやるさ」

閉じたまぶたの上をサーチライトの光が横切り、戦闘機は轟音とともに去っていった。あとには、戦闘機のエンジンからの煙と漏れた水素が入り交じった悪臭が残された。

デリンは残りの数フィートを一気に滑り降りた。かろうじて、ブーツが巣穴のへりに引っかかった。ロープにしがみついて、振り子の要領で穴の中に入り、両膝で滑って着地した。

巣穴は空っぽだった。空中に追い出すべきこうもりは一匹も残っていない。

「ちくしょう《バーキング・スパイダーズ》」デリンは力の抜けた声でつぶやいた。

足元の床が傾いた。振り返って外を見ると、地平線が傾斜していた。それから山脈が姿を消し、代わりに冷たい星空が現われ……リヴァイアサンがまた、高度を上げている！

デリンは巣穴から身体を引き上げた。さっき降りてきた斜面がほぼ水平になっていた。やはり、リヴァイアサンはふたたび上昇しているのだ。リグビーとニューカークは穴の外に出ていた。ふたりのハーネスは長いロープでつながれている。

「だめです」デリンは上に向かって叫んだ。「まったく残っていません！」

「じゃあ、ふたりともこっちに来い」ミスター・リグビーは踵《きびす》を返して、脊梁部に戻りはじめた。「飛行獣がまた急降下する前に、艦首を離れるぞ」

三人は命綱の長さいっぱいに間隔をとって、わずかに残ったこうもりを追い立てながら進

んだ。デリンは全速力で登った――飛行獣がこんな風に身をよじったり回転したりするんじゃ、とてもじゃないけど、上甲板が最高だとは思えねぇな。

残った二機の戦闘機は、相変わらず離れた位置でぐずぐずしている。いったいあいつらは何を待っていやがるんだ？

駆逐鷹が何羽か飛んでいたが、引いている網はずたずたに裂けていた。サーチライトは一基だけが点灯していた。操作員が矢弾こうもりを集めて、ひとつの群れを形成させようとしている。

脊梁部の状況はもっとひどかった。前方の空気砲を修繕隊がなんとか直そうとしている。いたるところに負傷した乗組員がいて、水素探知獣は水素漏れが多すぎるために錯乱状態に陥っている。飛行獣の巨大なハーネスは弾痕でぼろぼろだ。

デリンは負傷者のそばにひざまずいた。彼の手は水素探知獣のリードを握りしめていた。主《あるじ》の青白い顔を見守っていた水素探知獣が、デリンを見上げて訴えるように鳴いた。デリンはさらに近寄って確認した――死んでる。

自分が震えはじめたのがわかった。けれど、寒さのせいなのか、それとも戦闘のショックのせいなのかは、わからなかった――俺はリヴァイアサンに乗ってから、まだ一カ月しか経ってない。だけどこれは、家族の死を見るのと、目の前で我が家が燃え落ちるのを見るのと、おんなじじゃないか。

そのとき、クランカー製のエンジンが、待ち構えていたようにふたたび轟音を上げた。全員が暗い夜空に注目した。最後に残った二機の戦闘機が、同時にこちらに向かっていた。またも猛スピードで飛行獣に急接近している。

デリンには理解できなかった——あの戦闘機の乗組員たちは何を考えているんだろう？あいつらは自分の仲間が空から墜落する様子を見ていたはずだ。まちがいなく、自分たちの死を覚悟しているはずだ。リヴァイアサンを殺すことがそんなにも重要だと彼らに思わせているのは、どれほどの狂気なんだろうか？

唯一残ったサーチライトが戦闘機の進路を横切った。すると、一機が空中でがくがくと揺れはじめた。こうもりたちの小さな黒い影が両翼を切り裂き、機体が大きく傾いた。デリンの脳の冷静などこかが、翼の周囲の気流の変化を、ほどなくして戦闘機がくしゃくしゃになって墜落する様子をただ眺めていた……。

爆発炎上する戦闘機から、デリンは顔を背けた。

だが、もう一機のうなるようなエンジン音はさらに近づいていた。

「くそっ！　あの野郎、突っこむつもりだ！」ミスター・リグビーは視界の良い場所を求めて、前方に走った。

正面の空気砲の砲撃手が罵声を上げた。またしても空気圧縮装置がうまく働かないらしい。

だが、後方からべつの空気砲が発射された。不意に、すべてのサーチライトが息を吹き返した。放たれた光は暗闇を貫き、ついには、向かってくる戦闘機を空飛ぶ火の玉のように照らし出した。

小さな黒い翼がサーチライトの光線に沿ってはためき、戦闘機はこうもりの群れを押し分けて進みながら身震いすると、激しく揺れ動いた。だがなぜか、それでも突進を続けている。リヴァイアサンまであと百フィート（約三十メートル）という地点で、戦闘機はついに空中でねじ曲がった。両翼が折れ、四方八方にひらひらと破片が舞い落ちた。射撃手席がはずれたにもかかわらず、機関銃はまだ連射を続けている。どういうわけかプロペラがエンジンから離脱して、狂暴な昆虫のように螺旋を描きながら飛んで行った。

デリンは足元の震動を感じた。片手のグローブをはずし、ひざまずいて凍ったように冷たいドーサルの被膜に手のひらを押し当てた。飛行獣が一声うめいた。その低い声は鯨の全身を震わせた。崩壊した戦闘機の破片がリヴァイアサンに切りつけ、被膜を裂いている。デリンは思わず目を閉じた。

どっからか火花がひとつ飛んできたら、俺たち全員、火の玉になっちまう。

悲鳴が聞こえた。ミスター・リグビーがよろめきながら飛行獣の横腹の斜面を下っていた。胃のあたりをつかんでいる。

「撃たれたぞ！」ニューカークが叫んだ。

リグビーはさらに二、三歩よたよたと進むと、膝から崩れ落ちて、被膜の上で軽く弾んだ。ニューカークは彼のあとを追いかけたが、デリンは直感的にその場に留まった。

すでに戦艦全体が前に傾き、またもや急降下していた。水素の臭いがデリンに打ち寄せた。ミスター・リグビーは舷側をずり落ちていた——引力が彼を捕らえ、横滑りが滑落へと変わった。

デリンは一歩踏み出した。だがそこで、自分とふたりをつなぐ命綱に目が留まった。「ちくしょう《バーキング・スパイダーズ》！」

もし掌帆長が横腹から落下したら、ニューカークも道連れになる。そうなれば、俺だってカエルの舌先に捕らえられた蠅みたいに、一気に引きずられるはずだ――身体を固定できるものを探したが、足元のラットラインはずたずたにされていた。

「ニューカーク、戻れっ！」

ニューカークは一瞬立ち止まって、滑っていくミスター・リグビーを見守った。そしてすぐに、こちらに引き返しはじめた。事態を理解して、表情が一変している。だが、遅すぎた。彼とリグビーをつなぐ命綱はみるみるうちに張り詰めていく。

ニューカークはなすすべもなくデリンを見上げ、片方の手をベルトに着けた索具ナイフにやった。

「やめろっ！」デリンは叫んだ。

そのとき、閃《ひらめ》いた。どうするべきなのか。

デリンは踵を返すと、逆方向に走り、飛行獣の反対側の横腹を全速力で駆け下りた。被膜がはがれ落ちるのも構わずに、乗組員と水素探知獣をかわし、力いっぱい踏みきって、夜空に飛び出した……。

　急激に緊張したロープの衝撃は、胃を殴られたようだった。ハーネスが肩にくいこんだ。身体を丸めて舷側の被膜への激突に備えたが、叩きつけられて息が止まった。

　デリンは跳ね返って、いったん停止した。ところが、気づくと、飛行獣の横腹をずり上がっていた――リグビーがニューカークを引き寄せちまったんだ。ふたり分の体重が、今度は俺を脊梁部に引き戻している！

　通り過ぎるロープに手を伸ばし、なんとか一本をつかまえて、その場に踏みとどまった。だが、命綱の引きは強くなるばかりで、ハーネスに絞めつけられて呼吸が苦しくなった。

　突然、命綱がたるんだ。デリンは恐怖におびえて上に目をやった――綱が切れたのか？　まさか、ニューカークが自分の命綱を切ったんじゃ？

　頭上の脊梁部では、艤装兵の一団がデリン

の命綱をつかみ、同時に戦艦の反対側の何かとも綱引きをしていた。彼らが引き上げているのは、ニューカークと、負傷した掌帆長だった。

デリンは安堵のため息をついて、まぶたを閉じると、ラットラインにしがみついた。暗い夜空に転げ落ちないようにするためには、自分の両手だけが頼りだった。だが、そこでふたたび、身体の下で艦体が傾いた。デリンは下を見た。そして、悟った——俺の両手じゃ、もうどうにもならない。

彼らは落ちていた。

アルプス山脈が飛行獣の行く手にそびえていた。いちばん高い峰はわずか数百フィートの下にあった。一面雪に覆われていたが、何箇所かむき出しの岩場もあり、そこはまるで、辛抱強く獲物を待ち受ける鋭く尖った黒い牙のようだった。

傷ついたリヴァイアサンはゆっくりと地上に墜落した。

21

その古城は険しい斜面に建っていた。半ば廃墟化した城壁に、吹き寄せられた雪が積もって、月に照らされている。窓に明かりはなく、ぽっかりと穴が開いているように見える。銃眼のついた胸壁は氷で覆われて、冷たい空気の中で水晶のようにきらきらと輝いている。荒涼とした外観は、背後の岩山に溶けこんでいた。

覗視窓の外を覗いていたアレックが振り返った。「この場所は？」

「お父上がイタリアにご旅行されたことを覚えておいでですか？」ヴォルガー伯が訊ねた。

「新しい狩猟小屋を探すために」

「もちろん、覚えているさ。おまえも同行したんだったな。おかげで、フェンシング訓練のない、愉快な四週間を過ごしたよ」

「やむを得ない犠牲でした。われわれの本当の目的は、この古代の石の山を購入することだったのです」

アレクサンダーは客観的に古城を眺めてみた――確かに、古代の石の山だ。要塞というより、むしろ、崩れた崖に見える。

「だが、あれは二年前の夏だったな、ヴォルガー。おまえはいつから、ぼくの亡命を計画しはじめたんだ？」

「お父上が平民とご結婚された、その日からです」

アレックは、母親に対する侮辱を黙殺した――今ここで、ぼくの継承権のことをとやかく言ってもしかたない。「それで、この場所を知る者はほかにいないんだな？」

「まわりをご覧なさい」ヴォルガー伯は毛皮の襟元をしっかりと合わせた。「この城は大飢《き》饉《きん》の時代に、見捨てられたのです」

「六百年前か」アレックは小さな声で言った。月明かりの中で、吐く息が渦を巻いた。

「当時のアルプスは、今よりずっと温暖でした。かつてはあのあたりに、栄えた街があったのです」ヴォルガー伯は前方の峠を指し示した。広大な山肌が、わずかに満たない月の下で、白く輝いている。「ですが、数世紀前に、氷河がこの谷全体をのみこみ、不毛の地に変えました」

「わたくしはウォーカーでもう一晩過ごすより、不毛の地を選びますな」毛皮にくるまって震えながら、クロップが言った。「ウォーカーは大好きですが、この中に住みたいとは思いません」

ヴォルガーは微笑んだ。「この城は、見た目よりずっと快適なはずだぞ」

「暖炉があれば、どこでもいい」アレックは疲れて冷えきった両手で、操縦を再開した。

中に入ってみると、小さな城は思ったほどひどい状態ではないようだった。

雪の毛布に覆われた屋根は、修繕されてからさほど時間が経ってないらしい。外壁は半壊していたが、石造りの中庭はしっかりしていて、大重量のストームウォーカーが門をくぐって入っても、びくともしなかった。内壁に沿ってずらりと薪が積まれ、城の厩舎は食糧でいっぱいだった――燻製肉、穀物が詰まった樽、そして整然と積み上げられた軍用食。

アレックはどこまでも続く缶の列を眺めた。

「どのくらい、ここにとどまるんだ?」

「この狂気が終わるまで」ヴォルガーが答えた。

〝この狂気〟とは、言うまでもなく、戦争のことだ。そして、戦争とは数年間は続くものだ。数十年になる場合だってある。開いた厩舎の扉から、くるくると渦を巻きながら雪が入りこんで、床を舞った――八月のはじめだというのに。

いったい、真冬にはどうなってしまうのだろう?

「お父上とわたしは周到に準備を整えました」ヴォルガーが言った。明らかに、自分自身に満足している口調だ。「薬も毛皮もありますし、一部屋を埋めつくす大量の武器も。極上のワインセラーまであります。足りないものは何もありません」

「浴槽があるとありがたいな」アレックが言った。

「ひとつ、あったはずです」

アレックは目をぱちぱちさせた。「そうか、それは嬉しいね。ひょっとして、湯を沸かす召使いたちもいるのか？」

ヴォルガーはバウアーを指し示した。彼はすでに薪を割りはじめている。「わたしたちがおります、殿下」

「おまえたちは召使というより、家族のようなものだ」アレックは肩をすくめた。「ぼくに残された最後の家族、と言うべきだな」

「あなたはまだ、ハプスブルク家の一員です。それをお忘れなきよう」

アレックは中庭にかがみこんでいるストームウォーカーを見つめた。胸当てには、一族の紋章が刻まれていた。機械部品で組み立てられた、双頭の鷲。子供の頃から、この紋章は常にアレックの身の周りにあって——旗や、家具や、寝間着のポケットにまであしらわれていた——自分が何者なのかを彼に自覚させてきた。だが、今ここでそれを目にしても、絶望感が募るばかりだった。

「ああ、ご立派な一族さ」アレックは苦々しい思いで、そう言った。「生まれる前から、ぼくの存在を否定していた。そして五週間前には、大伯父が父上と母上を殺させた」

「皇帝が、事件の背後にいたという確証はありません。それに、あなたには……」御猟場伯爵はそこで言いよどんだ。

「なんだ、ヴォルガー？」隠し事はもううんざりだった。「おまえは約束したな。スイスに着いたら、すべての秘密を明かすと」

「はい。あのときは、たどり着けるかどうか確信がありませんでした」ヴォルガーは穏やかに言った。「ですが、真実をお話しする時が来たようです。こちらにいらしてください」

アレックはほかの三人にちらりと目をやった。暗がりの中で、忙しく立ち働いてウォーカーから荷を下ろしている。どうやら、この秘密は全員に話せるものではないらしい。

アレックはヴォルガーのあとを追って、内壁に沿った石段を登った。それは、この城に唯一ある塔に続いていた。崖に張り出した、目立たない作りの円形の胸壁で、厩舎の屋根よりも低かったが、渓谷を遠くまで見わたすことができた。

ヴォルガーと父上がこの場所を選んだのもうなずける。万一誰かに発見されても、小さな軍隊ぐらいなら、五人の男と一機のストームウォーカーで防御できそうだ。もうすでに、凍てつくような風が舞い散る雪をウォーカーの巨大な足跡に吹き寄せて、何者かがここを訪れた痕跡を徐々に消し去っている。

ヴォルガーは氷河を見わたした。両手をポケットの奥まで突っこんでいる。「率直にお話ししても？」

アレックは声を上げて笑った。「遠慮するな。日頃の気遣いは忘れていいぞ」

「それでは」ヴォルガーは口を開いた。「お父上がゾフィーとの結婚を決意されたとき、わたしはおやめになるよう説得申し上げたひとりでした」

「つまりぼくは、おまえのお粗末な説得力のおかげで生まれたわけか。感謝しないとな」

「どういたしまして」ヴォルガーは丁寧なお辞儀をしてみせた。「ですが、ご理解ください、アレック。われわれはただ、お父上と皇帝陛下との亀裂を防ごうとしていたのです。皇位継承者が、ご自身の望むままに結婚することはまかりなりません。もちろん、お父上はお聞き入れになりませんでした。せめてもの最善策は妥協でした。それが、条件付きの結婚だったというわけです」

「上品に言うとそうなるな」正式な名称は、貴賤結婚だ。アレックはその言葉を聞くたびに、疫病の名前のようだと思った。

「ですが、あのご成婚時の誓約を覆《くつがえ》す方法があるのです」

アレックはゆっくりとうなずいた。両親との約束を思い出していた。「父上はいつも、いずれはフランツ・ヨーゼフ一世も折れるだろうとおっしゃっていた。父上は理解しておられなかったんだ。皇帝が、どれほど母上を嫌っていたか」

「ええ、確かに。ですが、お父上はもっと重要なことを理解されていました。つまり、一介の皇帝は、この問題の最終的な決定権を持たないという事実です」

アレックはまじまじとヴォルガーを見つめた。「どういうことだ?」

「一昨年の夏の旅で、われわれはただ古城を探し回っていたのではありません。ローマを訪れたのです」

「わざとわかりにくく話しているのか、伯爵？」

「ご自分の一族の歴史をお忘れですか、アレック？　オーストリア＝ハンガリー帝国成立以前のハプスブルク家は？」

「神聖ローマ帝国の統治者だ」アレックは恭《うやうや》しく語った。「一四五二年から一八〇六年までだ。だが、それがぼくの両親とどんな関係があるというんだ？」

「神聖ローマ帝国の歴代皇帝を戴冠させたのは誰ですか？　誰の言葉が皇位を授けました？」

アレックは眉をひそめた。「つまり伯爵、おまえはローマ教皇に謁見したと言うのか？」

「お父上がされました」ヴォルガーは毛皮のコートのポケットから、革の巻物入れを取り出した。「その成果が、この教皇勅書です。ご両親の貴賤結婚を訂正するものです。ただし、条件がひとつありました。現皇帝が逝去されるまで、お父上がこの特免状の存在を他言なさらぬということです」

アレックは巻物入れを見つめた。表革は美しく細工され、二本の鍵が交差した教皇紋章が施されていた。だがそれにしても、これほど小さなものに大局を変える力があるとは思えなかった。「冗談だろう？」

「教皇と承認者の署名があり、鉛《なまり》の印章が添えられています。天の御心に従って、この勅書は、あなたをお父上の後継者に任命しています」ヴォルガーは微笑んだ。「少しばかりの金塊よりも、ずいぶんと驚かれたのでは？」

「たった一通の書類が、ぼくに帝国を与えるというのか？　信じられない」

「お望みとあれば、ご確認ください。なにしろ、あなたのラテン語は、わたしよりずっと優れておいでだ」

アレックは背を向けて、胸壁をつかんだ。砕けた石の鋭い角が指に食いこんだ。不意に、息が苦しくなった。「でも……それはみんな、二年前の出来事だろう？　どうして父上は、話してくださらなかったんだ？」

ヴォルガーは鼻を鳴らした。「アレクサンダー、ほんの子供に、帝国の重大な秘密を託せるはずがないでしょう」

ほんの子供……。雪を照らす月明かりが急にまぶしく感じられて、アレックはきつく目を閉じた。頭の中では、これまでの全人生が巻き戻されていた——一族のなかでは、ぼくはずっと公子の名を騙《かた》る偽物だった。父上はぼくへの一切の継承を許されていなかった。遠縁の者たちは、ぼくが生まれてこなければよかったと思っている。母上でさえ……。すべては母上が原因だった。母上はぼくから帝国を奪った。心の奥底のどこかで、その事実がいつもぼくたちふたりのあいだに立ちはだかっていた。

こんなにも突然に、ぼくの人生を決めつけていた底のない地獄が消滅するなんて、そんなことがあるのだろうか？

その答えは……消滅などしていない。虚無感はまだこの胸に巣食っている。

「手遅れだ。父上も母上も亡くなったんだぞ」

「それゆえあなたは、第一位皇位継承者になられた」御猟場伯爵は肩をすくめた。「大伯父様は、この勅書のことをご存知ないかもしれませんが、だからといって、法律が変わるわけではありません」

「誰ひとり知らないじゃないか！」

「そうであってほしいと、心から願っています。ですが、ご承知の通り、彼らはあんなにも執拗にわれわれを追い続けました。ドイツ軍は何らかの手を使って探りあてたに違いありません」ヴォルガー伯はゆっくりと首を振った。「ローマにはスパイが大勢いますからね」

アレックは巻物入れを受け取って握りしめた。「つまり、これのせいで父上と母上は……」胸壁から投げ捨ててしまいたい、とっさにそう思った。

「それは違いますよ、アレック。お父上は平和を望むお方だったから、殺されたのです。そして、ドイツは開戦したがっていた。あなたのことは、ただの付け足しでしかありません」

アレックは深く息を吸いこんで、新たな事実を受け入れようとした。この二年間に起こったあらゆる出来事を考え直す必要があった――父上はこの事実を踏まえたうえで、すべてを計画されたのだ。

不思議なことに、アレックにはささいなことがいちばん気になった。「なのにヴォルガー、おまえは今までぼくを……」

「女官の息子として扱った、ですか？」ヴォルガーは微笑んだ。「必要なごまかしでした」

「うまくやったな」アレックはゆっくりと穏やかに言った。「てっきり、侮辱されていると思いこんでいたよ」

「わたしはあなたにお仕えする身です」ヴォルガーは左右の手でアレックの片手を取って、一礼した。「そして、あなたはお父上の家名に相応《ふさわ》しいお方であると、証明してこられた」

アレックは軽く身を引いた。「それで、ぼくたちはどうすればいいんだ。その……一枚の紙切れを使って？　どうやって人々に知らせるんだ？」

「知らせません。お父上が教皇と交わされた約束を守って、皇帝が亡くなるまで、何も伝えません。皇帝はご高齢ですよ、アレック」

「だが、ぼくたちが隠れているあいだにも、この戦争は続くんだぞ」

「残念ながら、そのようですな」

アレックはくるりと後ろを向いた。氷のように冷たい風が、またも顔に吹きつけた。にもかかわらず、ほとんど何も感じなかった——生まれてからずっと、ぼくは皇位継承を、父上の嫡子と認められることを望んできた。けれど、その代償がこれほど大きなものだとは、理解していなかった。両親だけではない、この戦争自体がそうだ。

ぼくが殺した、あの若い騎馬兵……。これからの数年間で、数千もの人々が命を落とすだろう。その数十倍かもしれない。それなのにぼくには、こんな雪山に隠れて、この紙切れを抱えていることしかできない。

今は、この凍てついた不毛の地がぼくの帝国なんだ。

「アレック」ヴォルガーが声をひそめて、彼の腕をにぎった。「聴くんだ……」

「一晩で多くを聞きすぎてしまったよ、伯爵」

「違う。聴け。聞こえないか？」

アレックはヴォルガーをにらみつけた。それからため息をつくと、ふたたび目を閉じた。バウアーが薪を割る音、うなるような風の音、ストームウォーカーの金属部品が冷えていくカチカチという音。そして、彼の意識の遠い片隅に……低いエンジン音だ。

アレックはすぐさま目を開いた。「飛行機か？」

ヴォルガーは首を振った。「まさかこんな高度にまで」彼は胸壁に乗り出すと、谷底を見わたしながらつぶやいた。「追ってきたはずはない。奴らには不可能だ」

だが、その音は明らかに上空から聞こえていた。アレックは凍てつく風に目を凝らし、ようやく月明かりの空に浮かぶ影を発見した。ところが、それがなんなのか、彼にはまったくわからなかった。

巨大だった。まるで、空飛ぶドレッドノート級戦艦だった。

22

「ツェッペリンだ！」アレックは思わず叫んだ。「ぼくたちを見つけたんだ！」

御猟場伯爵も上空を確認した。「飛行船ですな、確かに。ですが、ツェッペリンとはエンジン音が違います」

アレックは眉を寄せて、さらに耳を澄ました。何かにおびえているような叫び声が、かすかなエンジンのうなりに混じって聞こえてきた――やかましい鳴き声、甲高いわめき声、咆《ほう》哮《こう》。まるで、野放しにされた動物園だ。

その飛行船はツェッペリンのような対称形ではなかった。前部の方が船尾よりも大きく、外殻は斑点だらけで、でこぼこしていた。翼のある小さな姿の群れがいくつも周囲を飛び回り、艦体表面には不気味な緑色の光が貼りついている。

そのとき、アレックは巨大な目に気づいた……。

「おぞましい」彼は悪しざまに言った――あれは機械とはまったく違う、ダーウィニストの産物だ！

もちろん今までにも、化け物たちを見たことはある。プラハにある流行りの店にはしゃべるトカゲがいたし、移動サーカスには役畜がいた。だがいずれも、あそこまで巨大ではなかった。まるで、ぼくのおもちゃの戦艦が命を与えられて、一千倍も大きく強力になったみたいだ。

「ダーウィニストがここで何をしているんだろう？」アレックは小さな声で言った。

ヴォルガーが指をさした。「危機的状況のようですな」

その方向に目をやると、巨大な人造生物の横腹には弾痕のぎざぎざの線が何本も刻まれ、緑色の光が明滅していた。両脇に垂れ下がった索具に群がった男たちは、ある者は負傷して助けを待ち、ある者は修理を行なっていた。そして、彼らの傍らには、人間ではない動物たちがいた。

飛行獣《エア・ビースト》が古城のほぼ真上を通過した。アレックは胸壁の陰に少し身をかがめたが、乗組員は自分たちのことに精一杯で、こちらに気づくどころではないようだった。それから飛行獣は徐々に方向を変えて、両側の峰よりも高度を落とし、谷底へと降下していった。

「あの罪深い生き物は、墜落しているのか？」アレックが訊ねた。

「それ以外に道はないようですな」

巨大な生き物は静かに落下していた。白く広がる氷河に向かって……。このあたりで着陸できる広さがあるのは、そこだけだ。傷ついてはいても、飛行獣は羽根のようにゆっくりと下降している。アレックは、それが雪の上に不時着するまで、息を殺してじっと見守った。

墜落は緩慢に進行した。飛行獣が滑り落ちる跡に白い雪煙が立ちのぼり、風にひるがえる旗のように被膜が波打っている。背面部にしがみついていた男たちが振り落とされるのが見えた。空気は冷たく澄んでいるが、この距離では彼らの叫び声までは届かない。飛行獣は谷の奥へ奥へと滑落を続け、ついに、白い幕の向こう側にその黒ずんだ姿を消した。

「ここはヨーロッパの最高峰だ。にもかかわらず、こんなにも早く戦争が迫ってくるとは」ヴォルガー伯は首を振った。「まったく、なんという時代だ」

「ぼくたちに気づいたと思うか?」

「あの大混乱の中で? それはないでしょう。しかも、この廃墟は遠目には、それとはわかりません。日が昇ってもね」御猟場伯爵はため息を漏らした。「ですが、しばらくは調理に火は使えませんな。それと、彼らが立ち去るまで、監視を続けなければ」

「立ち去らなかったらどうする?」アレックが言った。「立ち去れなかったら?」

「その場合は、長くはもたないでしょう」ヴォルガーはきっぱりと言った。「氷河には食糧がありません。避難する場所も、暖を取る燃料も。あるのは氷だけです」

アレックは振り返って、ヴォルガーと目を合わせた。「難破した者たちを見殺しにはできないぞ!」

「お忘れですか、アレック? 彼らは敵です。ドイツ軍がわれわれを追っているからといって、ダーウィニストがわれわれの友人になったわけではありません。あの戦艦には、百人ほどの乗組員がいるはずです! この城を占拠されてしまいます」ヴォルガーは空を見上げて、声を和らげた。「救援隊が来ないよう祈りましょう。日中に航空機がこの城の真上を飛んだら、厄介なことになります」

アレックはもう一度、氷河を見わたした。不時着の衝撃で舞い上がった雪煙が落ち着いて、様子が見えてきた。飛行獣は海岸に打ち上げられた魚のように、少し斜めになって横たわっている――ダーウィニストの生き物も、自然界の動物と同じように、簡単に凍死するのだろうか？　あるいは、人間と同じように。

あそこには、百人ほどの人間がいるのだ……。

アレックは厩舎を見下ろした――小さな軍隊をじゅうぶんに賄《まかな》える量の食糧。負傷者のための薬品も、暖を取るための薪や毛皮もある。

「ここに座って、彼らが死んでいくのをただ見ていろというのか、伯爵。敵だろうがなんだろうが、関係ない」

「わたしの話を聞いておられなかったのか？」ヴォルガーが声を荒らげた。「あなたはオーストリア＝ハンガリーの皇位継承者なのです。あなたの義務は帝国の民を守ることです。あそこにいる者たちではなく」

アレックは首を振った。「今のところ、ぼくが帝国のためにできることはあまりない」

「今はまだ。ですが、お命を守っておられれば、やがてあなたは、この狂気を終息させる力を得られるのです。忘れてはなりません。皇帝は八十三歳。戦争とは、老人にとって過酷なものです」

ヴォルガーはしまいには声を詰まらせてそう言った。急に老けこんだように見えた。まるで、この五週間の疲れが一気に重くのしかかってきたようだった。アレックは言い返そうとした言葉をのみこんだ。ヴォルガーが犠牲にしてきたものを思い出したのだ――家も地位も失い、代わりに得たのは、捜索され追跡され、寝る間を惜しんで無線を傍受する日々だった。そして、やっと安全な場所にたどり着いたと思ったら、あのいまいましい生き物が空から落ちてきて、何年も費やした計画を台無しにしようとしているのだ。

数キロ先の雪の中で死に瀕している飛行獣を見捨ててしまいたいと、ヴォルガーが思うのも無理はない。

「その通りだな、ヴォルガー」アレックは彼の腕を取って、風が吹きつける寒い胸壁をあとにした。「成り行きを見守ろう」

「彼らはおそらく、あの罪深い生き物を修理するでしょう」階段を降りながら、ヴォルガーが言った。「そして、われわれに見向きもせずに立ち去るはずです」

「きっとな」

中庭を半分ほど横切ったところで、ヴォルガーは唐突にアレックを止めた。その表情は苦渋に満ちていた。「できるものなら、助けます。ですが、この戦争は大陸全土を焼け野原にするかもしれないのです。その点は、おわかりですね？」

アレックはうなずいて、伯爵の先に立って城の広間に入った。そこでは、バウアーが暖炉に薪を積んでいた。食材が並べられ、調理の支度が整っているのを目にして、ヴォルガーは疲れたため息を漏らし、ほかの三人に墜落した飛行獣のことを伝えた――あと一週間は火も使えず、長く寒い見張りを毎晩続けなければならない。

とはいえ、今までずっと狭苦しいストームウォーカーの鋼鉄の腹の中で食事をしていた彼らにとっては、城の中での夕食は、冷たくても、やはり嬉しいものだった。貯蔵室には贅沢品が詰まっていた。いずれも、この数週間、味わっていないものばかりだ。燻製魚を主菜にして、デザートには干した果物と缶詰の桃を食べた。ワインは極上品だった。アレックが見張りの一番手を申し出ると、四人は彼に感謝して杯を上げた。

誰も、墜落した兵士たちの救出には触れなかった。おそらく、クロップたち三人は、巨大な化け物はそのうちに飛び去ると思っていたのだろう。舷側の弾痕の列や、負傷したか絶命したかしてハーネスで吊り下がっている男たちを見なかったのだから、それも当然だ。そのかわりに彼らはいかにも兵士らしく、空襲に対して城をどう守るべきかを話しあっていた。バウアーとクロップは、ストームウォーカーの大砲を飛行船に命中させるほど高く打ち上げられるかどうかで議論している。

アレックは黙って耳を傾けながら、彼らを見守った。このところずっと、日中のほとんどを眠って過ごし、日が落ちてクロップの老眼が役に立たなくなったあとで操縦を交代していた。時刻は真夜中を迎えたばかり。眠くなる前に、夜が明けるはずだ。一方、ほかの四人は日中の移動と凍てつく寒さのために、疲れ果てている。

彼らが眠ってしまうと、アレックは静かに胸壁に登った。

飛行獣はどこまでも真っ白な氷河の中で、黒い塊となって横たわっていた。どうやら少しずつ水素が漏れているらしく、先程よりも小さくなったようだ。火やランプの類は見あたらず、墜落時に気づいた奇妙な光だけがあった。針で刺した穴くらいの小さな光の粒が、損傷した機体の中でうごめいている。まるで、緑の蛍が巨大な生き物の傷口に集《たか》っているようだ。

悪寒が走った。ダーウィニストの人造獣にまつわる恐ろしい話は、アレックもたびたび耳にしていた。半虎半狼や、命を吹きこまれた神話の中の怪物たち、しゃべるばかりか人間のように物事を考える生き物たち。だが、そのいずれにも魂はない。神を恐れぬ生き物が造られたとき、その体内には悪魔の魂が宿る、アレックはそう教えこまれてきた。肉体を与えられた、完全な悪になるのだと。

当然のごとく、それと同時に、皇帝は賢明で心優しく、オーストリアの人民はアレックを愛していて、ドイツ人は仲間だとも教えられていたわけだが……。

アレックは塔の階段を降りると、眠っている家臣たちの脇を足音を忍ばせて通り過ぎ、貯蔵室に入った。救急用具は簡単に見つかった。赤い十字が記された肩かけ鞄《かばん》が八個。そこから三個を取った。だが、食糧は荷物になるので運ばないことにした。もしも飛行獣が二度と飛び立てないと判明したら、それからでも間にあうだろう。

平民の変装をするために、毛皮はあきらめて、いちばんみすぼらしい革のコートを選んだ。武器庫からは、シュタイアー社製の自動式拳銃一挺と八連弾倉二本を持ち出した。スイスの村人が携帯するとは思えない武器だが、ヴォルガーの発言にも一理あると思ったのだ──今は戦時中で、ダーウィニストは敵なんだ。

最後に、アレックはスノーシューズを選んだ。どんなふうに歩行に役立つのかはよく知らなかったが、この器具があるのに気づいたクロップが、便利なものだとほめていた――確か、バルカン戦争の山岳作戦に参加したときに使ったと話していたな……。

城門の鉄のかんぬきは音もたてずに横に滑り、大きな扉も軽く押すだけで簡単に開いた。苦労して手に入れた安全をあっさりと冷たい風に飛ばして外に出ることに、迷いはなかった。ここに隠れて皇位継承の時をただ待ち続けるよりも、ずっと気高い選択だと思った。

雪の上を半キロほど歩いたところで、アレックは気づいた――ぼくはついに、あのフェンシング指南役を出し抜いたんだな。

スノーシューズはブーツにテニスのラケットをくくりつけたようで見た目は悪かったが、これがあると、積もった雪のもろい表面を踏み破ってその下の粉雪にはまる心配がなかった。ストームウォーカーの足跡に沿って大股で滑るように進むと、あっという間にかなり遠くまで来てしまった。城壁から彼の足跡を眺めても、ここまでは見えないはずだ。

よく滑る、ほぼ平坦な氷河は進みやすかった。一時間もすると、傷ついた飛行獣の補修をするダーウィニストの叫び声が聞こえはじめた。そこで今度は、谷の斜面を登って、巨大な艦体を見下ろせる岩棚に落ち着いた。

岩棚のふちに立ったアレックは、眼下の光景に度肝を抜かれた。

墜落した飛行獣は、雪の中に沸き上がる地獄の一角のように見えた。翼を持つ生き物の群れが、しぼんだガス嚢のくぼみの周辺を旋回している。巨大な飛行獣の被膜の上を動きまわる乗組員は、奇怪な生物を従えている。ふたつの鼻と六本の脚を持つ、犬に似たその動物は、弾痕のひとつひとつを嗅いでは前足で叩いて、乗組員に場所を教えている。城壁から見えた例の緑色の光が飛行獣の全身を覆い、死体に群がる光る蛆《うじ》のようにうごめいている。

そのうえ、強烈な悪臭！　腐った卵とキャベツの臭い。さらに、先ほどの晩餐で食べた魚と、気分が悪くなるほどそっくりな潮の臭い。アレックはふと思った――やはりドイツ軍は正しいのではないだろうか？　目の前にいる罪深き人造獣たちは、自然界への冒瀆だ。この世から彼らを一掃するためなら、戦争をする意義もあるのかもしれない。

そうは思いながらも、なぜか飛行獣から目が離せなかった。傷ついて横たわっているにもかかわらず、とても力強く見える。人間が造ったというより、伝説上の生き物のようだ。

突然、四基のサーチライトが点灯して、飛行獣の片側を照らした。おかげでアレックは、飛行獣がわざわざ体勢を傾けて不時着した理由に気がついた――腹部に取りつけられたゴンドラを、雪上で押し潰さないようにしたのだろう。

意を決して氷河まで下りると、光が当たっていないほうの舷側《げんそく》に向かった。作業しているのは二、三人だけだったが、こちら側の損傷も同じくらいひどかった。アレックは暗闇の中を軽やかに進んだ。スノーシューズをつけた足は、雪を滑るかすかな音しかたてなかった。

飛行獣の巨体に沿って、こっそりと歩いた。氷の上に流れだした緑色の光が、まるで血液のようだ。間違いなく、この生き物は死に瀕している。

助けられると思ったなんて、ぼくが愚かだった。どこか適当な場所に薬を残して、このまま立ち去るべきだろう……。

弱々しいうめき声が暗がりから聞こえた。

声のする方にそっと近寄ると、周囲の空気が次第に温かくなった。胃がねじれた――飛行獣の体温が伝わっているんだ！　吐き気をこらえて、あと数歩近づいた。飛行獣の皮膚の下でうごめいている緑色の光は、なるべく見ないようにした。

若い航空兵が、暗闇の中に倒れていた。飛行獣の脇腹にもたれるようにして身体を丸めている。目は閉じられ、鼻は血だらけだ。

アレックは彼のとなりにひざまずいた。

航空兵はまだ少年だった。美しい顔立ちで、砂色の髪をしている。飛行服の襟には血がこびりつき、その顔色は、柔らかい緑色の光の中で死人のように青ざめていた。墜落してから何時間もこの氷の上に倒れていたはずだが、巨大な生き物の体温のおかげで凍死せずにすんだのだろう。

アレックは救急鞄の中を探って、気つけ薬と消毒用アルコールの瓶を取り出した。

まずは、気つけ薬を嗅がせた。

「こんちくしょうっ《バーキング・スパイダーズ》！」甲高い声で叫びながら、少年がぱちっと目を開いた。

アレックは顔をしかめた――今のは聞き間違いだろうか？

「大丈夫か？」思いきって、英語で訊いてみた。

「脳みそがごちゃごちゃしてる」少年はそう言って、頭をさすった。それから、ゆっくりと上体を起こして周囲を見まわすと、それまでとろんとしていた目を大きく見開いた。「くそっ！　俺たち、ひでぇ落ち方をしたんだな？　飛行獣のやつ、かわいそうに。ボロボロじゃねぇか」

「君こそ血だらけだ」アレックは消毒用アルコール瓶の栓をひねった。包帯を湿らせて、少年の顔に押し当てる。

「痛えっ！　やめろよ！」少年は包帯をはねのけて、まっすぐに座った。目つきがしっかりしはじめていた。アレックのスノーシューズを訝《いぶか》しげに眺めている。「ところで、おまえ、誰だ？」

「助けに来たんだ。近くに住んでいる」

「こんな山の上に？　雪しかないじゃないか？」

「ああ」アレックは咳払いをして、なんと答えるべきか考えを巡らした。嘘をつくのは、子供のころから、まったくの苦手だった。「村のようなところに」

少年が目を細めた。「ちょっと待て……おまえ、クランカーみたいな話し方だな！」

「それは……そうだろうね。スイスのこの地域では、ドイツ語の方言を話すから」

少年はもうしばらくのあいだアレックを見つめていたが、ため息をついて、頭をさすった。

「そうか、スイス人だもんな。頭を打ったせいで、ぼけてんだな、俺。一瞬、おまえのことを、俺たちを撃ち落とした奴らの仲間かと思っちまったよ」

アレックは当惑の表情を浮かべた。「そんな奴が、血だらけの鼻の手当をするはずがないだろう?」

「だからちょっとぼけてたって言っただろ」少年はアレックの手からアルコールを染みこませた包帯をひったくると、自分の鼻に押し当てて、顔をしかめた。「でも、わざわざありがとな。おまえが来てくれたおかげで助かったよ。じゃなきゃ、俺のケツはカチンカチンに凍っちまってたぜ!」

アレックはまたも当惑の顔つきになった——この少年は、いつもこんな話し方なのだろうか? それとも、衝撃を受けたせいで、まだもうろうとしているのだろうか? 血を流してあざだらけなのに、この少年は妙に威勢が良い。まるで、巨大な飛行獣で墜落するのは日常茶飯事だとでもいうような感じだ。

「そうだな」アレックは言った。「尻が凍傷になったら悲惨だ」

少年は顔をほころばせた。「一緒に立とうぜ」

ふたりはお互いの手を握って引っぱりあった。片方の少年は、まだふらふらしていた。それでもなんとか踏ん張ると、誇らしげな顔で一礼し、手袋をはずして片手を差し出した。

「ディラン・シャープ士官候補生であります」

23

デリンは片手を差し出したまま、不思議なスイス人少年が握ってくるのを待っていた。ちょっとためらってから、少年はようやく手を伸ばした。

「アレックだ。どうぞよろしく」

まだ頭が痛かったが、デリンは笑顔で応えた。アレックは同じ年くらいで、髪は赤茶色。はっきりと整った顔立ちだ。身につけている革のコートは、元々は上等なものだったのだろうが、ずいぶん擦り切れている。深い緑色の瞳がせわしなく動いている。まるで、すぐにでもその変てこな靴で跳び去ろうとしているみたいだ。

すべてが奇妙すぎる、デリンは思った。

「ほんとうに大丈夫か?」アレックの話す英語はクランカーふうのアクセントではあったが、完璧だった。

「ああ、平気だ」デリンはその場で足踏みをして感覚を取り戻そうとしながら、このめまいはいつになったら消えるんだろうと思った。頭の中が混乱していた。それだけは確実だった。激突の瞬間は思い出せなかった。覚えているのは、落ちているときのことだけだった——雪が舞い上がって、飛行獣が転がった。あのとき急いで登っていなかったら、下敷きになってたかもしんないな……。

命綱に目をやった——伸びきってほつれてはいるが、まだラットラインとつながっている。飛行獣《エア・ビースト》が雪の上を滑ってたあいだ、俺は引きずられてたんだろう。もしも艦体があとちょっと傾いてたら、巻きこまれて、鯨の下でべたべたのおぞましい物体になってたはずだ。

「ちっとばかし、めまいがするだけだ」デリンは弾痕だらけの被膜を見上げた。漏れ出した水素の苦扁桃臭が、すっきりしない頭を埋めつくした。「この飛行獣の半分も悪かないさ」

「ああ、ひどい状態だな」人造獣を見るのは初めてなのか、アレックは目を丸くしてリヴァイアサンを眺めている。落ち着きがないのは、たぶんそのせいだろう。「修理できそうか？」

デリンは何歩か下がって、じっくりと飛行獣を観察した——こっち側の、右舷の横腹で作業している者はほとんどいない。でも、ずっと上の脊梁部では、サーチライトの光が空まで伸びて、乗組員たちの影を映し出している。ってことは、ゴンドラは艦体の向こう側にあるにちがいない。それだから、あっちから先に補修作業をはじめたんだろう。

俺もみんなを手伝ったり、ニューカークとミスター・リグビーの行方を探さなくちゃいけない。なのに、どうも両手に力が入らない。こんなんじゃ、艦体を登れないぞ。気を失って倒れているあいだに、骨の髄まで凍りついちまったんだな。

「なんとかなるさ」デリンは寒々とした谷間を見わたした。「だけど、こんなところに長居はしたくねぇな！　おまえの村の人たちは手伝ってくれるかな？」

アレックは少し慌てた顔をした。「ぼくの村は、ここからかなり離れているんだ。それに、ぼくたちは飛行船のことは何も知らないし」

「あぁ、そりゃそうだろうな。だけど、どうやら大仕事になりそうだからさ。ロープがたくさん必要になるし、あと、機械部品も。こっち側のエンジンはめちゃくちゃに壊れてるはずだ。スイス人っていうのは、機械いじりが得意なんだろ？」

「申し訳ないが、手伝いはできない」アレックは肩から革鞄の束を下ろした。「だが、これをあげよう。負傷者用だ」

鞄を手渡されたデリンは、ふたを開けて中をのぞきこんだ。包帯、はさみ、革のケースに入った体温計。それに、十数本の小瓶。アレックの村の人々が何者かは知らないが、こんな険しい山の中で、立派な物資を手に入れるすべを心得ているらしい。

「ありがとう。だけど、どこでこれを手に入れたんだ？」

「もう行くよ」アレックは一歩退いた。「すぐに家に帰らないと」

「待てよ、アレック！」大声を出すと、アレックは跳び上がった――こんな山奥で暮らしてるから、他人に慣れてないんだろう。だけど、このままのらくらと逃げられるわけにはいかない。「おまえの村がどこにあるかだけ、教えてくれよ」

「氷河の向こう側だ」アレックは地平線を指さしたが、その方角は曖昧だった。「かなり遠いんだ」

デリンは不審に思った――アレックは何か隠してるのかもしれない。そりゃあ、こんな極寒の不毛の地で生活してれば、頭の中に多少のヒビが入るのも無理ないけどな。それとも、こいつの仲間は、お尋ね者かなんかなんだろうか？

「こんな場所に村があるなんて、めずらしいな」デリンは言葉を選んで言った。

「まあね、村とよべるような大きなものじゃないんだ。ぼくと……親戚の者たちだけで」

デリンは笑みを浮かべたまま、ゆっくりとうなずいた――さっきの話と違うぞ。村はあるんだろうか、それともないのか？

アレックはまた一歩下がった。「いいかい。ぼくはほんとうは、こんなに遠くまで来てはいけないんだ。たまたまハイキングに出ていて、君の飛行獣が墜落するのを見かけたものだから」

「ハイキング？　こんなに雪が積もってんのに？　こんな夜更けに？」

「ああ、ぼくはよく、夜の氷河をハイキングするんだ」

「薬を担いでか？」

アレックは目をぱちぱちさせた。「それはつまり……」長い間があった。「ええと、英語ではどう言うのか、言葉がわからないな」

「どんな言葉だ？」

「言っただろう。わからない！」アレックは背を向けると、大きくて奇妙な靴で滑り去ろうとした。「もう行かないと」

　アレックの話は明らかに、でたらめばかりだった。それに、彼がどこから来たにしても、飛行獣の幹部たちは詳しいことを知りたがるはずだった。デリンはアレックを追いかけようとした。ところが、もろい雪の表面を踏み抜いて、片方のブーツに雪がぎっしりと入りこんでしまった。

「くそっ！」そこでやっと、デリンはアレックのよく滑る大きな靴の役目を理解した。「行くなよ、アレック！　助けてくれって言ってんだよ！」

　少年はしぶしぶ立ち止まった。「いいか。手に入るものは、持ってきてやる。それでいいだろう？　その代わり、ぼくに会ったことは誰にも言うな。君たちにぼくの家族を探されたら、面倒なことになる。ぼくたちはよそ者を嫌うんだ。それに、すごく危険な存在になるかもしれない」

「危険だと？」こいつの家族はお尋ね者か、もっと悪い奴らに違いない――デリンはポケットに手を入れて、号笛を探った。

「とても凶暴なんだ。だから、ぼくのことを誰にも言わないと約束しろ！　わかったか？」

　アレックはそこに立ったまま、緑の瞳でデリンの目を見据えた。デリンは息を止めて、彼に負けない迫力でにらみ返そうとした。これじゃあまるで殴り合いの前のにらみ合いだ。胃がざわざわする。

「約束するか？」アレックはまたも問いただした。

「おまえを行かせるわけにはいかないんだ、アレック」デリンは小さな声で言った。

「今……なんて？」

「飛行獣の幹部に報告しなくちゃいけない。少しばかり、おまえに質問したがるだろう」

アレックは目をむいた。「ぼくを尋問する気か？」

「すまない、アレック。でも、近くに危険な人々がいるなら、上官に報告するのは俺の義務なんだ」デリンは救急鞄を持ち上げてみせた。「おまえたち、密輪か何かしてるんだろう？」

「密輪だと⁉ 馬鹿を言うな。ぼくたちは良識あるまともな人間だ！」

「そんなに良識があるんなら、どうして、おまえの話はでたらめだらけなんだ？」

「ぼくはおまえたちを助けてやろうとしただけだ！ それに、デタラメなんて言葉は知らない！」少年は早口にまくし立てると、ドイツ語で何やら文句を言った。それから、くるりと背を向けて、大きな靴で暗闇の中に去っていった。

デリンはポケットから号笛を取り出した。凍った金属をくわえると、くちびるが焼けつくように痛んだが、構わずに短い音階を吹いた。不審者を知らせる信号音が、冷えきった空気に響き渡る。

デリンは号笛をポケットに押しこみ、ブーツに入りこむ雪を無視して、よたよたとアレックの後を追った。

「止まれ、アレック！ おまえに危害は加えない！」

アレックは答えずに、ひたすら滑走を続けた。だが、デリンの背後からは、怒鳴り声とラットラインを駆け下りる水素探知獣の足音が聞こえていた。不審者警報を吹くと、この人造獣は興奮したうさぎのように飛び出すのだ。

「アレック、止まれ！　話をしたいだけだ！」

少年は肩越しにちらりと振り返り、水素探知獣の群れを見て驚愕の表情を浮かべた。彼はうろたえた悲鳴を上げると、のろのろと立ち止まり、ふたたびデリンの方を向いた。

デリンは水素探知獣より先に彼に追いつこうと、懸命に走った――ビースティたちに気の毒なアレックを死ぬほど怖がらせたって、なんの意味もない。

「そこで待ってろよ！　逃げる理由なんてないだろ……」

アレックの手に握られている物体を目にして、デリンは一瞬、言葉を失った……黒い拳銃が月明かりを受けて、金属的な光を放っている。

「おまえ、正気か？」デリンは叫んだ。水素の苦い臭いを吸いこみながら――発砲で火花がひとつ起きただけで、この空気に引火する。飛行獣が巨大な火の玉になっちまう。

「それ以上近づくな！」アレックが言った。「それから、その……化け物を引っこめろ！」

デリンは立ち止まって、こちらに向かって雪原を駆けてくる水素探知獣に目をやった。

「わかった。やってみる。でも、あいつらが従うとは思えない！」

デリンに向けられていた銃口が、水素探知獣の群れへと移された。アレックが歯を食いしばっているのが見えた。

「やめろっ！　みんな焼け死んじまうぞ！」

それでもアレックは腕を上げて、いちばん近くにいた一匹に狙いを定めた……。デリンは前方に飛び出して、自分の身体で拳銃を押さえこんだ——銃弾の一発くらい食らったって、爆発に比べりゃたいしたことじゃない。

アレックの両肩をつかんで引き寄せ、一緒に雪の上に倒れこむ。

バリッと音をたてて、デリンの頭が表面に張った薄い氷を突き破った。視界に星が飛び散った。アレックの身体がどさりと被さってきて、銃身にあばらを強く突かれた。デリンは目を閉じて、激痛と発射音が炸裂するのを覚悟した。

アレックがしつこく拳銃を取り返そうとするので、デリンはさらに力を込めて彼を引き寄せた。もみあううちに、ますます雪の中に押しこめられ、割れた氷に頰を切られた。

「放せっ！」アレックが怒鳴った。

デリンはまぶたを開けて、まっすぐにアレックと目を合わせた。すると一瞬、彼が動きを止めた……彼女は穏やかに、はっきりした声で告げた。

「だめだ。撃つな。空気中に水素があふれてるんだ！」

「撃つつもりはない。逃げようとしてるだけだ！」

アレックはまたも抗《あらが》いはじめた。拳銃がさらに深くあばらにくいこんで、デリンは思わずウッと声を上げた。片手で拳銃を包みこんで、なんとか銃身を脇に押しやろうとした。

雪の表面を伝って低い唸り声が近づき、一匹の水素探知獣がアレックの顔に長い鼻先を押しつけた。アレックはふたたび身をすくませた。恐怖におののくその顔からは、血の気が引いている。気がつくと、ふたりは水素探知獣の群れに取り囲まれていた。彼らの吐く熱い息が、白い蒸気となって立ち上っている。

「大丈夫だ、ビースティ」デリンは落ち着いた声で言った。「ちょっと下がってろ、いいな？　おまえたち、ここにいる友達を怖がらせてるんだよ。こいつに引き金を引かれちゃたまんねぇだろ」

いちばん近くにいた一匹が首をかしげて、小さく鼻を鳴らした。乗組員が水素探知獣を呼び戻す大きな声が聞こえた。彼らのまわりで、ツチボタル灯の緑の影が揺れている。

アレックはため息を漏らした。筋肉から徐々に力が抜けていった。

「銃を放せ」デリンは言った。「たのむから」

「できない。おまえが、ぼくの指を握っているからな」

「あっそうか」デリンは彼の手を包みこんだままなのに気づいた。「手をはずしても、俺を撃つなよ、いいな？」

「馬鹿を言うな。その気があれば、とっくにおまえを撃っていた」

「俺を馬鹿呼ばわりすんのか？　このくそ間抜け！　おまえ、俺たちみんなを吹っ飛ばすところだったんだぞ！　水素の臭いがどんなもんかも知らねぇのかよ？」

「もちろん知らないさ」アレックは憎々しげにデリンをにらみつけた。「くだらないことを訊くな」

デリンは彼をにらみ返したが、握っていた手はゆるめた。アレックは傍らに拳銃を落とし

て立ち上がると、警戒心をあらわに自分を取り囲む男たちを見据えた。デリンも慌てて立ち上がり、飛行服についた雪を払った。

「何事だ？」暗がりから声がした。艤装長のミスター・ローランドだ。

デリンは敬礼で迎えた。「シャープ士官候補生がご報告申し上げます。わたしは墜落の衝撃で気絶しておりましたが、気がつくと、この少年がいて、この鞄《かばん》をくれました。医薬品が詰まっているようです。彼はこのあたりのどこかに住んでいるというだけで、場所を言おうとしません。確認のため足止めしようとしたところ、拳銃を出しました。以上です！」

デリンはひざまずいて拳銃を拾い上げ、誇らしげにミスター・ローランドに手渡した。

「それで、なんとかわたしが武器を取り上げたのです」

「おまえ、そんなことしてないじゃないか」アレックは小さな声で文句を言ってから、ミスター・ローランドに顔を向けた。さきほどまでの落ち着きのなさが、急に消え去った。「ぼくを解放してもらおう！」

「おまえを、今か？」ミスター・ローランドはアレックを凝視してから、その目線を拳銃に落とした。「オーストリア製だな？」

アレックはうなずいた。「だろうな」

デリンはアレックをにらみつけた――こいつ、やっぱりクランカーだったのか？

「で、どこで手に入れたんだ？」ミスター・ローランドが訊ねた。

アレックはため息をついて、腕を組んだ。「オーストリアでだ。おまえたちには、まったくあきれるな。ぼくは薬を持ってきてやっただけだ。にもかかわらずぼくを敵扱いするのか」

アレックが最後の文句を大声で叫んだので、水素探知獣の一匹が反応して一声吠えた。アレックは反射的に身を引くと、おびえた顔つきで探知獣を見下ろした。

ミスター・ローランドはその様子をおもしろがって笑った。「まあ、われわれを助けに来ただけなら、何も心配することはないはずだ。一緒に来てくれ。確認すればわかる」

「わたしはどうすれば?」デリンが訊ねた。「彼を捕まえたのは、わたしです!」

ミスター・ローランドは、准尉の誰もが下っ端の士官候補生に向ける、例の視線をデリンに送った。まるで、靴底についた何かを一瞥するような目つきだ。「ああ、おまえはその救急鞄を科学者のところに届けて来たらどうだ。役に立つかもしれん」

デリンは口を開いて反論しようとしたが、〝科学者〟という言葉を聞いて、バーロウ博士を思い出した——墜落のちょっと前に、博士は機械室に行こうとしていた。不時着したときも、小さな装置や出しっぱなしの部品だらけのあの部屋にいたんだろうか? あそこで振り回されたんだったら、博士はずいぶんひどい目にあったはずだ!

「了解しました」デリンは駆け足でリヴァイアサンに戻った。

半分ほどにしぼんだ飛行獣に向かって、ごめんと一言つぶやいてから、ラットラインをつかんで身体を引き上げた。両手が震え、力が入らなかった。だが、反対側にあるゴンドラに行くのに巨大な艦体の周りをとぼとぼ歩いていたら、かなりの時間を費やしてしまう。やはり、登って越えるしかなかった。上へ上へと進みながら、デリンは奇妙な少年に対する疑問を頭から追い払った。

24

脊梁部を越えると、破損状況がさらによくわかった。

反対側の横腹には、いたるところに乗組員と人造獣がいて、四基のサーチライトが彼らの影を不気味な形に照らし出していた。メイン・ゴンドラは半分がハーネスで吊るされ、半分が雪の中にめりこんだ状態で、斜めに横たわっている。デリンは大急ぎでラットラインを降りると、着地した途端に走りだした。

ゴンドラ内部では、デッキも隔壁《バルクヘッド》も右舷側に傾き、まるで、すべての家具がひっくり返ったびっくり館のようだった。あたり一面に水素の臭いが漂い、石油ランプはすべて消され、ほの暗いツチボタルの緑の光だけが頼りの現場は、かなり混乱していた。傾いた通路を乗組員が押しあいながら行き来し、罵声や指示を伝える大声が飛び交っている。

デリンは彼らのあいだを縫うように進みながら、ニューカークとミスター・リグビーの姿を探した――あのふたりがぶら下がってたのは、飛行獣のこっち側。つまり、空を仰いで転がった方だから、潰されてはいないはずだ……。

だけどあのとき、掌帆長は重傷を負ったみたいだった。飛行獣が雪の上に墜落する前に死んじゃったりしてないよな？

　デリンはその考えを胸の中に押しこめて、走り続けた――今は、バーロウ博士の無事を確認することが最優先だ。俺の任務なのに、完全に遅れを取っちまった。

　機械室の外で横滑りして足を止め、勢い良く扉を開けた。部屋の中はめちゃくちゃだった。墜落時に部品の箱が転がり落ちたために、細々とした金属が床を覆い、天井から斜めにぶら下がったツチボタル灯の光を受けてかすかなきらめきを放っている。

「ああ、ミスター・シャープ」声がした。「やっと来てくれたのね」

　デリンはため息を漏らした。安心したのが半分で、あとの半分はバーロウ博士のうんざりするような面倒臭さを思い出したからだった。博士は部屋の片隅で、謎の荷物の上にかがみこんでいた。

　物陰からタッツァが飛び出してデリンに近づくと、後ろ脚で立って嬉しそうに跳ねた。デリンはタッツァの両耳を掻いてやった。

「お待たせして申し訳ありません、博士」デリンは血がこびりついた飛行服の襟を指さした。

「ちょっと事故に遭ったもので」

「わたしたち全員が事故に遭ったのよ、ミスター・シャープ。ちゃんとわかっているわ。さ、手を貸してくださらない？」

　デリンは救急鞄を掲げてみせた。「申し訳ありませんが、わたしがここに来たのは博士にお訊き――」

「一刻を争うの、ミスター・シャープ。あなたの用件はあとでもいいわよね」

デリンは言い返そうとしたが、そこで、積荷の上蓋が開いているのに気づいた。内側から熱が漏れ出して、凍えそうな寒さの中で、いく筋かのかすかな湯気が幽霊のように立ちのぼっていた。緩衝材の藁があちこちに散らばっている——ずっと謎だったコンスタンティノープルへの渡航目的が、ついに明かされるんだ。

「まあ、そうです」デリンは干し草や転がった金属部品に足を取られないよう注意しながら、傾いだ床を歩いた。タッツァはまるで山の斜面で生まれ育った動物のように、デリンの脇を飛び跳ねている。

箱の中は暗くて、最初はよくわからなかった。だがようやく目が慣れて見えてきた……ツチボタル灯のほのかな光に照らされた、十二個の丸みを帯びた物体が。

「博士……これは、卵ですか？」

「その通りよ。しかも、もうすぐ孵化《ふか》しそうなの」バーロウ博士はタッツァの頭を掻いてやってから、ため息をついた。「というか、孵化しそうだったのよ。ほとんど割れてしまったわ。あなたが約束してくれた安定飛行にはならなかったわね、ミスター・シャープ」

近寄って確認すると、殻の表面にはひびが入り、黄色っぽい液体がしみ出していた。「そのようですね。それにしても、これはなんの卵ですか？」

「こんなに切羽詰まった状況だけれど、まだ軍事機密なの」バーロウ博士は自分の手前にある四つの卵を指さした。「この子たちは生きてるみたいだわ、ミスター・シャープ。でも、

この状態が続くのなら、温め続けてやらないと」

デリンはびっくりして訊ねた。「俺に、この卵の上に座ってろってことですか?」

「愉快な光景でしょうね。でも、そうじゃないわ」バーロウ博士は両手を藁の中に突っこんで、淡紅色の光を放つ小さな瓶を二本取り出した。士官候補生が高度計測の際に落とす、蛍光藻の瓶にそっくりだ。

バーロウ博士が瓶を振ると、光が輝きを増し、冷たい空気に湯気が立ちのぼった。それから、博士は二本の瓶を干し草の中に戻した。

「墜落の衝撃で、電気ヒーターが壊れてしまったの。でも今のところ、この細菌温熱器が卵の命を守ってくれているわ。

肝心なのは、適温を正確に保つことなのだけれど、これが、かなり難しいの」博士は箱の片隅のごちゃごちゃになった場所を示した——砕け散ったガラスのまんなかで、赤い滴《しずく》が震えている。「そうだわ、この温度計の残骸を片付けておいてちょうだい。水銀には気をつけて。猛毒ですからね」

「新しい体温計をお使いになりますか？」デリンはアレックからもらった救急鞄のひとつを探った。「たまたま、何本か持っておりますが」

「体温計を持っている、ですって？」女性科学者は目をぱちぱちさせた。「あなたって、なんて役に立つのかしら、ミスター・シャープ」

「お役に立てて光栄です、博士」デリンは一本を手渡すと、またべつの鞄を開いた。「あと二本あると思います」

デリンが顔を上げると、バーロウ博士はまだ体温計を眺めていた。

「航空隊ではふだん、クランカー製の器具を使うのかしら、ミスター・シャープ？」

デリンは思わず目をむいた——この女性科学者、今度は読心術者だっていうのかよ？

「どうしてそんなことを……」

「あなた、また、わたしの観察眼をあなどっているわ」博士はデリンに体温計を返し、デリンは受け取った体温計の両面を眺めた。ごく普通のものに見えた。「三十六・八のところに赤い線があるわね。それは摂氏の平均体温よ。わたしは今までずいぶん軍隊と仕事をしてきたけれど、メートル法を使うのを見たことがないわ」

デリンは咳払いをした。「ええ、われわれはクランカーではありませんからね」

「科学者でもないわね」バーロウ博士はデリンの手の中の体温計を指先で軽く引っぱった。

「ではなぜ、この赤い線は華氏九十八・六度(注16)にないのかしら？　あなたはクランカーのスパイには見えないわね、ミスター・シャープ。特別無能なスパイだっていうのなら、話は別だけれど」

デリンはあきれてむっとした顔になりそうなところを我慢した。「さっきお話しするつもりでしたが、博士に止められたものですから。不思議な少年が……雪の中から現われまして。それで、その救急鞄をくれたんです」

「少年が？　それも、突然どこからか、体温計を持って歩いてきたわけね」

「はい。だいたいそんなところです。リヴァイアサンが墜落したあとで目が覚めたら、そばに立ってたんです」

「信じられない話だわね、ミスター・シャープ」バーロウ博士はデリンの目のまわりのあざに、冷たい手のひらを押し当てた。「ずいぶん強く頭を打ったんでしょう？」

「わたしの頭は正常ですよ、博士。おかしいのは、この山です。少年が、どっからか現われたんです！　アレックって、名前でした」

バーロウ博士はけげんな表情を浮かべて、タッツァと目を合わせた。「ミスター・シャープ、あなたって平気でちょっとした嘘をつくんだったわよね」

デリンはあんぐりと口を開けて、博士を見つめた——面と向かって、ずいぶん言ってくれるじゃないか。「入隊のときには軍をだましたかもしれませんけど。自分についての……項目で。でも、だからといって、わたしが理由もなく嘘をつくってことにはなりません！」

「そうね。あなたの話が本当ならば、その〝アレック〟はとても興味深い人物みたいだわ」バーロウ博士はデリンから体温計を取り返すと、よく振ってから、素早く干し草の中に入れた。「住まいはどこだか話した？」

「いいえ、ほとんど」デリンは眉根を寄せて、アレックの言葉を正確に思い出そうとした。「最初は、近くの村だって言ったんです。ですが、おおむね家族のことを話してました。お尋ね者なんだと思います。あるいは、スパイかもしれません。ずっとびくびくしていて、タッツァみたいに落ち着きがありませんでした。それから、わたしに拳銃を向けたんです。もう少しで、わたしたち全員を木っ端微塵に吹き飛ばすところでした！ ですが、わたしがねじ伏せて、その拳銃をもぎ取ったんです」

「それは、よかったこと」バーロウ博士はなおざりに応じた。まるで、焼死の危機から救われるのはいつものことだという口調だった。博士は救急鞄のひとつに手を伸ばすと、その中身を傾いた床に並べはじめた。「戦地用包帯、止血帯――いけません、タッツァ、嗅がないで――手術刀まであるわ」

「山頂の小さな村にしては、いささか高級すぎる」デリンが言った。「そう思われませんか？」

バーロウ博士は箱のひとつを持ち上げると、目を細めてラベルを確認した。「しかも、これには双頭の鷲の紋章が入っているわ。オーストリア軍の支給品ね」

　デリンは目を丸くした。「ここからオーストリアは、そう遠くありませんよ、博士。ですが、スイスは中立国なのに！」

「厳密に言うと、わたしたちはその中立を犯しているのよ、ミスター・シャープ」バーロウ博士が手のひらの上で手術刀を裏返すと、刀身がきらりと光った。「困った事態になってしまったわね。でも、すぐに出発できるんでしょう？」

「どうでしょうか。飛行獣はかなりひどい状態です」

「でも、被膜を補修すれば、飛び立てるはずよ。それから、どこかもっと暖かい場所で修理すればいいのよね？　こんなに寒くては、わたしの卵はもちこたえられないわ」

　デリンは確かなことはわからないと言おうとした。なにしろ、墜落後はほとんど気絶していたのだ。だが、バーロウ博士は、まわりくどい話に耳を貸す気分ではなさそうだった。それに、飛行獣を登りながら見てきた様子からして、その答えは明らかだった。

「数日間は無理です、博士。水素の半分が漏れてしまいました。少なく見積もっても」

「わかったわ」女性科学者はへたりこんで積荷にもたれると、タッツァを抱き寄せた。ツチボタル灯の緑色の光に照らされた博士の顔は、青ざめて見えた。「それじゃあ、わたしたち、ここから脱出できないかもしれないわ」

「馬鹿なことを言わないでください、博士」デリンはミスター・リグビーの決まり文句を思い出した。「この飛行獣は、クランカーの命のない機械なんかとは違います。生き物なんです。必要とあらば、それだけの水素を作り出せます。わたしはむしろ、エンジンの方が心配です」

「残念ながら、そんなに簡単なものじゃないのよ、ミスター・シャープ」バーロウ博士は、傾いた部屋の向こう側にある舷窓を指さした。「外を見た？」

「はい。夜中まで外におりましたから！」デリンは不思議な少年が使っていた言葉を思い出した。「氷河と言うんだそうです、博士」

「よく知っているわ。一面の氷原。南極や北極と同じ不毛の地よ。わたしたちがいるこの山の中は、どのくらいの標高かしら？」

「そうですね、クランカーの攻撃を受けたのが、高度八千フィート（約二千四百メートル）。墜落前に、千から二千フィートは降下したはずですから……」

「樹木限界線(注17)の、はるかに上ね」バーロウ博士が力の抜けた声で言った。「このあたりでは、祖父の蜂はじゅうぶんな蜜を集められないでしょう？」

デリンは顔をしかめた——言われてみれば、この雪に覆われた不毛地帯では、生き物の一匹も見かけなかった。つまり、蜂のための花も、こうもりのための昆虫もいないってことだ。

「ですが、鷹や、そのほかの猛禽類はどうですか、博士？　あいつらは、とんでもない距離を飛んで狩りをしますよ」

バーロウ博士はうなずいた。「彼らは、近くの谷で獲物を見つけられるかもしれないわね。けれど、リヴァイアサンを自己治癒させるためには、ねずみや野うさぎの二、三匹では、全然足りないわ。この場所は、生物学的に不毛なのよ。リヴァイアサンが生き残るために必要なものが、何ひとつない」

できることなら反論したかった——だけど博士の言う通り、飛行獣が回復するには、食糧が必要だ。それは、自然界の生き物とまったく同じだ。なのに、この寒々とした雪原には残飯すらない。

「打つ手がないってことですか？」

「そうは言ってないわ、ミスター・シャープ」バーロウ博士は立ち上がって、傾いた床の上に置かれた一山の瓶を指さした。「まずは、残った卵を適温に保ちましょう。そこにある温熱器を振ってちょうだい」

「了解です、博士！」

「そのあとで、あなたの不思議な少年に会いたいわ」

25

アレックは惨めさと屈辱に打ちのめされ、そのうえ疲れ果てていた。にもかかわらず、寒さのあまり眠ることすらできなかった。

傷ついた飛行獣《エア・ビースト》の内部は、いたるところで窓が砕けたり銃弾の穴が開いていて、氷のように冷たい風が傾いた通路を吹き抜けた。アレックのいる部屋は鍵をかけられ、舷窓も閉じられていたが、それでも凍えるほど寒かった。石油ランプがあれば手を温めることもできたが、室内を照らしているのは、飛行獣の被膜を覆いつくす例の緑色の虫だった。天井から吊るされたランタンには数十匹が詰めこまれ、光るシラミのようにうごめいている。

飛行獣の内外は、罪深い人造獣であふれかえっていた。気味の悪い六本脚の犬がしぼんだガス嚢に群がり、空を飛ぶ人造生物が宙を埋めつくしていた。ゴンドラ内部でも、さまざまな大きさの爬虫類がちょこちょこと壁を走っていた。飛行獣の幹部たちがアレックを尋問したときには、吸盤つきの足を持つしゃべるトカゲが、傾いだ天井をぺたぺたと行ったり来たりしながら、彼らの会話を聞きとっては適当に復唱していた。

アレックは多くを語らなかった——どこから来たのか、なぜこんな山奥にいるのかという幹部士官の質問に答えても、彼らには理解できないだろう。それに、ダーウィニストたちにぼくの本名を教えたところで、なんにもならない。ぼくが大公の息子だとは、絶対に信じないはずだ。それでもせっかく、ぼくをここにとどめておくのがいかに危険なことか教えてやろうとしたのに、その警告も、ただの芝居がかったこけおどしだと思われてしまった。

ぼくが馬鹿だった。この巨大な生き物も、ここにいる人々も、まったく異質のものなのだ。ぼくの世界と彼らとの深い溝を越えようとするなんて、愚の骨頂だった。

寒くて薄暗い部屋に閉じこめられて、アレックは考えた——ぼくの気高い善意は、はじめから笑止千万だったのかもしれない。無理に決まっているじゃないか。この氷河を渡って、毎晩ひそかに百人分の食糧を届けるなんて。ぼくがここに来たのはたぶん、ひとえに救いようのない好奇心のせいだ。地面に落ちた鳥の死骸に惹きつけられる子供と同じだ。

小さな舷窓から、黒い地平線がゆっくりと灰色に変わっていくのが見えた——まもなく時間切れだ。

もうすぐ、オットー・クロップが見張りの交代に向かうはずだ。少し探せば、ぼくが城にいないことが判明するだろう。そして、少し頭を働かせれば、ぼくの行き先も推察できるはずだ。二、三時間のうちに、ヴォルガー伯は不時着した飛行獣を監視しながら計画を練り、オーストリア＝ハンガリー帝国の皇位継承者が底抜けの愚か者だという事実に頭を悩ませるだろう。

アレックは歯を食いしばった——それでも、やり遂げたことだってある。さっきの若い航空兵、ディランは、あのまま一晩中雪の中に倒れていたら、凍死していたはずだ。ぼくのおかげで、あの少年は凍傷にかからずにすんだのだ。もしかしたら、これが戦時中に正気を保つ方法なのかもしれない。つまり、混乱の最中に、微力ではあっても気高い行ないをすることが。

もっとも、ディランは命を救ってやったその五分後に、ぼくを裏切ったけれど。

まったく、正気の沙汰とは思えないな？

通路側で鍵束のじゃらじゃらという音がして、アレックは舷窓から振り返った。傾いだドアが勢いよく開いて、入ってきたのは……。

「貴様！」アレックはうなるように言った。

ディランは笑顔で応えた。「ああ、俺だ。元気か」

「よけいなお世話だ。この、恩知らずの豚が」

「おい、そりゃちょっと失礼だな。おまえに会いたいっていうお客様をお連れしたってのにさ」デリンは一礼すると、ドアに向かって片方の腕をすっと伸ばした。「ノラ・バーロウ博士《ドクター》をご紹介するよ」

続いて部屋に入ってきた人物を見て、アレックは目を丸くした。その女性は航空兵の制服ではなく場違いなドレスに身を包み、小さな黒い帽子を被っていた。その手には、犬に似た奇怪な生き物のリードを握っている——女性がこの飛行獣で、何をしているんだろう？

「お目にかかれて嬉しいわ。アレック、だったわね？」

「どうぞよろしく」一礼した途端に、奇妙な生き物に鼻を押しつけられたが、たじろがないよう我慢した。「船医《ドクター》なのですか？　でしたら、ぼくはまったくの無傷です」

その女性は声を上げて笑った。「そのようね。でも、わたしは医学のドクターではないのよ」

アレックは怪訝《けげん》な表情を浮かべたが、すぐに、彼女の黒い帽子が山高帽であることに気づいた——この人は遺伝子操作をするダーウィニストの一員、神を恐れぬ科学の実践者だ！

アレックは、ズボンの上から彼の脚を嗅いでいる生き物をこわごわ見下ろした。

「これはなんです？　どうしてこんな獣を連れてきたんです？」

「あら、タッツァを怖がらないでちょうだい。彼は絶対に、悪さをしないわ」

「お話しすることは、何もありません」おびえた声にならないように意識しながら、アレックは言った。「この罪深い生き物が何をしようと、ぼくは平気だ」

「なんだって？　タッツァが？」ディランがさもおかしそうに笑った。「なめ殺されるかもしんないけどな。だけど、タッツァはれっきとした自然界の動物だよ。フクロオオカミっていうんだ」

アレックは少年をにらみつけた。「だったら、こいつをどかしてくれ」

ダーウィニストの女性は傾いだ船室の高い方に置かれた椅子に腰かけると、尊大な態度でアレックを見下ろした。「タッツァが怖がらせてしまったのなら、ごめんなさいね。でも、

彼にはほかに行くところがないの。あなたのドイツ人のお友達が、わたしたちの飛行獣をこんなひどい目にあわせたから」

「ぼくはドイツ人ではない」

「そうね。オーストリア人だわ。でも、ドイツとは同盟関係でしょう、違うかしら？」

アレックは答えなかった――この人は当てずっぽうで言ってるだけだ。

「ところで、お若いオーストリア人がこんなに高い山の中で、いったい何をしているのかしら？　特に今は、戦時中よね？」

アレックはバーロウ博士を見つめながら考えた――彼女を説得する価値はあるだろうか？女性だけれど、科学者だ。ダーウィニストは科学を崇拝しているから、彼女はこの飛行獣の権力者に違いない。

「ぼくがどうしてここにいるかは、問題じゃない」父親の命令口調を真似た。「問題なのは、あなたがたがぼくを解放しないことだ」

「それはどうして？」

「解放しなければ、家の者たちがぼくを取り戻しにくるはずだ。断じて言うが、そのときになって後悔しても手遅れだぞ！」

バーロウ博士は目を細めた。飛行獣の幹部士官たちは、アレックの脅しを笑い飛ばしただけだった。ところが、彼女は彼の話に耳を傾けている。

「つまり、ご家族はあなたの居場所をご存知なのね。ご家族が、あなたをここに寄越されたのかしら?」

アレックは首を振った。「違う。だが、すぐに気づくだろう。時間の余裕はないぞ。早くぼくを解放したほうがいい」

「そう……時間がいちばん重要だわね」博士は微笑んだ。「ご家族は、この近くにお住まいなの?」

アレックは顔をしかめた。教えるつもりはなかった。

「どうやら、わたしたちが自力でご家族を探さなくてはいけないようね、それもすぐに」博士はディランに視線を移した。「あなたの意見はどうかしら、ミスター・シャープ?」

問われた若い航空兵は肩をすくめた。「雪に残った彼の足跡を逆にたどればよろしいかと。彼の母上に贈り物でも持っていけば、さほど悪い印象は持たれないでしょう」

アレックは少年に冷ややかな視線を向けた——こいつ、このぼくを裏切っただけでなく、愚弄するとは。「足跡は残さないようにしてきた。それに、ぼくの家族を探し出したとしても、撃たれるのがおちだぞ。よそ者を嫌うからな」

「なんて閉鎖的な方々かしら」バーロウ博士が言った。「それなのに、あなたのためには、ずいぶんと優秀な英語教師を雇われたのね」

アレックは舷窓を振り返って、深いため息をついた——またしても、ぼくの話し方と態度のせいで、ばれてしまいそうだ。まったく腹が立つ。

博士は話を続けた。アレックの動揺を楽しんでいるようだった。「ほかの手を使わなければいけないようだわね、ミスター・シャープ。アレックにハクスリーたちをご紹介するというのはどうかしら？」

「ハクスリーですか？」ディランの顔に笑みが広がった。「それは素晴らしいお考えです、博士！」

アレックは身構えた。「誰だ、そいつらは？」

「ハクスリーは誰ってもんじゃないよ、馬鹿だな。何って言うべきだな。クラゲを主体に造られてるんだ」

アレックは少年をにらみつけた——こいつはまた、ぼくを愚弄した。


ふたりに連れられて、アレックは艦内を進んだ。奇妙な臭いが充満した傾いた通路が、細かく入り組んでいた。すれ違う乗組員はアレックに目もくれなかった。彼を監視しているのはバーロウ博士と、やせっぽちのディランだけだった——ずいぶんと甘く見られたものだ。あるいは、このタッツァという奴は、このふたりが言っていたよりずっと凶暴なのかもしれない。

いずれにせよ、逃げても無駄だ。この戦艦から脱出する方法を見つけたとしても、捕らわれたときにスノーシューズを取り上げられてしまったし、今にも凍りつきそうなくらい全身が冷えきっている。氷河に出たら、一時間ももたないだろう。

三人は螺旋階段を登った。ここもまた戦艦のほかの場所と同じように傾いて、危なっかしい角度になっていた。登るにつれて、ますます妙な臭いがした。タッツァは鼻をひくつかせて空気を嗅ぎはじめ、後ろ脚で跳ねながら斜めになった段を登った。天井にあるハッチの真下まで来ると、ディランは足を止め、かがみこんで両腕でタッツァを抱きかかえた。そして、そのままハッチを抜けて、頭上の暗がりに姿を消した。

アレックもあとに続いた。巨大な空間に出たのだと、気配でわかった。

次第に目が慣れてきた。高い曲線状の壁はまだらのある透き通るようなピンク色で、頭上には分節した白いアーチが続き、嗅いだこともない妙な臭いが充満している。ここはずいぶん暖かい――と、そこでとんでもない事実に気づいて愕然とした。

「なんてことだ」思わずつぶやいた。

「素晴らしいだろう？」ディランが訊ねた。

「素晴らしいだって⁉」アレックはしばし絶句した。口の中に、酸っぱい味が広がった――この分節したアーチは、巨大な脊柱じゃないか！「胸が……悪くなる。動物の体内にいるなんて！」

急に、足元の傾いた通路が滑りやすく、不安定なものに感じられた。

ディランは声を上げて笑うと振り返って、ハッチから出ようとするバーロウ博士に手を貸した。「そうだな。だけど、おまえたちのツェッペリン飛行船の外殻は、牛の腸でできてるじゃないか。それだって、動物の体内にいるようなもんだろ、違うか？　革の上着を着るのだって、同じことだぜ！」

「だけど、こいつは生きてるじゃないか！」アレックは吐き出すように言った。

「その通りだ」ディランはタッツァと一緒に金属製の通路を進んだ。「だけど、動物の死骸の中にいる方が、ずっと気色悪いぜ。よく考えてみろよ。おまえたちクランカーって、ほんとにおかしな奴らだな」

アレックは、わざわざディランのたわ言に答えようとは思わなかった。足元に集中して通路のまんなかを進むので精一杯だった。破損した戦艦のほかの場所と比べても、このあたりはずっと傾いていた。足を滑らせて、罪深い怪物のピンクがかった内臓に直に触れたらと思うと、恐ろしくてたまらなかった。

「悪いな。臭くって」ディランが言った。「だけど、ここは飛行獣の消化管だからさ」

「消化管？　ぼくを食わせるつもりか？」

ディランは声を上げて笑った。「ここでおまえを消化させせて、水素を作るって手もあるな！」

「ほらほら、ミスター・シャープ。変なことを言わないでちょうだい」バーロウ博士が言った。「アレックに見せてあげたいだけなの。わたしたちがとても簡単に、彼のご家族を探し出せるってことをね」

「わかりました」ディランが言った。「で、ここにいるのが、ハクスリーだ！」

アレックは暗がりに向かって目を細めた。前方に、絡みあったロープが見えた。風になびく柳の枝のように、ゆっくりと前後に揺れている。

「もっと上だよ、馬鹿だな！」ディランが言った。

アレックは目を凝らして、おぞましいピンクの壁の上の方まで、揺れ動くロープをたどった。暗がりの中に、何かが浮かんでいた。丸く膨らんで、ぼんやりとかすんでいる。

「よぉ、ビースティ！」ディランが呼びかけると、それに反応したのか、ロープの一本が猫の尻尾のように丸まった。

ロープなんかじゃない……。

アレックはごくりと喉を鳴らした。「こいつは何だ？」

「聞いてなかったのかよ？　ハクスリーだってば。水素をいっぱいに溜めこんだクラゲみたいなもんさ。こいつ、急にでかくなったみたいだな。見てろよ！」

ディランは垂れ下がったロープの束――それとも、触手だろうか？――に駆け寄って何本かをつかむと、両脚を引き上げて狭い通路に沿って前後に身体を揺らした。ほかの触手は丸まったり、ばたついたりしたが、ディランはさらに上まで登って、膨らんだ物体を引き寄せた。おかげでアレックは、ハクスリーの白黒まだらの皮膚をはっきりと見ることができた。一面ブツブツで覆われている。水ぶくれ、あるいはカエルのイボのようだ。

激しい嫌悪感を覚えながらも、アレックはどういうわけか、くるくると巻かれた触手の異様な優雅さに魅せられていた。その生き物は、深い海か、夢の中から現われたもののように思えた。眺めていると、半ばぞっとし、半ばうっとりとした気分になった。

タッツァはブランコのように揺れるディランを追いかけ、彼のブーツまで跳び上がったり吠えたりしている。ディランは触手にしがみついたまま楽しそうに笑うと、膨らんだ物体を引き下ろした。もう少しで、そのおぞましい皮膚がアレックに接触するところだった。

ようやく手を放したディランは、大きな音をたてて金属製の通路に着地した。機嫌を損ねた触手をディランの周りで蛇のように巻き上げながら、ハクスリーは大急ぎで飛行獣の内臓上部に戻っていった。

「この子は回復してるわね」バーロウ博士が言った。「すぐに準備できるわ」

「なんの準備だ？」小さな声で、アレックが訊ねた。

「俺を乗せる準備さ」ディランがにんまりした。「でかいやつだと、航空兵を一マイルも上昇させられるんだぜ！　この奥に、おとなのハクスリーが何匹かいるんだ」

アレックはハクスリーを見上げた――一マイル。つまり、一・五キロメートル以上だ。その高さからなら、彼らは簡単に古城の長方形を発見してしまうだろう。中庭に立っているストームウォーカーにも気づくかもしれない。

「これでわかったでしょう、アレック」バーロウ博士が言った。「わたしたちは簡単に、ご家族を見つけられるのよ。手間をかけさせない方が、あなたのためだと思うの」

アレックはゆっくりと息を吸いこんだ。「ぼくにあなたがたを助ける義務など、ないはずだが？」

「あなたはもう、助けようとしてくれたじゃないの。でも、そうね。にもかかわらず、あなたはひどい扱いを受けたのよね。けれど、疑ったわたしたちを責めることはできないのよ。

なにしろ、戦時中なんですもの」

「だったら、なぜ、このうえ敵を増やすような真似をするんです？」

「あなたの助けが必要だからよ。あなたのご家族の助けがね。協力してもらえなければ、わたしたちは全員、死んでしまうわ」

アレックは博士の目をじっと見つめた――この人は本気で言っている。

「この飛行獣は修理不可能なのですか？」

バーロウ博士はゆっくりと首を振った。アレックは目を背けた。

ダーウィニストたちが本当にここから抜け出せないのであれば、彼らを救う唯一の方法は、城と貯蔵物資のすべてを差し出すことだ。さもなければ、彼らは飢え死にするだろう。だが、百人の命を救うために、ぼくの家臣の安全を犠牲にして良いものだろうか。ぼくの帝国の将来だってかかっているのに？

ヴォルガーと話し合わなくては。

「ぼくを解放しろ。そうすれば、ぼくたちに何ができるか考えてみよう」

「わたしたちをお宅に連れて行ってくださる、というのはどうかしら？」バーロウ博士が答えた。「休戦の旗を立てて、いざこざが起こらないようにするわ」

アレックは少しのあいだ考えてから、うなずいた。どのみち、城は発見されてしまうだろう。「いいだろう。だが、あまり時間がない」

「艦長と話すわ」博士はタッツァに向かって、パチンと指を鳴らした。「ミスター・シャープ、機械室での任務があるのは、わかっているわね」
「はい、博士。ですが、アレックはどうします？　また部屋に閉じこめますか？」

バーロウ博士はアレックと目を合わせた。「〝ベラ・ゲラント・アリイ〟だわね(注18)？」

アレックはふたたびうなずいた。「これは、ぼくが仕掛けた戦争じゃない」

博士はアレックに微笑みかけた。それから、タッツァのリードを引いた。「アレックは暴れたりしないわ。信用して大丈夫よ、ミスター・シャープ。彼を連れて、機械室に行ってちょうだい。どうやら、とても育ちの良い少年みたいね」

博士とタッツァは、暗がりの中に姿を消した。彼女たちがハクスリーの前を通り過ぎると、垂れ下がっていた触手が、くるくると巻き上がった。

「博士がなんて言ったか、おまえ、わかったんだな？」ディランが訊ねた。「今のって、科学者の言葉かなんかか？」

アレックはあきれた顔をした。「ラテン語っていうんだよ、馬鹿だな。〝ベラ・ゲラント・アリイ〟は、〝戦争は他家に任せておけ〟という意味だ。博士は、ぼくたちが戦う必要はないって、言ってたんだ」

「ラテン語ができるんだ？」ディランが笑って言った。「たいしたお坊ちゃんなんだな、おまえって」

アレックは顔をしかめた。自分の犯したあやまちに気づいたのだ。「ぼくはただの愚か者だよ」

バーロウ博士はずっとぼくを試して、正体を見破ろうとしていたんだ。密輸業者の息子も、山奥の村人も、ラテン語などわかるはずがない。なのにぼくは、まばたきひとつせずに答えてしまった。

それにしても妙だ。博士が口にした言葉は、ハプスブルク家の古い家訓の一部だ。戦争よりも婚姻によって領地を拡大してきたぼくの一族に伝えられてきた言葉だ。博士は、科学者であるだけでなく、読心術者なのだろうか？

とにかく、このダーウィニストたちとは、少しでも早く離れた方がよさそうだ。

26

ハッチまで歩いて戻る途中で、ディランが言った。「あの女科学者はおまえのことを、なんか特別な人間だと思ってるみたいだな」

アレックはまじまじとディランを見つめた。「どういう意味だ？」

「機械室はさ、本来、立ち入り禁止なんだよ」ディランは身体を寄せて、耳打ちをした。「あの部屋には、とんでもなく奇妙なもんがあるんだぜ」

アレックはそれには答えずに、考えていた――この忌まわしい動物園の中では、どんなものであれば、奇妙と呼べるんだろうか？　この数時間だけでも、薄気味悪い生き物をもう一生分は見たというのに。

「でもまあ、うまくいくよ」ディランは話し続けた。「おまえ、俺たちを助けるって決心してくれたんだもんな」

「君のためじゃない」

ディランが足を止めた。「それって、どういう意味だよ？」

「この氷河に不時着したのが君だけだったら、ぼくは何もしないさ」

「なんだよ、ちょっと失礼だぞ！」

「ちょっと失礼だ？」アレックは吐き出すように言った。「ぼくは薬を持ってきてやった。君を助けてやった……尻の凍傷からね。にもかかわらず、ぼくが騒がないでくれと頼んだら、君はあの恐ろしい犬たちに、ぼくを襲わせたんだぞ！」

「そうさ。だって、おまえ、逃げたじゃないか」

「家に帰らなくてはならなかったんだ！」

「とにかく、俺はおまえを止めなきゃなんなかったんだ」ディランは腕組みをした。「俺は宣誓したんだよ。空軍と、それからジョージ国王陛下に。この戦艦を守るってさ。だから、会ったばかりの侵入者のために、誓いを破るなんてできなかった。しかたないだろ？」

アレックは顔を背けた。さっきまでの怒りが、急に消え失せてしまった。「まあ、君は君の義務を果たしたってことだな」

「ああ、俺もそう思う」ディランはふっと息を漏らすと、前を向いて、また歩きはじめた。

「それとさ、おまえに礼を言おうと思ってたんだよ。俺を撃たないでくれたから」

「それはどういたしまして」

「あとさ、この戦艦を丸ごと爆発させなくて、ほんとありがとな。そうなってたら、おまえだって焼け死んでたぞ。まったく馬鹿なやつだよ」

「水素が充満しているなんて、知らなかったんだ」

「あの臭いがわかんなかったのかよ？」ディランは声を上げて笑った。「ずいぶんご立派な家庭教師がついてたみたいだけど、たいして役に立つことは教えてくんなかったんだな?」

アレックは言い返さなかった。彼が家庭教師たちから学んだことのひとつは、侮辱を黙殺する方法だった。その代わりに問い返した。「ならば、今、臭っているのが水素なのか?」

「ここは違うよ。消化管の中にあるのは、普通の空気だ。ちっとばかし、メタンが多いけどな。だから、牛の屁みたいな臭いがするんだ」

「ぼくはまだ、勉強不足みたいだな」アレックはため息をついた。

ディランは曲線状になったピンク色の壁を指さした。「肋骨《ろっこつ》のあいだにある、膨らんだぶつぶつが見えるか? あれが、水素嚢だ。このクジラの上半分全体に、あれと同じもんがいっぱい詰まってるんだ。おまえが見てるのは、ただの内臓さ。ちょっと銀色がかってんだろ。この飛行獣はてっぺんから底までで、二百フィートもあるんだぜ!」

六十メートル以上か——アレックは、少し足元がふらつくような気がした。

「犬にひっついたダニになった気分だろ?」ディランはハッチを開くと、ブーツをはしごの両脇に引っかけて滑り降り、ドスンと音をたててデッキに着地した。

「なかなか魅力的な想像だね」アレックはつぶやくように答えた。ゴンドラ内にはい下りると、ほっとして思わず身震いした。内臓膜や水素嚢と違って、壁も固くてしっかりしている。「だが、ぼくは気が楽になった。傾いてはいても、足元が安定したデッキに戻ってくると機械の方が好きだ。おあいにくさま」

「機械なんて!」ディランが大声で言った。「まったくの役立たずじゃねぇか。俺は断然、人造獣だ」

「本気か？　君たちの科学者が、列車と同じくらい速く走れる人造獣を造ったか？」

「いや。だけど、クランカーは自力で食糧を捕ったり、自己治癒したり、繁殖する列車を作ったことがあるか？」

「繁殖だって？」アレックは笑い飛ばした。一瞬、同じ母列車から生まれた赤ちゃん列車たちがずらりと並んでいる光景が頭に浮かび、さらにさかのぼって、交尾の段階にまで想像がおよんだ。「もちろんないさ。考えただけでも、ぞっとする」

「それに、列車は線路がなきゃ走れない」ディランは指を折って、いちいち数え上げた。

「エレファンティンなら、どんな地形でも移動できるぜ」

「ウォーカーにもできる」

「ウォーカーなんて、本物のビースティと比べたら、がらくたさ！　酔っ払った猿みたいなぶざまな動きで、転んだら立ち上がることもできやしない！」

アレックは鼻を鳴らした。残念ながら最後の部分に関しては、ドレッドノート級ウォーカーの場合、ディランの言う通りだった。「なるほど。じゃあ〝ビースティたち〟がそれほど素晴らしいのなら、ドイツ軍はどうやって君たちを撃墜したんだ？　機械を使ってね」

ディランは険しい目でアレックをにらむと、片方の手袋を引き抜いた。その手は拳を握っている。「十中八九、敵機もぜんぶ墜落したよ。しかも奴らは、俺たちみたいな軟着陸はできなかったはずだ」

今のは言いすぎだった——アレックは気づいた。

墜落の最中に負傷したり死亡した乗組員たちは、ディランの知り合いのはずだ。殴られるかもしれない——一瞬、そう思った。

ところが、ディランは床に唾を吐いただけで、前を向いて大股で歩いていった。

「待てよ」アレックは呼びかけた。「すまなかった」

ディランは立ち止まったが、振り返らなかった。「何がだよ？」

「君の戦艦はひどい打撃を受けたのに。それと、君を飢え死にするまで放っておくと言ったことも」

「来いよ」ディランはぶっきらぼうに言った。「卵の世話をしなくちゃいけないんだ」

アレックは目をぱちぱちさせて、それから慌ててあとを追った——卵だって？


ふたりはゴンドラの中層甲板にある、小さな部屋に到着した。室内はめちゃくちゃだった。機械部品が床に散らばっている。割れたガラスと藁も交じっていた。妙な具合に暖かく、何かの臭いがした……。

「硫黄石《ブリムストーン》か？」アレックが訊ねた。

「学名は硫黄《サルファー》だけどな。ほら、こっちだ」ディランは、アレックを部屋の隅に案内した。そこには大きな箱が置かれていて、冷たいはずの空気の中で、温かい蒸気を放っていた。「卵には硫黄成分が含まれてるだろ、で、ここにあるほとんどは割れちまったんだ。おまえの友

K.L
03

達のドイツ人のおかげでな」

アレックは暗がりの中で、まばたきをした。目の前にある丸みを帯びた物体は、間違いなく……大きな卵だった。

「どんな化け物が産んだんだ？」

「こいつらは産み落とされたんじゃなくて、研究室で造られたのさ。新種のビースティを造る場合は、けっこう時間をかけなきゃなんないんだ。この中に遺伝子が入ってて、卵を畑にしてビースティが生まれるってわけ」

アレックは少し離れた場所から見下ろした。「ひどく不信心な話だな」

ディランは笑って答えた。「おまえの母さんが、おまえを身ごもったときだって、同じことが起きたんだぜ。どんな生き物にも遺伝子がある。そのたくさんの遺伝子が、おまえの細胞のひとつひとつに、いろんな指示を伝達してるんだ」

明らかにくだらないとは思ったが、アレックはわざわざ口論する気にもならなかった。とにかく、これ以上気味の悪い話をされるのはまっぴらだった。にもかかわらず、静かに蒸気を放つ卵から目を離すことができなかった。

「それで、この卵からは何が出てくるんだ？」

ディランは肩をすくめた。「あの女科学者、教えてくれないんだ」

それから彼は、大きな卵が埋まっている藁の中に片手を滑りこませて、体温計を引き抜いた。目を細めてそれを眺め、暗闇に向かって小さな声で何やら悪態をつき、ポケットからブリキのパイプを取り出して、いくつかの音を吹いた。

だんだんと部屋が明るくなった。アレックは、光を放つ虫の群れが、天井から自分の頭のすぐそばまで垂れ下がっているのに気づいて、思わず一歩あとずさった。「こいつらはなんだ?」

ディランは作業の手を止めて、顔を上げた。「え? 光る虫《グロウワーム》のことか?」

アレックはうなずいた。「ぴったりの名前だな。君たちダーウィニストは、まだ火を発見してないのか?」

「くそったれ。石油ランプを使ってるよ。だけど、飛行獣の穴を全部ふさいでからじゃないと、とんでもなく危険だからさ。ツェッペリンでは何を使ってんだよ、ろうそくか?」

「馬鹿を言うな。電灯を使っているはずだ」

ディランは鼻を鳴らした。「エネルギーの浪費だな。生物発光するツチボタルはどんな餌をやっても、光るんだぜ。土だって食っちゃうんだ。ミミズみたいにさ」

アレックは落ち着かない気持ちで、虫の群れに目をやった。「しかも君は、笛で合図してたな?」

「ああ」ディランは得意気に、その笛を振り回した。「俺、こいつを使って、この艦にいるほとんどのビースティを操れるんだぜ」

「なるほど。思い出した。君はその笛で呼び寄せたんだったな……蜘蛛犬っていうのか?」

ディランは声を上げて笑った。「水素探知獣だよ。あいつらは被膜の水素漏れを巡視するんだ。それと、たまに不審者が侵入したら、追っかける。あいつらが怖がらせたんだったら、ごめんな」

「怖くはなかったさ……」アレックは言いかけたが、そこで、床に積まれた鞄に気づいた。彼が持ってきた救急鞄だ。

膝をついて、そのひとつを開けてみた。中身が詰まったままだった。

「あ、そうだった」ディランは卵の世話に戻って、きまり悪そうに言った。「まだ、病室に運んでなかった」

「見ればわかる」

「だよな。バーロウ博士は、まず最初に、この卵の安全を確保しなきゃなんなくてさ!」ディランは咳払いをした。「そのあとすぐに、おまえに会いたいって言ったんだ」

アレックはため息をついて、鞄を閉じた。「薬を持ってきたのは、余計なお世話だったみたいだな。きっと、君たちダーウィニストは治療を……蛭《ヒル》か何かでするんだろうから」

「俺の知るかぎりじゃ、そんなことしないよ」ディランは笑った。「あ、でも、感染を防ぐのに、パン黴《カビ》を使うな」

「まさか、嘘だよな」

「俺は嘘なんかつかねえ!」ディランはそう言うと、作業を終えて立ち上がった。「さてと、アレック。この卵はトーストとおんなじくらい、ほかほかになってる。今のうちに、その救急鞄を軍医のところに持っていこうぜ。うまいこと使ってくれるはずだ」

アレックは片眉をつり上げた。「ぼくに気を使って言っているのか？」

「いや、ついでに、掌帆長を探したいんだよ。不時着する前に撃たれちまって、無事かどうか、まだ知らないんだ。掌帆長と俺の相棒は、墜落したとき、ロープに吊り下がった状態だったからさ」

アレックはうなずいた。「わかった」

「それとさ、おまえがここに来たのは、余計なお世話じゃないぜ。なにしろ、おまえは、俺のケツを凍傷から救ってくれたんだからな」


病室に向かって歩いているうちに、アレックは、さっきまでめまいを起こしそうだった通路や階段が、少しましになっていることに気づいた。

「ちょっと傾斜がゆるくなったんじゃないか？」

「ハーネスを調節してるんだよ」ディランが言った。「一時間おきに、ちょっとずつ。クジラの負担になんないようにしてさ。夜が明けるころには、水平になるって言ってたな」

「夜明けか」アレックはつぶやいた――それまでには、ヴォルガーが何かしらの計画を実行に移すだろう。「あとどれくらいだ？」

ディランはポケットから懐中時計を引っぱり出した。「三十分ってとこかな？　だけど、太陽が山脈の上に顔を出すまでには、まだしばらくかかるぜ」

「たった三十分？」アレックは苛立った。「艦長はバーロウ博士の話に耳を貸すと思うか？」

ディランは肩をすくめた。「あの人は科学者っていっても、特別だからな」

「はっきり言え、どういう意味だ？」

「とんでもない重要人物だってことだよ。俺たちなんて、博士を乗せるためだけに、リージエンツ・パークに停泊したんだぞ。艦長だって、話を聞かないわけにいかないだろうな」

「そうか」ふたりは舷窓が並んだ通路を進んだ。アレックは、白みはじめた空を確認した。

「もうすぐ、ぼくの家族が来るぞ」

ディランはあきれた顔をした。「おまえって、ほんと、うぬぼれが強いのな」

「なんだと？」

「ずいぶんと自分を買いかぶってるって言ったんだよ」ディランは、頭の悪い人間に話しかけるように、ゆっくりと説明した。「自分は特別だって感じだろ」

アレックはまじまじとディランを見つめた――なんと言えばいいんだ？　説明しても無駄だろう。本当にぼくは特別な人間なのだ、五千万の民がいる帝国の皇位継承者なのだ。そう教えたところで、ディランにその意味を理解できるはずがない。

「ぼくは、かなり変わった育ち方をしたんだ」

「おまえ、ひとりっ子だろ？」

「まあ……そうだな」

「やっぱな！　そう思ったよ」ディランが勝ち誇ったように言った。「だから、おまえを取り返すためなら、家族は喜んで百人の兵がいる戦艦に体当たりすると思ってんだな？」

アレックはうなずいて、短く答えた。「彼らなら」

「まったくしょうがねえな！」ディランは首を振って笑った。「おまえの両親は、甘やかしすぎだよ」

アレックは目をそらして、ふたたび通路を歩きはじめた。「そうだったかもな」

「だった？」ディランは何歩か走って追いついた。「ちょっと待てよ。おまえの両親、死んだのか？」

喉が詰まって答えられなかった――なんだか、変な感じだ。母上と父上が亡くなってから、一カ月以上経つ。けれど、これは……誰かに両親の死を話すのは、初めてだ。ストームウォーカーの乗組員は、ぼくよりも先に事実を知っていたから。

口を開くのが怖かった。あの日からずいぶん経ってはいたが、今ここで声に出して伝えてしまうと、胸の中の虚無感を抑えきれなくなりそうだった。

アレックにできたのは、うなずくことだけだった。

おかしなことに、ディランはにっこりと微笑んでみせた。「俺の父さんもさ！　まったく、やりきれねぇったらないよな？」

「そうだな。君も」

「とりあえず、母さんはまだ生きてるけどな」ディランは肩をすくめた。「だけど、俺さ、逃げてこなくちゃなんなかったんだ。母さんは理解してくんなかったんだよ。兵士になりたいっていう、俺の気持ちを」

アレックは眉をひそめた。「息子を兵士にしたくないと思う母親なんているのか？」

ディランはくちびるを嚙んで、それから、もう一度肩をすくめた。「ちっとばかし複雑な話なんだよ。父さんなら、理解してくれたはずなんだけどさ……」

ディランは黙りこんでしまい、ふたりはそのまま中央に長いテーブルが置かれた広い部屋を横切った。冷たい風が、ガラスの割れた大きな窓から吹きこんでいた。ディランは少しのあいだその窓の前に立ち止まって、どこか金属を思わせる、くすんだ薔薇色に染まっていく空を眺めていた。沈黙がアレックに重くのしかかった。今まで幾度となく思ったことを、またしても願った――どんな状況でも気の利いた発言をなさった、父上の才能を受け継ぎたかったのに。

結局、アレックは咳払いをしてこう言った。「君を撃たなくて良かったよ、ディラン」

「ああ、俺もそう思う」ディランはぽつりと答えて振り返った。「よし、救命鞄を軍医のところに持って行って、ミスター・リグビーを探そう」

アレックは彼のあとに続いた。ミスター・リグビーがどんな人物かは知らないが、生きていて欲しいと思いながら。

27

それから三十分後。デリンは脊梁部で、リヴァイアサンの中でいちばん大きなハクスリーの操縦装備を身につけていた。疲れきって凍えそうだったが、不時着してから初めて、事態が収拾に向かっているという実感があった。

それに先立って、デリンとアレックは病室でミスター・リグビーを発見した。元気満々で、ベッドから大声で命令を出していた。彼に命中した弾丸は、どういうわけか、急所をかすりもせずに貫通したのだ。船医によれば、一週間もすれば任務に戻れるとのことだった。

病室にいたふたりを見つけた伝言トカゲが、バーロウ博士の声で艦長の計画を伝えてくれた。完全武装した一隊が休戦の旗を立てて、アレックを家まで送り届ける。ただし、事前にハクスリーを飛ばしておいて、上空から監視する、という内容だった。そんなわけで、アレックは卵の世話を押しつけられ、デリンはこの脊梁部で上昇の準備をしているのだった。

デリンは両肩の革ベルトをしっかりと締めて、ハクスリーを見上げた――ビースティのやつ、元気そうだ。高山の薄い空気の中でも、被膜がぴんと張ってる。

一マイルも昇ればじゅうぶんだろう。アレックの家族がこの峡谷のどっかに住んでるなら、ちょっと見下ろせば探し出せるはずだ。

「ミスター・シャープ！」舷側を半分ほど下りたあたりから、呼びかける声がした。ニューカークだ。笑顔を浮かべながら、こちらに向かってラットラインを登ってくる。「ほんとだ……おまえ、生きてるな！」

「あたりまえだろっ！」デリンも大声で言い返し、にかっと笑ってみせた。ミスター・リグビーから、ニューカークの無事は聞いていた。それでもやはり、自分の目でその姿を確かめると嬉しかった。

ニューカークは残りの斜面を駆け上った。片方の手に双眼鏡を握っている。「航海長殿が、謹んでこいつを貸してくださるんだとよ。持ってるなかでいちばんいいやつだから、絶対に壊すなってさ」

革のケースに刻まれたメーカーの印を見て、デリンは顔をしかめた――《ツァイス》（注19）か。クランカー製の双眼鏡は最高だって、みんな言うけど、奴らの製品の評判がいいってのは、どうもしゃくにさわるよな。とにかく、今ここに、偉そうなことを言うアレックがいなくてよかった。孤児だかなんだか知らねぇけど、いかにもクランカーなあいつの傲慢さは、今日はもうたくさんだ。まだ太陽も昇る前で、一日はこれからだけどさ。

「ミスター・リグビーと俺は、おまえが不時着の前に落ちちまったんじゃないかと思いはじめてたんだぜ」ニューカークが言った。「さぼってただけだってわかって、安心したよ」

「くそったれ。俺だから助かったんだよ。おまえたちふたりだったら、雪の上のちっこいシミになってたさ。それにな、俺はさぼってたんじゃねぇ。この艦の運命を左右する、重要な捕虜の護衛を任されてたんだよ」

「おう。おまえが連れてきたっていう、頭のおかしい少年の話は聞いたぜ」ニューカークが目を細めて言った。「雪男の軍団が、自分を助けに来るって言ってるらしいけど、本当かよ？」

デリンは思わず吹き出した。「ああ。ちっとばかし、イカれてるな。だけど、そんなに悪い奴じゃないと思うぜ」

ミスター・リグビーが傷の周囲を切り取られたシャツを着ているのを見て、デリンは自分がいかに幸運だったかに気づいたのだ——もしもあのときアレックが起こしてくれなかったら、俺も病室のベッドに寝かされてたはずだ。仮にそれが、軽い凍傷だったとしても、船医は制服を脱がして……そして、その下に隠されたものをはっきりと見てしまっただろう。

俺は、あいつに大きな借りがあるんだ。

号笛の音が響いた。デリンとニューカークは黙って耳を澄ました。

眼下に広がる氷河の上では、巨大な三日月のような飛行獣の陰で風雪を避けながら、乗組員全員が集合していた。夜明けとともに、艦長からの説明が行なわれる予定だった。

東の方向では、太陽が今まさに山脈の頂きに達し、わずかばかりの温もりを大気に伝えている。リヴァイアサンはすでに被膜の色を黒く変えて、日中の暖かさを吸収する準備を整えていた。

「艦長がいいニュースを伝えてくれりゃあいいがな」ニューカークが言った。「こんな氷山の上で、長いこと立ち往生するのはごめんだぜ」

「これは氷河っていうんだよ」デリンが言った。「しかも、あの女科学者は長丁場になるって考えてるみたいだ」

下にいる乗組員のあいだからどよめきが起こった。艦長が雪の上に現われると、全員が注目した。

「最後のつぎ当てが、本日午前六時に完了した」艦長が告げた。「リヴァイアサンはふたたび、気密状態となった！」

背骨に沿って整列していた艤装兵が歓声を上げ、ふたりの士官候補生もそれに加わった。

「バスク博士がリヴァイアサンの内臓を点検したところ、まずまず健康だそうだ」艦長は続けた。「さらにありがたいことに、我らが友人のクランカーは、ゴンドラにほとんど損傷を与えなかった。窓ガラスはだいぶ割れたかもしれないが、装置関係の状態は良好だ。大がかりな修理が必要なのは、推力エンジンだけである」

デリンは左舷のエンジンポッドにちらりと目をやった。弾丸が開けた穴だらけで、雪の上に黒いオイルを漏らしている。後部エンジンも同じくらいひどい状態だ。ドイツ軍は飛行獣の器械部分を集中して攻撃したのだ。いかにもクランカーの考えそうなやり方だ。クジラの下敷きになった右舷のポッドは、言うまでもなく、氷河の上で粉々になっていた。

「飛行獣を制御するためには、使用可能なエンジンが二基必要だ。とりあえず、部品はじゅ

うぶんにある」そこで艦長は間を置いた。「というわけで、最大の難関は飛行獣をふたたび膨らませることであろう」

さあ、ここからだ――デリンは思った。

「残念ながら、われわれにはじゅうぶんな水素がない」

不安げなざわめきが、乗組員に広がった。結局のところ、クジラの消化管にいる小さな人造生物たちが、水素を作りだすのだ。その仕組みは人間が二酸化炭素を吐き出すのと同じだ。長い冬眠のあとでさえ、飛行獣は二、三日のうちに膨らんで、元の大きさに戻るのが常だった。

あたりまえのことになりすぎて、誰もが当然の事実を忘れていた――水素は、どこからともなく発生するわけではない。飛行獣の昆虫や鳥たちが作りだすのだ。

主任科学者が前に出て、口を開いた。

「アルプス山脈はかつて、太古の海の底だった。だが今では、ヨーロッパの最高峰だ。人間にも動物にも適さない。まわりを見れば、われわれの人造生物のための昆虫も植物も、小さな獲物すらいないのがわかるはずだ。さしあたっては、この戦艦の備蓄を与えて、人造獣の命をつなぐことになる。彼らが生きているかぎり、飛行獣は彼らの老廃物を消化して、徐々に水素嚢を補充するだろう」

「老廃物?」ニューカークがつぶやいた。

「科学者言葉で言う〝糞尿〟だよ」デリンが教えてやると、ニューカークは鼻で笑った。

「しかし、リヴァイアサンを設計したときには、」バスク博士は話を続けた。「これほどの不毛の地に着陸することを、われわれの誰もが想定していなかった。残念ながら、方程式の答えは明白だ。つまり、この戦艦の備蓄で作る水素のすべてをもってしても、われわれが離陸できる量にはならない」

またも、乗組員のあいだにざわめきが広がった。状況を理解しはじめたのだ。

「諸君のなかには、こう考えている者もおるかもしれない」バスク博士はかすかな笑みを浮かべた。「この雪から水素を作ればいいではないか、と」

デリンは顔をしかめた――そんなことは考えてもみなかったけど、確かにもっともな疑問だ。雪はただの水、つまり、水素と酸素だ。いつも、なんか納得いかないんだ。二種類の気体が合わさって、液体になるっていうのがさ。だけど科学者たちは、それは絶対間違いないって言ってるもんな。

「あいにく、水を元素に分解するにはエネルギーが必要だ。そして、エネルギーを発生させるには養分が必要だ。われわれの基幹であるエコシステム(注20)は、その自己治癒力を自然界からの栄養に依存している」バスク博士は氷河をぐるりと見まわした。「ところが、この恐ろしい場所には、自然の動植物がまったく存在しない」

ふたたび艦長が前に出た。デリンに聞こえるのは、索具に吹きつける風と、水素探知獣の荒い息遣いだけだった。乗組員は静まり返っていた。

「今朝早く、伝書アジサシを二羽放った。海軍本部にわれわれの位置を教えるためだ」艦長が言った。「おそらく、仲間の戦艦がすぐに駆けつけてくれるだろう。戦争が妨げにならなければの話だが」

乗組員のあいだから、含み笑いが漏れた。デリンは少しばかりの希望を感じはじめた――バーロウ博士が考えてるほど、事態は厳しくないのかもしれない。

「だが、戦時中にあっては、百人もの山岳救出作戦は、数週間を要する可能性がある」艦長がそこでいったん言葉を切ると、傍《かたわ》らにいる主任科学者の表情が険しくなった。「貯蔵庫の食糧は大量とはいえない。配給量を半分にして、一週間と少しもつ程度だ。手近にあるべつの資源を使えば、もっと長くもちこたえられるだろう」

デリンはわけがわからなかった――べつの資源ってなんだろう？　たった今、主任科学者が、氷河には何もないって言ったばかりじゃないか。

艦長は背筋を伸ばし胸を張ってから言った。「そして、わたしの第一の責務は諸君を、この艦の人間を守ることだ」

人間を……人造生物ではなく。ってことは、艦長はビースティたちの食糧を取り上げるつもりなんだろうか？　でも、そうとは言わなかった……。

「われわれを守るために、リヴァイアサンの命をあきらめねばならない事態も起こりうる」

「ふざけんなよ《バーキング・スパイダーズ》！」ニューカークが小声で非難した。

「そんなことにはならねぇよ」デリンはクランカー製の双眼鏡を彼の手から引き抜いた。

「俺の知り合いの、イカれたあいつが助けてくれるさ」

「なんだって？」ニューカークが訊ねた。

「ウィンチの担当者に、ロープを繰り出せと伝えてくれ。上に行く準備ができたぜ」

「ちょっと失礼なんじゃねぇか？　艦長の話の最中に離陸するなんてよ」

デリンは氷河を見わたした——あるのは真っ白な雪だけだ。昇りはじめた太陽に照らされて、きらきらと輝いている。だけどこのどこかに、こんな恐ろしい場所で生き長らえるすべを心得た人たちがいるんだ。そして艦長からの指示は、夜明けとともに飛び立ってことだった……。

「つべこべ言うな、ミスター・ニューカーク」

ニューカークはため息をついた。「わかったよ、海軍大尉殿。伝言トカゲは要るか？」

「ああ、自分で呼ぶよ。かわりに、手旗信号を持ってきてくれないか？」

ニューカークが手旗信号を取りに行くと、デリンは号笛を出して伝言トカゲを呼び寄せた。下で集合している乗組員の何人かが振り返ってこちらを見たが、気づかないふりをした。

すぐに一匹のトカゲがしぼんだ被膜から顔を出して、背骨の上を急いで走ってきた。デリンが指を鳴らすと、そのトカゲは彼女の飛行服を登って、オウムのように肩の上に落ち着いた。

「あったかくしとけよ、ビースティ」デリンは声をかけた。

ウィンチが回転をはじめ、長くたるんだロープが飛行獣の脇腹に螺旋状に落ちていく。ニューカークはデリンに手旗信号を渡し、係留ロープのそばに待機した。

デリンが彼に向かって両手の親指を立てると、ニューカークは結び目をほどいた。

上昇するにしたがって、空気が澄んできた。

地表近くでは、氷の粒子が絶え間なく吹く風に飛ばされて、氷点下の砂嵐のように氷河の上を渦巻いていた。ところが、激しく雪が舞う視界の悪いところを越えてさらに上空まで来ると、峡谷全体を眺めることができた。両側にそびえる山々はつぎはぎだらけの白い毛布に覆われ、古代の海底の地層が、歯の欠けたのこぎりのように雪から突き出している。

デリンは双眼鏡をケースから取り出した——さて、どっからやろうか？

手はじめに、飛行獣の周囲を見わたして、雪上の新しい足跡を探した。戦艦を出てまた戻って来る、細長い足跡が何本かあった。その先で乗組員がこっそりパイプをくゆらしたり、用を足したりしたのだろう。だが、その中の一本だけは、幅が広く、足を引きずって歩いた跡のように見えた——アレックのおかしな靴の仕業だ。

デリンは飛行獣から、その足跡を逆にたどった——行ったり戻ったりして、可能なかぎり露出した岩場を横切っている。アレックのやり方は利口だ。あいつの家まで足跡をさかのぼろうとする人間を混乱させるつもりだったらしい。だけど、空から追跡する人間がいるとまでは、思わなかったんだな。

足跡が遠ざかって見えなくなるまでには、デリンはアレックが東から来たことを確信していた——オーストリアの方角だ。

太陽はすでに完全に昇り、白い雪をまぶしく照らしていた。だが、暖かくなるのはありがたかった。寒さのせいで涙目になっていたし、伝言トカゲもデリンの肩を万力のように握りしめている。人造トカゲは厳密に言えば冷血動物ではないが、凍りつきそうな寒さの中では動きが緩慢になってしまう。

「しっかりつかまってろよ、ビースティ。もうすぐおまえに、ひと仕事してもらうからな」

デリンは峡谷の東端に向かってなめるように双眼鏡を前後させ、不自然な物体を探した。

すると突然、視界に入ったものがあった――何かの足跡だ。

だけど、人間のじゃない。ばかでかいぞ。巨人が足を引きずりながら雪の上を進んだみたいだ。そういえば、謎の雪男がどうとかって、ニューカークが言ってたよな？

足跡はむきだしになった岩山に続いていた。あるいは、岩山のようなもの、というべきだろうか。目を凝らすと、崩れた壁がはっきりと見えてきた。広々とした中庭を取り囲む石造りの建物も確認できた。

「なんだよ、ありゃあ！」アレックのやつ、道理で、あんな気取った話し方をするわけだ。あいつ、城に住んでやがった。

だが、デリンはまだ、先程の足跡の正体を突き止めていなかった。中庭には何もない。厩舎は巨大なものを収めるには小さすぎる。デリンはじっくりと建物を眺めまわして、やっと城壁の門に気づいた――開いてる。

かすかに両手が震えた。今度は城から足跡をたどってみた。そして、一度目には見落としていたものに気づいた──途中で枝分かれした足跡が、不時着した飛行獣に向かっている。

しかも、そちらの足跡は真新しかった。

デリンは動物と機械について、アレックと言い争いをしたことを思い出した──あいつ、ウォーカーがどうとか言ってたよな？　あんなもん、クランカーが作ったお粗末なビーステイのまがいもんだけどさ。それにしても、自家用ウォーカーを持ってるなんて、いったい、どんだけイカれた家族なんだ？

今度はもっと素早く雪の上に視線を走らせた。すると、金属に反射した閃光が視界をよぎった。デリンは何度かまばたきして、視線を戻した……。

「ちくしょう！」

ウォーカーが弾むように雪の上を進んでいた。寒さの中で熱気が揺らめき、まるで、熱湯をたぎらせた巨大なやかんに二本の脚がついているように見えた。腹部からは醜い鼻のような大砲が突き出し、頭からは二挺の機関銃が耳のように生えている。

そのウォーカーはリヴァイアサンに向かってまっしぐらに突っ走っていた。

デリンはベルトから手旗信号を引き抜いて、思いきり振った。飛行獣の脊梁部から応答の光が閃《ひらめ》いた──よし、ニューカークが見てるな。

デリンは素早く手旗で文字を刻んだ……。

テ・キ──セ・ッ・キ・ン──マ・ヒ・ガ・シ・カ・ラ

目を細めて、下からの受信合図を待った。応答の光が閃いた。**ド・ン・ナ──ヤ・ツ・ダ**

——？

ニ・キ・ャ・ク——ウ・ォ・ー・カ・ー

デリンは返信した。

受信の合図が光ったが、それだけだった——今頃はもう、緊急態勢を敷いて、武装攻撃に備えて防御を固めているはずだ。だけど、武器を搭載したウォーカーに対して、リヴァイアサンの乗組員に何ができるっていうんだ？ 飛行獣は、地上では無防備なのに。

もっと詳しい情報が必要だ。デリンはふたたび双眼鏡を目にあてて、ウォーカーのマークを読み取ろうとした。

「アレック、あの糞野郎！」ウォーカーの脚には鋼鉄の防護板が垂れ下がっていた。その両方に、鉄十字が描かれている。しかも、胸当てには、双頭の鷲が——アレックのやつ、ブルーチーズで育ったわけでも、スイス人でもねぇじゃないか！

「ビースティ、起きろ」デリンはパチンと指を鳴らした。深呼吸して気を静めてから、ゆっくりとはっきりした口調で言った。「警戒せよ。警戒せよ。リヴァイアサン、こちらシャープ士官候補生。接近中のウォーカーはオーストリア軍のもの。二脚、大砲一基、機種は不明。アレックの——われわれが保護した少年の——家族が向かっているものと思われる。彼なら家族を説得できるかも……」

デリンは少しのあいだ黙りこんだ——ほかに何を言えばいいんだろう。あのウォーカーを止めるのに、俺が思いつく方法はひとつしかない。そしてそれは、伝言トカゲのすかすかでちっぽけな脳みそに詰めこむには複雑すぎる。

「以上」デリンにこづかれて、伝言トカゲは高空偵察獣のロープを小走りに下りていった。

そのスピードを見たデリンは、低いうめき声を漏らした。デリンの体温から離れたトカゲは、凍りつくような寒さの中で、のろのろとしか進めなくなっている。メッセージが伝わるまでには、かなりの時間がかかりそうだ。

デリンはもう一度、自分の肉眼だけを使って、じっくりと氷河を見わたした。雪の上から、小さな金属の閃きがこちらに向かって瞬《またた》いた。ウォーカーは刻一刻と、飛行獣に接近している――あの速度で突進すれば、伝言トカゲよりも先にリヴァイアサンに到着しちまう。

ウォーカーを止める鍵はアレックだ。だけど、この騒動の中で、誰があいつのことを思いつくだろう？

やっぱり、俺が自分でやるしかない。

28

滑降脱出《スライディング・エスケープ》をするのは初めてだった。

もちろん、『航空学入門』の解説図は覚えた。それに、航空隊の士官候補生なら誰でも、何かにかこつけて一度は試してみたいと思っていた。だが、滑降脱出の演習は絶対に許可されないものだった。

とんでもなく危険だってことだよな？

まず最初の問題は、リヴァイアサンと俺をつないでるロープの角度だ。今のまま降りたら、あまりにも急すぎて、雪の上のシミになっちまう。『航空学入門』に書いてあった最適な角度は四十五度だ。そのためには、ハクスリーの高度を落とさなくちゃだめだ……すぐに。

「よぉ、ビースティ！」デリンは上に向かって怒鳴った。「ここで、マッチに火をつけようと思うんだけどさ！」

一本の触手が、風に吹かれてゆるりと丸まった。だが、それよりほかに、空獣《エア・ビースト》の反応はなかった。デリンはやきもきして、うなり声を上げた――よりによって、航空隊の中でも特に図太いハクスリーを選んじまったのかよ？

「おい、ろくでなし！」サドルの上で跳びはねながら、大声で呼びかけた。「俺は頭がおかしくなっちまったから、自分の身体に火をつけたくてたまんねぇんだぞ！」

さらに何本か、触手が丸まった。水素抜きのエラがかすかに波立っている——水素を排出しはじめたみたいだ。だけど、こんなんじゃ遅すぎる。

デリンは脚を蹴り出して前後に揺れながら、空獣とハーネスをつなぐ帯を引っぱった。

「降りろよ、この馬鹿ビースティ！」

ようやく水素の臭いが強くなり、ハクスリーが降下しているのがわかった。落ちていく凧の糸のように、係留ロープがどんどん傾斜をゆるめているのも見えた。

よし、ここからが難しいところだ。操縦用ハーネスを脱出用の装置に組みかえるんだったな。

引き続きハクスリーを怒鳴りつけながら、デリンはハーネスを分解しはじめた。両肩の革ベルトを緩め、身体をくねらせて片方の腕を抜く。それから、反対の腕も。腰回りのベルトをはずすときに、最初のめまいの波に襲われた——俺をサドルと固定しているものは、もう何もない。頼りは自分の平衡感覚だけだ。

そういえば、もう二十四時間近く起きっぱなしだ。雪の中で気絶して倒れてた時間をべつにすればってことだけど、あれは安眠とはほど遠いもんだったからな。危険な冒険をするにしちゃあ、万全な体調とはいえないんだろうが……。

デリンははずした革ベルトとバックルを眺めて、組みかえ方を思い出そうとした——吊り革にしがみついたままで、どうやって作業しろっていうんだよ？

ため息をついてから、両手を使う決心をした――ハクスリーがちょっとぴくついただけで、俺はこの高さから真っ逆さまだ。でも、やるしかない。

「俺がさっき言ったことは忘れてくれよ、ビースティ」デリンはつぶやいた。「とにかく、穏便な浮遊といこうぜ、いいな？」

デリンを取り囲むハクスリーの触手は丸まったままだったが、下降を続けていることだけは確かだった。係留ロープがほぼ四十五度になった。

あれこれいじくりまわすのにいささか時間はかかったが、脱出装置はうまくできたようだ。バックルを中央に集めて、カラビナに似たものが完成した。両側からグイッと引っぱると、かっちりと部品が嚙みあった。

よし、ここからがおっかないところだ。

デリンは装置を歯でくわえると、両手で身体を引き上げた。尻がサドルを離れた途端に、新たなめまいの波に襲われた。だが数秒後には、中腰の姿勢で立ち上がっていた。ゴム底のブーツが、曲線状の革のサドルをしっかりと捉えてくれている。

腕を伸ばしてバックルを係留ロープに装着し、革ベルトの両端を両手でつかんで何回か左右の手首に巻きつけた。

それから、氷河に目を走らせた。「くそっ！」

脱出準備をしているあいだに、ウォーカーは飛行獣までの距離をさっきより半分ほど縮めていた。さらに悪いことに、係留ロープの傾斜がまた急になってしまった。風がハクスリーを高く吹き上げている。この角度でロープを滑り降りたら、スピードがつきすぎる。『航空学入門』には、その過ちを犯した飛行士の、ぞっとするような実話がたくさん記されていた。デリンはまっすぐに立ち上がった。彼女の頭は、ハクスリーの被膜から数インチしか離れていない。

「ウォーーーッ！」思いっきり叫んだ。

空獣が震え上がり、苦い臭いのする水素を顔に噴きつけられた。すると、足元のサドルがガクンとなって、ブーツを履いた両脚が、擦りきれた革を滑り……。

一秒もしないうちに、手首に巻いた革ベルトがしなり、両肩を強く引っぱられた。気づいたときには、リヴァイアサンの巨大な艦体に向かって滑降していた。

耳元をごうごうと音をたてて過ぎる風のほかには、何も感じなかった。リヴァイアサンの脊梁部で、向かい風を浴びているみたいだった。目が潤《うる》み、こぼれた涙が頬で凍りついた。それでも無意識のうちに、雄叫びのような歓声を上げていた。

これこそまさに、飛んでるってやつだ。飛行獣より高空偵察獣より熱気球より全然すごい。獲物に向かって急降下する鷲になった気分だ。

何秒間かロープの角度がさらに急になって肝を冷やしたが、それについては『航空学入門』にあらかじめ説明されていた。デリンが滑降して離れた分、重量が減ったハクスリーが

急浮上したのだ。

デリンはちらりと脱出装置を見上げた――金属製のバックルは摩擦のせいで耳障りな音を放ち、多少の煙も上がっている。それでも、俺の滑降はロープが焼け切れる速度に勝っている。すべてが完璧に進んでいる。

一陣の風がハクスリーを吹き上げさえしなければ、うまくいくはず……だ。

飛行獣が目前に迫っていた。乗組員はすでに緊急態勢に入ったらしく、雪の上を小さな点が慌ただしく行き交っている――よし、好都合だ。正式な報告なんかしてらんねぇからな。すぐに機械室に行って、ウォーカーが到着する前に、艦の外に戻らないと……。

ところであれはなんだ？――突然、前方のロープに小さな塊が現われた――もつれてるのか？　それとも、ロープに何かしらの不具合が？　このスピードでロープの瘤《こぶ》にぶちあったら、手首の骨が折れる。もっと悪きゃ、装具の革ベルトが切れちまうぞ。

そのときデリンは、塊の正体に気づいた――伝言トカゲだ。まだ、リヴァイアサンに向かってのそのそ進んでたんだな。

「そこをどけっ、トカゲーッ！」

ビースティはぎりぎりのところでデリンの怒鳴り声に気づいて、ぱっと空中に飛び出した！　デリンは猛スピードで通り過ぎながら、首をひねって振り返った。トカゲはロープに着地して吸盤のついた足でしがみつき、飛び去っていく彼女に向かって、甲高い声で支離滅裂な文句を言っていた。

「悪かったな、ビースティ！」デリンは大声で言うと、素早くリヴァイアサンに向き直った。接近が速すぎる。

デリンはなんとかスピードを落とそうと、両脚を振り回して空気抵抗を増やした。なにはともあれ、リヴァイアサンの被膜は半分にしぼみ、張りを失って柔らかくなっている。横腹まで、あと数秒。水素探知獣と艤装兵は大急ぎで脇に逃げて、場所を空けている。デリンは手首に巻いた革ベルトをほどいて……。

最後の瞬間に、飛び降りた。

バンッという音がしたと同時に、くしゃくしゃになった被膜に包みこまれた。しばらくのあいだ、温かく覆いかぶさる飛行獣の被膜の中に埋もれていた。息ができず、頭がぼうっとした。

転がって仰向けになった。衝撃で耳鳴りがし、ふと気づくと、好奇心旺盛な水素探知獣と鼻をつき合わせていた。

「あぁ」デリンはその鼻に向かって言った。「痛かった」

ビースティはデリンを嗅いで、心配そうに一声吠えた。どうやら、落下の衝撃で穴が開き、水素が漏れているらしい。

乗組員たちが手を差し伸べてデリンを引き上げ、立ち上がらせてくれた。

「大丈夫だったか？」

「はい。ありがとうございます」士官の姿を探したが、報告を要求する人物は見当たらなかった。あちこちで艤装兵が忙しく動き回り、氷河の上では乗組員がそれぞれの配置に就いている。「もう見えてますか？」

「あの、変な機械のことか？」ひとりの艤装兵が振り返って、雪の上を見わたした。地平線上に、一定のリズムで反射光が閃いていた。ウォーカーの歩調とぴったり同じだった。「でかいやつだって話だぜ」

「はい、でかいです」デリンは急いで下に向かった。

震える脚で被膜を駆け抜けながら、デリンは考えた――アレックがまだ、卵のところにいるといいんだが。戦闘警報の意味を察して、脱走を図ったかな？　それとも、敵の接近に備えて、誰か馬鹿な士官がまた閉じこめたりしてねぇよな？

とにかく、早く見つけるに越したことはない。

運良く、メイン・ゴンドラに垂れ下がっている絡みあったラットラインを見つけたので、舷門(注21)を使わなくてすんだ。ロープで下に降りると、そのまま前後に身体を振って、壊れた窓からゴンドラの中に飛びこんだ。割れたガラスの破片が飛行服に引っかかったが、分厚い革は窓枠に残ったガラス片をパキンとへし折った。ブーツで横滑りしながら着地する。

ゴンドラ内部に混乱はなく、統制のとれた緊急態勢が敷かれていた。兵士の一群が小型武器を携えて走り過ぎた。号笛が一斉に鳴り響いて、駆逐鷹の担当者を召集した。

だけど、空気銃と飛行機捕獲網で、武装したウォーカーに対抗できるんだろうか？　到底、勝ち目はないぞ。

機械室は通路の先にある。デリンは部屋まで突進すると、勢いよく扉を開けて駆けこんだ。「ミスター・シャープ！」暗がりから、バーロウ博士の声がした。「外の大騒ぎはなんなの？」

デリンの目は、すぐに暗さに慣れた……そこに、彼がいた。例の箱にかがみこんでいる。

「アレック！　ご家族のお迎えだ！」

彼は立ち上がって、ため息をついた。「そうだと思った」

「使者を送ってきたの？」バーロウ博士が訊ねた。

「ばかでかい戦闘マシンを送ってきたんです！」博士の顔に浮かんだ表情を無視して、デリンはアレックの腕をつかんで扉の外に連れ出した。

通路に引きずりこんでしまうと、アレックは進んで走りはじめた。デリンは先に立って下層甲板に急いだ。

「ヴォルガーは直接的な方法を取ると思っていたんだ」階段を駆け降りながら、アレックが言った。

「直接的っていえば、どうしておまえ、自分ちにあんなウォーカーがあるって言わなかったんだよ？」

「言ったら、信じたか？」

「今だって、信じてるかどうかわかんねぇよ！」

下層甲板に降りると、デリンはゴンドラの正面口に向かって走った。ところが、舷門に着いてみると、そこはすでに、重たい木箱を運ぶ乗組員の列に占領されていた。木箱に記された〝爆薬〟の文字を見て、デリンは横滑りで急停止した。

「おまえの家族に落とされたかねぇだろう。あれは航空爆弾だ」

アレックは目を丸くした。「何を使って投下するつもりだ？」

「ハクスリーだな、たぶん。おまえんちのウォーカーが撃ってくる前に、先制しないとまずいからな！」デリンはアレックを引っぱった。「来い。窓から飛び降りるぞ」

その朝ふたりで通り抜けた士官候補生用食堂《メス》の窓は、まだ修理されていなかった。デリンは窓枠に跳び乗ったが、そこでためらった。ゴンドラの傾斜が修正されたために、窓の位置が思っていたより少々高くなっていたのだ――ここから飛び降りるのか……。

アレックはデリンのとなりによじ登ると、信じられないという顔で雪面を見下ろした。

「雪ってのは、すげえ柔らかいからな」デリンはそう言って、自分自身を納得させようとした。「こんなの楽勝だ！」

「だったら、お先にどうぞ」アレックが言った。

「おあいにくさま！」デリンはアレックの腕をつかんで飛び降りた。

思ったほどきつくはなかった。雪はふたりの体重を受け止めて、くぐもったザクッという音をたてて固まった。大きな氷枕で殴られたような衝撃だった。

アレックは立ち上がると、デリンをにらみつけた。「ぼくを押したな！」

「引っぱったんだよ、正確に言うと」デリンは雪の向こうを指さした。

「ぐずぐずしてる暇はねぇぞ」

ウォーカーはすぐそこまで来ていた。

走りながらも、デリンはウォーカーの歩みが足元を揺らし、エンジンのうなり声が空気を震わせるのを感じていた。ウォーカーは巨大な足で雪を蹴立て、背後に白い雲を湧き上がらせながら前進していた。

「とりあえず、まだ撃ってこないな」

「とっくに射程距離に入っている」アレックが答えた。「だが、ぼくを負傷させたくないんだ」

「それが狙いさ」デリンはアレックを引っぱって、リヴァイアサンを守るために雪の上で陣容を整えた乗組員のあいだを突進した。

ここまでくると、デリンにも艦長の作戦が把握できた。二四目の高空偵察獣《ハクスリー》が上空に浮かんでいた。ニューカークが両腕に航空爆弾を抱えて乗っている。さらに多くの爆弾が前方の雪の中に半分埋めて並べられ、そこから何本も針金が走っている。ウォーカーが近づいて引っかかれば、両脚を吹き飛ばせるはずだ。

防衛陣を駆け抜けるふたりを呼び止めようとする者もいたが、デリンは聞こえないふりをした。なんとしても、銃撃がはじまる前に、アレックを前線に連れ出さなければならなかった。

「俺たちに気づいたと思うか？」

「確かめてみる」アレックはスピードを落とすと、両手を振った。

ウォーカーはさらに何秒間か、すさまじい勢いでこちらに向かって来たが、突然、のけぞった。デリンは一瞬、後ろに転倒するのかと思った。ところがそのとき、鋼鉄の脚の片方が正面に伸びて大きく雪をかき分けた。すると、ウォーカーは横滑りしながら停止し、周囲に氷の雲が立ちのぼった。

「おみごとだ、クロップ」アレックはつぶやいて、デリンに顔を向けた。「気づいたぞ」

「すげえな！　あぁ、それじゃあ、ちょっとごめん」デリンはアレックの腕をつかむと、索具ナイフを引っぱり出して、彼の喉に押し当てた。

「何をす……」アレックは口を開いたが、肌に当たる冷たい金属のおかげで、そこから先は言えなかった。

「暴れんなよ、馬鹿野郎！」デリンは圧《お》し殺した声で言った。「首を切られたいのか？　俺は誰も怪我しないですむようにしてんだよ」

「おまえ、何を考えている!?」アレックは文句を言ったものの、おとなしく従った。

巨大なウォーカーを見上げながら、デリンは挑発的なしかめっ面をこしらえた。ウォーカーはその場に立ち止まったままぴくとも動かず、まるで、巨大な鋼鉄像に姿を変えたようだった。

「おい、そこの！」デリンは大声で怒鳴った。「動くな。さもないと、こいつのはらわたを

KE
09

かっさばくぞ！」

「そんなことをすれば」アレックが指摘した。「彼らは即座に、君を跡形もなく吹き飛ばすぞ」

「ふざけたこと言ってんじゃねぇよ」デリンがささやいた。「ほんとにやるつもりなんてあるわけ……」

ウォーカーの頭部が動きはじめた。デリンは口をつぐんだ。二組の鋼鉄の歯がゆっくりと開くと、中からふたりの男の顔が現われた。

「ほら！」デリンが言った。「これで、あいつらにも俺たちがちゃんと見えるじゃねぇか」

アレックはため息をついた。「ああ。だが、君は彼らにどうしろというんだ？　君の無敵のナイフの威力の前に、降伏しろとでも？」

「そうだな……」デリンは顔をしかめた。「こっから先は、あんまり考えてなかった」

アレックはまじまじとデリンを見つめた。「君、ほんとうに馬鹿なんじゃないか？」

「俺が馬鹿だと？　たった今、俺たち全員が吹っ飛ぶのを阻止してやったんだぞ！」

「君、まさかほんとうに、こんな方法で彼らの発砲を止められると……」アレックはそこまで言って、うんざりしたようにため息をついた。「大声で要求しろ。休戦の旗を立てて、ヴォルガーを降ろせと。あとは彼がどうにかするだろう」

デリンは考えた——それは妥当かもしんないな、ヴォルガーが誰かは知らねぇけど——そこで、深呼吸をしてから大声で言った。「よく聞け、クランカー！　ヴォルガーをよこせ。

休戦だ」

答えはすぐに返ってこなかった。デリンは空を見上げた。ニューカークが乗った高空偵察獣が、リヴァイアサンの上空をなんの手出しもできないまま漂っている。風は凪《な》いでいた。デリンはニューカークがしっかり航空爆弾を握っていることをひたすら祈った。

デリンとアレックの背後では、リヴァイアサンの乗組員が固唾をのんで見守っている。ほとんど風もなく、聞こえるのは、ウォーカーのエンジンが冷えていく、カチッとかポンッという音だけだ。デリンは少し心配になった――幹部士官たちは、俺のこのやり方に腹を立てるかもしれない。アレックを人質にしろとは、誰からも命令されていないのに。

だけどももちろん、誰からもやっちゃいけないとは言われてないもんな。

金属がきしむ小さな音がして、デリンの視線はウォーカーに引き戻され、アレックをつかむ手に思わず力が入った。ウォーカーの脚のあいだでハッチのようなものが勢いよく開き、鎖ばしごが転がり出て、少しのあいだじゃらじゃらとやかましい音をたてた。陽の光が鋼鉄の踏み桟に反射してきらめいている。

やがて、ひとりの男が降りてきた。ゆっくりと、慎重に。デリンは男の毛皮のコートの下で揺れている剣に目を留めた。

「あれがヴォルガーか？」彼女はささやいた。

アレックがうなずいた。「君たちの艦長が休戦を守ることを祈るばかりだ」

「ああ。俺もだ」デリンは言った――あの大砲で一発やられれば、リヴァイアサンは横たわったまま爆発するだろう。

なんとしても、この交渉を成功させなければ。

29

ヴォルガー伯はこちらに向かって歩きはじめた。その表情から彼の心中を読み取ることはできない。

アレックはごくりと喉を鳴らした――こんな状況ではさすがのヴォルガーも、ぼくが受けて当然の厳しい叱責を与えるとは思えない。とはいえ、取るに足らない少年に人質に取られてこの場に立っているだけで、じゅうぶん屈辱的だ。

ヴォルガーはふたりの二、三メートル手前で立ち止まった。油断なく視線を走らせて、離れた場所にいる飛行獣《エアー・ビースト》の乗組員と、アレックの喉に当てられた刃を確認している。

「この愚かな少年のことは心配するな」アレックはドイツ語で言った。「彼は、ぼくを脅すふりをしているだけだ」

ヴォルガーはちらりとディランに目をやった。「それはわかっている。だが残念ながら、あなたの背後にいる男たちは大真面目だ。彼らに狙い撃ちされずにストームウォーカーに戻るのは難しそうだな」

「ああ。だが、あの者たちは取り引きには応じるはずだ」

「おい、おまえたち！」ディランがぴしゃりと言った。「クランカー語で話すな！」

ヴォルガー伯はうんざりした顔つきでその少年を見やったが、ドイツ語で続けた。「こいつがわれわれの言葉を話せないのは確かか？」

「とても話せるとは思えない」

「そうか。ならば、わたしは英語がわからないふりをしよう。わたしが彼等の言葉を理解できないとダーウィニストに思わせれば、何か興味深いことがわかるかもしれない」

アレックは思わず微笑んだ――ヴォルガーはすでに状況を支配しはじめている。

「おまえたち、何を話してる？」ディランは自分の優位を保とうとして、アレックを問いただした。

アレックはディランに顔を向けて、英語に切り替えた。「悪いが、ぼくの友人は君たちの言葉を話せない。彼は艦長に会いたいと言っている」

ディランは真剣なまなざしでヴォルガーを見つめてから、飛行獣のほうに顎をしゃくった。

「いいだろう。では行こう。だが、おかしな真似はするなよ」

アレックは上品に咳払いをした。「おかしな真似をしないと約束したら、このナイフをぼくの喉からはずしてくれるんだろうね？」

ディランは目を丸くした。「あっ、そうだ。ごめん悪かった」

冷たい刃が皮膚を離れると、アレックは首を触ってから、その手を確かめた。血はついていなかった。

「切れないほうを当ててたんだよ。馬鹿だな」ディランがささやいた。

「それはどうもありがとう。とっさの思いつきなんだろうね、ぼくをここに引っぱり出したのは」

「ああそうさ」ディランはにこにこして言った。「俺ってほんと、めちゃくちゃ冴えてんな。あとは、勝手な判断をしたってことで、幹部士官におん出されないよう祈るだけだ」

アレックはため息をついた――ディランの奇妙な話し方を理解できる日は来るのだろうか？　それでもとにかく、今のところは誰も発砲してないわけだ。

つまり、この少年はそれほど愚かではないのかもしれない。

艦長は飛行獣の右舷から左舷まで広がる大広間で、彼らを迎えた。今では石油ランプが灯され、ゴンドラもほぼ水平になり、飛行獣は奇怪さを潜めて、むしろ豪奢に見えた。天井のアーチはアレックに、頭上で弧を描く葡萄《ぶどう》の樹を思い起こさせた。座っている椅子はどっしりとした感触でありながら、まったく重さを感じさせなかった――ダーウィニストは動物ばかりか、樹木まで造りだすのだろうか？　テーブルを飾る模様は、木材自体に織りこまれているらしい。

ヴォルガーは目を皿のようにして室内を見まわしている。ぼくたちふたりは、おそらく初めて巨大な水素呼吸獣に乗ったオーストリア人なのだろう。

テーブルには七人がついた。ヴォルガーとアレック。バーロウ博士と山高帽をかぶった男性科学者。艦長と二名の幹部。

「コーヒーでよろしかったかな」各自にカップが運ばれると、艦長が言った。「ブランデーにはいささか早いし、葉巻は固く禁じられている」

「それに、女性もおりますしね」バーロウ博士が微笑んで言った。

「そうですね、もちろん」艦長は口ごもって応じると、咳払いをして、彼女に向かって小さく頭を下げた――どうやら、このふたりは完全に友好的というわけではなさそうだ。

「コーヒーのほうがありがたい」アレックは言った。「ほとんど眠れなかったからな」

「われわれ全員にとって、長い夜でしたな」艦長が同意した。

アレックはここまでの会話を通訳する

ふりをした。ヴォルガーは耳を傾けながら、そこで初めてすべての内容を理解したかのように、微笑んだりうなずいたりした。

そのあとで、ヴォルガーは訊ねた。

「彼らのなかに、われわれの言葉を話せる人間がいると思うか？」

アレックはさっとテーブルを見まわしたが、ダーウィニストの中に自ら答える者はいなかった。それでも、アレックは声をひそめた。「あの女性科学者のラテン語は素晴らしい。たぶん、ほかの言葉もわかると思う」

ヴォルガーは黙ってうなずくと、少しのあいだ、バーロウ博士の山高帽を見据えた。「では、慎重にやろう」

アレックはうなずいて、リヴァイアサンの艦長に向き直った。

「それでは、」艦長が口を開いた。「まずは、手荒な扱いがあったことをお詫び申し上げる。戦時中とあって、侵入者に関しては最悪のケースを疑わねばならんのでな」

「気にしなくていい」そう言いながら、アレックはつくづく思った――大砲を向けられると、人はいとも簡単に謝罪の言葉を述べるものだな。

「だが率直に言って、われわれは今も、君が何者なのか困惑している」艦長は咳払いをした。

「あれは、オーストリア軍のストームウォーカーだな？」

「しかも、ハプスブルク家の紋章まで」バーロウ博士が言った。

アレックはヴォルガーに通訳しながら、宮殿警護ウォーカーだと偽るというクロップの案を思い出した。だが、命がけの逃亡を続けていたあいだに、当初は真新しかった塗装は、極めて重要な任務にあたる機にはとても見えない状態になっていた。

「われわれは皇帝の政敵だと説明しなさい」ヴォルガーが言った。「それから、皇帝は戦争に乗じて、政敵を排除したのだと。われわれは脱走兵ではない。逃げるほかに選択肢はなかったと言うんだ」

その言葉を英語に通訳しながら、アレックはヴォルガーの頭の回転の速さに感服していた。彼の説明は信憑性があるだけでなく、きわめて真実に近かった。

「でも、実際のところ、あなたがたは何者なの？」アレックが話し終えると、バーロウ博士が訊ねた。「皇室の家臣なの？　それとも、ハプスブルク家の一員なのかしら？」

アレックは少しのあいだ黙りこんで考えた――ぼくが皇帝の甥の息子だと告げたら、ダーウィニストはどうするだろう？　戦利品として、ぼくを英国に連れ帰るのだろうか？　ぼくの亡命を発表して、プロパガンダに利用するのだろうか？

アレックはヴォルガーに助けを求めた。「なんと言えばいい？　伯爵」

「やめたほうが利口だぞ」ヴォルガーは語気荒くささやいた。「わたしを爵位で呼ぶな」

アレックは一瞬凍りついて、バーロウ博士を盗み見た――〝伯爵〟という言葉に気づかなかったのだろうか？　あるいは賢明にも、顔に出さないだけなのか？　それとも、まったくドイツ語ができないのかもしれない。

「そういう話は他国の人間とはしたくない、と伝えなさい」ヴォルガーは続けた。「われわれは、この戦争においては中立だと言えばじゅうぶんだ。実際、遭難した乗組員に対しては、なんの悪意も抱いていないのだから」

アレックはその言葉を注意深く通訳した。ディランと話していたおかげで、英語の感覚が戻っていた。

「とても謎めいているのね」バーロウ博士が言った。

「だが、かなり期待できそうだ」男性科学者が前に乗り出した。「助けてもらえないだろうか。われわれが必要なものは、いたって単純だ。食糧。それも、大量にほしい」

「食糧だけ？」アレックは眉を寄せた。

「命のないクランカーの機械とは違うのだ」科学者は尊大な口調で言った。まるで、キリスト教の教理問答書を読み上げているようだった。

「この飛行獣には自己治癒力がある。われわれに必要なのは、じゅうぶんな食糧を与えることだけだ」

アレックはヴォルガーに顔を向けて、肩をすくめた。「彼らが必要なのは、食糧だけだと言っている」

「そうか。では、彼らに食糧をやろう」

「本気か？　でも、昨日は――」

「あなたの愚かさが、考え直す機会を与えてくれましたよ。われわれが今朝の攻撃を計画していたときに、彼らは伝書鳥を飛ばした。間違いなく、救助要請だ。さらに悪いことに、ドイツ軍がその鳥を見ていた可能性もある」

「つまり、少しでも早く彼らがこの峡谷を脱出したほうがいいわけだな」面目ないという気持ちが、少しだけ軽くなるような気がした――ぼくが軽はずみに雪原をわたってここまで来たことが、ヴォルガーに飛行獣の乗組員を助ける決意をさせたのなら、結果的にぼくは正しい行ないをしたのかもしれない。

「それに、どうせ彼らは何かしら要求してくるだろう。あなたを……わたしの厄介で役立たずの若い友人を、引き渡す代わりにね」

アレックがにらみつけると、ヴォルガーは穏やかな微笑みを返した――ヴォルガーはもちろん、ぼくを見下すふりをしているだけだ。バーロウ博士がぼくたちの会話を理解している場合を考えて。でもそれにしたって、ヴォルガーめ、ちょっと楽しみすぎじゃないか。

アレックは気をとり直して、英語で言った。「喜んで食糧を提供しよう。君たちの戦艦に必要なのはどんなものだ？」

「生肉と果物が、いちばん助かるわ」バーロウ博士が言った。「鳥類が食べるものならなんでもいいの。砂糖と蜂蜜は人造蜂に使えるし、それから、小麦粉などのでんぷん質は消化管で溶かせるわね」

「とはいえ、どのくらい？」

「全部で六トンか七トン」

アレックは怪訝な表情を浮かべながら英語のトンの意味を思い出そうとした――約千キログラム？　ふざけるな。どれだけ大食いの生き物なんだ。

「残念ながら、蜂蜜は……ない。だが、砂糖と肉と小麦粉は大量にある。干した果物でもいいのか？」

バーロウ博士がうなずいた。「わたしたちのこうもりは干した果物が大好きよ」

こうもりだって？――ヴォルガーに通訳しながら、アレックは軽く身震いした。

「あなたのささやかな冒険はずいぶんと高くつきそうですな、アレック」御猟場伯爵が言った。「だが、その程度なら出してやれる。引き換えに、われわれはあなたをここから連れ帰る。今すぐにだ」

アレックは艦長に顔を向けた。「ぼくの自由と引き換えに、食糧を与える」

艦長は眉をひそめた。「もちろん、喜んで君を家に送り届けよう。食糧を手にしたあとでなら」

「悪いが、今ここでぼくを解放してもらう」アレックはちらりとヴォルガーを見た。「ぼくの家族は、それ以外は認めない」

バーロウ博士が微笑んで言った。「あなたに対するご家族のお気遣いは感動的ね、アレック。でも、ひとつ問題があるのよ。あなたがわたしたちのお客様でなくなったら、あのウォーカーは気兼ねなくわたしたちを破壊できるわ」

「そうでしょうね」アレックはそう答えてから、ヴォルガーに向かってドイツ語で伝えた。「彼らはぼくを保険として留めておきたがっている」

「交換したいと言いなさい。あなたの代わりに、わたしを」

「そんなことはさせられない、ヴォルガー。これはぜんぶ、ぼくのせいなんだ！」

「それについて否定するのは難しそうだ。だが、それだけ大量の食糧を運ぶには、熟練操縦士が二名必要になる」

アレックは顔をしかめた——疑わしいものだ。本当の理由は、オーストリア＝ハンガリー帝国の皇位のために、ぼくの安全を守りたいからだろう。だがヴォルガーの言い分ももっともだ。クロップ老人ひとりでは、この寒さの中、荷物を積んだストームウォーカーを往復させるのはとても無理だ。それに考えてみれば、ヴォルガーが英語がわからないふりをしている真の狙いは、ここにある。人質になっているあいだに、彼に対して油断しているダーウィニストから情報を探るつもりなんだ。

「わかった、しかたがない。交換を希望すると伝えよう」

ヴォルガーは片手を上げて、アレックを止めた。「もっと有利な取り引きにするべきだな。彼らのひとりを人質にすれば、約束通りにわたしを返す確率が高くなるだろう」

アレックの頬がゆるんだ――ぼくは、一晩中ずっとダーウィニストにあれこれ指図されていたんだ。今こそ、お返しをする番だ。

「ヴォルガーがぼくの代わりに残る。それから、われわれからもお招きしたい……お客様をね。あなたではどうかな、艦長？」

「それは無理だ」片方の幹部士官が言った。「艦長には、ここにいていただかなければ」

「士官と乗組員についても同じだ」艦長が言った。「この艦は損傷している。申し訳ないが、ひとりも出せない」

アレックは腕を組んだ。「ならば、申し訳ないが、食糧はいっさい提供できない」

しばらくのあいだ、テーブルが静まり返った。ダーウィニストがアレックをにらみつける一方で、ヴォルガー伯は穏やかな表情を浮かべて、今の会話を理解していないふりを続けていた。

「では、答えは明白ね」意を決したように、バーロウ博士が口を開いた。「わたしが行きましょう」

「なんですって？」艦長が血相を変えて言った。「馬鹿を言わないでください！」

「わたしはめったに、馬鹿なことを申しませんのよ、艦長」バーロウ博士はいたずらっぽくそう言うと、指を使って数えはじめた。「第一に、わたしに補修作業はできません。第二に、わたしはリヴァイアサンの生き物たちの食糧になるものとならないものを熟知しています」

「わたしだってそうだ！」もうひとりの科学者が言った。

「ですが、あなたはこの艦の軍医です。それに対して、わたしは看護婦の役にも立てません。明らかにわたしが適任ですわ」

幹部士官たちが博士を説得しはじめると、アレックはヴォルガーに身体を寄せてささやいた。

「彼女は自分の意見を通すぞ。理由はよくわからないが、ここの重要人物なんだ」

「ならば、理想的な人質だな」

「そうでもない」アレックはつぶやいた——クロップもほかのふたりも、まったく英語が話せない。つまり、ぼくが自らバーロウ博士の相手をするはめになるだろう。

「厄介な存在になると思うか？」ヴォルガーが訊ねた。

「女性ひとりくらい、なんとか対応できるさ」アレックはため息をついた。「あのうっとうしい生き物を連れてこなければな」

30

タッツァはストームウォーカーの搭乗を満喫している様子だった。

司令室の床をはい回って隙間や角に転がりこんだ空の薬莢を前足で引っかき、すぐにそれに飽きると、非常食が入ったロッカーを嗅ぎ、今度はペダルに置いたアレックの両脚を眺めてうなり声を上げた。実に、うっとうしかった。

「このマシンは変わった歩き方をするのね」バーロウ博士が、機長席から言った。博士の視線は、ウォーカーを操縦するアレックの両手を追い続けている。こちらもまた、非常にわずらわしかった。「何か特定の動物をモデルにしているのかしら?」

「知りません」アレックは答えた——クロップが博士の質問攻めの相手をしてくれれば助かるんだが。それなのにクロップは、自分のストームウォーカーに女性が乗るなんて恐ろしいと言って、砲手室に退散してしまった。でもほんとうは、タッツァが怖いのかもしれない。

「ちょっと鳥みたいな歩き方ね」バーロウ博士が言った。

「はい。巨大な鋼鉄の雄鶏《おんどり》みたいです!」ディランがつけ加えた。

アレックはため息をついた——もっと平等な人質交換を取り決めれば良かった。不公平じゃないか。バーロウ博士がお供を連れてくるなんて。動物に助手に、そのうえ荷物がぎっしり詰まったトランクまで。飛行獣に残ったヴォルガーは、替えの靴下すら持っていないのに。

アレックはバーロウ博士とディランからの質問を無視して、操縦に集中した。ストームウォーカーは城へと続くゴツゴツした岩の斜面にさしかかっていた。ダーウィニストの目の前で転倒したくはなかった。

崩れかかった城壁が視界に入ると、バーロウ博士が前に乗り出した。「ずいぶんひなびた感じね」

「隠れ家ですから」アレックはぼそりと答えた。

「カモフラージュのために荒らしてあるのね？　巧妙だわ」

城門に近づいたところでウォーカーの速度を落としたが、鉄製の蝶番《ちょうつがい》を右肩でこすってしまった。司令室に金属質な鋭い音が響き渡り、アレックは思わず顔をしかめた。タッツァがその音に合わせて、耳を刺すような鳴き声を上げた。

「ちっとばかし狭いんだな？」ディランが言った。「こんなでっかいやつで出入りすんなら、もっとでかい扉をつけなきゃだめだよ！」

アレックは操縦桿をきつく握りしめてウォーカーを停止させながら、ぐっとこらえて口をつぐんでいた。

「ここには、お仲間がたくさんいるんでしょうね」バーロウ博士が感嘆の声を上げた。

「五人だけです」アレックは厩舎の扉を大きく開いた。「ですが、備蓄はじゅうぶんにある」ここが、いくつもある貯蔵室のひとつにすぎないことは告げずにおいた。

「助かるわ」バーロウ博士が首輪からリードをはずしてやると、タッツァは途中にある箱や樽をひとつひとつ嗅ぎながら、小走りに暗がりの奥に入っていった。「でも、あなたがここにあるすべての物をあのウォーカーで運びこんだわけじゃないわよね」

「ぼくたちはやっていない」アレックは何気なく言った。「用意されていたのです。万が一に備えて」

博士は悲しそうに舌打ちをした。「由緒ある一族の争いというのは、まったく厄介なものだわね」

アレックはそれには答えずに、歯を食いしばった——ぼくが何か言うと、決まって情報が漏れてしまう。

ダーウィニストたちは、もう、ぼくの正体に気づいたのだろうか？——暗殺事件はまだ新聞の一面を飾っていたし、アレックの父親と皇帝の確執は周知の事実だった。幸いにも、オーストリアの新聞はアレックの失踪をいっさい伝えていなかった。政府は、彼が行方不明であるという事実を内密にしておきたいのだろう。その失踪が永遠のものとなるまでは。

ディランが厩舎の扉から姿を現わして、低く口笛を吹いた。

「これが、おまえんちの食糧庫か？」少年は笑いながら言った。「おまえがデブじゃないのが不思議だな」

「幸運に疑問を差し挟むのはよしましょう、ミスター・シャープ」バーロウ博士が言った。ついさっきまで博士自身がアレックを質問攻めにしていたのが、嘘のような口ぶりだ。博士はディランにメモ用紙とセーフティ・ペン（注22）を手渡すと、木箱や布袋のあいだを歩きはじめた。それぞれのラベルを確認し、判断した結果を大きな声で告げてディランに書き留めさせていく。

博士がいともたやすくラベルを翻訳するのをしばらく観察してから、アレックは咳払いをした。「あなたのドイツ語は、なかなかのものですね、バーロウ博士」

「まあ、ありがとう」

「それなのに、ヴォルガーと話さなかったとは驚きです」

博士は振り返ると、アレックに向かって無邪気に微笑んだ。「ドイツ語は、科学において非常に重要な言語なの。だから、読むことはできるわ。でも、会話はまたべつの問題よ」

その言葉は本当だろうか？　それとも、この人はぼくたちの会話を完全に理解していたのだろうか？　「そうですか、それは喜ばしい。あなたのような方に、われわれの科学を学ぶ価値があると思っていただけるとはね」

博士は肩をすくめた。「わたしたちは、あなたがたの機械工学をずいぶん取り入れているのよ。あなたたちがそうしているのと同じくらいにね」

「ぼくたちがダーウィニストから取り入れる？」アレックは鼻を鳴らした。「なんて馬鹿なことを！」

「いや、ほんとだって」ディランが部屋の向こう側から、大きな声で言った。「ミスター・リグビーが言ってたぞ。おまえたちクランカーは、俺たちっていうお手本がいなけりゃ、歩くマシンを開発しなかっただろうって」

「開発したに決まっている！」アレックは即座に言い返したが、実のところ、そんな関連性など、今まで考えたこともなかった――ダーウィニストの影響がなければ、戦闘ウォーカーはどんなふうになっていただろう？　昔ながらの農業用トラクターのように、地面を進んでいただろうか？

そんなことはありえない。

ダーウィニストふたりが作業に戻ると、アレックの憤りは自分自身への苛立ちに変わった――バーロウ博士がドイツ語を理解できると気づいたことを口にするべきじゃなかった。黙っておけば、ヴォルガーが彼女を欺《あざむ》く策を練ることだって、できたかもしれないのに。

それから、アレックは憂うつな気分でため息をついた――なんでこんなに策略ばかりを気にしなければいけないのだろう。結局のところ、バーロウ博士も、ヴォルガーがダーウィニストに対してやっているのと同じことをしていたのだ。ドイツ語を理解できないふりをして、ぼくたちのことを探ろうとしていたわけだ。

実に奇妙だ。このふたりは、ほんとうによく似ている。

そう思うと、なんだかゾッとするな。とにかく、ストームウォーカーの準備をしているクロップたちを手伝いにいこう。ダーウィニストの出発が早まれば、そのぶん早くこんな騙し

合いから解放されるはずだ。

「おまえたちの機械は、ほんとに、これを全部引っぱれるのか？」ディランが訊ねた。

アレックは、そりを眺めた。樽と木箱と布袋がうずたかく積み上げられている。全部で八千キログラム。それに加えて、最後の陽の光を浴びて食糧の山の頂上に座っている、タッツァの体重。日暮れ前に出発できる見込みはなかったが、明日の夜明けとともに出発することはできそうだ。

「クロップ師が、このそりは雪の上を楽に滑るはずだと言っていた。鎖さえ切れなければ大丈夫だ」

「そうか、うまくいきそうだな」ディランはストームウォーカーとそりをスケッチしていた。ウォーカーを描く筆の動きは、素早く正確だった。「正直言って、おまえた

ちクランカーは機械に関しちゃ、すげえ冴えてるよな」

「ありがとう」アレックはそう答えたが、そりを作るのは実はとても簡単だった。城門の扉を一枚取りはずして寝かせ、刃の代わりに鉄の棒を二本取りつけたのだ。大変なのは、そのそりをストームウォーカーに接続する作業だった。目下のところ、クロップがはしごの中段まで登り、炎を上げる溶接トーチを使ってウォーカーの錨環《アンカー・リング》を補強している。

「だけど、面倒くさくないのかよ?」ディランが訊ねた。「動物のほうがずっとうまくできることを、機械にやらせるなんてさ?」

「うまくだって? 君たちの人造生物に、このそりを引けるとは思えないがね」

「エレファンティンなら引っぱれるさ、簡

単にね」ディランはクロップを指さした。「それに、ああやって二、三分おきに油をささなくてもいいんだぜ」

「クロップ師は慎重を期しているだけだ。この寒さだと、金属がもろくなるからな」

「まさにそれを言ってんだよ。マンモスィンなんて、寒いのが大好きなんだぜ！」

アレックは前に見たマンモスィンの写真を思い浮かべた。シベリア象に似た毛むくじゃらの巨大な生物は、ダーウィニストがよみがえらせた初の絶滅種だった。「だが、暑さの中では、倒れて死んでしまうじゃないか？」

「そんなのクランカーのたわごとさ！」ディランは大声で言い返してから、肩をすくめた。「あいつらは大丈夫だよ。グラスゴーの南あたりまで連れてかないかぎりはな」

アレックは声を上げて笑った。とはいえ、ディランが冗談を言っているのかどうか、いつもいまひとつ確信が持てなかった――話し方こそ乱暴だが、この少年は機転が利く。そりに荷物をくくりつけるとても賢い方法を考え出したり、ぼくがしたこともないような気楽な感じで、バウアーやホフマンと仲良くやっている。しかも、一言もドイツ語をしゃべらずに。

ぼくは生まれたときから、戦闘と戦術の訓練を受けてきた。だが、ディランは本物の兵士だ。ごく自然に悪態をつきまくり、昼食を食べながらナイフを投げて、三メートル先にあるりんごのまんなかに命中させた。同じ年頃の少年たちよりやせてはいるが、成人男性と肩を並べて働くことができるし、彼らと同等に扱われている。墜落したときにできた片目の周りの黒ずんだあざでさえ、海賊のような迫力を上乗せしている。

ある意味では、ぼくもディランのような少年になりたかった。大公の息子として生まれていなければ。

「まあ、心配は無用だ」アレックはディランの肩をぽんと叩いた。「ストームウォーカーは、君たちの飛行獣が必要な食糧をすべて運べるさ。たった一頭の生き物が、それを全部食べるとは、とても信じられないけどね」

「馬鹿言うな。リヴァイアサンは一頭の生き物じゃない。いろんな生き物が絡みあった集合体なんだ。エコシステムっていうんだぜ」

アレックはゆっくりとうなずいた。「バーロウ博士がこうもりについて話していたのを聞いた気がするが？」

「ああ。矢弾こうもりだ。あいつらの攻撃は一見の価値があるぞ」

「矢弾《フレシェット》？　投げ矢《ダーツ》のフランス語か？」

「だと思う。こうもりたちは金属のスパイクを平らげて、それから、敵の頭上に放出する」

「スパイクを食べて」アレックはゆっくりと言った。「それから……放出する？」

ディランは笑いをかみ殺しながら答えた。「ああ、一般的な方法でな」

アレックは目をぱちぱちさせた——まさかぼくが今考えたことじゃないよな？　きっとこれも、ディランお得意の冗談なんだろう。

「まあ、ぼくたちが平和な関係で嬉しいよ。おかげで、君たちのこうもりにやられなくてすむからな。その……頭上から、矢弾を放出されなくて」

ディランがうなずいた。その顔はいたって真面目だった。「俺も嬉しいよ、アレック。クランカーは自分たちのマシンの心配しかしないって、みんな言ってるけど、おまえはそうじゃないもんな」

「ああ、もちろんだ」

「すげえ勇敢だったよな。あの氷河の中をたったひとりで来てくれるなんてさ」

アレックは咳払いをした。「誰だって同じことをするさ」

「ったく、そんなくだらねぇこと言うなよ。おまえは、俺たちを助けるために、ひでえ目にあったんだからさ、そうだろ?」

「それについては反論の余地がないね」

ディランが片手を差し出した。「とにかくほんと、おまえのおかげだよ」

「どうもありがとう」アレックは少年の手を取って、握り返した。「それから、ぼくが焼死しなくてすんだのは君のおかげだ」

「そりゃ、数のうちに入んないぜ。そうなったら、俺も焼け死んでたんだからさ」

アレックは声を上げて笑った。「とはいえ、その点は感謝しているよ。二度とぼくにナイフを突きつけないと約束するならね」

「約束する」ディランは真剣な顔つきのまま、言葉を続けた。「つらかったろうな。自分の家から逃げなきゃいけねぇなんて」

「ああ」アレックはそう答えてから、ディランに疑いの目を向けた。「バーロウ博士に頼まれたのか？　ぼくの正体を探ってほしいと」

「あの科学者は、俺の助けなんていらねぇよ」ディランは鼻を鳴らした。「博士はとっくに気づいてたよ。おまえがすごい重要人物だって」

「この城のせいか？　それとも、彼らがウォーカーでぼくを助けに来たからか？」

ディランは首を振った。「伯爵様とおまえを交換したからだよ」

アレックはかすかに顔を歪めた――バーロウ博士は、ぼくがヴォルガーを爵位で呼んだのを完全に理解していたんだ。しかも、ぼくが愚かにも口をすべらしたことは、あれだけじゃない。

「君を信用できるか、ディラン？　君は秘密を守れるか？」

ディランは怪しむような目でアレックを見つめた。「艦の危険にかかわることじゃなければな」

「もちろん違う。つまり……ぼくが孤児だと話したことを、バーロウ博士に教えないでほしいんだ」アレックは一息置いて考えた――これを頼むだけでも、ぼくの正体がばれてしまうだろうか？「それを知ったら、博士はぼくの正体に気づくだろう。そうなるとまた、君たちとの関係に問題が生じてしまうんだ」

ディランは、アレックの顔をじっと見つめたが、すぐに神妙な顔でうなずいた。「その秘密は守るよ。おまえの家族のことは、俺たちには関係ねぇからな」

「ありがとう」もう一度握手を交わしながらディランが約束を守ってくれることを確信して、

アレックは心が軽くなるのを感じた。裏切られどおしの一ヵ月を過ごしたすえに――親族や、同盟国や、自国の政府から――やっと誰かを信頼できて、救われる思いがした。

アレックは軽く身震いして、その場で足踏みをした。「暖かい場所に避難しないか？」

「ああ、紅茶の一杯もいただけるとありがたいな」

「火をおこせるんだ！」もう、煙を気にする必要はない。これもまた、ダーウィニストを助けて良かったことのひとつだ。数週間ぶりに、温かい風呂と食事にありつける。

夕食はごちそうだった。だが、風呂はそれに勝っていた。

バウアーはまず、浴槽に雪を詰め、そこに沸騰した湯をかけた。出来上がった風呂は絶妙な湯加減で、この一ヵ月でアレックの爪のあいだに溜まっていたエンジン油を溶かし出してくれた。女性の前なので、クロップ、バウアー、ホフマンの全員がひげをそった。ディランはかみそりを持ってこなかったと声高《こわだか》に文句を言っていたが、その必要があるようには見えなかった。

バーロウ博士は当然ながら、男だらけの城の中で風呂に入ろうとはしなかった。ところが、ディランまでが浴槽を使う好機を遠慮した。アレックは、ダーウィニストの戦艦内にはふんだんに湯が流れているのだろうかと不思議に思った。

ホフマンが炎の上で羊の肉を解凍し、クロップ師とバウアーは巨大な深鍋に鶏のスープに玉ねぎと黒胡椒を入れて、じゃがいもを煮こんだ。六人とも疲れ果ててはいたが、宴《うたげ》は暗くなっても続いた。

女性を食卓に迎えるのは新鮮だった。アレックの推測通り、バーロウ博士のドイツ語は非常に流暢だった。そしてどういうわけか、ディランは今日一日で聞き覚えたわずかな言葉だけで、ほかの男たちを大笑いさせた。

夜が深まるにつれて、アレックは考えはじめた――このつぎに見知らぬ誰かと出会うのは、いつのことだろう。五週間身を潜めていただけで、新たに人と出会ったり、新しい友達をつくる感覚を忘れかけていた。

この城に何年も閉じこめられたら、ぼくはどうなってしまうのだろうか？


翌朝、アレックの出だしはゆっくりとしたものだった。

初めのうち、そりは頑《かたく》なに散歩を拒む犬のように、びくともしなかった。だがついに、二本の刃が昨夜のうちにできた氷の膜を破り、中庭の石をこすりながら進みはじめた。

ストームウォーカーが城門に近づくと、アレックは心配になった――そりはまっすぐ後ろについて来ているだろうか？

クロップ師が彼の気持ちを読み取って言った。「わたくしがハッチから見張ったほうがよさそうですな。ヴォルガーがやっていたように」

「気を悪くするなよ、クロップ。だが、おまえはぼくの肩に乗るには、少しばかりたくましすぎるようだ」

メカニックの師匠は安堵の表情を浮かべて、肩をすくめた。

「ミスター・シャープが、お手伝いできるんじゃないかしら」バーロウ博士がドイツ語で提案した。彼女はまたしても機長席に座っていた。足元にはタッツァが控えている。

アレックが同意すると、すぐにディランはハッチから上半身を出して後方を向き、ブーツを履いた足をアレックの両肩に置いた。

「とにかく、城門はぎりぎりで通り抜けられるはずです」クロップがささやいた。「なにしろ、このそりは門扉だったんですから」

何度かぶつかったり擦ったりしてから、彼らは広々とした氷原に出た。だがやはり、そりを引いて進むのは、糖蜜の中を歩くようなものだった。一足踏みだすたびにエンジンがうめき声を上げた。腹立たしいことに、ディランはまだ上にいて、彼のブーツがアレックの肩に何度も当たった。

「少し速度を上げる準備をして」城からの下り斜面の手前に来ると、クロップが言った。「後ろから、積荷に轢かれたくありませんからね」

アレックはうなずいて、操縦桿をしっかりと握りしめた。斜面を下りはじめると、そりは急激に加速するはずだ。

派手な音をたてて、ディランが機内に飛び降りた。

「来たぞ！」

全員が彼に注目した。誰も口を開かなかった。

「救助に来てくれた！」ディランは叫んだ。「飛行船が二隻、正面の山脈から、こっちに向かってる！」

アレックはストームウォーカーを急停止させて、クロップと目を合わせた。「そりを切り離そう。ヴォルガーを取り戻さないと！」

「ですがそんなことをすれば、ダーウィニストは、われわれが攻撃してきたと思うでしょう」

「ちょっと待って、ふたりとも」バーロウ博士が言った。「艦長の話によれば、空軍はあと一週間は到着しないはずよ！」

クロップ師はそれには答えずに、身を乗り出して双眼鏡を目にあてた。少しのあいだ上空を見まわしてから一箇所に釘づけになると、みるみるうちにその顔が険しくなった。

アレックも覗視窓の外に目を凝らした。そして発見した……地平線の真上に、ふたつの点。

急いでウォーカーを沈黙させて、雪山を横切る飛行船のエンジン音に耳を澄ました。

「飛行獣ではありません」クロップがきっぱりと言った。「皇帝《カイザー》のツェッペリンがとどめを刺しにきたようです」

31

デリンは、老メカニックとアレックの言い争いに耳を傾けていた。

クランカー語は理解できなくても、話の内容は察しがついた――クロップは今、〝ツェッペリン〟って言ったよな。ってことは、救援が来たんじゃないんだ……。

あれは、いまいましいドイツ軍だ！

クロップはこのままこっそり城に戻って、ツェッペリンにひと仕事させたいと思ってるんだろう。今のところ、飛行船はストームウォーカーに気づいてない。だから、リヴァイアサンが破壊されてしまえば、アレックたちは潜伏生活に戻れるってわけだ。

バーロウ博士がふたりの言い争いに加わろうとしたが、デリンは片手を肩に置いて黙らせた。何を言うべきかは、はっきりとわかっていた。

「あっちには、おまえの仲間がいるんだぞ、アレック。ヴォルガーは自分から進んで、おまえの身代わりになったからな！」

「よくわかっている。だが、ヴォルガーは、こんなことも想定していたらしい。クロップに約束させていたんだ。ドイツ軍が来たら、ぼくをかくまうようにと」

デリンはため息をついた——あの伯爵は、ほんとに頭が回るやつだな。

アレックはクランカー語に戻って、ウォーカーからそりを切り離すようクロップに命じていた——おかしなもんで、よくよく聞いてみると、ドイツ語の言葉には、英語とほとんどおんなじなのがたくさんある。どっちにしろ、今回ばかりはアレックの思い通りにはいかないみたいだな。クロップ老人は腕組みをして、〝ナイン〟〝ニヒト〟と言い続けてる。クランカー語で〝だめだ〟と言ってるんだってことは、どんな馬鹿でもわかるさ。

それに、バウアーとホフマンは間違いなくクロップに従うだろう。アレックじゃなくて。クランカーの国では、どれだけ重要な少年だか知らないけどな。どっちにしろ、彼らが助けてくれなければ、ストームウォーカーはここで足止めだ。これじゃあ、棒につながれた犬みたいなもんだ。

索具ナイフを引き出したものの、そこで気づいた——こいつをアレックの喉に当てたって、同じ手はもう効かないだろう。それに、二度とやらないって約束したんだった。

だけど、こんなくだらない言い争いはいいかげんやめさせなきゃだめだ。

デリンはナイフの柄で、クロップの尖ったヘルメットをごつんと叩いた。ずり落ちたヘルメットに目を塞《ふさ》がれたクロップは、反論の途中で言葉を失った。

アレックに向き直って、デリンは言った。「斧をくれ」

デリンは安全ハーネスに斧を差しこむと、一瞬のうちに鎖ばしごを降りた。斜面に深く積もった雪がなんとかそりに向かおうとするデリンのブーツに入りこんで、殺人的な寒さを伝えてくる。

クロップが装置を溶接するのを見ていたので、どこが弱いかは心得ていた。鎖はストームウォーカーの腰にある鉄の輪に糸のように通され、その両端をそりの前部にある鉄の棒に溶接されている。片方の端を切断すれば、鎖は輪を滑り抜けてはずれ、ウォーカーを解放するはずだ。

だが、その鎖は極太で、ひとつひとつの環はデリンの手のひらと同じくらいの大きさがある。デリンはそりの右側を選んだ。金属の塊がそりの上に飛び散っていて、こちら側の溶接の方が粗く見えたのだ。手袋をはめた手で雪をすくい上げ、鎖のつなぎ目の周りに押し固めた――アレックの言葉通り、凍りつくような寒さが金属をもろくしてくれりゃあいいんだが。

「よし、行くぞ」デリンは斧を振り上げた。「切れろ！」

最初の一振りは簡単に跳ね返された。鎖がたるみすぎていて、強い衝撃を与えられなかった。

「こんなことやってる暇はねぇんだよ！」デリンは怒鳴りながら、視界の隅で地平線を確認した。二隻の飛行船はすでに、肉眼でその標章が確認できるほど接近していた――尾翼に鉄十字。朝日の中で、外被が銀色に輝いている。

「ミスター・シャープ！」バーロウ博士が、ストームウォーカーのハッチから顔を突き出して、大声で呼びかけた。「何かできることはあるかしら？」

「鎖を引っぱってください！」

バーロウ博士は姿を消した。少しすると、ストームウォーカーのエンジン音が高まり、すり足で一歩前進して鎖をピンと引っぱった。デリンがさらに雪を押しこんでいるあいだに、そりが少しだけ彼女の方に傾いた。

次の一振りは頑丈な金属を強打して、デリンの両腕にも激しい衝撃が走った。ひざまずいて確認すると、今の一撃で鎖の環のひとつに刻み目が入っていた。斧のほうにも傷がついていたが、鎖はまだ切れていない。

「ちくしょうっ！」

「ほかには？」バーロウ博士が呼びかけた。

デリンはそれに答えずに、あらん限りの力でふたたび斧を振り下ろした。反動で両手から斧が飛んで行き、デリンは素早く後ろに跳び退いた。斧はくるくると回転しながら宙を切り裂いて、数ヤード向こうに落下した。

「気をつけなさい、ミスター・シャープ！」女性科学者が忠告した。

デリンは博士を無視して、鎖をのぞきこんだ。ひとつの環に小さな亀裂が走っていたが、隣の環が抜け落ちるほどの幅ではなかった。

だけど、じゅうぶんな力を加えれば曲がりそうだ。

デリンはストームウォーカーに向かって叫んだ。「アレックに引っぱれと言ってください。できるだけ強く！」

バーロウ博士がうなずいた。すぐに、ストームウォーカーがふたたびうなりはじめた。ウォーカーは片脚から片脚へと体重を移動させ、積もった雪の奥深くへと掘り下がっていった。鋼鉄の脚が雪の下の岩盤まで届くと、摩擦で火花が飛び散った。そりはわずかに前進し、頭の弱い巨大な獣が注意を引こうとするように、デリンの膝を軽く突いた。

ひびの入った環が曲がりはじめ、ウォーカーのエンジン音が高鳴るたびに亀裂が広がった。デリンは慎重に一歩あとずさった——鎖が切れたら、金属製の巨大な牛追い鞭みたいに激しくしなるはずだ。

地平線を見わたした。飛行船は二手に分かれ、両側から獲物に迫っている。リヴァイアサンから翼を持った人造生物の群れが飛び立ち、空にさざ波を起こしている。だが、飛行獣自体は雪の上にじっと横たわったままで、接近するクランカーから逃げることができない。

「こんちくしょう!」なんとか落下した斧に歩み寄り、雪の中から引き抜いた。もう一度鎖のどこかを強打すれば、さっきの環が割れるはずだ。

ゆるんだ積荷のひもをつかんでバランスを取りながら、少しのあいだストームウォーカーの力強いエンジン音に耳を澄まし、それから片手で斧を掲げ、エンジンのうなりが頂点に達した瞬間に振り下ろした……。

鎖が切れて、目にも留まらぬ速さで宙を跳ねた。急に積荷から解放されたウォーカーが前方によろめくと、鎖はダダダダッとマキシム機関銃(注23)のような音を上げながら、腰に溶接された鋼鉄の輪を通過した。切れた鎖の端は何秒か暴れ回り、すさまじい勢いでウォーカー頭部

のすぐそばでしなった。驚いたバーロウ博士がハッチの中に引っこんだ。

だけど、鎖はまだそりの左側につながってる……。切れた側の先端がストームウォーカーの鋼鉄の輪を滑り抜けたら、鎖全体が俺に向かって飛んでくるぞ。

デリンは雪の中に飛びこんだ。鉄の鎖が疾風のように頭上を過ぎる音が聞こえた。鎖はそりの上の積荷にぶち当たって、小麦粉の袋をいくつも切り裂いた。白い粉があたり一面に舞い上がる。

雪の上に落下した鎖はようやく勢いを失い、よろめきながら進むウォーカーのあとを追うように、斜面に向かってずるずるとはっていく。

デリンは小麦粉を吸いこんでむせ返りながら立ち上がった。

何かが膝を突っついてる……。

彼女をしつこく押しているのはそりだった――どうやら走り出しそうだ。だけど、何に引っぱられてるんだ？　そこでやっと、デリンは何が起こったのか理解した。鎖が最後に一引きされた余勢で、そりが斜面を下りはじめたのだ。

「お、こりゃいいぞ！」すかさず飛び乗った。そりの刃が雪を滑るシューッという音はどんどん大きくなり、デリンはますますたくさんの小麦粉を吐き出した。

行く手には、ストームウォーカーが背を向けて停止している。アレックはデリンが鎖ばしごを登って機内に戻るのを待っているのだ。

だが、そりはウォーカーの脚に向かって突進していた！

デリンはぐらつきながらも干し杏《あんず》の袋の上に立ち上がると、両手で口元を囲んで叫んだ。

「バーロウ博士！」

返事はなかった。ハッチから頭が突き出されることもなかった――みんな、何してんだよ？　パーチージ（注24）でもやってんのか？

そりはなおも加速を続けた。

「バーロウ博士っ！」もう一度叫んだ。

ようやく、ハッチから黒い山高帽が現われた。デリンは両腕を振って、そりと、その進路と、このままだと激突して大惨事になることを伝えようとした。さきほど切り離した荷物が自分たちに迫っているのに気づいて、博士は目を丸くした。

ふたたび、博士が姿を消した。

「ったく、遅すぎるよ」腕組みをしながらデリンは言った。

飛び乗れたのは運がよかった。そりは刻一刻と勢いを増し、今やデリンが自力で雪の上を走るよりも速い速度で滑っている。デリンは今度もゆるんだひもをつかんだ。振り落とされて、そりに轢かれ、べたべたしたシミになるのはごめんだった。

ついにストームウォーカーが再始動して、のっそりと一歩踏み出した――ちょっと動きが迷ってんな。頭の鈍いビースティが、天敵から逃げるべきかどうか悩んでるみたいだ。

デリンは顔をしかめた――俺抜きで戦闘に駆けつけるんじゃねぇぞ。でも、アレックは仲間を置き去りにするようなやつじゃなさそうだよな。

バーロウ博士が不意にまた顔を出した。ウォーカーのエンジンが轟音を上げた。博士は下を向いて、操縦席のアレックに大声で指示を出している。なにやら科学者らしい策を思いついたようだ。

だが、そりはひたすらストームウォーカーを追いかけ、氷結した雪の上をウォーカーを凌《しの》ぐ速度で滑っている。デリンは頭上にそびえる積荷に視線を走らせた——もし、このふたつの巨大な物体が衝突したら、俺はそのどまんなかで潰されちまう。

「急げっ！」すぐさま積荷の山を登りはじめた。

ストームウォーカーとの距離はますます縮まり、気づくと、バーロウ博士がハッチの上で錯乱したようにじたばたしていた。そこから逃げようとする気配もない。ウォーカーはそりよりも若干遅い、安定した速度で進んでいる。

デリンはバーロウ博士に向かって、わけがわからないという身振りをしてみせた。すると博士は、何かを登るようなしぐさを返してきた。

デリンは困惑した。だがそこで、ストームウォーカーの腹部ハッチから垂れ下がっている物体に気がついた——鎖ばしごが、走るウォーカーに引っぱられて激しく宙に躍っている。まるで、壊れたおもちゃの凧に振り回される糸みたいだ。

「おいおい、まさかあいつにつかまれっていうんじゃねぇよな……」あのはしごは、両脇も踏み桟も、ぜんぶ鉄じゃねぇか。ぶち当たったら、歯の一本ぐらい簡単に折れちまうぞ！

腕を組んで考えた——そりが止まってからなら、ウォーカーに登るのは簡単なんだけどな。

KL
09

だけどもちろん、俺がすぐに乗りこめば、それだけ早くリヴァイアサンを助けに行けるんだ。

氷河の向こうでは、クランカー軍の飛行船が最初の攻撃を仕掛けていた。ゴンドラから機関銃が火を噴き、矢弾こうもりの群れがその周りを旋回している。二隻とも、かなり小型の飛行船のようだ。せいぜい全長二百ヤード（約百八十メートル）というところだろう。だが、地上にいるリヴァイアサンに、対戦手段はほとんど残されていない。矢弾こうもりも駆逐鷹も腹を空かせ、昨夜の戦闘で疲れ果てている。

「やるっきゃねぇな」

ストームウォーカーはますます接近し、巨大な脚が後ろに蹴散らす雪がデリンの顔を打った。だが、鎖ばしごは手の届かない場所で揺れている。デリンはじりじりとその前部まで進み、砂糖樽の上で危なっかしくバランスを取った。それでも届かない――こりゃあ、跳びつかなきゃだめだな。

デリンは覚悟を決めると、両手をほぐしながら、鎖ばしごの揺れの規則性を見極めようとした。

そしてついに、空中に跳び上がった……。

デリンの指が鉄の踏み桟に巻きついた。気づいたときには、ウォーカーの脚のあいだで前を向いて揺れていた。エンジン音が耳をつんざく。周囲では歯車やピストンが大きな音をたてたり、きしんだりしている。一組の排気管に、熱くて黒い煙を顔に吐きかけられた。巨大な脚が一歩踏み出すたびに、握った手に衝撃が走り、両脚が振り回された。鎖ばしごが空中でねじれると、糸撚り棒のように身体が回転した。

両脚をばたつかせて、どうにか片脚を下の方の踏み桟に引っかけ、鎖ばしごをぐっと固定した……やっと世界が回転を止めた。

上に目をやると、バウアーとホフマンが腹部ハッチの暗がりからこちらを見下ろしていた。バウアーの片手が差し出された――あと二、三ヤード登るだけでいいんだ。

っていっても、そんなに簡単なもんじゃねぇけどな。

片手を伸ばして、次の踏み桟をつかんだ。表面にのこぎりのような細かい歯が刻まれているおかげで、グローブがすべる心配はない。ハッチの周囲に並んだスパイクをなるべく見ないようにして、懸命に身体を引き上げる。

そのままどうにか登り続け、最後に腕を伸ばしてバウアーの手を握った。ホフマンがその腕をつかみ、一瞬にして、ふたりはデリンを機内に引き上げた。

「ヴィルコマン・アン・ボルト」バウアーが笑顔で言った――これってもちろん、〝当機へ《ウエルカム》・ようこそ《アボード》〟の意味だろうな。

まったくふざけんじゃねぇよ。でもまぁ、クランカー語なんて楽勝さ。

32

「幽霊みたいに真っ白よ！」バーロウ博士が言った。

「ただの小麦粉です」デリンはしまいにはうなり声を上げて、なんとか司令室に身体を引き上げた。暴れまわる鎖ばしごにしがみついていた両手が痛み、腕の筋肉が悲鳴を上げていた。心臓はまだ、激しく鼓動している。

「小麦粉ですって？　なんでまた？」

「さすがだな、ディラン！」操縦を続けながら、アレックが言った。「あんなふうにウォーカーに乗りこむのは、初めて見たよ！」

「おすすめしねぇよ」デリンはがたがたと揺れる司令室の床に、どさりと腰を下ろした。息があがっていた。はい寄ってきたタッツァが片方の手に鼻をこすりつけ、小麦粉を吸いこんでくしゃみをした。

　ほどなくして、デリンはめまいを感じはじめた。ウォーカーの震動のせいだ。城を出発したときから、すでにうんざりしていた。金属と金属がこすれあう耳障りなきしみ、オイルと排気の臭い、延々と続く殺人的なエンジン音。全速力で走行している今は、それだけではすまない。搭乗者は、嗅ぎ煙草のブリキの箱の中で揺さぶられているようなものだ。クランカーが例のまぬけなヘルメットをかぶっている理由がよくわかった。デリンは頭を壁にぶつけないようにするだけで精一杯だった。

覗視窓から双眼鏡で外を見ていたクロップが、なにやらドイツ語でアレックに話しかけた。

「クロップは助けてくれないだろうと思ってた」デリンはつぶやいた。

「それは隠れるチャンスがあったときの話よ」バーロウ博士が言った。「ドイツ軍はすでにこちらに気づいたはず。だから、彼も意見を変えたのよ。あの飛行船を二隻とも撃ち落とさなければ、わたしたちのオーストリア人のお友達は、ここにいることを敵に報告されてしまうでしょうからね」

「だったら、もうちょっと早く、決心してくれりゃあよかったのに」デリンは痛む両手に目をやった。「そうすれば、鎖を切る手伝いをしてもらえたのにな」

バーロウ博士はデリンの肩を軽く叩いた。「あなたはよくやったわ、ミスター・シャープ」

デリンは肩をすくめて褒め言葉を受け流すと、床から立ち上がった。むやみやたらに揺さぶられるのはもううんざりだった。天井から垂れ下がった二本の吊り革をつかんで、上部ハッチの外に身体を引き上げた。

冷たい空気がまともに顔に打ちつけた。嵐の最中に飛行獣《エア・ビースト》の脊梁部にいるようだった。ウォーカーが一歩進むたびに、周囲の地平線が傾いた。

デリンは眼球まで凍りそうな風に向かって目を凝らした。ツェッペリンは何本もロープを引きずりながら、低空飛行している。銃と装備を背負った兵士たちが次々とそのロープを滑り降りて、雪上に着地していく。

それにしても、どうしてわざわざあんなことをするんだろう？　リヴァイアサンを破壊したければ、上空にいたまま黄燐《おうりん》焼夷弾を落とせばすむのに。

デリンは機内に飛び降りた。「兵士を地上に降ろしてるぞ」

「あの飛行船はコンドルZ‐50s型だ」アレックが言った。「重火器ではなく、特殊部隊を搬送する機種だ」

「彼等の目的は、わたしたちの飛行獣を生け捕りにすることのようね」バーロウ博士が言った。

「ちくしょう！」生きたままの水素呼吸獣がクランカー軍の手に渡ったら一大事だ。奴らは偉大な飛行獣をくまなく調べて、弱点を暴こうとするだろう。「だけど、俺たちを恐れてないのか？」

「対ウォーカー砲を搭載しているんだろう」険しい顔をして、アレックが言った。「上空からは発射できないが、地上からなら砲撃可能だ」

デリンはごくりと喉を鳴らした――この妙な機械に乗ってるだけでもとっくに最悪なのに、そのうえ徹甲弾(注25)と焼夷弾で生きたまま焼かれるなんて、考えただけでも気分が悪くなる。

「もう一度、手伝ってくれないか、ディラン」

デリンはまじまじとアレックを見つめた。「今度は俺にこの機械を操縦しろってのかよ？」

「違う。だが、君はシュパンダウ機関銃の使い方を知っているか？」

そんなことは知らなかったが、空気銃なら、何度も撃ったことがあった。

言うまでもなく、大きな違いがあった。クランカー製のそのほかすべての物と同じように、シュパンダウ機関銃は空気銃よりはるかに大きくて安定が悪く、見た目よりずっと扱いにくかった。試しに引き金を引いてみると、両手の中でピストンのようにがたがたと音をたてて振動した。それと同時に薬莢が側面から吐き出され、熱い金属の雨が操縦室の壁に跳ね返った。

「なんだよこりゃ！　こんなんで、どうやって命中させるんだよ？」

「だいたいの方向に撃てばいいの」バーロウ博士が言った。「クランカー軍は、射撃の未熟さを弾幕で補っているのよ」

デリンは前かがみになって、小さな覗き穴の向こうに目を凝らした。見えるのは、飛ぶように過ぎていく雪と空だけだった。半分目隠しされて閉じこめられたような気分になった。リヴァイアサンの脊梁部から、チェス盤上の駒のように眼下に展開する戦闘を眺めるのとは正反対だ。

べつの機関銃を受け持っているクロップにちらりと目をやると、機外を見ずにアレックからの発砲指示を待っていた。

「こいつを装塡しといてくれ。すぐに戻る」デリンはふたたびハッチの外に身体を引き上げた。

コンドルは二隻とも、特殊部隊を降ろし終えていた。一方の隊はリヴァイアサンに突撃し、ツェッペリンが機関銃で援護射撃をしている。もう一方の隊は大砲らしきものを組み立てている――銃身の長い野戦砲だ。まっすぐにストームウォーカーを狙っている。

「くそっ、まずい！」

クランカー軍は迅速に組み立て作業を終え、まもなくして砲口が火を噴いた。ストームウォーカーが機体をひねり、デリンはハッチの縁に激しく身体を打ちつけられた。なんとか持ちこたえて落下は免れたが、両脚が宙を泳いでいる。

デリンは一瞬、ウォーカーが撃たれたのかと思った。だがそのとき、徹甲弾が風を切ってすぐそばを飛んでいった。耳がツンとなった。ストームウォーカーはよろめきながら大きく回って、ようやく雪の上でバランスを取り戻した。

アレックは操縦の大天才か、そうじゃなきゃ、完璧にいかれてるぜ――ストームウォーカーは前後に機体を揺らしながら、対ウォーカー砲に向かって突進した。一方、ドイツ兵たちは懸命に再装塡をしている。

デリンは機内に飛び下りると、機関銃を取って低い所を狙った――あと五秒で、ドイツ軍のどまんなかに突入するはずだ。その前にこっちが爆発炎上してなければの話だけどな。

「発射準備！」アレックが叫んだ。

デリンはその先を待たずに、引き金を引いた。両手の中で機関銃ががたがたと音をたてて飛び跳ね、あたり一面に死を噴き出した。黒っぽい影がいくつか覗き穴の前を通り過ぎたが、それが人間なのか、岩なのか、それとも対ウォーカー砲なのか、まったくわからなかった。

大きな金属音が機内を揺るがし、突然、世界が左舷に傾いた。デリンは機関銃から投げ出され、床中に転がっていた空の薬莢で足を滑らせた。なんだか柔らかいものの上に乗っかったと思ったら、それは、部屋の隅で身を寄せあっていたバーロウ博士とタッツァだった。

「すみません、博士！」

「心配ご無用。あなたは本当にやせっぽちだから」

「命中したみたいだぞ！」アレックはひたすら操縦を続けていた。

デリンはよろよろと立ち上がると、身体を引き上げて、ふたたびハッチの上に出た。後方を確認すると、大破した対ウォーカー砲が巨大な足跡の中で転がっていた。ひっくり返って、砲身が折れ曲がっている。担当していたドイツ兵は散り散りになり、まったく動かない者も何人かいた。彼らの周囲の雪は、鮮やかな赤い色でまだらに染まっている。

「おまえ、対ウォーカー砲を踏み潰したぞ、アレック！」デリンは下に向かって叫んだ。その声はかすれていた。

デリンはくるりと回転して、前方を確認した。ストームウォーカーはもうひとつの特殊部隊に向かって突進していた。ドイツ兵は雪の中でうずくまり、その頭上を駆逐鷹の一群がかすめ飛んでいる。陽光の中で、かみそりの鉤爪をきらめかせながら。

特殊部隊の何人かが振り返った。自分たちに向かってくるウォーカーに気づいたらしい。デリンは迷った――下に降りて、もう一度残忍な武器を発射すべきだろうか？だがそのとき、デリンの下でストームウォーカーが大きく揺れた。腹部からもうもうと噴き上がる煙にのみこまれて、彼女の口の中はぴりぴりする味でいっぱいになった。

煙が目にしみたが、無理に見開いて、命中するまで見届けた。ストームウォーカーが発射した砲弾は特殊部隊のまんなかで爆発し、四方八方に兵士を吹き飛ばした。「ったく、ひでえもんだな《バーキング・スパイダーズ》」思わずつぶやいた。

舞い上がった雪と煙が落ち着くと、大急ぎでリヴァイアサンに帰艦する数羽の駆逐鷹のほかに、動くものは何もなかった。デリンは野戦砲のあたりをちらりと振り返った。残った兵隊は逃走し、コンドルが彼らを氷河から回収するために降下している。

クランカーが退却するぞ！だけど、もう一隻のツェッペリンはどこだ？――地平線を見わたした――何もない。ところがそのとき、雪の上に影が揺らめいた――真西だ。

まっすぐ上を見ると、飛行船が飛んでいた。船底の爆弾架がこちらを狙っている。そのさらに上空では、矢弾こうもりの大群が旋回していた。しかも、リヴァイアサンから放たれた衝撃弾が弧を描きながら飛んでくるのが見えた。それ自体に殺傷力はないが、大きな衝撃音に驚いたこうもりたちが真上で脱糞するだろう。

デリンはハッチのハンドルをつかんで飛び降りた。大きな音とともに、頭の上で扉が閉まった。

「爆弾が落ちてくるぞ！」デリンは叫んだ。「矢弾まで降ってきやがる！」

「シャッターを四分の一まで下げろ」アレックが冷静な声で言うと、クロップが彼の側にあるクランクを回しはじめた。デリンは自分のそばにも同じものがあるのに気づいた——どっちに回せばいいんだろう？

とりあえず片手をクランクに伸ばしたその瞬間に、世界が爆発した……。

目のくらむような閃光が機内を貫き、それに続く轟音にまたしても両脚をなぎ払われた。床が傾き、すべてが右舷に滑りはじめた。歯車のきしむ音とタッツァの咆哮が、半ば聞こえなくなった耳にかすかに響いた。鋼鉄の床に肩がぶち当たった。司令室全体がふたたび傾いたのだ……大きく。

そのとき、覗視窓から大量の雪が雪崩のように押し寄せ、急激な寒さと突然の静寂がデリンをのみこんだ……。

33

アレックは動こうとした。ところが、冷たい雪に抱きすくめられ、両腕を押さえつけられていた。

しばらくもがいたあとで、操縦席の安全ベルトを留めたままだったことに気づいた。バックルをはずして椅子から抜け出すと、世界が一変していた。

覗視窓が横になっている。猫目石《キャッツ・アイ》に走る垂直の線のようだ。

そういえば、司令室全体が横倒しになっている。右舷の壁は今や床となり、吊り革はどれもでたらめな方向に垂れ下がっている。

何度もまばたきをして、事態を受け入れようとした――ぼくはウォーカーを大破させてしまった。

機内は暗く――照明が消えていた――そして、不思議なほど静かだった。倒れたときに、エンジンが自動的に停止したに違いない。傍らで呼吸の音が聞こえた。

「クロップ、大丈夫か？」

「だと思います。ですが、何かが……」クロップは片方の腕を持ち上げた。すると、その下からタッツァが情けない鼻声を上げながらはい出てきて、身震いをして機内に雪をまき散らした。

「おやめなさい、タッツァ」暗がりからバーロウ博士の声がした。

「大丈夫ですか、博士？」アレックが訊ねた。

「わたしは大丈夫。でも、ミスター・シャープが怪我をしたみたい」

アレックは声のする方にはい寄った。バーロウ博士の膝に頭をのせてディランが横たわっていた。目は閉じられたままだ。真新しい傷が額を走り、リヴァイアサンの墜落時にできた目の周りの黒いあざに向かって血が流れている。ほっそりした顔は真っ青で、なおさらあざが目立った。

アレックは思わず息をのんだ――ぼくのせいだ。操縦していたのは、このぼくだ。

「手を貸してくれ、クロップ。包帯を探そう」

ふたりで雪をかいて、どうにか収納庫の扉を開いた。クロップは救急キットをふたつ取り出すと、片方をアレックに手渡した。

「ミスター・シャープはわたしにまかせて」バーロウ博士がアレックからキットを受け取った。「だめな看護婦のふりをしていたけれど、実はそうでもないのよ」

アレックはうなずくと、踵を返して腹部ハッチにいるクロップの手伝いに向かった。ハッチは今や、横倒しになった司令室の側面にあった。開閉装置がなかなかいうことをきかなかったが、しばらくすると、怒ったような甲高い金属音を上げながら口を開けた。

砲手席に固定されて横に倒れているホフマンが、彼もバウアーもぶつかってあざはできたものの無事だと、大きな声で報告した。アレックは安堵のため息をついた——とにかく、誰も殺さずにすんだ。

アレックはクロップに向かって言った。「すまない。転倒してしまった」

クロップは鼻を鳴らした。「ずいぶん時間がかかりましたな、若君。これでやっと、一人前の操縦士とお呼びすることができます」

「なんだって？」

「わたくしが一度もウォーカーを壊したことがないと、お考えですか？」クロップは声を上げて笑った。「これも技術習得の一部ですよ、若君」

アレックは目をぱちぱちさせた——クロップは冗談を言っているんだろうか？

カチン、という軽い金属音が機内に響き渡った。クロップが上を向くと、またひとつ、そしてさらに続いた。まるで、雹《ひょう》を伴う嵐がゆっくりと近づいてくるようだった。

「矢弾だわ」バーロウ博士が言った。

「彼らがツェッペリンを破壊してくれることを祈りましょう」クロップがささやいた。「さもないと、ヴォルガー伯爵はわたくしたちをとても不満に思われるでしょうから」

「外を見てくる」アレックが言った。「ウォーカーを立ち上がらせて、もう一度戦闘に加われるかもしれない」

クロップは首を振った。「おそらく無理です、若君。戦闘が終わるまでここにいましょう」

「それが賢明なようね」バーロウ博士がドイツ語で言った。

ところが、矢弾の雨は次第に衰えはじめた。しかも、飛行船のエンジン音が聞こえた。どうやら、すぐそばにいるらしい。

「様子を確認しないと」アレックは言った。「少なくとも、機関銃はまだ使えるんだ！」

クロップが反対しようとしたが、アレックはそれを無視して、両手で何度か雪を掘って脇に押しやると、身体をくねらせて覗視窓から外に出た。

太陽に照らされた雪山は、しばらくは目がくらむほどまぶしかった。ただし、ツェッペリンの航空爆弾が残した大きな黒い穴だけは例外だった。ほぼ直撃だった。ストームウォーカーの足跡は一直線に焼け焦げた穴へと進み、そこからよろめきながらこの場所まで続いている。横倒しになった機体は、ぐしゃりと潰れた山のようだ。

アレックは両手をほぐしながら、ウォーカーを倒すまいと必死に操縦したことを思い出した——あと一息だった。だがこうなってしまっては、あと一息など、なんの意味もない。機関室の囲壁がひび割れ、熱いオイルが雪の上に流れ出している。巨大な鋼鉄の脚の片方がおかしな方向にねじれている。もしかしたら、ストームウォーカーは二度と立ち上がれないかもしれない。

アレックはようやくそこから目を離して、空を見わたした。彼らを爆撃したコンドルとの距離は、百メートルもなかった。雪の上を低く飛ぶ飛行船の気球は矢弾攻撃による穴だらけ

で、不規則に震えている。

コンドルの上甲板から、怒鳴り声が聞こえた。ふたりの空軍兵がアレックに気づいて、機関銃を振り回している。

そのときやっと、アレックは自分が立っている場所を悟った――ウォーカーの胸甲の真正面。ハプスブルク家の紋章が、ぼくの正体をあからさまに伝えている……。

とんでもない大馬鹿者だ。

アレックが動くより先に、コンドルの機関銃が火を噴いた。銃弾がウォーカーの鋼鉄の機体を鳴らし、彼の足元の雪を蹴り上げる。アレックは身動きひとつできずに、熱い金属に身体を切り裂かれるのを覚悟した。

ところがそのとき、ツェッペリンの周囲の空気がパチパチと音をたてはじめた。機関銃のまばゆい閃光が広がり、きらめきながら飛行船の舷側を伝っていく。ドイツの空軍兵はやっと事の次第を理解したようだが、すでに手遅れだった。銃声が止んだ。

炎はもはや生き物となって、外殻の穴から漏れ出した水素の中で躍っている。コンドルは急降下し、ゴンドラが鈍い音を立てて雪原に激突した。気球がくしゃくしゃになると、矢弾の穴からさらに多くの水素が搾り出され、数えきれないほどの火柱が間欠泉のように噴き上がった。

アレックは目を細め、そして顔を覆った。飛行船は内側から発光しながら上昇していく。自らの熱によって、空に連れ戻されたのだ。船内のアルミニウム製の骨組みが溶けている。

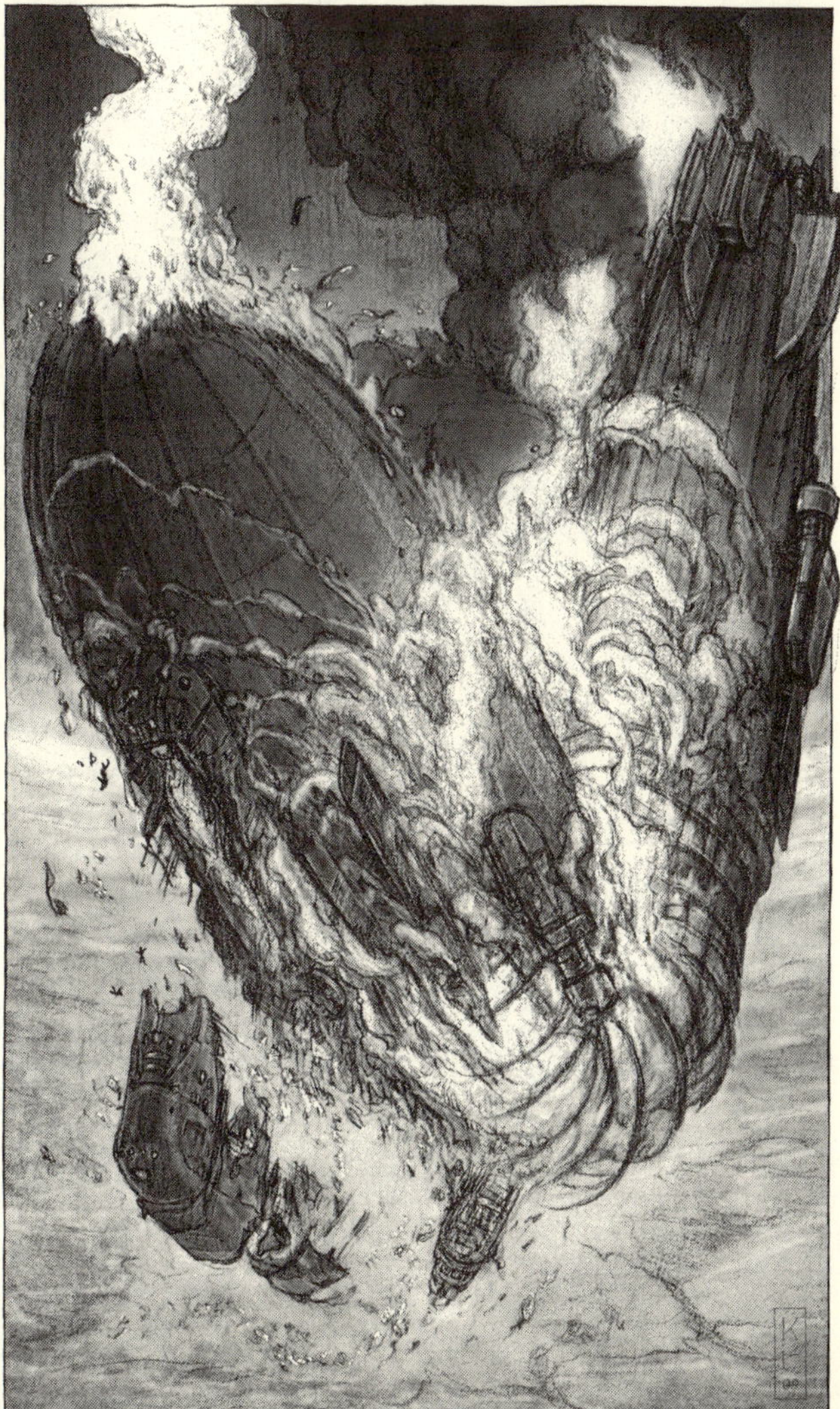

コンドルは大きく歪んで、まんなかから折れた。巨大なきのこのような炎が、渦を巻いて折れ目から立ちのぼった。

ふたつにわかれた飛行船はくるくると回りながら、ふたたび降下した。

静かに墜落したように見えた。だが、ジュ—ッと鋭い音が響いたかと思うと、溶けた金属と燃えさかる水素が雪原を蒸気の海に変えた。ふたつの残骸となった飛行船の周囲から白い雲が湧き上がり、炎の轟音とともに、すさまじい叫び声がアレックの耳まで届いた。

「おまえたちクランカーは、絶対に空気銃を使うべきだな」

アレックは振り向いた。「ディラン！　大丈夫なのか？」

「おう。あたりまえだろ」ディランの額には包帯が巻かれ、瞳は猛火を映して輝いている。

「ちょっと気つけ薬を嗅いだら、元通りさ」彼は笑ってみせたものの、そこで少しふらついた。

アレックは片腕を少年の肩に回して支えてやった。だが、ふたりの視線はいやおうなしに、崩れかけている飛行船に引き戻されてしまった。

「ひどいな……」アレックがささやいた。

「俺の悪夢にそっくりだ」ディランはあたりを見まわした。「ほら、もう一隻が逃げてくぞ」

アレックはそちらに顔を向けた。二隻目のツェッペリンが遠くで船尾を見せていた。リヴァイアサンの駆逐鷹が数羽、そのあとを追って後方にいる乗組員を攻撃している。だがまもなく、飛行船は山脈上空を越えて、コンスタンツ湖（注26）に浮かぶ格納庫の方角に退却した。

「やっつけたな」ディランが疲れた笑みを浮かべて言った。

「おそらくな。だが、奴らに居場所を知られてしまった」

アレックはもう一度、ストームウォーカーを見つめた——大破して、沈黙している。聞こえるのは、雪の上に熱いオイルが漏れるシューッという音だけだ。クロップが修理できなければ、ドイツ軍は戻ってきたときに、ふたつの戦利品を手にすることになる。すなわち、傷ついたリヴァイアサンと、行方不明のホーエンベルク公子だ。

「次に彼らが戻ってくるときには、コンドル二隻ではすまないぞ」

「ああ、たぶんな」ディランはそう言って、アレックの肩を叩いた。「だけど心配すんな、アレック。迎え撃ってやろうぜ」


「ダーウィニストが手伝ってくれるでしょう」クロップが言った。

アレックはエンジン・ハッチから顔を上げた。彼はその場所でホフマンに工具を手渡していた。変速装置は思っていたほどひどい状態ではなかった。オイルは一滴残らず漏れてしまったが、歯車はひとつも破損していない。

最大の難題は、ふたたび立たせることだった。ウォーカーの片脚は膝からねじ曲がっていた。歩く力はあるかもしれないが、立ち上がれるかどうかはまた別の問題だった。

アレックは首を振った。「ウォーカーを持ち上げられるほど力のある人造獣はいないだろう」

「一頭います」クロップはそう言って、リヴァイアサンの巨体を見上げた。「あのばちあたりな生き物が浮上するときに、ストームウォーカーにケーブルをつなげばいいのです。操り人形を持ち上げる要領ですよ」

「三十五トンの人形か？」バーロウ博士がまだここに居ればよかったのに——アレックはそう思いながら応えた。博士なら、リヴァイアサンが持ち上げられる最大重量を知っているはずだ。だが、博士とディランは大切な卵の様子を確認するために、飛行獣に戻ってしまった。

「当然でしょう？」クロップは振り返って城に目をやった。「彼らは望み通りの食糧をすべて手に入れたんですから」

氷河の向こう側では、ストームウォーカーが切り離した積荷に矢弾こうもりや駆逐鷹たちが群がっている。ダーウィニストが作業班に指示して木箱や樽を開封させたので、腹を空かせた群れが殺到したのだ。

リヴァイアサンの生き物たちは、ぐずぐずしている暇などないと承知しているようだった。

「若君？」ホフマンがささやいた。「たいへんです」

アレックは顔を上げた。毛皮のコートに身を包んだ人物が、雪原を横切ってこちらに歩いてくるのが見えた。口の中が乾くのがわかった。

ヴォルガー伯爵は冷徹な表情を浮かべ、一方の手で剣の柄頭《つかがしら》をきつく握りしめている。

「ご自分がされたことを理解しておられるのですか？」ヴォルガーが言った。

アレックは口を開いたが、返す言葉が見つからなかった。

「それはわたくしの責任――」クロップが言いかけた。

「黙れ」ヴォルガーは片手で制した。「そうだな。おまえはこの愚かな若造の頭を殴って気絶させ、人目につかないよう隠しておくべきだった。だがとにかく、ご本人の口から説明を聞きたい。おまえのではなく」

「実際には、わたしが奴らに気絶させられたんだがね」クロップはぶつぶつ言いながら、バウアーの手伝いに向かった。

アレックは身体を起こして胸を張った。「あれは正しい選択だったんだ、伯爵。あの飛行船を二隻とも撃ち落とすことが、潜伏生活を続ける唯一の方法だった」そう言うと、雪の向こうにある焼け焦げた残骸を指さした。「とにかく、一隻は落とした」

「そうでしたな。お見事です」ヴォルガーが言った。とげとげしい口調だ。

「拝見しましたよ。あなたの素晴らしい戦略を――敵の銃口の前に立つという」

アレックはゆっくりと息を吸いこんだ。「ヴォルガー伯爵、礼儀をわきまえて話してくれないか」

「あなたはご自分のお立場を考えず、身の安全をおろそかにした。その結果がこれです！」

ヴォルガーは壊れたウォーカーを指さした。彼の手は怒りと憤懣《ふんまん》で震えていた。「そのうえ今度は、わたしに口をつつしめとおっしゃるのか？　わからないのですか？　ドイツ軍はすぐに戻ってくる。なのにあなたは、われわれの脱出手段を失くしてしまったのですよ！」

「そうなる可能性は承知していた」

ヴォルガーの声が急に小さくなった。「あなたが身の危険を冒したことだけでも大問題です、アレック。ですが、それだけではありません。あなたの家臣の命はどうなるのです？ドイツ軍が攻めてきたら、彼らはどうなるとお考えですか？」

アレックはさっきまでクロップが立っていた場所を盗み見た。だが、彼ら三人は視界に入らない場所での仕事を見つけたらしい。

「クロップは、ウォーカーは修理可能だと言っている」

「わたしは騎兵武官かもしれませんがね、アレック。それでも、このウォーカーが自力で立ち上がれないことぐらいわかりますよ」

「そうだな。だが、ダーウィニストがまた飛行獣を膨らませれば、立たせてもらえる」

「あなたの新しいお友だちのことは、忘れたほうがいい」ヴォルガーは苦々しげに言った。

「先ほどの攻撃で、彼らの艦は修復がきかない状態になりました」

「だが、ツェッペリンはたいして攻撃しなかったぞ」

「奴らは、飛行獣を生きたまま捕らえたいがために、機械部分を集中的に攻撃したのです。わたしが耳にしたところでは、エンジンを木っ端微塵にされて……修理不可能です」

アレックは雪の上に横たわる黒い巨体をじっと見つめた。人造鳥たちが、その頭上を旋回している。「だが、彼らは、今もあの飛行獣を膨らませているじゃないか。何かしら対策を考えているはずだ」

「その件でここに来たのです。彼らはエンジンなしで、熱気球のように浮上しようと考えています。東風に乗れば、フランス上空に運ばれる。うまくいくでしょう。ドイツ軍が来るより先に、東風が吹けばの話ですがね」

アレックはストームウォーカーを見つめた——絶望的だ。ウォーカーを引き上げるまではできるかもしれない……だが、リヴァイアサンには、ウォーカーを自立させるときに必要な制御力がない。

ヴォルガーが一歩近寄ってきた。その顔から怒りは消え去っている。急に、深い疲労感が露《あら》わになった。「決断はあなた次第です、アレック。降伏なさりたいのなら」

「降伏？　どのみち、ドイツ軍はぼくを絞首刑にするさ」

「そうではなく……ダーウィニストに、です。正体を明かせば、彼らは間違いなく、あなたを自国に連れて行くはずです。捕虜になるわけですが、安全です。ことによると、彼らはこの戦争に勝つかもしれません。そうなったときにあなたが従順にしていれば、彼らはあなたをオーストリア＝ハンガリーの皇位に就かせるかもしれません。治安を維持するために、傀《かい》儡《らい》政権の友好的な皇帝としてね」

アレックは雪の上で、一歩あとずさった——ヴォルガーがこんなことを言うはずがない。潜伏ならまだわかる。十五歳の少年を最前線で戦わせようとは、誰も思わないだろう。だが、敵に降伏するなんて？

そんなことをしたら、永遠に裏切り者として人々の記憶に残るだろう。

「ほかに方法があるはずだ」

「もちろんです。ここに留まって、ドイツ軍が来たら戦うという手もある。そして、われわれとともに死ぬのです」

アレックは首を振った——こんなのはおかしい。ヴォルガーがこんなことを言うなんて。この男は常に計略を、世の中を自分の意向に服従させる何かしらの策を企んでいたのに。ヴォルガーがあきらめるなど、絶対にありえない。

「今すぐに決断する必要はありませんよ、アレック。ドイツ軍が戻ってくるまで、あと一日くらいはあるでしょう。この先、長い人生を送れるかもしれませんよ、降伏すればね」ヴォルガーはまたも、あきらめたような口調で告げた。「ですが、わたしからの助言はこれでおしまいです」

そう言い残すと、ヴォルガーは背を向けて歩き去った。

34

アレックは深呼吸をしてからノックした。

扉を開いたディランは、アレックを見て顔をしかめた。

「おまえ、ひでぇ顔してるぞ」

「バーロウ博士に会いにきた」

若い航空兵は機械室の扉を大きく開いてくれた。「すぐに戻ってくるよ。でも残念ながら、ご機嫌斜めだぜ」

「君たちのエンジン・トラブルの件は聞いたよ」ヴォルガー伯がダーウィニストを探っていたことは、隠さないと決めていた。アレックのもくろみを実現させるためには、彼とダーウィニストとの信頼関係が必要不可欠なのだ。

ディランは謎の卵が入った箱を指さした。「ああ。だけど、エンジンだけじゃねぇんだよ。ニューカークの馬鹿野郎が昨日の夜、こいつらをちゃんとあっためておかなかったんだ。ところがもちろん、それも全部、俺のせいなんだとさ。あの科学者様に言わせるとな」

アレックは卵の箱を見下ろした——三個しか残っていない。

「それはご愁傷さま」

「どっちにしろ、今回の任務は万事休すってやつさ」ディランは箱から体温計を引き抜いて確認した。「エンジンなしじゃ、フランスまで戻れるだけでも御《おん》の字だからな」

「その話で来たんだ。ぼくたちのウォーカーも、もう絶望的だ」

「ほんとか？」ディランは部屋中にたくさんある引き出しを指し示した。「必要な予備部品があれば、どれでもやるぞ。俺たちには、もうなんの役にも立たねぇからな」

「残念だが、部品ではどうにもならない。ウォーカーを立たせることができないんだ」

「ったく機械ってのはさ！」ディランが声を張り上げた。「俺が言った通りだろ？　自力で立ち上がれないビースティなんて、見たことないぜ。まあ、亀はべつだけど。それと、俺のおばさんの猫にも、そういうのが一匹いるけど」

アレックは驚いたような顔をしてみせた。「ならばきっと、君のおばさんの猫は、さっきの空爆を受けても無事だったんだろうな」

「見たらびっくりするぜ。あいつ、すんごいデブ猫なんだ」不意に、ディランの目が輝いた。

「俺たちと来りゃあいいじゃないか」

「そこが問題なんだ。ほかの者たちが同意するとは思えない。フランスに降伏することになるからな。だが、君たちが着陸するときに、こっそり立ち去れるとしたら、たぶん……」

たぶん、自らの命を守れと家臣たちを説得できる。そしておそらく、少しはヴォルガーからの敬意を取り戻せるだろう。

ディランはしきりにうなずいていた。「俺たちは、成り行きでどっかに不時着すると思うよ。だから、お迎えの儀仗兵(注27)はいないだろうな。ただ、危険な賭けなんだよ、水素呼吸獣で自由飛行するってのは。何が起きてもおかしくない」

「成功する見こみは？」

「そんなに悪かないぜ」ディランは肩をすくめた。「俺、前に、ハクスリーで大英帝国の半分を横断したことがあるからさ――しかも、たったひとりでな！」

「ほんとうか？」同じ少年として、ディランが経験したという冒険は、このうえなく魅力的に思えた。アレックは一瞬、皇位継承権など忘れて、ディランのような領土も称号も持たないただの兵士になりたいと願った。

「俺の入隊初日だったんだぜ」ディランは話しはじめた。「予想外の嵐が起きたんだよ、ロンドン史上最悪ってやつがな。建物を丸ごと地面からひっぺがすわ、おまけに――」

突然、扉が開いて、バーロウ博士がものすごい勢いで入ってきた。猛烈に怒った顔をして、地図鞄を振り回している。

「艦長は馬鹿よ」博士は断言した。「この艦は馬鹿の集まりだわ！」

ディランは敬礼で応えた。「ですが、卵はトーストに負けないくらい温めてあります」

「そう、それは安心だわね。こんな状況では、無駄な努力かもしれないけれど。艦長はフランスに戻りたがっているのよ！」バーロウ博士は両手で地図鞄をぐるぐる回し、それから、放心したように宙を見上げた。「あら、アレック。あなたたちのウォーカーは、このお先真っ暗の飛行獣より、ましな状態なんでしょうね」

アレックは一礼した。「残念ながら違います、博士。クロップ師は、ぼくたちのウォーカーを立たせるのは不可能だと考えています」

「そんなにひどいの？」

「残念ですが。実を言えば、ぼくがここに来たのは、同行させてもらえるか伺うためです」

アレックは自分のブーツに視線を落とした。「五人分の余分な重量をなんとかしていただけるとありがたいのですが」

バーロウ博士は、地図鞄を片方の手のひらに軽く打ちつけた。「重量は問題ないでしょう。わたしたちの食糧は底をつきそうだし。あなたたちからいただいた食糧もよ。すべて動物たちに与えていますからね」博士は窓の外に目をやった。「それに、乗組員も前に比べて減ってしまったわ」

アレックはうなずいた。ここに来る途中で、布に包まれた遺体と、雪に覆われた鉄のように堅い氷河を相手に懸命に埋葬作業を続ける乗組員たちを見かけていた。

「けれど、フランスは中立地帯ではないから」博士が言った。「あなたたちは捕虜にされてしまうわ」

「そこをお願いに来たのです」アレックは深呼吸をして、先を続けた。「あなたがたは成り行きでどこかに降下するだろうと、ディランから聞きました。ですから、着陸後すぐに抜け出せればと」

「しかも、誰にも知られずに」ディランがつけ加えた。

バーロウ博士はゆっくりとうなずいた。「できそうね。それにアレック、わたしたちは明らかに、あなたに借りがあるもの。でも、残念ながら、わたしにはどうにもできないわ」

「艦長が見逃してくれないということですか？」アレックが言った。

「あの艦長は大馬鹿よ」博士はまたしても痛烈な口調で言った。「わたしたちの任務遂行を断わったのよ。試そうともしないで！　フランスに飛んで行けるのなら、オスマン帝国にだって絶対に行けるはずよ。単に、正しい風に乗れるかどうかの問題だわ」博士は地図鞄を振り回した。「地中海気流なんて、謎でもなんでもないのに！」

「あれは少しばかり厄介かもしれませんが、博士」そこまで言ってから、ディランは咳払いをした。「それと厳密に言うと、われわれの目的地はまだ軍事機密です」

バーロウ博士は卵をじっと見つめた。「今となっては、まったく無意味なものだわね」

アレックは顔をしかめて考えた——どうしてリヴァイアサンはオスマン帝国に向かっているのだろう？　イスラム教を信仰するオスマン人は、熱心な反ダーウィニストだ。ロシアとは何世紀も敵対しているし、皇帝《スルタン》とドイツ皇帝《カイザー》とは古くからの友人だ。ヴォルガーはいつも言っている。遅かれ早かれ、オスマン人はドイツとオーストリア＝ハンガリーと共同戦線を張るだろうと。

「あそこは中立地帯ですよね？」アレックは言葉を選んで言った。

「現時点ではね」バーロウ博士はため息をついた。「もちろん、すぐに変わってしまうかもしれない。それだから、この遅れが致命的なのよ。何年も費やした仕事が無駄に終わってしまうわ」

アレックは博士の憤りに耳を傾けながら、この新たな展開に頭をひねっていた――オスマン帝国は、姿をくらますには理想的な場所だ。広大だし、貧しい帝国だから二、三枚の金貨で長く生活できる。ドイツの工作員は掃いて捨てるほどいるはずだが、それでもともかく、到着した途端に捕虜にされることはないだろう。

「差し支えなければお聞かせください、バーロウ博士。あなたの任務は戦争か和平かにかかわるものですか？」

博士は少しのあいだ、アレックと視線を交えた。「わたしたちの秘密を、すべてあなたに漏らすわけにはいかないわ、アレック。でも、これだけは明らかかね。わたしは兵士ではなく、科学者です」

「そして、外交官でもある？」

バーロウ博士は笑みを浮かべた。「人にはそれぞれの義務があるものよ」

アレックはもう一度、卵の箱を眺めた――この卵が外交とどういう関係があるのか、ぼくには想像もつかない。だが、重要なのは、これをオスマン帝国に届けるためなら、バーロウ博士はどんな危険をも顧みないだろうということだ……。

そこまで考えたところで、アレックは大胆な案を思いついた。

「ぼくがエンジンを提供できるとしたらどうでしょう、バーロウ博士？」

博士はきょとんとした顔をした。「なんですって？」

「ストームウォーカーは強力なエンジンを二基、搭載しています。しかも、両方とも正常に使える状態です」

少しのあいだ、沈黙が流れた。それから、バーロウ博士はディランに顔を向けた。「そんなことは可能なの？　ミスター・シャープ」

訊かれた少年は、判断がつきかねる様子だった。「あのエンジンに十分な威力があることは確かです、博士。だけど、とんでもなく重い！　しかも、クランカーの機械は手間がかかる。それを使えるようにするには、ものすごく時間がかかるはずですが、われわれにそんな余裕はありません」

アレックは首を振った。「君たちの乗組員が多くをする必要はないだろう。クロップはオーストリアでいちばん優秀な熟練整備士だ。ぼくの父が自ら登用したほどのね。クロップとホフマンは、ストームウォーカーをわずかな交換部品だけで、五週間も走らせたんだ。あのふたりなら、プロペラ一組くらい回転させられるはずだ」

「ああ、たぶんな」ディランが言った。「だけど、もうちょっとやることがあるぜ。ただプロペラを回転させるだけじゃすまない」

「そのときは、君たちの機関兵に手伝ってもらう」アレックはバーロウ博士に顔を向けた。「どう思われます？　あなたは任務を遂行できる。そして、ぼくと仲間は友好国に避難できる」

「けれど、ひとつ問題があるわ。それだと、わたしたちがあなたがたに従属することになってしまう」

アレックは目をしばたたかせた──それは考えていなかった。確かに、エンジンを支配すれば、戦艦を支配することになる。

「航行中に、そちらの機関兵を訓練できるでしょう。ぼくを信じてください。誠意を持ってこの同盟を結びます」

「あなたのことは信じているのよ、アレック。でも、あなたはまだ少年だわ。お仲間たちがその言葉に従うと信じるには、どうしたらいいの？」

「なぜならぼくは……」アレックはそこまで言って、ゆっくりと息を吸いこんだ。「彼らはぼくの言う通りにします。伯爵をぼくの身代わりにしたんですよ、覚えておられるでしょう？」

「覚えていますよ。でも、協約を結ぶには、あなたの正体を知らないと」

「そ……それは言えません」

「では、簡単に整理させてちょうだい。オーストリア全土でいちばんの熟練整備士が、あなたのお父様の家臣のひとりだったのね」

アレックはゆっくりとうなずいた。

「それから、逃亡して五週間になるって言ったわね。ということは、あなたの旅がはじまったのは、だいたい六月二十八日ごろかしら？」

アレックは凍りついた――バーロウ博士は、ヴォルガーとクロップがぼくの寝室に来た夜を特定した。ぼくの両親が死んだ夜を。博士はとうに感づいていたんだろう。ぼくがうかつに漏らした、さまざまな情報を手がかりにして。なのにたった今、ぼくはパズルの最後のピースを渡してしまった。

否定しようとしたが、急に言葉が出てこなくなってしまった。今までは絶望感を隠し通してきたから、抑えていられた。それなのに、胸の中の虚無感がふたたび頭をもたげはじめている。

バーロウ博士がアレックの手を取った。「お気の毒に、アレック。とてもつらかったでしょうね。では、噂は本当なのね？　あれはドイツ軍が？」

アレックは顔を背けた。博士の憐憫《れんびん》の情を正面から受け止めることができなかった。「彼らはあの日の夜から、ぼくたちを追っています」

「ならば、あなたをここから脱出させないと」博士は背筋を伸ばして、身につけていた外套を整えた。「艦長に説明してくるわ」

「お願いです、博士」どうにか声の震えをこらえて、アレックは言った。「誰にも、ぼくの正体を教えないでください。事態が複雑になってしまうかもしれません」

バーロウ博士は一瞬考えこんだように見えたが、すぐに答えた。「今のところは、わたしたちの秘密ということで大丈夫だと思うわ。艦長は、あなたがエンジンを提供してくれるだけで、大喜びのはずだから」

博士はいったん扉を開けてから、また引き返してきた。アレックは、一刻も早く出ていってくれることを願った。虚無感がこみ上げて、抑えきれなくなっていた。それでも、女性の前で泣きたくはなかった。

幸いなことに、バーロウ博士は短い言葉を残して出ていった。「彼をよろしくね、ミスター・シャープ。かならず戻るわ」

35

アレックの悲しみは、初めから一目瞭然だったのに——デリンは思った。

不時着した夜に起こしてくれたあのときから、目に見えてたじゃないか。アレックの深い緑の瞳は、悲哀と不安でいっぱいだった。それにきのう、自分は孤児だと話してくれた、あそこで気づくべきだった。黙りこんだ様子から、アレックの心の痛みはまだ新しいものなんだって。

だが、すべてが明らかになった今、アレックの頬には涙が伝い、すすり泣く声も激しくなっている。どういうわけか、正体を明かした途端に、悲しみを抑えていた自制心がゆるんでしまったのだ。

「つらいよな」デリンは優しく声をかけて、彼のそばに膝をついた。アレックは卵の箱に身を寄せてしゃがみこみ、両手に顔を埋めている。

「すまない」アレックは恥ずかしそうに、鼻声で言った。

「馬鹿言うな」デリンは彼の隣に座った。背中に当たる卵の箱が温かかった。「俺、父さんが死んだとき、もう半狂乱になっちまってさ。一カ月間、誰とも口をきかなかったんだ」

アレックは何か言おうとしたが、まともに話すことができなかった。懸命に涙をこらえると、体中が震えた。喉がぴたりと貼りあわされたようだった。

「しーっ」デリンはアレックの顔にかかった髪をかき上げてやった。彼の頬は涙で濡れていた。「それから、心配すんなよ。俺は誰にも言わないからさ」

アレックが泣いているからとか、ほんとうは誰だとか、そんなことは関係ない。見ればわかるじゃないか。もっと早くに気づかなかったなんて、俺が馬鹿だった。アレックは、すべての発端となった大公って奴の息子なんだ。そういえば、リヴァイアサンに救助されたとき、どこかの貴族が殺されて、クランカーが激怒してるって教えてもらったんだよな。

ここ最近の厄介な事態は、すべてたったひとりの、ろくでもない大公のせいだ——俺は今まで、何度もそう思った。だけどもちろん、アレックにとっては、そんな話は大間違いだろう。両親が死んじまうなんて、まさに世界が爆発するようなもんだ。宣戦を布告されるのとおんなじだ。

デリンは父親の事故のあとのことを思い出した——母さんも、叔母さんたちも、俺をまともな女の子に戻そうとした。スカートだの、お茶会だの、あの手この手で。母さんたちはまるで、元々の俺と、それまでの俺の人生を消し去ろうとしているみたいだった。俺は、ありのままの自分でいるために、死に物狂いで闘わなくちゃなんなかった。

それが肝心なんだ——闘い続けるってことが。たとえ何があっても。

「博士は艦長を俺たちの味方につけてくれるさ」デリンは穏やかに言った。「それに、俺たちはすぐにここから脱出するよ。まあ、見てなって」

ほんとのところ、アレックのエンジンを使うって計画がうまく運ぶと確信しているわけじゃない。それでも、条件に合った気流を待ちわびてここに留まっているよりは、ずっとましだ。

アレックはもう一度涙をこらえて、声を取り戻そうとした。

「奴らは、両親を毒殺したんだ」やっとの思いで口を開いた。「最初は爆殺、次に射殺を謀った。セルビア人の無政府主義者たちの仕業に見せかけるためにね。でも、最終的には毒殺だった」

「しかもそれは、この戦争をはじめるための手段だったんだろう？」

アレックはうなずいた。「ドイツ軍は戦争を起こすべきだと考えていた。あとは時機の問題だけだった。そして、彼らにとっては、早ければ早いほど好都合だったんだ」

そんなのどうかしてる、と言おうとして、デリンは思いだした——戦争を熱望してる乗組員もけっこういるんだった。喧嘩をしたくてうずうずしてる馬鹿野郎って、どこにでもいるもんな。

だがそう考えても、まだわけがわからなかった。「おまえの一族は、オーストリアを治めてるんだろ？」

「ここ六百年くらいね」

「じゃあさ。ドイツ軍がおまえの父さんを殺したんだったら、どうしてオーストリア軍は皇《カイ》帝《ザー》をぶっとばさないで、逆に協力してんだよ？　おまえの一族は、事の真相を知らないのか？」

「知っているさ……少なくとも、感づいてはいるはずだ。けれど、父上はほかの親族からあまり良く思われていなかった」

「なんかすげえ悪いことでもやっちまったのか？」

「母上と結婚した」

デリンは呆気《あっけ》にとられた顔をした――子供の結婚相手を巡る家族のいざこざは、俺だって見たことがある。だけど普通は、爆弾を落とすまでにはなんねぇよな。

「おまえの親戚って、頭のおかしい奴らばっかりなのか？」

「いや、帝国の統治者一族だ」

どう考えたって、いかれてるぜ――デリンはそう思ったが、口にはしなかった。だが、その話を続ければアレックの涙が収まりそうだったので、訊いてみた。「おまえの母さんの何が、そんなにまずかったんだ？」

「母上は統治者一族の出身ではなかったんだ。まったくの平民ではなかったのだけれどね。先祖には王妃もいたし。それでも、ハプスブルク家に嫁《とつ》ぐ女性は、皇族出身でなければいけないんだ」

「ふぅん、なるほどな」アレックの偉そうな態度に俄然納得がいった――父親が死んだってことは、こいつは公爵になるのか。それとも大公っていうのか？　そっちのほうがもっと高貴な感じがするよな。

「だから、両親は恋に落ちたとき」アレックは小さな声で言った。「隠し通さなければならなかった」

「へぇ、そりゃあ、すっげえロマンチックだな」デリンは大声でそう言ったが、アレックに変な顔をされて、少々声を落としてつけ加えた。「ほら、秘めた恋ってとこがさ」

アレックの顔に、笑みのようなものが滲んだ。「ああ。そうだったろうな。とくに、母上が話してくれた様子からするとね。母上はイザベラ・フォン・クロイ妃の女官だったんだ。父上が屋敷を訪れるようになって、イザベラは父上が自分の娘の誰かに求婚するつもりなのだと考えた。ところが、父上の意中の娘が誰なのかはわからなかった。そんなある日、父上はテニスコートに懐中時計を置き忘れてしまったんだ」

デリンが鼻を鳴らした。「そうなんだよ。俺もしょっちゅうテニスコートに懐中時計を忘れちゃうんだよな」

アレックはあきれた顔をしてデリンを見たが、話を続けた。「そして、イザベラは懐中時計を開いた。自分の娘の誰かの写真があるのを期待してね」

デリンが大きく目を見開いた。「ところがそこには、おまえの母さんの写真があったってわけだな！」

アレックはうなずいた。「イザベラは逆上して、母上に女官を辞めさせた」

「そりゃちょっと厳しいな。どっかの大公に好かれたせいで、クビになっちまうなんて

さ！」

「仕事を失ったどころではない。ぼくの大伯父である皇帝は、ふたりの結婚を認めることを拒んだ。一年間、父上と言葉を交わそうとすらしなかった。そのせいで、帝国全体が混乱した。ドイツ皇帝《カイザー》や、ロシア皇帝《ツァー》や、ローマ教皇までが、事態の収拾に動いた」

デリンは驚きを隠せなかった——やっぱり、アレックは頭がおかしいか、じゃなきゃ、ただのたわ言野郎なんだ。たった今こいつは、ローマ教皇《ポープ》が自分の一族の問題に首を突っこんだって言ったんだよな？

「だが最終的に、彼らは妥協するに至った……貴賤結婚さ」

「それって、どういうことだよ？」

アレックは顔の涙を拭った。「結婚はできるが、ふたりの子供は何も継承できないってことさ。大伯父にしてみれば、ぼくはこの世に存在していないんだ」

「じゃあ、おまえは大公でもなんでもないのか？」

アレックは首を振った。「ただの公子《プリンス》だ」

「ただの公子だ？　なんだよ、ずいぶんふざけた言い草だな！」

アレックはデリンに顔を向けて、眉を寄せた。「君に理解してもらおうとは思わないよ、ディラン」

「ごめん」デリンはつぶやいた。アレックをからかうつもりなど、毛頭なかった。なんと言っても、一族のいさかいのせいで、彼は両親を失ったのだ。「なんだか、ちょっと妙な話だよな」

「そう思うよ」アレックはため息をついた。「誰にも言わないでくれるな？」

「もちろんさ」デリンは片手を突き出した。「前に言っただろ、おまえの一族の問題は、俺たちには関係ないって」

アレックは握手を交わすあいだも、悲しそうな笑みを浮かべていた。「そうだといいんだが。残念ながら、ぼくの一族の問題は、全世界の問題に発展してしまった」

デリンは思わず息をのんだ――どんな気持ちだろう。自分の一族のいざこざが、とんでもない大戦争になっちまうなんて。そういうわけだから、この気の毒な少年は、いつもひどく打ちひしがれた様子なんだな。アレックには何ひとつ責任がないのに、悲劇が起こるたびに、こいつの胸にはバケツ何杯分もの罪悪感の種がまかれるんだ。

俺だって、いまだに一晩に何回も、心の中で父さんの事故を思い返す。そのたびに、もっと何かしてたら父さんを助けられたかもしれない、もしかしたらあの爆発は俺のせいだったのかもしれない、って考える。

「いいか？　おまえは悪くないんだぞ」デリンは優しく言い聞かせた。「つまりさ、バーロウ博士が言ってたけど、ここまで事態が悪くなったのは、大勢の政治家がいろんなことをでっち上げたからなんだよ」

「でも、一族が分裂した原因はぼくなんだ。ぼくがすべてをめちゃくちゃにした。そのせいで、ドイツ軍につけいる隙を与えてしまった」

「だけど、おまえって奴は、それ以上の存在なんだぜ」デリンはアレックの手を取った。「おまえはさ、氷河を渡って、俺のケツを凍傷から救ってくれた奴だよ」

アレックはデリンをまじまじと見つめると、両目の涙を拭って、笑顔をみせた。「そうとも言えるな」

「アレック?」どこからかバーロウ博士の声が聞こえて、少年はびくりと身を震わせた。

デリンは笑いながら立ち上がると、天井にいる伝言トカゲを指さした。

「艦長があなたの申し出に同意したわ」ビースティは続けた。「ウォーカーが倒れている場所で会いましょう。こちらの機関兵とあなたのお仲間の仲立ちをするのに、少なくとも、ふたりの通訳が必要ですからね」

アレックはその場に座ったまま、恐れおののいてトカゲを見上げていた。デリンは笑顔を浮かべると、彼の手を引いて立たせてやった。「おまえの返事を待ってんだよ、馬鹿だな」

アレックは気持ちを落ち着かせてから、緊張した声で言った。「できるだけ早く、そちらに向かいます、バーロウ博士。ヴォルガー伯爵にも協力を仰ぐべきです。彼は完璧な英語を話せます。その気になればですが。ありがとう」

「以上」デリンがつけ加えると、ビースティは大急ぎで走り去った。

アレックは身震いした。「申し訳ないが、しゃべる動物にはまだ慣れないな。どうも罪深い気がするんだよ。彼らをあそこまで人間みたいにするなんて」

デリンは声を上げて笑った。「オウムが話すのを聞いたことないのか?」

「それとは、まったくちがう。オウムはもともと、ああいうふうに話す生き物じゃないか。とにかく……どうもありがとう、ディラン」

「なんのことだ？」

アレックは左右の手のひらを挙げた。デリンは一瞬、彼がまた泣きだすのかと思った。だが、アレックはこう言っただけだった。「ぼくを理解してくれて」

それからアレックは、両腕を彼女に回した。ほんの束の間の、ちょっとした抱擁だった。そして、くるりと背を向けると急いで機械室を出て、ストームウォーカーが倒れている場所を目指した。

勢い良く扉が閉まると、デリンは身震いをした。不思議な感覚がじわじわと全身に広がった。アレックの両腕に抱かれた肩のあたりに、疼くような妙な感じが残っていた。遠くの稲妻が空を輝かせるときに、飛行獣の被膜がパチパチッというのに似ている。

自分の身体に両腕を回してみた。けれど、同じ感覚にはならなかった。

「なんだよ、ふざけんな《バーキング・スパイダーズ》」デリンは小さい声でつぶやくと、卵の世話に戻った。

36

翌日の昼、デリンとニューカークは脊梁部の見張りに就いていた。

リヴァイアサンは一夜のうちにふたたび膨らみ、艦内には飽食の日を満喫する人造獣たちの鳴き声が響き渡っていた。眼下の雪の上には、戦艦の最後の備蓄がばらまかれ、ごちそうにありつく人造鳥たちが群がっている。デリンは自分の腹が鳴っていることに気づいた。なにしろ、彼女の朝食は脂っこいスコーンとコーヒーだけだった。乗組員には、動物たちが口にしない食料しか配給されなかったのだ。

それでも、多少の空腹感を我慢する価値はあった。デリンの足元の被膜は弾力を取り戻し、ぴんと張って良好な状態だ。しぼんででこぼこになっていた脇腹も、平らに広がっている。正午頃には、軽くなった艦体が風に吹かれて氷河の上を滑りはじめ、艤装兵はバラストタンクに雪を詰めなければならなかった。

だが、バスク博士の話によれば、クランカー製のエンジンに加えて五人の重量が増えるのはぎりぎりの線だった。

「動いてるぞ」ニューカークが言った。「まだ生きてんな」

デリンは上空のハクスリーを見上げた。ミスター・リグビーは、自分が高空監視に就くと言って譲らなかった。凍えるような上空を何時間も担当させて、最後の士官候補生ふたりが凍傷になったらいいたたまれないとのたまっていたが、本当のところは、病室を抜け出すための口実にすぎなかった。

「早く降ろした方がいいぞ」デリンが言った。「ミスター・リグビーがあそこで凍死したら、俺たちがバスク博士に大目玉を食らっちまう」

「確かに」ニューカークはそう言って、両手に息を吹きかけた。「だけど、ミスター・リグビーが降りたら、俺たちのどっちかが、上に行かなきゃなんねぇんだぜ」

デリンは肩をすくめた。「卵の世話よりましさ」

「そうは言っても、卵の世話はあったかいだろ」

「まあね。おまえも続けてるはずだったのにな、ミスター・ニューカーク。博士のしち面倒くさい卵を一個、殺してなかったら」

「こんな氷山で立ち往生してんのは、俺のせいじゃねぇ！」

「氷河だよ、馬鹿ったれ！」

ニューカークは何やらぶつぶつ毒づくと、脊梁部の固い被膜の上を乱暴に足を踏み鳴らしながら歩み去った。卵がだめになったのはバーロウ博士の説明不足のせいだというのが、ニューカークの言い分だった。クランカー製の温度計は摂氏表示だと教えてくれなかったのがいけないと。だけど、博士に言われた通りの数値を保ってりゃよかっただけじゃねぇか――

デリンはそう思っていた。

ニューカークを呼び止めて謝ろうか？　でもまぁ、あいつも悪いんだから、放っておけばいいさ。そんなことより、新しいエンジン・ポッドの作業状況を確認したほうがよさそうだ。

デリンは双眼鏡を目にあてた……。

飛行獣の両脇腹の下にそれぞれ置かれた前部エンジンの一部が、一対の耳のように出っぱっていた。両側のエンジン・ポッドの上部が取り外され、大きすぎるクランカー製の機械装置が雑然と、四方八方に突き出している。アレックは左舷側で作業にあたっていた。ホフマンと、飛行獣の機関長のミスター・ハーストが一緒だ。三人は冷たい風の中で大きく腕を振りながら、熱心に話しあっている。

作業は思うようにはかどっていない様子だった。正午頃に一度、クロップとバウアーが手がけている右舷側のエンジンが、轟音を響かせて数秒間息を吹き返し、デリンの足元の被膜にまで震動が伝わってきた。ところが、何かが割れたらしく、エンジンは鋭い音を上げて停止してしまった。それから一時間ばかり、クランカーはひたすら雪の上に焼けた金属片をふりまいている。

デリンは次に、地平線を見まわした。コンドルの襲撃から、一日以上が経っている。ドイツ軍はもう、さほど長い猶予は与えてくれないはずだ。これまでも何機かの偵察機が山脈を越えて姿を現わし、リヴァイアサンがどこにも行っていないことを確認しては帰っていった。ドイツ軍は時間をかけて圧倒的な戦力を結集しているのだと、誰もが言っている。もはや、いつ猛攻を受けてもおかしくないのだ。

にもかかわらず、デリンの視線はアレックに引き戻された。彼はエンジン・ポッドの先端を指さしながら、ホフマンの通訳をしていた。それから、プロペラのように両腕を回しはじめた。デリンは一瞬、アレックの声が聞こえたような気がして、思わず微笑んだ。

だがそこで、デリンは双眼鏡を下ろすと、自分を罵って、くだらない考えを頭から追い払った――俺は兵士だぞ。村祭りでスカートをひらひらさせてるような小娘とは違うんだ。

「ミスター・シャープ！」ニューカークの怒鳴り声が聞こえた。「リグビーが大変だ！」

即座に視線を向けると、ニューカークはすでにウィンチにとりついて、がむしゃらにハンドルを回していた。ハクスリーから黄色い救難リボンがひるがえり、ミスター・リグビーの手旗信号が動いている。デリンは双眼鏡を目にあてた。

通常の倍の速度で文字が刻まれていた。最初の部分を見損ねて、まぬけな顔でぽかんと眺めてしまったが、それでもすぐに、メッセージの内容がわかってきた。

……**マ・ヒ・ガ・シ・ニ――ハ・チ・キ・ャ・ク――ト――テ・イ・サ・ツ・キ**
デリンは顔をしかめて考えた――手旗信号を読み間違えたんだろうか。〝キャク〟ってのはもちろん、ウォーカーのことだ。だけど、八脚ウォーカーなんて、教本に載ってなかったぞ。クランカー製の最大級のドレッドノート艦が動き回るんだって、六脚しか要らないのに。

しかも、ここはスイスで、まだ中立地帯だ。なのに、ドイツ軍は陸から攻めこむつもりなのか？

ところが、リグビーはまた同じメッセージを繰り返した。ふたたび駆け抜けた信号は間違えようのないほどはっきり見えて、更なる情報も伝えていた。

ヤ・ク・ジ・ユ・ウ・マ・イ・ル——キ・ユ・ウ・セ・ッ・キ・ン・チ・ユ・ウ

たちまち、デリンの頭は完全に兵士の思考に戻った。

「おまえひとりで、ミスター・リグビーを降ろせるか、ニューカーク？」デリンは大声で呼びかけた。

「ああ。だが、負傷してたらどうする？」

「掌帆長は無事だ。クランカーの奴らが……地上から来てる！　警報を鳴らさないと」

デリンは号笛を取り出して、敵の接近を知らせる信号を吹いた。近くにいた水素探知獣が耳をそばだてると、警告の遠吠えをしはじめた。

その鳴き声は、探知獣から探知獣へと伝えられて戦艦中に広がった。まるで、生命を持った空襲警報のようだった。すかさず、いたるところで兵士たちが慌ただしく緊急態勢に入った。デリンはあたりを見わたして、当直士官を探した……またあいつだ。ミスター・ローランドが脊梁部を走ってこちらに向かってくる。

「報告しろ、ミスター・シャープ」

デリンはハクスリーを指し示した。「あれは掌帆長です。彼が接近中のウォーカーを発見しました！」

「ミスター・リグビーが？　いったいなんだって、彼が上空にいるんだ？」

「本人が言い張ったんです。ウォーカーは八脚だそうです。その点については、二回確認しました」

「八脚だって？　間違いなく、巡航艦だな」

「はい、大型です。ミスター・リグビーは十マイル先にいるところを発見しました」

「なるほど、それは運がよかった。でかいやつは、たいして速くないからな。そいつがここに着くまで、あと一時間はかかるだろう」ミスター・ローランドは振り返って、そばを走りすぎた伝言トカゲに向かって指を鳴らした。

「失礼ですが」デリンは言った。「ミスター・リグビーのメッセージは〝急接近中〟でした。すばしっこいやつなんだと思います」

ローランド艤装長は顔をしかめた。「ありえないな。だが、クランカーに訊いてみろ。その八脚ってやつのことで、何か知っているか確認するんだ。それから、艦橋《ブリッジ》に報告しろ」

デリンは敬礼して素早く回れ右をすると、下に向かった。


降下用ロープが脊梁部に沿って何本も垂れ下がっていたので、デリンはそのうちの一本にカラビナを装着して、舷側を跳ねながら懸垂下降した。グローブをはめた両手の中を摩擦音を上げながらロープが通過し、滑り降りるにしたがって金属製のカラビナが熱を帯びていく。

体中を血液が駆け巡った。戦闘がはじまるのだという緊迫感が、すべてを消し去った――飛行獣はまだ無防備な状態だ。アレックたちクランカーがエンジンを使えるようにするまで、どうにもできない。

デリンのブーツがやかましい音をたててエンジン・ポッドの支柱の上に着地すると、ミスター・ハーストがごちゃごちゃに入り組んだ歯車から顔を上げた。ハーストはエンジンのへりにしがみついていたが、命綱は見当たらなかった。

「ミスター・シャープ！　いったいなんの騒ぎだ？」

「敵のウォーカーが接近してます」デリンはそう言ってから、アレックに目を向けた。彼の顔には機械油の筋が何本も走り、まるで黒い縞模様の出陣化粧を施したようだった。「機種はわからない。でも、八脚だ。だから巨大なやつだと思う」

「ヘラクレスだろう。スイスの国境でかわしたんだ。千トン級のフリゲート艦で、実験段階の最新機種だ」

「それで、速いのか？」

アレックはうなずいた。「ぼくたちのウォーカーと同じくらい速く動ける。このスイスにいるって言ったよな？　ドイツ軍は気でも違ったのか？」

「じゅうぶんいかれてるよ。東方十マイルにいて、偵察機隊も一緒だ。ここに到達するまで、あとどのくらいあると思う？」

アレックはドイツ語とメートル法に通訳して、少しのあいだホフマンと話しあった。デリンはいらいらと足を鳴らして待っている自分に気づいた。痛む両手は、しっかりとロープを握りしめている。ここからひとっ跳びすれば、艦橋《ブリッジ》まで一気に滑り降りられるだろう。

「二十分ぐらいかな?」ようやくアレックが言った。

「ちくしょうっ! 幹部たちに報告してくる。ほかに知っておくべきことは?」

ホフマンが手を伸ばしてアレックの腕を取り、早口のクランカー語でささやいた。それを聞いたアレックは、大きく目を見開いた。

「そうだ。今、君が言った偵察機だが、ぼくたちも見たんだ。あれには照明弾が搭載されている。ある種の粘着性のある燐《リン》が詰まっているんだ!」

一瞬、四人とも黙りこんだ。燐《リン》……水素呼吸獣《ハイドロゲン・ブリーザー》を黒焦げにするには、またとない武器だ。どうやら、ドイツ軍に彼らを捕獲するつもりはないらしい。

「よし、行け!」ミスター・ハーストがデリンに向かって叫んだ。「俺は反対側のエンジンに伝言トカゲを送る。それから、君らふたりはこの装置を起動させてくれ!」

デリンは最後にもう一度アレックに視線を走らせると、支柱から跳び出して、艦橋《ブリッジ》に向かってロープを滑り降りた。両手のグローブにこすられて、熱を帯びたロープがジューッと音をたてた。

37

「まだエンジンが温まってないんだぞ！」アレックは叫んだ。「この寒さの中では、ピストンが割れるかもしれない！」

「こいつが使いもんになろうがなるまいが」ハーストがアレックに怒鳴り返した。「どっちにしろ、飛行獣は上昇するんだ！」

リヴァイアサンの機関長の言う通りだった。眼下では、前部タンクから排出されたバラスト水が陽の光を受けてきらめいていた。金属製のデッキの床が浮き上がった。船舶が波に持ち上げられるときの感覚と似ていた。乗組員が雪の上を走って、続々と艦内に戻っている。あたり一帯に人造獣たちの咆哮や鳴き声が響き、ジャングルさながらの騒々しさだ。

また少し、リヴァイアサンが動いた。急に張り詰めた係留ロープから氷が弾けた。ミスター・ハーストはエンジン・ポッドの外に目を走らせ、エンジン部品を引き上げたときに使った滑車のロープを次々と切りはじめた。もうすぐ、飛行獣を地上につなぎとめているすべてが断ち切られるはずだ。

にもかかわらず、エンジンにはまだじゅうぶん油がさされていなかった。グロープラグの半数はテスト前で、クロップは彼がみずからピストンの点検を終えるまでは起動を禁じていた。

「動きそうか？」アレックはホフマンに訊ねた。

「試す価値はあります。ゆっくりやってみましょう」

アレックは操縦装置と向き合った。ストームウォーカーの司令室のいつもの場所から取りはずされた計器や針を見るのも、ウォーカーの腹部内にあった歯車やピストンが屋根もない場所に並んでいるのを見るのも、まだ違和感があった。

グロープラグを点火させると、頭の周りに火花が飛び散った。

「ここからは慎重にいきましょう」ホフマンはゴーグルを装着した。

アレックは一本だけになった操縦桿を握り――もう一本はクロップがいる右舷エンジンにある――注意深く前へ押し倒した。歯車が嚙みあって回転し、徐々に速度を上げ、ついにはエンジンの轟音がポッド全体を震わせた。アレックは肩越しに素早く振り返った。ストームウォーカーから抜き取られた内臓部が目の前で高速回転し、排気管からは黒い煙が上がっている。

「命令を待て！」ミスター・ハーストは轟音に負けない大声で叫ぶと、飛行獣の被膜にあるシグナル・パッチを指し示した。機関長から、あらかじめ説明されていた――シグナル・パッチはイカの皮で造られており、人造の神経組織によって、艦橋《ブリッジ》まで続く受容体につながっている。リヴァイアサンの幹部が感知装置に色紙を置くと、シグナル・パッチはその色を正確に真似《まね》る。野生生物の保護色のようなものだ。鮮やかな赤は全速前進、紫は半減速、青は四分の一の速度を意味し、三色間の濃淡で細かい指示が出されるのだ。

とはいえ、エンジンは試運転前だった。アレックは不安を感じた──ぼくにとっての〝半減速〟は、クロップと同じだろうか？　速度感覚を正確に合わせるためには、何日もかかるはずだ。なのに、ドイツ軍はあと数分のうちにここまで到達してしまう。

艤装兵が切り離した係留ロープが激しく揺れ、アレックはまたも足元が急に傾くのを感じた。寒風に吹き寄せられて、巨大な飛行獣は氷河の上を横向きに滑っている。

「四分の一速！」ハーストが怒鳴った。シグナル・パッチは濃い青色に変わっていた。

アレックはゆっくりとフット・ペダルを踏みこんだ。プロペラが作動して少しのあいだのろのろと回り、やがてがっちりと歯車が嚙みあうと、回転数が上がって羽根の形がわからなくなり、ぼんやりとかすんでひとつにつながったように見えた。

たちまち、プロペラがむき出しのエンジン・ポッドに氷のような風を引きこみはじめた。アレックは頭を伏せて、コートの前をしっかりと合わせた──全速前進だと、どうなってしまうのだろう？

「一段階落とせ」ハーストが叫んだ。

アレックはシグナル・パッチを確認した。薄い青に変わっていた。エンジンを停止させないよう、慎重に少しだけ操縦桿を戻した。

「聞こえますか？」いくぶん静かになったところで、ホフマンが言った。「クロップのエン

ジンです」

アレックは耳を澄まして、遠くからの轟音を聞き取った。こちら側のエンジンが空転しているあいだに、クロップのエンジンは勢いを増し、飛行獣をゆるやかに左折させている。

「うまくいったぞ！」アレックは叫んだ。ストームウォーカーのエンジンが空中で巨大な物体を動かしているという事実に興奮していた。

「ですが、どうして、東に旋回しているんでしょうか？」ホフマンが訊ねた。「フリゲート艦は東から接近しているのでは？」

アレックは、その疑問をミスター・ハーストに通訳した。

「おそらく、艦長は谷間で加速したいんだろう。俺たちは少しばかり重すぎる。君らのエンジンのおかげでな。それに、前進すれば揚力《ようりょく》が発生して艦が上昇する」ハーストは自分の肩越しに親指を突き出した。「あるいは、後ろから来てるあいつらに気づいたからかもしれないな……」

アレックは振り返って、プロペラのかすみの向こうに目を凝らした。背後の山脈から、航空機の一団が姿を現わしはじめていた――コンドルとプレデター迎撃機が数機。さらに、ゴンドラから何機もグライダーを吊り下げた巨大なアルバトロス強襲揚陸艦が一機。ヘラクレスと偵察機隊がオーストリア側から到着するタイミングに合わせて、大規模な空襲をするつもりなのだろう。

ハースト機関長は支柱に寄りかかると、中央の結合部にどさりと片脚をのせ、素早くゴーグルを装着した。「君たちのやかましい装置がうまく動くといいがな」

「そう願うよ」アレックもゴーグルの位置を調節して、操縦装置に向き直った。リヴァイアサンの艦首は徐々に東を向き、ようやく艦体が山脈の谷底と並行に重なった。

シグナル・パッチが鮮やかな赤に変わった。

アレックはハーストの指示を待たずに、操縦桿を勢い良く前に押し倒した。途端に、絡みあった歯車とピストンのあいだでプスプスッという音が鳴った。だが直後に、エンジンがうなりを上げて息を吹き返し、プロペラが陽の光を紡ぎはじめた。

「方向を確認しろ！」騒音よりも大きな声でハーストが怒鳴った。

アレックは彼の言わんとすることに気づいた――リヴァイアサンが右舷側に向きを変えている。ぼくのエンジン出力の方が、クロップ側より強すぎるんだ――前方に、黒い歯のように連なる山脈が不気味に迫っている。

そこで、操縦桿を少し引き戻した。ところがそのすぐあとに、リヴァイアサンは反対側に大きく方向転換した――クロップも同じことに気づいたな。バランスを取ろうとして、自分のエンジンを加速したに違いない。

アレックはじれったくなって、うなり声を漏らした――これでは、一機のウォーカーをふたりで片脚ずつ操縦しているようなものだ。

ミスター・ハーストが大声で笑って叫んだ。「心配するな。あとは飛行獣が考えてくれるさ！」

アレックは凍てつくような逆風に向かって目を凝らした。彼のすぐ近くからずっと向こうまで、飛行獣の脇腹が活発に波打ちはじめていた。その波動は舷側一面に広がって、まるで強風を受けてさざめく草原のように見えた。

「どうなってるんだ?」

「繊毛ってやつさ。空気をかきまわす、小さなオールみたいなもんだ。飛行獣が安定させてくれるよ。君のクランカー製のエンジンができなくてもね」

アレックは息をのんだ。波のようにうねる飛行獣の表面から、目が離せなかった。エンジンを取りつけているあいだ、彼は飛行獣のことを巨大なマシンだと考えるようにしていた。だが今や、リヴァイアサンは命ある生き物に戻っている。

とにもかくにも、小さな繊毛は彼らを導いて谷間を進ませてくれた。馬に乗るのと似ているな——アレックは思った——どこに向かうか指示するのは人間だが、どこに脚を踏み下ろすか選ぶのは馬だ。

ホフマンがアレックの肩にそっと触れた。「若君、幸せな我が家に別れを告げましょう」

アレックは目をやった。彼らのそばを流れるように古城が通り過ぎた——二年間もかけて準備された隠れ家なのに、ぼくはたった二晩しか過ごさなかった……。

それにしても近すぎる——城壁はエンジンとほぼ水平の位置にあった。アレックの下では、垂れたロープがまだ雪の上を引きずられていた。しかも、リヴァイアサンはフリゲート艦と偵察機に向かって直進している。

「上昇してないぞ！」

「半トンぐらい余分に積んでいるみたいだ」ハーストが叫んだ。「科学者たちがそんな計算間違いをするはずはない！　君たちの申告より、エンジンが重いってことはないか？」

「ありえない！」クロップ師は、ストームウォーカーの全部品の正確な重量を知っている」

「だったら、何かが重荷になってるはずだ！」ハーストが怒鳴った。

アレックは前方できらめく光に気づいた。前部タンクから、さらにバラストが放水されている。そのとき、何か塊のようなものが回転しながら落ちていった。

「なんてこった！」ホフマンが口走った。「今のは、椅子だぞ！」

「どうなってるんだ？」アレックはハーストに向かって叫んだ。

機関長は、またべつの椅子が宙を舞いながら谷底に落ちていくのを見届けてから答えた。

「バラスト警報が鳴ったんだろう。できるかぎりの物を舷側から捨てるんだ」ハーストは前方を指さした。「理由はあれだな！」

冷たい風に目を凝らすと、遠くの方で白い靄《もや》が立ちのぼっていた。鋼鉄の肢《あし》が陽の光を受けてきらめきながら、もうもうと雪を蹴立てている。

ヘラクレスだ。こちらに向かって猛スピードで谷を登ってくる。今の高度だと、リヴァイアサンの艦橋《ブリッジ》はヘラクレスの砲列甲板とまともに衝突してしまう。

アレックは本能的に、操縦桿を引き戻そうとした。だが、シグナル・パッチは赤のままだった――減速したら、揚力を失うことになる。そうなれば、事態はさらに悪くなるだけだろうなものだ。それに、退却すれば、背後に迫っている飛行船団の銃口にリヴァイアサンを差し出すよう。

ホフマンがアレックの片腕をつかみ、身体を寄せて早口のドイツ語でささやいた。「御猟場伯爵殿のせいかもしれません」

「どういう意味だ？」前日に言い争って以来、アレックはヴォルガーの姿をほとんど見ていなかった。伯爵はアレックの考えに渋々同意したものの、エンジンにかかわる作業はいっさい手伝わなかった。それから一日中、ストームウォーカーの残骸とリヴァイアサンを何度も徒歩で行ったり来たりして、新たに艦内に与えられた個室に無線機や予備部品を運びこんでいた。

「われわれは若君のお部屋にお荷物を運びましたが、その際に二度、伯爵の指示で、若君の衣類で金の延べ棒を包みました。あれも、かなり重かったはずです」

アレックは目を閉じた――ヴォルガーのやつ、何を考えているんだ？　金の延べ棒は一本が二十キロある。隠して一ダース持ちこめば、密航者が三人乗ったのと同じだ！

「ホフマン、操縦を代われっ！」

38

飛行獣《エア・ビースト》とつながった支柱は、エンジンの震動と同調してピアノ線のようにわななないていた。アレックは両手の中で震えるその金属をしっかりとつかみながら、凍てつく風に逆らって急いで舷側を登り、驚くハースト機関長のそばを通り過ぎた。

「どこへ行くつもりだ？」ハーストが大声で訊ねた。

アレックは答えなかった。足元の滑りやすい被膜にひたすら集中していた――いったいどうして、ディランはあんなに軽々とロープをよじ登れるのだろう？　ダーウィニストが着用している革のハーネスは、人ひとりの体重を支えられるほど頑丈には見えないのに。もちろんあれも、人造皮革でできているのだろう。そう考えると、なおさらぞっとする。

飛行獣の横腹では繊毛が激しく波打ち、きらめく草の海原のように見えた。ラットラインが風に吹かれてはためいている。とりあえず、ロープを滑り降りる必要はなさそうだ。支柱は、エンジン重量を支えるための二本の肋材のあいだに収まった連結ハッチに向かって、まっすぐに伸びている。アレックは腹ばいのまま艦内に入ると、下に向かった。

凍りつくような外の風に長時間さらされたあとでは、飛行獣体内の暖かさは、鼻につく変な臭いが漂っていても心地よかった。肋骨のあいだには、横木が取りつけられていた。アレックは、巨大な獣の皮膚の内側をはい下りるのではなく単にはしごを降りているだけだと、自分に言い聞かせた。

何も気づかなかったとは、ぼくはなんて馬鹿だったんだ。ヴォルガーなら、できるかぎりの物をこっそり飛行獣に持ちこんだはずだ。あの男は決して企みをやめない。絶対に未計画のまま次に進まない。なにしろヴォルガーは、十五年を費やしてこの戦争に備えてきたのだ。四分の一トンもの金をむざむざ置き去りにするはずがない。

アレックははしごの下までたどり着くと、今度はメイン・ゴンドラにつながるハッチを通り抜けた。だがそこで足を止めて、揺れ動く艦内の通路を見わたした……。

ヴォルガーの部屋はどこだ？——夜を徹してエンジンの作業をしていたアレックには、自分の部屋で眠る余裕などなかったのだ。乗組員があちこちを走り回って、艦外に投げ捨てる家具や予備の制服を運んでいたが、彼の方向感覚の助けにはならなかった。

ようやく、アレックは気づいた——ゴンドラの床が少しだけ左に傾いている。そうだ。ぼくたちに割り当てられた部屋はすべて左舷側の、しかも、艦首寄りだった。やはり、金塊が飛行獣の鼻先を引き下ろしているんだ！

走り続けるうちに、見覚えのある通路に出た。ヴォルガーの部屋の扉を乱暴に開けると、そこには誰もいなかった。寝台と収納ロッカー、そして、机の上にストームウォーカーの無線受信機があるだけだ。

もちろん、ヴォルガーが目につく場所に金塊を置くはずがない。アレックは片っ端から引き出しを開けた。だが、何も見つからなかった。ロッカーの中には、衣類と古城の倉庫から持ち出した武器しか入っていなかった。

床に伏せて寝台の下を覗くと、地図鞄があった。腕を伸ばして引き出そうとしたが、びくともしない。鉄の塊のように重かった。寝台の縁に両脚を踏ん張って、両手で鞄を引っぱったが、それでもまったく動かない。

そこでやっと、寝台の方が金塊よりずっと軽いことに気づいて、脇に押しやった。ところが、地図鞄の掛け金が施錠されていた——鞄ごと外に捨てるしかない！　アレックは立ち上がって窓を押し開けてから、鞄を持ち上げようとした。

一センチも上がらない。とにかく重すぎる。

「くそっ！」アレックは掛け金を蹴った。

「これをお探しですか？」

顔を上げると、ヴォルガー伯が鍵を手にして戸口に立っていた。

「よこせ。さもないと、全員が死ぬことになる！」

「どうやら、そのようですな。なんのために、わたしがここに戻ったと思われます？」ヴォルガーは扉を閉めて、アレックに歩み寄った。「なかなか大変でしたよ、エンジン・ポッドから下りてくるのは」

「だがなぜだ？」

ヴォルガーは地図鞄のそばに膝をついた。「クロップが通訳を必要としていたものですから」

「そのことじゃない！」アレックはうめくように言った。「どうしてこんな真似をしたんだ？」

「莫大な財産である金塊を持ちこんだ理由《わけ》ですか？　わざわざ申し上げるまでもないでしょう」ヴォルガーはパチンと音をたてて鍵を開けると、鞄を開いた。

金の延べ棒が鈍い光を放っていた――全部で一ダース。二百キロ以上だ。ヴォルガーは両手で一本を持ち上げ、低くうなりながら窓の外に投げ捨てた。ふたりが身を乗り出して見守るなか、金塊は陽の光を浴びてきらめきながら落ちていった。

「さて、これで七万クローネ(注28)がなくなりました」ヴォルガーが言った。

アレックは腰をかがめて、一本を持ち上げた。両腕の筋肉が悲鳴を上げたが、構わずに窓まで引き上げて外に落とした。「ぼくたち全員を殺すところだったんだぞ！　おまえ、血迷ったのか？」

「血迷った？」ヴォルガーはうめきながら、もう一本の延べ棒を持ち上げた。「あなたがまだ無駄にしていない、わずかな遺産を救おうとしたのに？」

「これは飛行船だぞ、ヴォルガー。たった一グラムが、大きく影響するんだ！」アレックは次の延べ棒を鞄から引っぱり出した。「なのにおまえは、金塊を持ちこんだんだぞ？」

「ダーウィニストがそこまで厳密に計算するとは思わなかったのです」ふたたびヴォルガー

がうなり声を上げると、金の延べ棒がまた一本、くるくると回転しながら落ちていった。「それに、考えてもごらんなさい。わたしの思惑通りになっていたら、あなただってどれほど喜んだことか」

アレックは思わずうめいた。リヴァイアサンの乗組員と一緒に作業を続けていた彼は、航空兵の重量に対する強いこだわりを理解していた。ところがヴォルガーは、重たい大砲や装甲ウォーカーを単位にことを考えていたのだ。

アレックがまた一本、延べ棒を窓の外に押し出した――残りは六本だけだ。

「ですが、すべて終わったも同然ですな。全部捨ててしまいなさい。ウォーカーや城や、十年分の備蓄と同じように！」

「つまり、そういうことか？」次の延べ棒を持ち上げながら、アレックは言った。「おまえの長年の苦労を、ぼくが無駄にしたと言いたいのか？　わからないのか？　ぼくたちはもっと重要なものを手に入れたんだぞ」

「あなたの継承権より重要なものなど、ほかにないでしょう？」

「味方だよ」アレックは延べ棒を窓の外に押し出した。それが落ちると、足元の床が水平になったような気がした――きっと、これでいいんだ。

「味方？」ヴォルガーは鼻を鳴らすと、次の延べ棒を放り投げた。「つまり、あなたの新しいご友人がたには、お父上が遺されたすべてを投げ捨てるほどの価値があるんですな？」

「すべてじゃないさ。生まれてからずっと、おまえと父上は、この戦争に備えてぼくを鍛え

てくれた。それには感謝している。おかげでぼくは、逃げ隠れしなくてもやっていける。よし、残りはたった四本だ。一度に全部、ふたりで持ち上げられるな」

「まだ重すぎます」ヴォルガーは首を振った。「お父上は理想主義で、そしてロマンチストでいらした。そのせいで、大きな犠牲を払われた。わたしはずっと思っていました。あなたが少しでも、お母上の現実主義を受け継がれれば良いとね」

アレックは地図鞄に視線を落とした。

たった四本の金の延べ棒……。ディランのような少年は、これだけの財産を見たらなんと言うだろう？　ヴォルガーがしたことはまったくの筋違いではないのかもしれない。

「そうだな」アレックは言った。「一本は残せるかもしれないな」

ヴォルガーは笑みを浮かべて膝をつくと、一本を引き出して寝台の下に押し戻した。「やはり、あなたは見込みがありそうだ、アレック。では、やりますか？」

アレックはヴォルガーの向かい側に膝をついた。そして、ふたりで一緒に鞄を持ち上げた。力をふり絞るヴォルガーの顔が、みるみるうちに真っ赤に染まっていく。アレックは自分の腕の中で筋肉が震えるのをはっきりと感じた。

やっとのことで地図鞄を窓枠にのせた。アレックは一歩下がってから、思いきり鞄に体当たりした。

最後の三本は鞄から飛び出すと激しく回転し、陽光のなかで眩《まぶ》しい輝きを放ちながら、谷底の雪に向かって落ちていった。ふと気づくと、アレックはヴォルガーに肩をつかまれていた。御猟場伯は彼が延べ棒を追って飛び降りると思っているかのようだった。彼の父親が遺した金塊の重量がなくなると、飛行獣は左舷に傾いていた艦体を水平に戻しつつ上を向いた。

「ですがほんとうに、大事になるとは思っていませんでした。これだけ巨大な戦艦ですから」ヴォルガーは小さな声で言った。

「わかっている」アレックはため息をついた。「あなたを危険にさらすつもりなど、まったく」

ためだ。だが、ぼくはもう、べつの道を選んだんだ――安全性の少ない道をね。おまえがそれを受け入れるか、この戦艦が着陸したときにぼくと決別するか、ふたつにひとつだ」

ヴォルガー伯はゆっくりと深く息を吸いこんだ。それから、一礼した。「わたしは何があってもあなたにお仕えします、殿下」

アレックはあきれたような顔をして、言葉を重ねようとした。ところがそのとき、艦の外で閃光が走った。ふたりはもう一度、窓から身を乗り出した。

照明弾が地上から弧を描いていた。リヴァイアサンがドイツ軍の偵察機隊の先頭群に接近したのだ。迫撃砲が発射され、鮮やかな熾火《おきび》が高々と舞い上がった。アレックはまだ記憶に新しい、鼻を刺す燐《リン》の臭いに気づいた。近くにあるらしい大砲の轟音も聞こえた。

「間に合っていればいいが……」

39

「ケツを上げろっ、おまえら！」デリンはこうもりの群をまたひとつ、空に飛び立たせた。

士官候補生のふたりはミスター・リグビーの指示を受けて、艦首を軽くする作業にあたっていた。何か重たいものが飛行獣の鼻先を押さえこんでいるか、あるいは、前方の水素嚢がすごい勢いで漏れているとしか考えられなかった。にもかかわらず、水素探知獣たちはほんの小さな裂け目も発見していなかった。

デリンのいるこの上甲板からは、峡谷全体が見わたせた。その光景はとんでもなく恐ろしいものだった。数マイル先にクランカー軍の八脚ウォーカーが停止し、偵察機が氷河に横一列に並んでリヴァイアサンが射程距離に入るのを待ち構えている。

不意に、足元の被膜が浮き上がった。艦首がわずかに上に傾いたのだ。

「今の、感じたか？」ニューカークが艦首の反対側から叫んだ。

「ああ。何かが効いてるな。このまま、こいつらを追い立てよう！」

デリンは命綱をはずすと、大声を上げて両腕を振り回しながら、またべつの群れに駆け寄った。こうもりたちは訝《いぶか》しげにデリンを見つめてから飛び散った。彼らはまだ、矢弾入りの餌をもらっていなかった。

それだけではない。この先しばらくはもらえないはずだった。バラスト警報が鳴ったとき、ミスター・リグビーが丸々二袋の矢弾を舷側から投げ捨ててしまったのだ。ツェッペリンの一団に追いつかれても、リヴァイアサンには対戦手段がない。こうもりの群れは満腹だったが、その腹に金属は入っていない。しかも、今は散り散りになって飛び回っている。

とはいえ、借り物のクランカー製エンジンは、今のところ無事に動いていた。騒々しくて臭いうえに、デリンが震え上がるほどの火花をまき散らすいけすかないエンジンだが、リヴァイアサンをずんずん押し進めるパワーがある！

以前の推力エンジンは飛行獣を目的の方向に軽く押し出すだけで、農夫がロバの耳を弾くようなものだった。ところが、今や役割が逆転していた。繊毛が舵のような働きをして進路を定め、その一方で、クランカーのエンジンがリヴァイアサンを前進させている。

このクジラ、ここまで賢いやつだなんて、知らなかったぜ——デリンは思った。まさか、こんなに早く新しいエンジンに適応しちまうとはな。おまけに、こんなに速く飛行獣が進むのを見るのも初めてだ。追っ手のツェッペリン隊が——何機かは小型で素早い迎撃機なのに——もう、遅れを取ってやがる。

だが、ドイツ軍の地上艦隊は、依然として真正面で待ち構えていた。

またも飛行獣がはね上がり、デリンは転倒して斜面を滑り落ちた。片方の足をラットラインに引っかけて、危ういところで踏みとどまった。

「安全第一だぞ、ミスター・シャープ！」ニューカークが自分のハーネスの肩帯を引っぱって、サスペンダーのようにパチンとやってみせた。

「かっこつけやがって、くそったれのくせに」デリンはぶつくさと悪態をつきながらも、ラットラインに命綱を留め直した。もう一度適当にこうもりたちを怒鳴ってみたが、どうやらもう、その必要はないようだ。飛行獣の鼻先は急激に上昇していた。およそ十秒毎に、何かにぐいっと引き揚げられるような衝撃がきた。

ニューカークとふたりで艦橋《ブリッジ》から幹部たちを追い出して、正面の窓を占領したみたいな気分だな！とにかくやっと、リヴァイアサンが高度を上げはじめた。

慎重に少しだけ前に出ると、ドイツ軍の様子がよく見えた。

すばしこい鋼鉄のメクラグモのような小型偵察機隊が、迫撃砲を発射している。だが弾幕といっても、しょせんは照明弾だ。もともと高所まで打ち上がるようには設計されていない。弧を描いて二、三百フィート（約六十～九十メートル）まで上昇するだけでリヴァイアサンにはまったく届かず、そこで無駄に燃えさかって、ゴンドラの下の空気を焦がしている。

ところが今度は、巨大な八脚ウォーカーの大砲がそろって上を向いた。飛行獣の動きを追いつつ、発射のタイミングを狙っている。ただし、高速で進むリヴァイアサンが飛び去るまでには、一度しか発射できないはずだ。

鋭い号笛の音が響いた――長い一音、高すぎて聞こえないほどの音……。〝全員艦尾への命令だ！〟

デリンは踵《きびす》を返して走りだした。彼女の両脇では、水素探知獣までがクジラの尻尾に向かって被膜の上を小走りに急いでいた。脊梁部は同じ方向に走る乗組員と人造獣で大混雑だった。空気銃の砲手たちは各自の武器も携えている。

最後の、死に物狂いの試みだった。すべての重量をできるかぎり、艦の後部に集中させようというのだ。一気にやれば、飛行獣の艦首が上がって、さらに空高くへと突き進むはずだった。

走っている途中で、デリンは下界の雪の上で何かがキラリとまたたいたことに気づいた。肩越しに素早く振り返ると、ヘラクレスの大砲の砲口が次々と火を噴いて、雲のように煙が湧き上がっていた。

その轟音がデリンの耳に届く前に、またしても飛行獣が急激に浮き上がった。今までよりずっと大幅に。まるで、誰かがグランドピアノを艦の外に投げ捨てたかのようだった。艦首が上昇したために、デリンからはドイツ軍のウォーカーが見えなくなった。甲板が大きく右舷側に傾いた。今までは何を捨てても、左舷側に傾いていたのに。

直後に、光に遅れて大砲の轟音が届き、一斉に放たれた砲弾が弧を描きはじめた。すべて巨大な焼夷弾で、氷結した稲妻の塊のように空を燃え立たせている。

そのなかの一発がかなり近くを通過して、デリンの頬と額に熱風を吹きつけた。たちまち空気が熱く乾燥した。烈火のせいで、薄目を開けるのがやっとだ。炎を上げるミサイルの光が、リヴァイアサンの被膜全体に乗組員と人造獣の影を映し出した。たくさんの影が、飛行獣の曲線に沿って伸びたり歪んだりしている。

だが、それ以外の砲弾ははるか左舷側を飛んでいった。

なんの重量だったのかはともかく、急激に重荷がなくなったために、飛行獣は間一髪のところで向きを変えて、弾道から逃れたのだ。しかも、この数日間の艤装兵の仕事は完璧だった。水素が発火している箇所は、被膜のどこにもなかった。

それでも、デリンは艦尾を目指して走り続けた。上甲板にいるほかの乗組員も同じだった。飛行獣を大幅に上昇させるためだけでなく、後方を確認するためでもあった。

ふたたび、例の敵が見えた。八脚ウォーカーはかなり後方を滑るように動いていた。大砲を旋回させ、狙いを定めてもう一度発射しようとしている。だが、リヴァイアサンに新たに搭載されたクランカー製エンジンは、あまりにも速く艦体を推し進めていた。

大砲は再度火を噴いたものの、炎を上げる砲弾はリヴァイアサンにあと数百フィート届かなかった。雪の中に着弾した焼夷弾はそこで怒りを燃やしつくし、ヘラクレスは蒸気のヴェールの陰に姿を消した。

脊梁部に沿って歓声がわき起こった。もちろんデリンも加わった。水素探知獣たちも一緒になって遠吠えし、大騒ぎに刺激されて半ばおかしくなっている。

ニューカークが息を切らし汗まみれの姿でやってきて、デリンの肩をぽんと叩いた。「すんげぇいい戦いだった！　な、ミスター・シャープ？」

「ああ、確かに。これで終わればいいけどな」

デリンは双眼鏡を目にあてて、ツェッペリンの一団を確認した。すでに、夕日を背にした輪郭だけしか見えず、先ほどよりもずっと距離が開いている。ストームウォーカーのエンジンの圧勝だった。

「奴ら、絶対に追いつけないな」デリンは言った。「日も暮れてきたし」

「だが、プレデター迎撃機は速いぞ！」

「ああ、そうだな。でも、俺たちの方が速い。今じゃ、例のエンジンを搭載してるからな」

「だけど、奴らだってクランカー製のエンジンを積んでるんだろ？」

デリンは眉を寄せて、リヴァイアサンの脇腹を見下ろした。繊毛が激しく動いて、戦艦の周囲を流れる空気をかきまぜている。なんらかの形で、エンジンそのものの力に気流の速度を付加してやっているらしい。

「俺たちは、なんか、べつのもんになったんだよ」デリンは言った。「俺たちのちょっとと、クランカーのちょっとが一緒になって」

ニューカークは少しのあいだ考えを巡らせていたが、ふーんと鼻を鳴らして、今度はデリンの背中を叩いた。

「ま、正直言っちまうとさ、ミスター・シャープ。俺はどうでもいいんだよ。俺たちを押してんのが、皇帝《カイザー》の奴だったとしてもさ。この氷山から脱出させてくれるんならな」

「氷河だろ。でも、おまえの言う通りだな。また飛べるようになって、ほんとによかった」

デリンは目を閉じて、氷のように冷たい空気を胸いっぱいに吸いこんだ。ブーツの下の被膜から伝わってくる、今までとは違う規則的な音を感じながら。

すでに、デリンの飛行センスは彼女に告げていた——飛行獣は南に舵を切って、地中海の方向に針路を取っている。後方のツェッペリン隊は余計だけど、俺たちの行く手にはオスマン帝国が待ってる。

アレックたちクランカーが、こいつをどんだけ複雑な異種混合生物に変えたかは知らない。だけどとにかく、リヴァイアサンは生き延びたんだ。

40

ピストンを描くのがいちばん難しかった。その嚙みあい方は――つまり、ピストンに関するクランカーの理論は――デリンにはさっぱりわからなかった。

デリンは午後のあいだずっと、新しいエンジンをスケッチしたり、自分の絵が『航空学入門』の未来の改訂版に載ることを想像したりしていた。とはいえ、ここで描いた絵が誰の目にも触れなかったとしても、こんな暖かい日にのんびりとくつろげるだけで、じゅうぶん満足だった。飛行獣は海面のわずか百ヤード（約九十メートル）上空を航行していた。午後の太陽が波に跳ね返って、あらゆるものを眩《まぶ》しく輝かせている。難破して氷河の上で三泊もしたあとでは、ラットラインに寝そべって日向ぼっこをしながらスケッチをして過ごす午後は、このうえなく幸せに感じた。

ところが、全方位に地中海が広がっているにもかかわらず、クランカーたちはまったくのんびりする様子がなかった。アレックとクロップは正午からずっとエンジン・ポッドで忙しく働いていて、エンジン操縦士を守るための風防ガラスを設置している。ふたりは自分たちをそう呼んでいた――〝操縦士〟と。〝エンジン係〟でも、正式な軍の名称でもなく。彼らはすでに、本当の操縦士が艦橋《ブリッジ》にいることを忘れているようだった。

その一方で、デリンはこんな噂を耳にしていた。〝ここ数日、リヴァイアサンはダーウィニストとクランカーのどちらの操縦士も必要としていない〟。クジラは自主性を発達させていた。熱上昇気流やそのほかの上昇気流のなかから、自ら針路を選ぼうとするのだ。乗組員の中には、墜落の衝撃で飛行獣の脳みそがどうにかなったのかもしれないと考える者もいた。だが、デリンは確信していた――それは、新しいエンジンのせいだ。こんなパワーを手に入れて、張りきらない奴がどこにいる？

人造蜂が一匹、スケッチ帳の上をのろのろと歩いていたので、デリンは手を振って追い払った。蜂たちは三日間に及ぶひもじい冬眠から覚めて、リヴァイアサンが南に向かう途

中で、イタリアの野生の花々をたらふく詰めこんでいた。駆逐鷹も、今日の午後は野うさぎや盗んだ子豚で満腹になって、満足しきった様子だ。

「ミスター・シャープ？」艇長の声が聞こえた。

デリンは思わず気をつけの姿勢を取りそうになった。だがそこで、ビーズのように輝く小さな丸い目をぱちぱちさせてこちらを見上げている伝言トカゲに気づいた。

「艦長室に行ってくれ。直ちに！　大至急だ」

「了解しました。直ちに！」女の子のような甲高い声を出してしまったことに気づいて顔をしかめると、今度は低い声で言った。「以上」

伝言トカゲは急いで走り去り、デリンはスケッチ帳や鉛筆を拾い集めながら考えを巡らせた――なんか、まずいことやっちまったのかな？　艦長に呼び出されるほど、悪いことはしてないはずだ……思いだせるかぎりでは。ミスター・リグビーは、ストームウォーカーが攻めてきたときにアレックを人質に仕立てたことを誉めてくれたくらいだしな。

それでもやはり、デリンは心配でびくびくしていた。

艦長室は上階艦首寄りの、航法室のとなりにあった。扉は半開きにされていて、ホッブズ艦長が机の向こう側に座っていた。開け放たれた窓から入る暖かいそよ風に吹かれて、壁に貼られたさまざまな図表がカサカサと音をたてている。

デリンは素早く敬礼した。「シャープ士官候補生、参上しました」

「楽にしたまえ、ミスター・シャープ」艦長はそう言ったが、デリンはかえって余計に緊張した。「入ってくれ。扉は閉めるように」

「了解しました」艦長室の扉は、人造のバルサ材ではなく天然の一枚板で、重々しい音とともにぴたりと閉まった。

「少し訊きたいんだがね、ミスター・シャープ。われわれの客人についての、君の意見を」

「あのクランカーたちですか？」デリンは眉を寄せた。「彼らは……非常に優秀です。それに、あのエンジンの稼働維持に懸命に取り組んでいます。いい味方だと思います」

「そうかね？　では、彼らがわれわれの敵ではないと公認されて、幸運だったわけだな」艦長が机の上に置かれた鳥かごを鉛筆で軽く叩くと、中にいる伝書アジサシが羽ばたきをした。舌を出して外の空気を確かめている。「たった今、連絡を受けたところだ。現時点では、大英帝国はオーストリア＝ハンガリー帝国と交戦中ではないとね。われわれは当面、ドイツ軍に気をつけるだけでいい」

「でしたら、好都合かと存じます」

「確かにな」艦長は椅子の背にもたれかかって、笑みを浮かべた。「君は、アレックという若者とだいぶ親しいようだが？」

「はい。いいやつです」

「そのようだな。彼のような少年には友だちが必要だ。とりわけ、家を離れ祖国から逃げている状態では」艦長は眉をひそめた。「嘆かわしいことではないか？」

デリンはうなずくと、慎重に答えた。「わたしもそう思います」

「だが、謎が多すぎる。現状、われわれの死命は彼らが制している——機械的な面においては、ということだが。にもかかわらず、われわれはアレックとその仲間のことをほとんど知らない。実際のところ、彼らは何者なのだ？」

「彼らはあまり話したがらないのです」それは、嘘ではなかった。

「その通りだな」ホッブズ艦長は、目の前の文書をつまみ上げた。「実は、海軍相ご自身が彼らに興味を持っておられる。引き続き報告するようにとのご要望だ。そういうわけで、助かるんだがね、ディラン——君が聞き耳を立てていてくれるとな」

デリンはゆっくりと息を吐いた。

とうとうこのときが来ちまった。任務上、どうしても艦長に話さなきゃなんないときが。俺の知っているすべて——アレックはフェルディナンド大公の息子で、しかも、暗殺の黒幕はドイツ軍なんだってことを。アレック自身も、これはもう単なる一族の問題じゃないって認めていた。なにしろ、あの暗殺事件が、このとんでもない戦争のきっかけになったんだからな。

しかもこれは、チャーチル卿自身からの要望なんだ！

だけど俺は、話さないってアレックと約束した。それに、あいつには大きな借りがある。最初に会ったときに、水素探知獣をけしかけちまったんだもんな。

それどころじゃない。このばかでかい戦艦全体が、あいつに恩義があるんだ。俺たちがッエッペリンとの戦いに勝てたのは、アレックが隠れ家を明かし、ストームウォーカーと備蓄がいっぱい詰まった城を犠牲にしてくれたからだ。なのに、あいつが見返りに求めたのは、身元を教えないってことだけだ。いくら海軍相の要望だからって、艦長も礼儀ってもんを忘れてるじゃねえか。

俺は約束を破れない。こんなふうに、アレックに一言の断わりもなく話すわけにはいかない。

デリンは素早く敬礼した。「喜んで全力をつくします」

そして、何ひとつ打ち明けずに艦長室をあとにした。

その晩デリンは、卵の世話をしているはずのアレックに会いに行った。ところが、機械室には鍵がかかっていた。

デリンは大きな音をたてて、扉を二回叩いた、アレックは扉を開いて笑顔を見せたが、脇に寄ってはくれなかった。

「ディラン！　よく来てくれたな」そこでアレックは声を落とした。「でも、入れるわけにはいかない」

「なんでだよ？」

「卵のひとつの調子が悪いんだ。それで、温熱器を仕込み直さなければならなかった。とにかく加減が難しくてね。バーロウ博士から、この部屋にほかの人間が入ると温度に影響すると言われている」

デリンはあきれた顔をした。コンスタンティノープルに近づくにしたがって、博士はますます卵に対して過保護になっていた。三個の卵は飛行獣の不時着からも、氷河での三泊からも、ツェッペリンの攻撃からも生き延びたのに、それでも博士は、誰かにちょっと見られただけで粉々に割れてしまうと思っているらしい。

「そんなことはどうだっていい、アレック。俺を入れろ」

「本気か？」

「あたりまえだ！　ずっと人間の体温と同じくらいにしてんだから、ひとりぐらい増えたって、たいしたことないだろ」

アレックはためらった。「そういえば博士は、タッツァが今日はまだ散歩をしてないと言っていた。君が行ってやらないと、タッツァは博士の部屋の壁を壊してしまうぞ」

デリンはため息をついた——まったく驚いちまうぜ。あの博士は、この部屋にいなくたって、ここまでうっとうしくなれるんだからな。

「おまえに大事な話があるんだよ、アレック。そこをどいて、俺を入れろ！」

アレックは顔をしかめながらも、根負けして細く扉を開けた。デリンはやっとのことで、その隙間を通り抜けた。機械室の中は、うだるように暑かった。

「うそだろ。ほんとにこれで、暑すぎないのか？」

アレックは肩をすくめた。「バーロウ博士の指示さ。病気の卵は温め続けなければいけないそうだ」

デリンは卵の箱を眺めた。生き残った卵のうちの二個が、一方の端に並んで埋もれていた。もう一個はまんなかにあって、山積みにされた燃えるように輝く温熱器に囲まれている。多すぎるくらいだ。デリンは一歩前に踏み出して体温計を確認すると、眉を寄せた——どっちにしろ、バーロウ博士の卵なんだ。博士が蒸し卵にしたいんなら、勝手にすればいいさ。

俺にはもっと重要なことがあるんだ。

デリンはアレックに向き直った。「今日、艦長に呼び出された。それで、おまえのことを訊かれた」

アレックの顔が曇った。「そうか」

「心配するな。何も話さなかったよ。つまり、俺は約束を破らないぜ」

「ありがとう、ディラン」

「艦長がどんな……」デリンは咳払いをして、何気ないふりを装った。「艦長は俺に、おまえに目を光らせて、気づいたことはなんでも報告しろって言ったんだ」

アレックはゆっくりとうなずいた。「艦長が君に、じきじきに命令したというわけだな？」

デリンは口を開いた。だが一言も出てこなかった。彼女の中で、何かが変わりつつあった。ここに来るまでにデリンが望んでいたのは、アレックが艦長に話してもいいと言って、この板挟みな状態を解決してくれることだった。ところが今や、まったく違う思いが彼女の心に忍びこんでいた。

俺がほんとうに望んでるのは、俺がアレックのために嘘をついたってことを、アレックのためにこれからも嘘をつき続けるってことを、アレックにわかってもらうことなんだ。

不意にまた、あの感情に襲われた――あのときと同じだ。アレックが自分の両親の話をしてくれたときと……。

暑すぎる空気の中で、バチバチッと音がした。肌の一部がぞくぞくした。そこはあのとき、アレックに抱きしめられたところだった。

――ったく、こんなのちゃんちゃらおかしいぜ。

「ああ。そういうことだな」

アレックはため息をついた。「直接命令か。ということは、ぼくの正体を隠していたと知ったら、軍は君を反逆者として絞首刑にするな」

「俺を吊るし首にするってのかよ?」

「そうだ。敵と通じた罪でね」

デリンは顔をしかめた。約束と忠誠を天秤にかけるのに精一杯で、そこまでは考えていなかったのだ。「けどさ……完全に敵ってわけじゃないぜ。俺たちはオーストリアとは戦争してねぇもん。艦長もそう言ってる」

「今のところはな。だが、ヴォルガーが無線で拾った情報によれば、あと一週間ほどで、はじまりそうだ」アレックは悲しそうに微笑んだ。「おかしなものだな。政治家たちがこぞって、ぼくたちを敵か味方かに決めつけようとしている」

「ああ。ほんとにふざけた話だ」当事者は俺なんだ。どっかの政治家じゃない。そんなことは、俺が自分で決める。「俺はおまえに約束したんだぜ、アレック」

「でも、君は空軍にも宣誓したんだ。それと、英国王にもね。君にその誓いを破ってもらおうとは思わない。ディラン、君はとても立派な兵士だ。そんなことはできないはずさ」

デリンはしばらく言葉を失って、もじもじした。「だけど、おまえの正体を知ったら、軍はどうするんだ?」

「ぼくを監禁するだろう。重要人物のぼくを、騒乱の最中のオスマン帝国に逃げこませるわけにはいかないからね。そして英国に戻ったら、終戦までどこか安全な場所に閉じこめるはずだ」

「くそっ。だって、おまえは俺たちを助けてくれたんだぞ!」

アレックは肩をすくめた。相変わらず、その瞳には哀しみが宿っていた。先日のように、涙となってあふれ出すことはなかった。けれど、デリンが今まで見てきたよりも、さらに深い悲しみが浮かんでいる。

俺はアレックの、最後に残ったわずかな希望を奪おうとしてるんだ。

「俺は言わない」デリンは今一度約束した。

「ならば、ぼくが自分で話さないといけないな」アレックは力なく言った。「遅かれ早かれ、真実を明らかにしなければ。君が自分の首を差し出したところで、なんの意味もない」

デリンは言い返したかった。だが、アレックが簡単に納得するはずがなかった。戦時中の命令違反については、アレックの意見が正しかった。確かに、反逆行為なのだ。そして、国賊は死刑に処される。

「全部バーロウ博士のせいだ」デリンは不平がましく言った。「博士があんなに詮索好きじゃなきゃ、俺はおまえの正体なんて気づかなかったはずだ。博士は誰にも言わないだろうけど、軍だって絶対に博士みたいなインテリを吊るし首にはしない」

「ああ。そうだろうな」アレックはまたも肩をすくめた。「なにしろ、博士は兵士ではないからな。そのうえ、女性だ」

デリンはあんぐりと口を開けた――もう少しで忘れるところだった。海軍航空隊は女性を、、、、吊るし首にしない、、、。そうだよな？　俺はほんとうは、兵卒でもないんだ。軍を追い出されるのは間違いない。俺がずっと欲しかったものは、すべて奪われちまうだろう……我が家みたいなこのリヴァイアサンと、それから、空そのものを。だけど、軍は絶対に十五歳の小娘を死刑にしないだろう。そんなことをするのは、あまりにも不名誉だって話になるはずだ。

頬がゆるむのが自分でもわかった。「俺のことは心配するな、アレック。奥の手ってやつがあるんだ」

「馬鹿を言うな、ディラン。これは、君の無鉄砲な冒険とは違うんだ。ただごとじゃないんだぞ！」

「俺の冒険は、なんだってただごとじゃないさ！」

「とにかく、君に危険を冒させるわけにはいかない」アレックは譲らなかった。「ぼくのせいで、すでにたくさんの人が命を落としているんだ。今すぐ、艦長のところに行こう。ぼくの口からすべてを説明する」

「その必要はないって」デリンは言い返したが、わかっていた——アレックは耳を貸さないだろう。俺は絞首刑にはならないと言ったって、信じないだろう。真実を知るまでは。

何より不思議なことに、デリンはむしろ、アレックに打ち明けたいと思った。彼の秘密と引き換えに、自分の秘密を教えたかった。

デリンは彼に一歩近寄った。

「軍は俺を吊るさないよ、アレック。俺は、おまえが思っているような兵士じゃないんだ」

アレックは眉をひそめた。「どういう意味だ?」

デリンは深く息を吸いこんだ。「俺はほんとうは——」

戸口から物音が聞こえた——じゃらじゃらという鍵束の音だ。扉を開けて大股で入ってきたのはバーロウ博士だった。デリンの姿を認めると、その目が途端に険しくなった。

「ミスター・シャープ。あなた、ここで何をしているの?」

41

アレックは今まで、これほど冷ややかな顔をしたバーロウ博士を見たことがなかった。博士はディランから卵へと、素早く視線を走らせた。まるで、この少年が卵を盗みにきたとでも思っているようだった。

「すみません、博士」ディランはアレックに伝えようとしていた言葉をのみこんだ。「タッツァの様子を見に行こうとしてたんです」

アレックは彼の腕をつかんだ。「待て。行くな」それから、バーロウ博士に告げた。「艦長にぼくの正体を話さなければなりません」

「どうして、そんなことをしなくてはいけないの？」

「艦長がディランに命令したのです。ぼくを監視して、気づいたことを逐一報告するようにと」アレックはぐっと胸を張って、父親の命令口調を真似た。「艦長からの直接命令に背いてくれと、ディランに頼むわけにはいきません」

「艦長のことは心配しなくていいわ」バーロウ博士は片手を振った。「これはわたし、わたしの任務なの。彼のではなくて」

「わかってます、博士。でも、艦長だけじゃないんです」ディランが言った。「われわれがクランカーを搭乗させたことを海軍本部が知って、海軍相ご自身がアレックたちについて知りたがってるんです！」

バーロウ博士の表情がまた険しくなった。声までが、うなるように低くなった。「あの男。わたしとしたことが、うかつだったわ。今の危機的な状況は、すべて彼のせいなのに。それでもまだ、わたしの任務を邪魔するなんて、よくもまあ！」

ディランは慌てて何か言葉を返そうとしたが、できなかった。

アレックは怪訝《けげん》な顔をした。「誰ですか、それは？」

「チャーチル卿のことを言ってるんだよ」ディランはどうにか口を開いた。「海軍相だ。英国海軍の総責任者だよ！」

「その通り。そのうちあなたたちも、ウィンストンには過分な役職だと思うはずだわ。なのにまた、出すぎた真似をして」バーロウ博士は卵の箱のそばに腰かけて、具合の悪い卵の周りから温熱器をいくつか引き抜いた。「お座りなさい、ふたりとも。あなたたちは、すべての事情を知っておいたほうがいいみたいね。オスマン帝国側も、すぐに気づくでしょうから」

アレックとディランは目配せをすると、ふたりそろって床に腰を下ろした。

「去年のことよ」博士は話しはじめた。「オスマン帝国が、大英帝国で建造中だった戦艦を買いたいと申し入れてきたの。世界でも最先端の機種よ。しかも、その戦艦の従獣はとても強くて、海上の勢力均衡を変えてしまうほど。そして、その出航準備が整ったの」

博士は一息つくと、体温計をのぞきこんで、それから藁の中の温熱器をまたいくつか移動させた。

「ところが、あなたとわたしがリージェンツ・パークで出会った前の日にね、ミスター・シャープ。チャーチル卿は、その戦艦を英国のものにすると決めたの。すでに全額支払われているのにもかかわらずよ」博士は首を振った。「彼は、オスマン帝国がこの戦争の相手側と手を結ぶかもしれないと恐れたの。そして、オスマン号を敵の手に渡したくないと考えた」

アレックが顔をしかめた。「だが、それではまったくの盗みだ！」

「そうよね」バーロウ博士は一本の藁を弾き飛ばした。「それより重大なのは、外交上いささか衝撃的だったってことね。あの忌々しい男のおかげで、オスマン帝国のクランカー軍加盟は、ほぼ避けられない状況になってしまった。それを阻止するのが、わたしたちの任務なの」

博士は病気の卵を撫でてやった。

「ですが、それとぼくの秘密がどう関係するんです？」

バーロウ博士はため息をついた。「ウィンストンとわたしは、オスマン帝国の件で、かねてから対立していたの。彼のあやまちの尻拭いをしようとしているわたしに感謝するどころか、とにかく邪魔をしたがるのよ」博士はアレックを見つめた。「フェルディナンド大公のご子息を捕虜にしていると彼に知られたら、この飛行獣を引き返させる口実を与えるも同然だわ」

アレックは不快感をあらわにした。「捕虜だと？　われわれ両国は宣戦すらしていない！　それに、この艦のエンジンを操縦しているのが誰か、お忘れか？」

「わたしが言いたいのは、まさにそれなのよ！　これでわかったでしょう？　わたしがあなたとディランに、うかつなことを艦長に言って欲しくない理由が。取り返しのつかない事態になって、わたしたち敵対してしまうわ。せっかく今まで、とってもうまくやってきたのに！」

「そうだ。博士の言う通りだよ」ディランは安心した様子だった。

バーロウ博士は背を向けると、また卵を動かした。「チャーチル卿のことは、わたしにまかせてくれないかしら」

「ですが、これはあなたひとりの問題ではありません、博士。ディランの問題でもあるんです。彼を守れるとおっしゃいますが、どうしてそんな約束ができるのか……」アレックは眉を寄せた。「いったい、あなたは何者なんです、博士。チャーチル卿と対立するなんて？」

その女性は、立ち上がって胸を張ると、山高帽の位置を直した。

「ご覧の通りよ……ノラ・ダーウィン・バーロウ。ロンドン動物園の飼育係の責任者です」

アレックは目をぱちぱちさせた──博士は今、ノラ・ダーウィン・バーロウと言ったのか？　胃の中で、今まで感じたことがないような妙な感覚が、じわりと広がった。

「それって、つ、つまり」しどろもどろになりながらディランが言った。「博士のおじいさんは……例の変わり者の養蜂家？」

「祖父が養蜂家だったとは言わなかったわ」博士は声を上げて笑った。「蜂から着想を得たと話しただけよ。蜜蜂の示唆に富んだ実例がなければ、祖父の理論は、あそこまで洗練されたものにはなりえなかったでしょうね。そんなわけだから、ウィンストン卿のことを心配するのはおやめなさい、ミスター・シャープ。彼はわたしがなんとかできるわ」

ディランはうなずいた。その顔はすっかり青ざめていた。「それでは博士、わたしはタッツァの様子を見てきます」

「とてもいい考えね」博士は彼のために扉を開けてやった。「それから、今後はわたしが許可を出さないかぎり、この部屋であなたに会うのは嫌だわ」

ディランは扉の隙間から滑り出ようとしたが、最後にもう一度、アレックに目をやった。ほんの一瞬、ふたりの視線が絡み合った。それから、ディランは首を振って去っていった。

ディランもぼくと同じくらい驚いたはずだ。バーロウ博士がただのダーウィニストではなく、ダーウィンの末裔《まつえい》だったなんて。つまり博士は、遺伝子の仕組みを解き明かした人物の孫娘というわけか。

足元の床が揺れているような気がする。でもそれは、飛行獣が向きを変えたせいではなさそうだ。ぼくのすぐそばに立っているのは、今までおぞましいと教えこまれてきたものの権化なんだ。

しかもぼくは、その博士に自分のすべてを託してしまった。

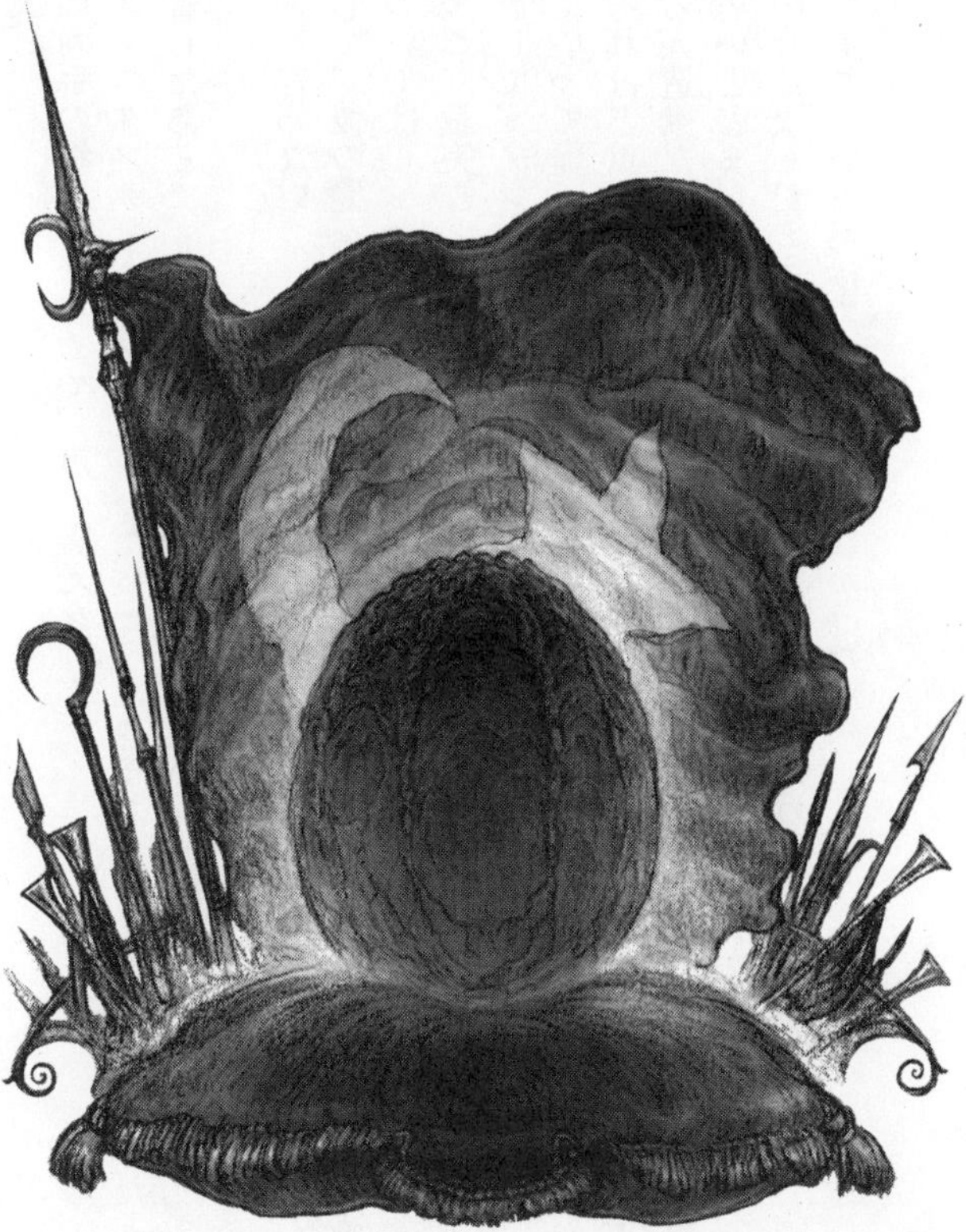

　バーロウ博士は卵の箱のそばに戻ると、ふたたび温熱器を動かして病気の卵の近くに積み上げはじめた。

　アレックは両手の拳を握りしめて、声の震えを抑えた。

「ですが、コンスタンティノープルに着いたらどうなさるおつもりです？　あなたとこの卵が無事に到着したあとで、あなたがぼくを勾留しないという保証は、どこにもありませんよね？」

「そんなことを言わないで、アレック。わたしは、誰も勾留するつもりはありません」博士は手を伸ばして、彼の髪をくしゃくしゃにした。アレックは背筋に震えが走るのを感じた。

「あなたについては、べつの計画があるのよ」

　博士はにっこり微笑むと、扉に向かった。

「わたしを信じて、アレック。それから、今夜は絶対に卵から目を離さないでね」

　博士が出ていって扉が閉まると、アレックは振り返って、やわらかい光を放つ卵の箱を見つめた――それほど重要だなんて、この卵の中には何が入っているのだろう？　強大な戦艦の代償になる人造獣などあるのだろうか？　シルクハットぐらいのちっぽけな人造獣が一帝国に参戦を思いとどまらせるなんて、そんなことができるのだろうか？

「おまえの中身はなんだ？」アレックは小さな声で問いかけた。

　だが、卵はそこにいるだけで、何も答えなかった。

注

1　天体の高度測定や、自身の位置を測定するために用いられる器械。
2　イギリス産業革命期に、手工業者らが生活苦や失業の原因を技術革新と機械導入のせいとして、機械打ち壊しを行なったものをラッダイト運動という。運動の指導者と目されたネッド・ラッドにちなんだ命名。
3　チャールズ・ダーウィンの進化論を弁護したイギリスの生物学者、トマス・ヘンリー・ハクスリー（一八二五－九五）からの命名であろう。
4　ドイツ語でSeiner Majestät Schiff＝〝皇帝陛下の艦〟の略。
5　英国最古の英雄叙事詩にその名を謳われた勇士。
6　英国海軍が一九〇六年に建造した大型戦艦の名。大型戦艦を意味する弩《ど》級《きゅう》艦の語源。
7　艦船の帆や索具に関する責任者。商船でいう甲板長。
8　英語でHis Majesty's Ship＝〝国王陛下の艦〟の略。
9　ギリシャ神話に登場する、髪の毛の代わりに蛇が生えた女の怪物。
10　巨大なタコやイカの姿で、大きなうず巻きを起こすといわれる北欧の伝説上の海の怪物。
11　船や飛行船の安定性を確保する重しとして、バラストタンクに積載される水。

12 騎兵銃。馬上で使用するために、銃身を短くし、軽量化してある。
13 大ロンドン（Greater London）の東部に位置する、ロンドンの起源となった地域。シティ（the City）とも呼ばれる。
14 蒸気船や蒸気機関車の寝台の下に入るような、幅広の薄い旅行用トランク。
15 北欧神話の最高神。元々は嵐の神。のちに戦争、文化、死を司る神とされた。英語表記ではオーディン。
16 華氏（ファーレンハイト度）での、人間の平均体温。
17 高木が生育不可能となる限界線。高木限界。
18 ラテン語。ハプスブルク家の家訓、Bella gerant alii, tu, felix Austria, nube! ＝〝戦争は他家に任せておけ。幸いなオーストリアよ、汝は結婚せよ〟から。
19 ドイツの機械技術者カール・ツァイスが創立した、光学器械の製造で有名な会社。
20 生態系のこと。自然界のある地域に生息するすべての生物群集と、それらの生活に影響を与える環境とを包括したもの。
21 船舶の舷側や上甲板に設けた出入り口。舷梯《げんてい》をかけて昇降する。
22 インク漏れを防ぐ工夫が施された万年筆。
23 一八八四年に開発された世界初の全自動式機関銃。
24 古代インドのすごろくを元に、アメリカでつくられたボード・ゲーム。
25 装甲板の貫通を目的とする砲弾。

26 別名ボーデン湖。ドイツ、スイス、オーストリアの国境に位置する。

27 儀礼や警固のために、王族・高官や外国の賓客などにつける兵隊。

28 第一次大戦当時、オーストリア＝ハンガリー帝国で使われていた通貨単位。

作者あとがき

『リヴァイアサン』は仮想歴史小説である。つまり本書に登場する人物や生物や機械装置のほとんどは、ぼく自身が考え出した。けれど、物語の時代設定は一九一四年夏の史実に基づいている。ヨーロッパの各国が、壊滅的な戦争へと急速に向かっていることを自覚した年だ。そこで以下に、この物語の中の何が史実で何が仮想なのか、簡単に説明しておきたい。

六月二十八日、オーストリア＝ハンガリー帝国の皇位継承者であるフランツ・フェルディナンド大公とその妃ゾフィー・ホテクが、革命派のセルビア人青年によって暗殺された。ぼくが描いた世界では、夫妻は最初の二回の攻撃は免れたものの、その夜遅くに毒殺されている。だが現実の世界では、夫妻が殺されたのは白昼のことだった（ぼくはこの物語を夜からはじめたかったのだ）。『リヴァイアサン』と同様、この暗殺はオーストリア＝セルビア間の戦争の発端となり、それはドイツとロシアをはじめとする諸外国に広がった。八月の第一週までには、多くの国々が大戦に巻きこまれた——現在で言うところの、第一次世界大戦である。夫妻の悲劇的な死と、ヨーロッパ列強間のいささかぞっとするような外交政策は、数百万人を犠牲にする結果を招いた。

当時は、さまざまな噂が飛び交っていた。大公夫妻の暗殺はオーストリア政府か、ことによるとドイツ政府が密かに計画したのだ――開戦の口実にする目的か、あるいは、フランツ・フェルディナンド大公があまりにも平和主義だったからだ――という見解もあった。現在では、この陰謀説を信じる歴史家はほとんどいないが、反証されるまでには数十年を要した。いずれにせよ、ドイツ軍はすでに開戦を決意していて、そのために暗殺事件を利用したことは間違いない。

フランツとゾフィーのあいだには、実際にはアレクサンダーという名の息子はいなかった。夫妻の子供たちは、ゾフィー、マクシミリアン、エルンストと名づけられた。だが、ぼくの物語のアレックと同じように、この三人も、フランツの領土や称号を継承することを許されなかった。すべては、母親の身分違いの血筋のせいだった。また、『リヴァイアサン』に描かれているのと同じように、大公夫妻はオーストリア＝ハンガリーの皇帝とローマ法王の両者に対して、この条件を変えてほしいと嘆願している。だが、現実世界では、フランツとゾフィーは説得に成功しなかった。

アレックが語るテニスと懐中時計の恋のエピソードは、まったくの史実である。

チャールズ・ダーウィンは、もちろん実在した人物であり、一八〇〇年代の半ばに、近代生物学の中核を成す数々の発見をした。『リヴァイアサン』の世界では、ダーウィンはDN

Aの発見にもこぎつけ、〝生命の糸〟を操作して新たな種を造り出す手法も開発した。しかしながら、ぼくたちの世界では、進化の過程におけるDNAの役割は一九五〇年代までは完全には解明されていなかった。最近になってようやく、新たな生命体を造れるようにはなったが、デリン・シャープの我が家である飛行獣ほど壮大なものには、とても及ばない。

ノラ・ダーウィン・バーロウもまた、実在した人物で、れっきとした科学者である。ノラ・バーロウという種類のオダマキの花は、彼女にちなんで名づけられた。また、祖父の著作の決定版の編集も数多く手がけた。ただし、動物園の飼育係でも、外交官でもなかった。

タスマニアン・タイガーは実在した生物である。一九一四年には、ロンドン動物園でタッツァそっくりのフクロオオカミを見られたはずだが、現在では、それはかなわない。わずか数千年前まではオーストラリア大陸で最上位の捕食動物であったにもかかわらず、人間による乱獲のために、二十世紀前半には絶滅してしまったのだ。

最後に確認されたタスマニアン・タイガーは、一九三六年に動物園の飼育下で死亡した。

クランカー軍の発明については、彼らの時代のいくぶん先を行っている。実際のところ、武装した戦闘マシンが戦いに使われたのは、一九一六年のことである。歩行はできなかったが、トラクターのトレッドが使われていて、現在の戦車のように進んだ。最近になって各国の軍が、トレッドや車輪の代わりに脚を持つ実用的な車両の開発をはじめている。だが現状では、起伏の多い地形を歩くのは、どのようなマシンよりも動物の方が数段上手だ。

つまり『リヴァイアサン』は、仮想の過去だけでなく、現実に起こりうる将来についての物語でもあるのだ。機械が生物のようだったり、機械のような生物を人工的に造り出す点においては、現代より進んでいるかもしれない。ただし、舞台設定に関しては、史実を思い起こさせる要素も盛りこんだ。当時、世の中の人間は貴族と平民に二分され、ほとんどの国では女性は軍隊に入れなかった。また、選挙権すら持っていなかった。

これこそがスチームパンクの真髄だ――未来と過去が融合している。

戦艦の接収をめぐるウィンストン・チャーチルとオスマン軍との対立もまた、史実に基づいている。だが、この件についての説明は次の巻に持ち越したほうがいいだろう。第二巻では、オスマン帝国の首都、古代都市コンスタンティノープルに向かうリヴァイアサンのその後を描いているから。

訳者あとがき

「さて、どこからほめたらいいのだろう？」二〇〇九年秋に本作の原書を読了し、感想を伝える段になって、そう思った。壮大なスケール、独創的なセンス・オブ・ワンダーの世界、スピード感あふれる展開……。第一次世界大戦をモチーフにしているが、決して戦争を美化せず、自らの命を守り夢を実現させるためには闘わざるをえない主人公二人が抱く、深い悲しみと恐れがきちんと描かれている。そのうえ笑いや友情、ほのかな恋愛まで盛りこまれた、極上のエンタテインメントだったからだ。

二〇一〇年度のローカス賞ヤングアダルト部門とオーリアリス賞ヤングアダルト部門を受賞した本作は、フランス語、ドイツ語、イタリア語に翻訳されている。膨大かつ綿密な下調べのうえで構築されたのであろう仮想歴史物語は、史実や実在の人物の織り交ぜ方も絶妙で重厚感があり、ティーンのみならず広く大人にまで支持されているのもうなずける。二〇一〇年秋に出版された第二部『ベヒモス』、二〇一一年秋に出版された第三部『ゴリアテ』と、リヴァイアサンの航路の広がりに比例して、面白さと勢いは増すばかりだ。

米国では人気の高さから、作品世界のガイドブックが刊行予定とのこと（追記：二〇一二年八月に出版された）。少しレトロな印象のキース・トンプソン氏のイラストがフィーチャーされるはずだ。作者のスコット・ウエスターフェルド氏は自身のウェブサイトで、〝『リヴァイアサン』を一九一四年に出版された本のようにしたかった（当時は、大人向けの本にも挿絵が入っていた）〟と説明しているが、氏の狙い通りなのだろう。機械工学と生物工学とをタッチを変えて緻密に描き分けた挿絵は、まるで音が聞こえてくるような臨場感を与えてくれている。

スコット・ウエスターフェルド氏は一九六三年、アメリカのテキサス州生まれ。現在の生活拠点はニューヨークとオーストラリアのシドニーで、つまり一年じゅう夏を過ごしているそうだ。精力的な執筆活動で、一九九七年から現在までに、本書を含む十八冊の作品を生み出している。邦訳に〈ミッドナイターズ（全三巻）〉金原瑞人・大谷真弓訳（東京書籍）、〈アグリーズ（全二巻）〉谷崎ケイ訳（ヴィレッジブックス）がある。

個性豊かな登場人物の話し言葉の訳出は楽しかった反面、頭を悩ませたことのひとつだ。翻訳に先立って、各人が自分を何と呼び、どんな口調で話すかを想定した。公子であるアレックは本来、家臣に対しては〝わたし〟かもしれないが、甘やかされて育った世間知らずの感じを出したかったので、〝ぼく〟とした。同時に、幼少時から帝王学をほどこされた知的な側面もあるので、少し硬めの訳語を選んだり、現代の十五歳があまり使わないような四文字熟語や古臭い言いまわしもあえて採用した。

　デリンについては、兄との会話や心の声では女言葉にするべきか、スコットランド訛りをいかに表現するかが問題だった。〝わたし〟と女言葉にしたり、方言らしく訳す試みもしたが、いずれもしっくりこなかった。結局、男の子同然に育ち、入隊試験に備えて日頃から男言葉を使っていたはずと判断し、全体を通して〝俺〟と男言葉で訳した。また、がさつさと繊細さが同居する心優しい人柄から〝少女版寅さん〟を連想したので、若干、べらんめぇ調を意識した。訛り交じりより、彼女の威勢のいい話し方の訳出を優先したつもりである。

　翻訳者が言うべきではないが、「日本語にしたくない」と思った言葉がひとつある。〝バーキング・スパイダーズ〟と、ルビをふった箇所だ（原文はBarking spiders）。ウエスターフェルド氏はあるインタヴューで、「もともとはいわゆる罵《ののし》り言葉ではなく〝大きな音のおなら〟という意味の、ビクトリア朝の婉曲表現だが、語感が気に入ったし、ダーウィニストらしいと思ったので、様々な意味を含んだ感嘆詞として使うことにした」と語っている。つまり、ウエスターフェルド氏オリジナルの言いまわしといって差し支えないだろう。語感の面白さはアメリカ人読者の心を捉えたらしく、作者のウェブサイトへの書きこみ等でも、ファンのあいだで合言葉のように使われているのをたびたび見かける。日本の読者の方々にも使っていただけたら楽しいと思い、ルビをふって対応した。もし本書を気に入ってくださったら、これからは「ちくしょう！」と悪態をつくときに「バーキング・スパイダーズ！」と言っていただけると嬉しいです。

最後になりましたが、この本の翻訳にあたってお世話になった多くの方々に、心からの感謝と御礼を申し上げます。訳出や英語のご指導を賜った金原瑞人先生、岩峅久美子さん、加藤貴子さん。戦闘兵器についての質問に答えてくださった松田徹さん。原文と訳文の照らし合わせをして本書の難破を防いでくださった桑原洋子さん。細かな問い合わせにも親切に答えてくださったスコット・ウエスターフェルド氏。みなさまのおかげで、「バーキング・スパイダーズ！」な事態に陥らず、第一巻の日本への出航準備が整いました。そして、日本ユニエージェンシーの藤永麻衣子さんと、『リヴァイアサン』日本語版航海長である早川書房の内山暁子さん。この素晴らしい原作を翻訳する機会を与えてくださって本当にありがとうございます。また、今回の文庫化にあたって大幅な改稿をしたため、早川書房の梅田麻莉絵さんにはたいへんなご苦労をおかけしました。この場を借りて心から御礼を申し上げます。次作、コンスタンティノープルへの航行もどうぞよろしくお願い申しあげます。

二〇一一年十一月

追記　二〇一三年十一月

本書は、二〇一一年十二月に新☆ハヤカワ・SF・シリーズ
として刊行された作品を文庫化したものです。

訳者略歴　上智大学外国語学部英語学科卒，英米文学翻訳家　訳書『ベヒモス―クラーケンと潜水艦―』『ゴリアテ―ロリスと電磁兵器―』ウエスターフェルド（以上早川書房刊）他多数

HM=Hayakawa Mystery
SF=Science Fiction
JA=Japanese Author
NV=Novel
NF=Nonfiction
FT=Fantasy

リヴァイアサン
―クジラと蒸気《じょうき》機関《きかん》―

〈SF1933〉

二〇一三年十二月十五日　発行
二〇二五年　七　月十五日　二刷
（定価はカバーに表示してあります）

著者　スコット・ウエスターフェルド
訳者　小《こ》林《ばやし》美《み》幸《ゆき》
発行者　早川　浩
発行所　株式会社　早川書房
郵便番号　一〇一 - 〇〇四六
東京都千代田区神田多町二ノ二
電話　〇三 - 三二五二 - 三一一一
振替　〇〇一六〇 - 三 - 四七七九九
https://www.hayakawa-online.co.jp

乱丁・落丁本は小社制作部宛お送り下さい。
送料小社負担にてお取りかえいたします。

印刷・中央精版印刷株式会社　製本・株式会社フォーネット社
Printed and bound in Japan
ISBN978-4-15-011933-1 C0197

本書のコピー、スキャン、デジタル化等の無断複製は著作権法上の例外を除き禁じられています。

本書は活字が大きく読みやすい〈トールサイズ〉です。